中国社会科学院　学者文选

何其芳集

中国社会科学院科研局组织编选

中国社会科学出版社

图书在版编目(CIP)数据

何其芳集／中国社会科学院科研局组织编选. —北京：中国社会
科学出版社，2004.1 (2018.8 重印)
(中国社会科学院学者文选)
ISBN 978-7-5004-3779-6

Ⅰ.①何…　Ⅱ.①中…　Ⅲ.①何其芳－文集②文学理论－文集
Ⅳ.①I0-53

中国版本图书馆 CIP 数据核字(2003)第 097405 号

出　版　人　赵剑英
责任编辑　周兴泉
责任校对　石春梅
责任印制　王　超

出　　　版　中国社会科学出版社
社　　　址　北京鼓楼西大街甲 158 号
邮　　　编　100720
网　　　址　http：//www.csspw.cn
发 行 部　010-84083685
门 市 部　010-84029450
经　　　销　新华书店及其他书店

印刷装订　北京市十月印刷有限公司
版　　　次　2004 年 1 月第 1 版
印　　　次　2018 年 8 月第 2 次印刷

开　　　本　880×1230　1/32
印　　　张　13.5
字　　　数　322 千字
定　　　价　79.00 元

出 版 说 明

一、《中国社会科学院学者文选》是根据李铁映院长的倡议和院务会议的决定，由科研局组织编选的大型学术性丛书。它的出版，旨在积累本院学者的重要学术成果，展示他们具有代表性的学术成就。

二、《文选》的作者都是中国社会科学院具有正高级专业技术职称的资深专家、学者。他们在长期的学术生涯中，对于人文社会科学的发展作出了贡献。

三、《文选》中所收学术论文，以作者在社科院工作期间的作品为主，同时也兼顾了作者在院外工作期间的代表作；对少数在建国前成名的学者，文章选收的时间范围更宽。

中国社会科学院

科研局

1999 年 11 月 14 日

目　录

编 者 的 话

何其芳同志是五四以来的著名诗人、散文家和理论家。作为诗人和散文家，他在 20 世纪 30 年代就已知名。他开始从事文学批评和理论研究工作是在 40 年代，是在他到了延安以后。他开始做古代文学史研究，则是在 1953 年主持文学研究所工作以后。他曾在《〈论红楼梦〉序》中说过："1942 年延安整风运动以后，由于工作的需要，我放弃了我所比较熟悉的创作，开始从事文学批评。后来深感没有研究过我国的和世界的文学史，仅仅根据一些已成的文艺理论和当前的文学现状写批评文章，很难写得深入，很难对于理论有所丰富和发展。我又还感到我国文学史上的许多杰出的作品还不曾得到足够的估价，科学的说明；如果在这方面能研究出一些结果来，对于创作，对于文学爱好者，以至对于提高民族自信心，都会大有益处。"就在这篇序文中，他还说："1953 年 2 月到文学研究所工作的时候，我打算研究中国文学史。当时正准备纪念屈原，我就从研究他开始，写出了我的第一篇关于我国古典文学的论文。"

但事实上在 1951 年撰写的《关于梁山伯祝英台故事》一文中，他就已对新中国的古典文学研究者在新的历史时期所面临的任务作了正确的阐述。他说过这样的话：五四时期，中国曾经有过一次对文学遗产和文化遗产重新估价的运动。因为这个运动的锋芒主要是针对着封建主义的意识形态，所以它的成就也主要表现在对于旧文学旧文化的彻底破坏方面。在这以后，思想贫乏的资产阶级学者不可能对我国许多重要的文学遗产和文化遗产的思想内容及其特点作出科学的估价。这样的任务，左翼的文化工作者也还没有来得及去完成。因此，在中国人民革命取得了全国胜利以后的今天，必然要产生再一次的对文学遗产和文化遗产重新估价的运动，这就是认真地用马克思列宁主义的立场、观点、方法来估价。

按照中国社会科学院科研局关于《中国社会科学院学者文选》的编选原则，本书主要收录了作者在文学研究所工作期间撰写的学术论文，本应以《屈原和他的作品》为起始，但考虑到何其芳同志的具体情况，我们选录了他在40年代写的《谈民间文学》和在50年代初写的《关于梁山伯祝英台故事》，并以《谈民间文学》为这个选集的第一篇文章。

何其芳同志的论文内容涉及面较广，有不少重要论文的篇幅都很长。根据这套丛书的统一要求，我们只选录了15篇学术论文，它们不可能涵盖作者的全部学术成就，但大致可以反映出他的一些最重要的学术观点和重要的理论建树。如《毛泽东文艺思想是中国革命文艺运动的指南》是他研究和阐释毛泽东文艺思想的论文中论述问题比较集中的一篇，也是他撰写的同一命题论文中最有代表性的篇章。《论阿Q》和《论〈红楼梦〉》是表达他的关于文学人物典型论的最早两篇论文。《关于现代格律诗》则是集中体现他的建立现代格律诗主张的学理文章。至于那篇由毛泽东主席作过修改的《〈不怕鬼的故事〉序》，更是发生过重大影响的著名文章。

我们在选录过程中总有捉襟见肘之感，也有挂一漏万之忧。

有一些未能录入的论文其实也是各有代表性的,还有一些反倾向的论争文字也自有时代特点,而且其中往往提出了十分重要的见解,如1955年发表的《胡适文学史观点批判》一文中说:"只有以马克思列宁主义为指南,才有可能逐渐解决我国文学史上的许多复杂和困难的问题。我们的文学史上需要解决的问题是那样众多,以至我们粗粗一望,就像展开在我们的面前的许多地方都还是未曾开垦的土地。这需要长期的辛勤的工作。但这个工作做好了,却又可以反过来丰富马克思主义的文艺理论。中国文学史上是有一些问题为马克思主义的文艺理论过去所不曾处理过的,深入地加以研究和解决,就必然不只是可以证明马克思主义的文艺理论的正确,而且能够以一些具体的内容来丰富它。比如,在欧洲的文学史上,封建社会的文学是不很出色的,而中国许多伟大的作家和作品却都产生在封建社会,这就是一个显著的差异。"像这样的在古代文学史研究上的战略观点,就它提出的时间来考察,具有一种十分重要的创意,因而也就有着重要的历史意义。由于字数的限制,我们几乎舍弃了他的大量文学批评和文学论争文字,好在《何其芳文集》和《何其芳全集》都已出版,读者自可参看。

这个选集由我和周永琴同志负责选编,选目是由我酌定的,所选论文的收集、校订以及《作者主要著作书目》和《作者年表》的撰写工作,都由周永琴同志承担完成。这个选集所收的论文都选自人民文学出版社出版的《何其芳文集》,我们作了必要的校订,其中有的论文涉及当时的政治事件和对人物的评价,时代痕迹明显,与今天的看法已有不同。为保持论文的历史原貌,我们未做改动,读者当能理解。一并说明如上。

邓绍基

2003年7月20日

谈民间文学

高尔基对民间的文学的估价，我觉得是最恰当不过了。我曾经花了一些时间去研究民歌，所看的各省歌谣在两千首以上，而结果却是我对一位朋友叹息道：我的研究只是证明了高尔基的意见的正确，并不能超过他。

高尔基说："如果不知道人民的口头创作那就不可能知道劳动人民底真正历史。"的的确确，我们今天似乎还没有一部讲中国劳动人民的生活与思想的历史。比如一提到旧礼教，我们总以为它像天罗地网一样，最严密地统治着封建社会的各个阶层的。读了许多民歌，我才知道其实不然。在一个地区的一千首以上的民歌中，我只找到了两三首是完全宣传封建道德的。而明白地从各种问题上反对封建秩序的却很多。江西南部有这样一首客家民歌：

米筛筛米朵朵滴，

讲到老妹東（这样）贞节；

牌匾三串四百钱，

买到基（它）来做席歇（睡）。

你看，在农民眼中，代表封建道德之一的贞节牌匾算得什么呢！福建长汀还有这样一首民歌：

> 壁头打钉挂橡鞋，
>
> 有情哥哩只望来，
>
> 总要两人私情好，
>
> 唤我丈夫让开来！

这又是何等大胆泼辣的农民妇女的口气！

不仅在婚姻问题上农民是这样尖锐地蔑视着旧礼教。对于封建社会的根本结构，地主剥削农民的"合法"事实，民歌中也有着清醒的反映与抗议。也是江西南部的客家民歌就有这样一首：

> 该家东家做唔（不）惯，
>
> 茶又莫吃饭又宴。
>
> 涯（我）要想基（他）几个钱，
>
> 基就要涯一条命。

南昌还有一首《长工歌》，诉说当长工的十二个月的辛苦。其中说，长工磨麦但只有麦皮吃，长工打鱼却只能吃到半边鱼头，长工窖酒却全给东家享受，而且一年忙到头，工钱又被扣光了，只有"光身回家去过年"。

就仅这点例子，不也就说明了封建社会的统治并不稳固，而又还可从它们窥见农民的力量和智慧吗？

所以，高尔基又说："民谣是与悲观主义绝缘的。"鲁迅先生也认为民间文学"刚健清新"，为士大夫文学所不及。这并不是神秘的不可解释的现象。这是因为农民是经常在进行着生产斗争与阶级斗争的缘故。

高尔基要求苏联的作家们充分注意民间文学，并把旧俄的一般作家未曾吸收利用口头传说作为一个很大的弱点。这就更把民间文学和专家的创作问题联系起来了。在这一点上，也许我们倒可以对于高尔基的意见有些增加。高尔基似乎着重民间传说可以作为专家创作的素材。而在中国今天的新文学，则为了解决大众化问题，民族形式问题，更非研究并吸取民间文学形式的长处不可。已经快三十年了，在新文学领域内最早出现的新诗却似乎到现在还最成问题。一般的意见是既不好读，又不好记。这个弱点刚好是民歌的优点。也许有人说，民歌多七言四句，像旧诗，用口语来写恐怕很多束缚吧。其实北方的民歌就不是死板板的七言，而只是音节大致差不多。比如陕北的"信天游"，就两句一首，表现生活与情感很自由：

> 白格生生脸脸太阳晒，
> 巧格溜溜手手拔苦菜。

> 马里头挑马一般高，
> 人里头挑人数你好。

> 鸡蛋壳壳点灯半哟半炕明，
> 烧酒盅盅掏米也不嫌你穷。

并且我们也不一定要死套民歌体，我们还可加以改变与提高的。因为我只是民歌看得多点，我以它为例来说明我们的创作应该吸收民间文学形式的长处。其他如民间故事，民间戏剧，以及其他民间文学形式，我想，也同样有许多可以学习的地方。

这也并不是我的创见。鲁迅先生早就说过了："我相信，从唱本说书里是可以产生托尔斯泰，弗罗培尔的。"

当然，这是就民间形式的发展前途而言，并非可以一蹴而至。就是一时或者许多都还不能产生托尔斯泰，弗罗培尔吧，那又有什么关系！真能使文艺与人民结合，尤其是与农民结合，中国的新文艺就是空前的迈进了。而这个巨大的迈进，却非经过似乎细小的搜集、研究与学习民间文学不可。

1946 年 10 月 23 日

关于梁山伯祝英台故事

　　梁山伯祝英台故事是流行得最广泛的中国民间传说之一[①]。它这样流行并不是偶然的。它十分强烈地歌颂了一对青年男女的纯洁的爱情，无论封建社会的婚姻制度，无论死亡，都不能把他们分开。梁山伯虽然饮恨而死，祝英台却并没有被马家抬去，而是在她的祝告之后，梁山伯的坟墓忽然在大雷雨中裂开，她跳了进去。有些地区的传说还有一个尾声，那就是梁山伯和祝英台后来变成了一双蓝色的蝴蝶，或者变成了天上的彩虹[②]。这样的结局自然都是浪漫主义的。然而这正是一种积极的浪漫主义。它使得这个爱情的悲剧不但符合古代的现实，而且又带着坚强的希望，乐观的精神。其实整个梁山伯祝英台故事都有一种传奇的

---

　　①　不但流行于中国南北各省，并曾传到国外。《民俗》周刊第93、94、95期合刊上钱南扬的《祝英台故事叙论》说，有人曾在朝鲜得到过朝鲜文的梁山伯祝英台印本。

　　②　我见到的多数民间故事和唱本是说祝英台走进梁山伯的坟墓中去的时候，被人扯下的裙子或衣衫变成一双蝴蝶。但也有说蝴蝶就是他们两人的化身的。化作天上的彩虹，见广东黄诏年编的《蛇郎》。我的家乡四川的传说又说他们变成了一对鸟。并且真有一种身如鸽子大、羽作深蓝色、雌雄总在一起、其中有一个拖着尺来长的红色尾巴的鸟被人们叫为梁山伯、祝英台。

色彩。梁山伯的性格是那样朴质、单纯，和祝英台同窗三年却并不知道她是女扮男装，而一旦发现了她的真正性别但又断绝了结合的希望以后，他就以死殉情。祝英台的性格是那样机智、大胆，她既善于在平时掩盖她的改装，又敢于在和梁山伯分别的时候表达她的爱情。在梁山伯死后，虽然她的父亲极力阻止，她却不顾习俗地去吊孝，并且完全违背了她父亲提出的不穿孝、不大哭、速去速来这样三个条件。所有这些虚构和夸张不但是文学艺术所允许有的，而且也是这个故事能够广泛流传的原因。

梁山伯祝英台故事的意义就在这里，它反映了封建社会的青年男女的婚姻自由的要求，并且预言了这种要求最后一定会得到胜利。因为它是劳动人民的口头创作，那些无名的民间创作家一方面固然要在某些点上使梁山伯祝英台的性格适应两人的社会身份，故事的结局适应当时的实际情况，但另一方面，他们也自然会按照劳动人民自己的面貌和愿望来创造这一对他们所喜爱的人物及其结局。

由于抱着这样的看法，我读到北京《新民报》副刊上的一篇有关梁山伯祝英台故事的文章①，就不能不感到很大的惊异了。这篇文章本来是评论东山越艺社演出的《梁祝哀史》的，然而它却首先否定了许多唱本和地方戏：

> 我从别的一些地方戏里以及一些小调唱本里，看到过或听到过梁山伯与祝英台。在那里，梁山伯是一个十足的傻蛋，不特毫不理解人生里面的爱情，甚至连生活里的小节都一无所知。而祝英台在此时候，也就变成了淫贱的婢女似

---

① 这篇文章题目为《论〈梁祝哀史〉的主题》，作者龚纯，发表在1950年9月18日和25日的北京《新民报》副刊《新戏剧》上。

的，毫无羞涩，风情毕露，下流而恶劣。我看的时候，就感到我们的民间艺人未免糟踏这两位屈死的情侣。这说明了什么呢？这说明作者或演出者对于这个事情的思想内涵不理解或不能理解，而多半是从地主资产阶级的立场来处理它。他们所坚持的还不就是男性永远统治，女人总是贱妾，稍微越出钦定的道德规范，他们就会以正义的面貌出现，大加非责，高唱世风之不古么。但另一方面，他们却是这个规范之积极的破坏者，将女人搜罗在他的周围，听其纵欲。竖立贞节牌坊，以实行对于女人的性欲宣泄。将女人推入沉渊似的，疯狂的夸饰着坏女人的范例，怂恿着文学艺术来表现它，以达到道德的惩戒作用。同时，又矛盾的支持与培养着娼妓制度。这是不公平的。可是，乡野的农民却是从这种思想影响下扮演着祝英台，这是在地主资产阶级的教养里造成的结局。

"乡野的农民"和许多表现梁山伯祝英台故事的唱本、地方戏，就是这样糊里糊涂地被戴上了"地主资产阶级的立场"或者他们的"思想影响"的帽子。接着这篇文章就批评东山越艺社演出的《梁祝哀史》并没有对原来的传说"给予一定的批判"，并没有"将前人给予梁祝的思想面貌加以清刷"。为了"美化祝英台与梁山伯"，这位批评者说，这两个人物的性格应当写成这样：

　　祝英台应该是热烈、勇敢、坚定、聪明、多情、美丽的女性，其矛盾的一面可能有超世的思想，表现为放逸不羁。同时，她过着贵族生活，使她的封建观念被给予培养，而在情绪上总是较为苦恼矛盾的人。

　　梁山伯的性格是善良、诚恳、勤苦、有些拘谨，然而热烈真挚，固然不是利禄熏心，而是被迫的走着士大夫求功名的老路。晋家天下是四方有难的，现实给他刺激，可能使他同时保有傲物厌世思想，因而也有着一股"清气"，不是"俗子"，所以方获得祝英台的好感。封建束缚增厚了书生风味，因而也就在日常生活上不大精明，有他的纯厚可爱之处。

这位批评者又认为《梁祝哀史》里缺乏"斗争"，"只看到祝英台背信弃义，不敢有积极的斗争，在某种程度上祝英台成为柔弱无刚令人讨厌的俗物"，没有能够"使多少年月里被一些艺人歪曲了的祝英台获得解放"，"树立一个不屈的自由的女性塑像"。最后，他说"《梁祝哀史》在尾声里添了一个充满迷信的收场"，并且"由此想到，吊孝里面的梁山伯死后不闭眼睛的问题，也觉得还是旧的荒唐观念的因袭"。

我没有看过东山越艺社的《梁祝哀史》的演出。这个剧的全部脚本我也还没有找到，只读了他们印的《剧词选刊》。但这篇批评所接触到的问题已经不仅仅是一个脚本的好坏，而是对于民间原来流传的梁山伯祝英台故事的看法。它所指责的东山越艺社的脚本的缺点，主要就是对于原来的传说"批判"不够，改动不多。就我所看到的《剧词选刊》说来，的确那是保存了许多民间传说原有的情节和色彩的。然而我的意见却和北京《新民报》副刊上的那位作者刚刚相反，我认为这正是一个优点。因此，我觉得那篇批评代表了目前已经存在的一种不好倾向，这种倾向就是简单地鲁莽地对待过去的文学遗产，并企图以自己的主观主义的想法来破坏那些文学作品原有的优美地方。

我这并不是说过去那些表现梁山伯祝英台故事的唱本和地方戏就没有缺点。已经印成书的唱本常常是经过了城市里的某一类作者的加工，比起劳动人民原来的朴素而又美丽的口头传说，难免要加上一些杂乱的不高明的成分①。至于改编为旧的地方戏来演出，更可能增添了一些不必要的噱头，特别是有关两性的地方很容易作一种夸张的低级趣味的表演。然而，必须看到这些缺点都是次要的。就我所看到的各地表现这个民间故事的唱本和地方戏脚本说来，它们一般都是保存了相当多的劳动人民的色彩和想像，并没有从根本上歪曲了这个传说的面目和意义。虽说它们常常难免有缺点，甚至即令其中个别作品或个别部分真是受了地主阶级的思想的侵蚀，无论如何也不能笼统地说许多表现这个传说的唱本或地方戏都已经变质为代表"地主资产阶级的立场"或其"思想影响"的东西。梁山伯的质朴，祝英台的大胆，不是"傻蛋"，也不是"淫贱"，这样的性格正是劳动人民"美化"的结果。如果说《西厢记》里面的张君瑞和崔莺莺是古代地主阶级的比较平常的儿女的典型，《红楼梦》里面的贾宝玉和林黛玉是古代地主阶级的比较优秀的因而更带叛逆性的儿女的典型，那么民间传说里面的梁山伯和祝英台，虽说按照故事里讲的情形看来，他们的身份同是地主阶级的儿女，他们的性格却已经超出了地主阶级的人物的限制，多多少少带有一些劳动人民的本色了。所以张君瑞和崔莺莺的结局应该是"始乱终弃"，而不是大团圆②；贾宝玉和林黛玉的结局只能是悲剧，而且是看不见希望的悲剧；

---

① 我过去看过的四川的《柳荫记》，后面加了一个乱七八糟的长尾巴，说梁山伯祝英台死后为神仙所救活，并且教他们兵法武艺；后来祝英台在什么地方当了女王，梁山伯去"招安"，然后结为夫妇。最近找到的上海广益书局过去印的唱本《梁山伯祝英台》，虽说基本上保存了民间故事原有的情节，但也加上了许多烦琐的描写。上海锦章书局的唱本《梁祝姻缘》，和广益书局唱本大体上相同，似是根据一个底本。但不知他们用的是什么底本，流行于何地。最近还看到过一本过去上海出的、有黄警顽题词的、用下等的礼拜六派小说笔调改写的梁山伯祝英台故事，非常庸俗，肉麻，那倒真是完全改变了这个传说的面貌。
② 我这里只是说《西厢记》的结局不如《会真记》原来的结局。但就其全部说来，《西厢记》无疑地是中国古代很杰出的文学作品之一。

而梁山伯和祝英台的结局却和这两种都不相同，达到了现实主义和浪漫主义的美妙的结合。像北京《新民报》副刊上的那位批评者所设计的梁山伯和祝英台的性格，不但是杂乱的、矛盾的，远不如原来那样单纯、明确，而且什么"可能有超世的思想，表现为放逸不羁"，什么"同时保有傲物厌世思想，因而也有着一股'清气'"，倒反而可以说才很像是地主阶级的"思想影响"。

那位批评者对梁山伯祝英台故事所要求的"斗争"也大概是他主观幻想里面的、为古代的实际情况所难于允许的"斗争"。其实这个故事本来是有斗争的。吊孝，尤其是最后的结局，都是高度的反抗性的表现。他说尾声里面"添了一个充满迷信的收场"，如果是指梁山伯祝英台死后化为一双蝴蝶，那也是错误的。那不是"迷信"而是美丽的想像。祝英台吊孝时哭梁山伯死后眼睛不闭，东山越艺社的《剧词选刊》上有那一段，那是别的唱本也有的。比如上海广益书局过去出的唱本《梁山伯祝英台》，就还要写得多一些：

> 一只眼儿闭，一只眼儿睁，莫不是舍不得堂上二双亲？一只眼儿闭，一只眼儿睁，莫不是舍不得楼房共敞厅？一只眼儿闭，一只眼儿睁，莫不是舍不得家财与别人？一只眼儿闭，一只眼儿睁，莫不是舍不得安童小使们？一只眼儿闭，一只眼儿睁，莫不是舍不得四季好衣裳？一只眼儿闭，一只眼儿睁，莫不是舍不得亲戚邻舍人？一只眼儿闭，一只眼儿睁，莫不是舍不得书籍与文章？一只眼儿闭，一只眼儿睁，莫不是舍不得功名与前程？一只眼儿闭，一只眼儿睁，莫不是舍不得访友到庄门？一只眼儿闭，一只眼儿睁，莫不是舍不得少个披麻执杖人？一只眼儿闭，一只眼儿睁，莫不是舍不得在日不曾来看你，死后来上你的门？欲要到府来看你，恐怕旁人说短长。哥哥你是明白的，男女授受不相亲。左思

右想猜不到，不知哥哥什么心。一只眼儿闭，一只眼儿睁，莫不是舍不得妹妹薄情人？说到山伯心上话，闭了双双两眼睛。英台不顾羞和丑，一把抱住放悲声：难舍就可带我去，甘心愿意见阎君！

尽管这一段唱词有些字句上的缺点，它却是十分感动人的。它表现出来了梁山伯和祝英台两人之间的深厚的爱情。它造成了一种悲怆的气氛。这实在是一段很强烈的诗！然而那位批评者却说这是"旧的荒唐观念的因袭"。

我说这种批评代表了目前已经存在的一种不好倾向，因为它并不是个别的例子，而是相当带普遍性的看法。河北省文学艺术界联合会主编的河北文艺丛书中，也有一本根据旧评剧和旧秧歌剧改编的《梁山伯与祝英台》。改编者在《前言》上说：

旧评戏和秧歌中，所表现的主题思想是命运的，迷信的，因此祝英台在全剧中没有一点反抗的意义。而"死"给人的印象只不过是"命运"而已。这是封建统治者愚骗群众的地方。

由于改编者有这样的看法，这个改编本差不多完全丧失了民间传说原有的色彩和想像，成为一个很平庸的脚本。最后的结局当然也不会再是"迷信"的坟墓裂开，祝英台走了进去，而是改为祝英台"用剪刀刺入喉中而死"。而且祝英台的父亲讲起这样的话来，于是全剧就结束了：

这都怨我把事做错，逼死了女儿，这会我明白啦，也晚了！唉……（唱）包办婚姻起祸根，逼死女儿骨肉亲。屈死的女儿啊……

上海广益书局民众书店联合发行的新改编本《梁祝哀史》里面，改编者也在《前言》上说"英台祭坟，山伯显灵，双双化为蝴蝶飞上天去"是"迷信"，所以把结局改为祝英台"向石碑一头撞过去"，"气绝而亡"。她的父亲也是因此就"觉悟"了，认识到自己是"刽子手"，并且说：

> 古往今来，在父母之命，媒妁之言的礼教约束之下，不知葬送了多少儿女的幸福！如今为父觉悟了，就使你和梁相公的阴灵相伴一处吧！

在旧剧改革运动中，我们已经提出来要注意区别神话和迷信。但从这些以及其他一些例子看来，许多人还是不能够区别。这是有原因的。神话和迷信的最初的起源本来是相同的，都是由于人类还不能够正确地理解自然界，所以它们在某些点上很相像。加以神话又可以转变为迷信。梁山伯祝英台故事还并不是神话而是传说，但它广泛流传以后，就居然有了梁山伯祝英台的庙宇，而供祝英台的地方甚至成了"送子殿"①。要区别神话和迷信，要区别文学上的浪漫主义和迷信，不是从它们的外表所能解决问题的，必须细心地体会它们的内部意义。仅仅从外表看来，它们都是事实上不可能有的事情。但从内部意义来考察，它们的区别就明显了。迷信是歪曲现实的，引导人走向无知、愚昧，并屈服于自然界和过去的统治阶级；好的神话和积极的浪漫主义却是曲折地或者大胆地表现了人的可贵的梦想和愿望，并且常常通过一些美丽的形象来表现。梁山伯的坟墓在大雷雨中忽然裂开，祝英台跳了进去，她被人扯下的裙子变为一双蝴蝶，或者他们本人变为蝴蝶，那正是庄严的形象，美丽的形象，表现了他们的爱情最后战胜了当时的姻婚制度，这绝不是迷信。民间文学作品的评论者和改编者不但要善于区别神话和迷信，不但要善于区别文

---

①　见《北京大学研究所国学门周刊》第一卷第八期上钱南扬的《梁山伯和祝英台的故事》。

学上的浪漫主义和迷信，而且要善于区别美好的形象和丑陋的形象。坟墓因了人的祝告而就忽然裂开，人又忽然变为蝴蝶，是事实上不可能的，然而它们是壮丽的形象。剪刀刺入喉中，或者在石碑上撞死，是事实上可能的，然而它们是拙劣的形象。有的唱本和地方戏说梁山伯祝英台死后，想娶祝英台的马姓男子向阎罗王告状，阎罗王叫判官查簿子，原来梁山伯祝英台应该是夫妇，马姓男子应该另娶①。那的确带有迷信或"命运"的色彩，我们改编的时候是应该删掉的。不过我们也不能因为这个尾巴就断定整个故事是宣传迷信或"命运"。现在的改编者在最后大写祝英台的父亲如何"觉悟"，并且讲起一些新名词来，那同样是一个很不高明的多余的尾巴。

　　我们对待文学遗产，绝不可采取一种简单的鲁莽的态度。要认真去批判它们，或改编它们，我们必须有洞彻事物本质的思想能力和必要的文学修养，必须十分细心地去了解到底哪些真正是优点，哪些又真正是缺点，而在改编中应该尽可能保存那些优点，不可把优点也当作缺点抛弃。这既不是仅仅有了一点自然科学的常识，也不是仅仅依靠几个革命术语或几个简单的社会科学的概念就能够胜任的。我们现在已经有了这样一些怪论：说表现梁山伯祝英台故事的民间文学是代表"地主资产阶级的立场"或其"思想影响"；说杜甫是一个"庸俗诗人"，脑子里充满着"个人英雄主义思想"②；说"既然资本主义社会的生活水平比之封建社会的更高级"，因之《红楼梦》的文学技术就不行，"每回大

---

　　① 《民俗》周刊第93、94、95期合刊上，刘万章的《海陆丰戏剧中的梁祝》说，广东海陆丰的梁山伯祝英台故事剧就有这样一个节目，叫《阎王审》。四川唱梁山伯祝英台故事的花鼓词，最后一段与这略同。阎罗王末了说："姻缘本是前生定，不差半毫分。"

　　② 见《文艺生活》新五号上王迅流的《评冯至〈杜甫的家世和出身〉》。

都用吃饭作结束"，"太单调"①；说《水浒》上的"一百单八位"以恶霸为多，"如果存在于今天，至少也是发展生产的大障碍"，因之梁山泊的"好汉"以至"小喽啰"都不能代表当时的农民②。所有这些怪论都是不能够细心地科学地分析一个具体作家和具体作品，企图依靠几个革命术语或几个简单的社会科学的概念就去评判一切。

五四时期，中国曾经有过一次对文学遗产和文化遗产重新估价的运动。因为这个运动的锋芒主要是针对着封建主义的意识形态，所以它的成就也主要表现在对于旧文学旧文化的彻底破坏方面。在这以后，思想贫乏的资产阶级学者满足于琐碎的"考据"，不可能对我国许多重要的文学遗产和文化遗产的思想内容及其特点作出科学的定论式的估价。这样的任务，左翼的文化工作者也还没有来得及去完成。因此，在中国人民革命取得了全国胜利以后的今天，必然要产生再一次的对文学遗产和文化遗产重新估价的运动。这就是认真地用马克思列宁主义的立场、观点、方法来估价。然而，如果我们的准备不足，既未能真正通晓马克思列宁主义，又没有比较丰富的文化知识历史知识，再加上缺乏自知之明，就很容易有这样一种幼稚的想法，以为依靠几个革命术语或几个简单的社会科学的概念就可以评判一切，就可以通行无阻，而这就必然要发生许多错误，并且要发生笑话式的错误。其实早在60年以前，恩格斯就作过警告了。他说不可把马克思主义的词句当作"标记"来随便贴用。他说，"一般地说，'唯物论的'这个字，对于德国的许多较年轻的著作者，只被当作一个简单的

---

① 见《文艺报》第一卷第六期上叶蠖生同志的《关于中国旧文学的技术水平和接受遗产问题》。

② 见工人出版社印行的《大众文艺论集》上王春同志的《读王亚平同志的〈武松夺酒店〉》。

套语来用，人们不加深究地把它贴在一切东西上，也就是说，以为只要贴上了这个标记，事情就算作完了。其实我们的历史见解主要是研究的向导，而不是黑格尔学派式的构造的杠杆。"他慨叹当时很少人肯认真地去研究历史和实际材料，"历史唯物论的套语（其实一切都可以被人弄成套语）对于许多较年轻的德国人只有这样的用处：最急促地把他们自己的比较贫乏的历史知识（经济的历史甚至还睡在摇篮里！）造成体系，以便使自己显得非常有权威的样子"。这些话说得多好呵！恩格斯接着还讲了一段非常动人的话。他说，"这些先生常常以为所做的一切对于劳动者已经够好了。如果这些先生知道，马克思是怎样地认为，他最好的东西对于劳动者也还不是够好的，他是怎样地认为，贡献给劳动者的东西不够尽善尽美便是一种犯罪！"①

　　不仅是文艺界，而且是整个著作界，都应当时常记住恩格斯的这样的话。对于我们，这或许是一个太高的标准。然而，如像中国的一位古人所说的，"诗有之：'高山仰止，景行行止。'虽不能至，然心向往之。"如果把这样的标准悬为我们努力的目标，它就可以有力地鞭策我们，提高我们。

1951年3月6日夜至8日下午

---

　　①　恩格斯的这些话见1890年8月5日他给康拉·史密特的信。解放社编的《马恩通信集》和《思想方法论》都收入了这封信的两个片段。我这里引用的译文和以上两书的文字有些出入，是参照原译者最近的校改稿斟酌改了一下的。

屈原和他的作品

一

毛泽东同志在《中国革命和中国共产党》里面说:"在中华民族的开化史上,有素称发达的农业和手工业,有许多伟大的思想家、科学家、发明家、政治家、军事家、文学家和艺术家,有丰富的文化典籍。"在《新民主主义论》里面他又说:"中国的长期封建社会中,创造了灿烂的古代文化。清理古代文化的发展过程,剔除其封建性的糟粕,吸收其民主性的精华,是发展民族新文化提高民族自信心的必要条件;但是决不能无批判地兼收并蓄。"毛泽东同志对我国古代文化的成就作了充分的肯定,并且告诉了我们整理古代文化的目的和做法。中华民族是一个伟大的富于创造性的民族,又具有悠久的历史,因此在文化的各个方面都有卓越的贡献。我们应该很好地认识这些贡献,这样来提高我们的民族自豪心,加强我们的爱国主义精神。但古代的灿烂的文化对于我们意义还不止于此。根据马克思列宁主义的理论,我们要建设新中国的文化,建设社会主义的文化,不可能从光秃的地面上开始,必须继承人类文化发展中的一切有价值的东西。在人类文化的总宝库中,带有我们民族的特点,并且和我们现在的文化有血统关系的我们自己的过去的文化,无疑地更应该为我们所充分地理解和继承。

对于中国封建社会的文化,毛泽东同志把它区别为封建性的糟粕和民主性的精华,这就又给予了我们一个理解和继承的原则。毛泽东同志曾经反复地用列宁的这样一句话来教育我们:马克思主义的最本质的东西,马克思主义的活的灵魂,就在于具体地分析具体的情况。在这里,他所分析的是封建社会的文化的总的情况。要把他的指示运用到古代文化的某一具体部门,运用到某一部门的某一具体对象,当然还有许多复杂的问题,还有待于我们的辛勤的研究。

在中国古代的文学方面,它的精华就是现实主义和积极的浪漫主义的传统。中国文学里面的这种传统是非常久远的。这是因为文学作品既然都是一定的社会生活在人类头脑中的反映的产物,随着文学的发生,就不能不有现实主义的发生。凡是真实地而不是歪曲地反映了一定的社会生活的面貌和本质,就是我们所说的现实主义。积极的浪漫主义的作品的基本内容仍然是真实地反映了现实,不过它们常常突破了当前存在的事物的限制,更多地表现了人类的合理的愿望,同时也更多地带有幻想、夸大和奇特的色彩而已。正因为从真实地反映现实这一点说来,积极的浪漫主义和现实主义在根本精神上一致,所以在过去的许多伟大的作家身上,常常是现实主义和积极的浪漫主义相结合的。大约在公元前600年到前500年之间,和著名的希腊史诗《伊里亚特》和《奥德赛》的编定的时间相距不远,中国最早的一部诗歌选集就出现了①。这部

---

① 《伊里亚特》和《奥德赛》据说编定于公元前550年。《诗经》编定的年代没有明白的记载。孔丘删诗之说大概是靠不住的。但孔丘说过"诗三百","诵诗三百",和《诗经》的篇数相合,可见它在孔丘的时候或者更早的时候已经编定。又,《诗经》里面最晚的作品是公元前7世纪的作品。根据这种情况,我们推断它的编定年代大约在公元前600年到前500年之间。

选集后来被称为《诗经》。在这保存了305篇差不多都是无名作者作的诗歌的集子里，虽然有一部分歌颂或娱乐当时的统治阶级的作品，更多的却是古代人民对于他们的劳动、爱情和被压迫被剥削的生活的歌唱，以及当时统治阶级里面某些心怀不满的知识分子对当时的政治或社会所发出的怨言和批评。后两类作品，在基本精神上都可以说是现实主义的。这种情况很值得注意，它不仅表明了中国文学的现实主义传统的悠久，而且清楚地告诉了我们古代的现实主义文学的两个来源。古代社会里的被压迫被剥削的人民，虽然被剥夺了享受整个社会的文化的权利，由于现实生活的激发，不能不产生用文学来表达他的苦痛、反抗和其他生活中的遭遇的要求。即使他们连文字也不能运用，仍然可以产生口头文学。经过了文字的记录或加工，这种口头文学的一部分同样可以长久地保存到后代。这样的作品，既然是从被压迫被剥削者的亲身感受和观察事物的角度来反映社会生活，就必然会或多或少地暴露出当时的社会的某些真相和秘密。另外，在古代统治阶级内部的某些比较有理想或者比较接近人民的知识分子当中，也不可避免地要产生一些由于看到不合理的事实，并且自己也经历到不幸的遭遇，因而对他们自己的阶级的统治有所不满、有所批判的作家。这些作家，和高尔基赞扬过的那些欧洲资产阶级社会里的现实主义作家有些相似，在不同程度上，"他们都是自己阶级的叛逆者，自己阶级的'浪子'"。他们往往有很高的教养，又熟悉他们的阶级的统治情况，因此，他们的作品也常常能够反映出当时的社会的某些真实的面貌和本质。这些作家，如果又能够从当时的民间文学吸取营养，他们的作品就不仅在内容上，而且在艺术形式上也可以具有人民性。在中国古代的文学里面，主要就是这样的两种作者的优秀作品汇合成了现实主义和积极的浪漫主义的巨流。

今年要在全世界爱好和平的人民中间举行盛大纪念的中国古代的诗人屈原，他继承了《诗经》和楚国的民间文学的传统，对中国古代文学的内容和形式都有很大的发展和创造，因而对后来的长期封建社会的文学发生了深刻的影响，就是那种对于他们自己的阶级的统治怀抱着强烈的不满，作了尖锐的批判，并且在他的身上结合了现实主义和积极的浪漫主义的我国第一个伟大的诗人。

二

屈原是我国第一个伟大的诗人；然而由于他生在二千多年以前[①]，关于他的生平事迹的材料保存至今的却很少。如果我们要给他作一个传记，几乎可以说越简单就可靠性越大，越详细就难免推测之词越多。

根据他的作品和最早的关于他的记载，我们知道屈原是中国历史上称为战国时期（公元前403[②]—前221）的楚国的人。楚国曾经是所谓战国七雄中的最大的国家。它的疆域用现在的地名来说，曾经西边到达湖南沅陵县和四川巫山县，东边到达海滨，南边到达湖南九疑山，北边直到河南郾城县和陕西洵阳县[③]。屈

---

①　屈原的生年没有明白的记载。《离骚》里面说，"摄提贞于孟陬兮，惟庚寅吾以降。"郭沫若推算为纪元前340年正月初七日（《屈原研究》）。郭沫若的算法，他在《屈原考》（见《今昔蒲剑》）中有详细的说明。屈原的死年更无可考。郭沫若根据王夫之的《楚辞通释》，说《哀郢》作于公元前278年郢都为白起所破的时候，并估计屈原就死在这一年（《屈原研究》）。

②　司马光的《资治通鉴》以周威烈王二十三年命晋大夫魏斯、赵籍、韩虔为诸侯，为战国时期的开始。周威烈王二十三年为公元前403年。

③　《战国策》卷十四："苏秦为赵合纵，说楚威王曰：'楚，天下之强国也。大王，天下之贤王也。楚地西有黔中、巫郡，东有夏州、海阳，南有洞庭、苍梧，北有汾陉之塞、郇阳。地方五千里，带甲百万，车千乘，骑万匹，粟支十年。此霸王之资也。'"

原的活动时间正当楚国由强大转为衰弱之际。他出身于楚国的贵族，曾经得到过国王的信任，任过重要的官职。他抱有政治理想。这种理想大致和以孔丘孟轲为代表的儒家的学说相近。然而楚国当时的统治集团不容许他实现这种理想。他受到了攻击和毁谤。国王不再信任他了。他非常孤立。后来竟被放逐，离开了国都郢城。他在当时楚国的一些比较偏僻的地方流落了许多年。他的足迹曾经到过现在湖北的汉水以北，湖南的沅水湘水一带。最后完全绝望了，他投入了洞庭湖东南的汨罗江。

　　这样一些事实在屈原自己的作品和最早的关于他的记载中大体上可以互相印证，因而是最可靠的①。对于伟大的人物，我们总是愿意对他多有一些了解。像这样一点事实，的确太少了。但好在还有他的不朽的作品存在。关于他的思想，他的人格，他引起后来人们热烈地同情和崇敬的原因，仍然可以从他的作品得到许多说明。

　　屈原的最重要的作品是《离骚》。它是中国最早的一篇规模较大的诗②。这篇诗叙述了他的政治理想，他的不为当时楚国的统治集团所容，并且说明了他对于理想的坚持，对于恶势力的决不妥协；然后以种种想像和比喻来说明他的孤独困顿，无人了解，达到了不可忍受的程度；在这种情形下，只有离开楚国才或

---

　　①　《史记·屈原贾生列传》说屈原任重要的官职和遭到毁谤，因而被疏，是在楚怀王在位的时候（公元前328—前299）；投汨罗江自杀，是楚顷襄王在位的时候（公元前298—前262）。这篇列传还说到屈原曾使齐，并曾谏楚怀王不要相信张仪和秦国的欺骗。有些人根据这点记载说屈原是主张合纵的，并加以渲染夸大。为了抵抗秦国，屈原站在爱国的立场，固然可能主张争取与国。但他和当时讲合纵连横的游说之士不同。他有更根本的政治理想。他在作品中着重说明的就是他的政治理想，而不是别的。

　　②　据钱杲之《离骚集传》统计，共373句（未计公认为衍文的"曰黄昏以为期兮"二句）。蒋骥《山带阁注楚辞》统计，共2490字。

许有出路；然而，当他在想像中开始了他的远行的时候，他却是那样爱恋他的国家，他的乡土，他完全不能和它别离；于是他就想到了只有以死来殉他的理想。

在他的放逐生活中，屈原还写了一些动人的短篇抒情诗。那就是《涉江》、《哀郢》、《抽思》和《怀沙》。这些作品描写了他的放逐生活的愁苦和他对于国都郢城的强烈的怀念；反复表明他对于理想的坚持如故；对于当时楚国的统治集团作了比《离骚》更加激烈的批评；而在最后一篇《怀沙》中，更明白地说他已决心自杀，说他对于死亡并没有什么畏惧。

《九歌》是屈原的另外一类优美的抒情诗。它们大概是为当时楚国祭祀和娱乐鬼神而写的歌舞词。因为是歌舞词，它们在形式上就比较句子短，比较更精炼。因为是用来祭祀和娱乐鬼神，它们在内容上不可能再是屈原自己的遭遇的抒写，而必须适合各种不同的鬼神的身份①。这些歌舞词共 11 篇。前十篇分祭十种鬼神，最后一篇大概是祭祀完毕时的一个合唱。这些诗歌值得我们珍爱，是因为虽然当时直接的写作目的是祭祀和娱乐鬼神，屈原却在它们里面织进去了他的优美的想像，他的对于人生的体验，而且艺术上是那样成熟。

---

①　胡适曾经毫无根据地断定《九歌》不是屈原的作品，他的理由是《九歌》与屈原的传说绝无关系"（《读楚辞》）。他就是不懂得这样一个简单的道理。陆侃如在他作的《屈原》里说胡适还有一条理由："若《九歌》也是屈原作的，则楚辞的来源便找不出，文学史也变成神异记了。"这条理由也是站不住的。屈原以前的近于楚辞体的民间歌谣在古书中还可见到，不能说没有来源，因为没有被记录下来而今天见不到了的一定更多。陆侃如也补充过一些理由，但那些理由也难于成立。如说"《九歌》中言情分子占多数"，它的作者"一定是平民而非贵族"（《中国诗史》）。出身贵族的诗人的作品就不可能"言情分子"很多，这是在理论上和事实上都说不通的。又如说"《九歌》所歌咏的尚是车战"，"各篇地理背景也不同"，因而可疑。关于这两点郭沫若已作了说明，我觉得他的解释是合理的（《今昔蒲剑》：《屈原、招魂、天问、九歌》）。

内容和写法更加特别的是《天问》。屈原在这篇作品里面一连提出了170多个[1]对于自然界、古代的历史和神话的疑问。他问到了太阳从早到晚要走多少里，月亮为什么能够晦而复明，水为什么总是往东流而不满，大地到底有多宽多长，什么地方冬天温暖，又什么地方夏天寒凉。对于古代的历史和神话方面的疑问，则因为这些历史和神话很多已经失传，今天读起来不能完全了解。但总起来说，我们从这篇奇特的作品可以看出屈原的丰富的想像和大胆的怀疑精神。

这些就是屈原的主要作品[2]。

这些作品所表现出的屈原的思想和人格到底是怎样的？他的思想和人格在过去的社会里有什么意义？他的作品在艺术方面又有些什么特点和创造？对以后的文学发生了什么样的影响？而且，我们今天来纪念他，应该向他学习些什么？

这都是我们应该研究的问题。

三

屈原在《离骚》的最后这样悲痛地说：

已矣哉！

国无人，莫我知兮，

又何怀乎故都？

---

[1]　据郭沫若《天问》译文后记中的统计（1953年第5期《人民文学》）。

[2]　还有一些作品我没有提到。那就是《橘颂》、《惜诵》、《思美人》、《惜往日》、《悲回风》、《远游》、《卜居》、《渔父》、《招魂》。这些作品绝大多数都曾被认为可疑的作品。我觉得这些作品除《橘颂》而外，其他各篇虽然前人怀疑的理由有的比较充分，有的还不够充分，但确实都是有一些可疑之处的。至于《招魂》向来有屈原作和宋玉作两说，很难判断作者究竟是谁。凡属可疑的和难于判断的作品，我均不用它们来作为分析屈原的思想和艺术的根据。

　　　　既莫足与为美政兮，

　　　　吾将从彭咸之所居！

和世界上许多伟大的文学家一样，屈原在他的作品里表现了强烈的政治倾向。我们要研究屈原的思想，首先应该了解他心目中的"美政"。

　　在这同一作品里，屈原明白地说出了他的理想的政治就是尧舜禹汤文武那样的政治。因为《离骚》并不是政治论文而是抒情诗，他在里面并没有详细地说明这种政治的具体内容，只提到了尧舜的"耿介"，禹汤的"俨而祗敬"，周的合乎治道，以及他们的举贤授能，遵守法度①。对于他所反对的政治，他也举出一些古人为例，那就是夏启那样享乐，羿那样醉心于田猎，浇那样恃力纵欲，桀纣那样猖狂自恣，残杀贤臣②。而对于和他同时的楚国的统治集团，他所不满和痛斥的则是他们的苟且享乐，贪婪无厌，没有政治原则，不能容纳贤良③。他反复地用这样两个字来描写这种统治，这种社会："溷浊"④。这样的政治思想，郭沫若

　　　① 《离骚》："彼尧舜之耿介兮，既遵道而得路。"又："汤禹俨而祗敬兮，周论道而莫差；举贤而授能兮，循绳墨而不颇。"洪兴祖补注："道，治道也。言周则包文武矣。"

　　　② 《离骚》："启九辩与九歌兮，夏康娱以自纵；不顾难以图后兮，五子用失乎家巷。羿淫游以佚畋兮，又好射夫封狐；固乱流其鲜终兮，浞又贪夫厥家。浇身被服强圉兮，纵欲而不忍；日康娱而自忘兮，厥首用夫颠陨。夏桀之常违兮，乃遂焉而逢殃；后辛之菹醢兮，殷宗用而不长。"又："何桀纣之猖披兮，夫惟捷径以窘步？"王念孙《读书杂志》卷十六："自启九辩与九歌以下，皆谓启之失德耳。"王逸注："强圉，多力也。"朱冀《离骚辩》释"猖披"为"猖狂自恣"。

　　　③ 《离骚》："惟夫党人之偷乐兮，路幽昧以险隘。"又："众皆竞进以贪婪兮，凭不厌乎求索；羌内恕己以量人兮，各兴心而嫉妒。"又："怨灵修之浩荡兮，终不察夫民心；众女嫉余之蛾眉兮，谣诼谓余以善淫。固时俗之工巧兮，偭规矩而改错；背绳墨以追曲兮，竞周容以为度。"

　　　④ 《离骚》："世溷浊而不分兮，好蔽美而嫉妒。"又："世溷浊而嫉贤兮，好蔽美而称恶。"《涉江》："世溷浊而莫余知兮，吾方高驰而不顾。"

先生在《屈原研究》里说是受了儒家的影响，我觉得是对的[①]。在屈原的作品里面，首先吸引我们注意的那种神话传说的丰富，想像的奔驰，感情的热烈，文采的绚烂，固然表现了当时的南方文化的独特的色彩；但它们的某些重要思想内容却又说明作者显然接受了当时的北方文化的影响，特别是儒家的政治思想和伦理思想。他认为皇天无私，唯有德者是辅[②]。他和儒家一样讲道德，说仁义[③]。当他"求女"的时候，他不愿以美而无礼的女子为对象，而且自己也以礼自守，不愿无媒自适[④]。

由于材料不足，我们对于屈原的这种政治思想在当时的作用，还难于作出精确的论断[⑤]。然而和他所反对的当时楚国的统

————————

① 郭沫若还说，屈原或者就是《孟子》里面提到过的那位"悦周公、仲尼之道，北学于中国"的楚人陈良的弟子（郭焯莹《读骚大例》中也有这种说法）。这自然是没有根据的推测之词。但陈良"北学于中国"，却可以作为儒家的影响早已到达楚国的旁证。

② 《离骚》："皇天无私阿兮，览民德焉错辅。"

③ 《离骚》："周论道而莫差。"又："览民德焉错辅。"又："夫孰非义而可用兮，孰非善而可服？"《怀沙》："重仁袭义兮，谨厚以为丰。"

④ 《离骚》："保厥美以骄傲兮；日康娱以淫游；虽信美而无礼兮，来违弃而改求。"又："心犹豫而狐疑兮，欲自适而不可。"按《离骚》中所说的"求女"显然是一种比喻，但究竟指什么却众说纷纭：有说指求君者，有说指求贤臣者，有说指求同志者。似以求同志求知己之说为胜。

⑤ 精确的论断应该指明屈原的思想究竟代表当时什么阶级或什么阶层的利益，而且在当时具体的历史条件之下，它的作用是促进社会前进还是阻碍社会前进，然后确定它是进步的，或者是保守的，反动的。先秦时期以孔丘孟轲为代表的儒家思想，无疑地是封建社会的上层建筑，它的作用是为了形成或巩固当时的封建制度的。但究竟这种作用在当时是进步的还是反动的却决定于当时的社会发展情况。中国的封建社会究竟开始于什么时候，目前历史学界对这个问题还没有一致的结论。就我涉猎过的一些历史学者的著作看来，好像封建社会起于西周的说法没有确凿的根据，但战国已是封建社会，那却似乎是可以肯定的。如果我们可以假定封建社会开始于春秋，而且战国仍是封建社会的向上发展的时期，那么，孔孟的学说和屈原的政治思想都应认为是进步的。春秋战国时候出现了许多伟大的思想家、政治家、军事家和文学家，绝不是一件偶然的事情。如果肯定春秋战国是封建社会开始形成和向上发展的时期，那就很好解释了。春秋战国的儒家思想既然是为了形成和巩固新兴的

治集团比较起来，他总是一位有原则、有理想的政治家①。在古代的社会里，常常有统治阶级中的荒淫腐败的当权集团和这一阶级中的比较有原则、有理想的个别人物的矛盾和斗争，而失败的总是后者。对于屈原的政治活动，至少是可以采取这样的看法的。而且后来的人们对于屈原的热烈的同情和崇敬，与其说在于他的政治理想的具体内容，毋宁说更在于他对于理想的坚持的精神。他在《离骚》、《涉江》、《怀沙》等篇中，都反复地表明了他的这种坚决的态度。他宣称他和他所反对的人们之间毫无妥协的余地②。他对他们的攻击和毁谤采取一种藐视的态度③。他对没有操守的人深为不满④。他以死来说明他的决心：

> 亦予心之所善兮，
>
> 虽九死其犹未悔！
>
>
> 民生各有所乐兮，
>
> 予独好修以为常；
>
> 虽体解吾犹未变兮，
>
> 岂予心之可惩！

封建制度而出现的，又为什么不能被当时的实际当权的统治集团所采纳呢？这是因为当时的儒家带有一些理想的色彩，企图使当时的封建统治"合理化"。他们主张减轻封建剥削，使老百姓能够安心生产，然后在这样的基础上来进行封建主义的文化教育，巩固封建制度。这样的政治主张自然是不容易为当时的统治集团所采纳的。

① 当时楚国的统治集团的腐败无能，《史记》里面的《楚世家》、《屈原贾生列传》、《张仪列传》均有一些记载。《战国策》卷三十三有一段白起讲楚国情形的话。他说，他为什么能够率数万之众，攻破楚都郢城呢，是因为"是时楚王恃其国大，不恤其政，而群臣相妒以功，谀谄用事。良臣斥疏，百姓心离，城池不修。既无良臣，又无守备"。被斥疏的良臣，可能就指屈原或包括他在内。

② 《离骚》："鸷鸟之不群兮，自前世而固然。何方圜之能周兮？夫孰异道而相安？"

③ 《怀沙》："邑犬之群吠兮，吠所怪也；诽俊疑杰兮，固庸态也！"

④ 《离骚》："何昔日之芳草兮，今直为此萧艾也？岂其有他故兮，莫好修之害也！"

而且他后来真是用行动来实践了他的宣言。所以他的遭遇不仅在后来的长期封建社会的知识分子中引起了深切的同情，而且在民间风俗上也发生了影响。中国南方各省五月五日的划龙船和吃粽子，都和追悼他有关系。

后来的人们对于屈原的同情和崇敬，除了由于他抱有理想，并且以死来殉他的理想而外，又还因为他对于他的国家和乡土的热爱。春秋战国时期，一个知识分子在他的本国得不到了解和重视，常常投奔到其他国家去找出路。然而屈原潦倒了许多年，却一直不愿离开他的父母之邦。他是不是也曾想到离开楚国呢？在他的长篇抒情诗《离骚》里面，他叙述了他的政治思想的正确，当时楚国的统治集团对他的不了解和排挤，并用种种比喻来描写他的孤立困苦，以至一切绝望，忍无可忍之后，他曾再次向占卦的卜师和下降的神灵叩问行止。卜师和神灵都劝他离开楚国。但当他幻想他驾着飞龙，腾空奔驰，真正开始了他的远行的时候，他却又在光明的天空中忽然望见了在他下面的楚国的国土，这时候他的御者悲伤起来，马也不肯再往前走，于是他终于只有停止了他的远行：

> 陟升皇之赫戏兮，
>
> 忽临睨夫旧乡；
>
> 仆夫悲，予马怀兮，
>
> 蜷局顾而不行。

这篇才气纵横，波澜起伏的二千余言的长诗在达到它的高潮时突然这样收束，然后写出了我们在这一节开头所引用的那几句总括的话。《离骚》的结尾就是这样动人地表现了屈原的对于楚国的爱。

在《哀郢》和《抽思》中，屈原又悲苦地写出了他对于楚都郢城的怀念：

心不怡之长久兮，

忧与愁其相接；

惟郢路之辽远兮，

江与夏之不可涉。

望孟夏之短夜兮，

何晦明之若岁；

惟郢路之辽远兮，

魂一夕而九逝。

曾不知路之曲直兮，

南指月与列星；

愿径逝而未得兮，

魂识路之营营。

而在《哀郢》的乱辞中他更说：

鸟飞反故乡兮，

狐死必首丘。

这使我们想到了另一位古人在临死时所说的话："鸟之将死，其鸣也哀；人之将死，其言也善。"①

　　像这样一个抱有理想，坚持理想，热爱祖国，热爱乡土，而且在他留给我们的作品里面显示出他是一个不世出的天才的人物，在当时的楚国却得到了那样不公平的遭遇，得到了那样不幸的结局，这就使后来许多世纪的人们不能不从这个悲剧看到了封建社会的裂痕，封建社会的不合理。虽然从整个社会的发展说来，封建制度的出现，比之于奴隶制度，是一个很大的进步，但是它先天地带有许多不合理的因素，而且随着社会的继续发展，

━━━━━━━━

　　① 孔丘弟子曾参的话，见《论语》。

这些不合理的因素日益扩大，很快地就消失了它的进步性。这样，就不但要在被压迫被剥削者当中引起不断的反抗，而且在封建地主阶级内部，特别是在这个阶级的知识分子当中，也要不断地出现一些心怀不满的人物。这样的人物就必然会对于屈原的作品感到衷心的共鸣。因为在他们所处的社会里面，很多事物都是如此颠倒混乱，正如屈原在《怀沙》中所曾说过的，"变白以为黑兮，倒上以为下；凤皇在笯兮，鸡鹜翔舞"，或者又如另外一篇以屈原为题材的作品《卜居》所说的，"蝉翼为重，千钧为轻；黄钟毁弃，瓦釜雷鸣"。我们把屈原的作品称为现实主义和积极的浪漫主义相结合的杰作的原因，首先在这里。我们认为屈原的作品的人民性，也首先表现在这里。

我们对于现实主义不能采取一种狭隘的表面的了解。从表现方面看来，屈原的作品是具有浓厚的浪漫主义色彩的。然而我们并不笼统地把浪漫主义和现实主义对立起来。正如高尔基的有名的分析，有消极的浪漫主义，也有积极的浪漫主义。前者利用幻想、虚构以至神秘主义来歪曲现实，粉饰现实，引导人与现实中的不合理的事物妥协或者逃避现实，因而它是反现实主义的；后者虽然同样带有浓厚的幻想、夸大和奇特的色彩，但在根本内容上仍然是真实地反映了现实，引导人正确地认识现实，或者唤起对于现实中的不合理的事物的反抗，因而它的根本精神仍然是和现实主义一致的。屈原的作品正是后者的范例，积极的浪漫主义和现实主义的结合的范例。

我们对于古代的文学作品的人民性也必须反对一种狭隘的庸俗的了解。这种了解以为只有在作品里面找到一些描写人民、同情人民的话才算是有人民性，而不知道古代的作品的人民性常常表现得比较复杂，比较曲折。根据这种了解去研究古代文学，必然要产生这样一些消极的结果：对于有些杰出的作品，因为在它们里面找不到这种内容，或者这种内容极少，于是就不能肯定或者不能充分肯定它们的价值；对于另外一些幸而容易找到这种内容的作品，于是就把它们罗列起来，加以片面的夸张，以为这样就算完成了研究的任务。这种做法，就是把十分需要用头脑的研究工作降低为若干极其简单的公式的机械搬用。古代的那些杰出的作家，都是在不同的条件之下生长起来，成熟起来的，他们的成就和特点各不相同，因此他们的作品的人民性就必然会有各种不同的具体表现。在屈原的作品里面，虽然并不是完全找不到描写人民、同情人民的地方，但这究竟不是它们的主要内容。如果只从这方面来肯定它们的人民性，反而忽略了它们的主要内容，主要意义，那实际是对它们的人民性估计不足的表现。屈原的作品既然尖锐地批评了当时楚国的统治集团，即使主要还是从他个人的遭遇出发，而不是从当时的被压迫被剥削者的遭遇出发，它们所表现的不满却是可以和人民的不满相通的。即使他的理想并不是直接反映了当时的人民的利益的理想，他所爱的国家也和我们今天的国家有着根本上的不同，然而他对于理想的坚持和对于楚国的热爱仍然可以引起我们的同情和崇敬。这就是他的作品的思想内容上的人民性。

四

在文学历史上发生了巨大的影响的古典作品都有这样一个特点：思想和艺术的高度的统一。这就是说，不但它的思想内容总是真实地反映了当时的社会生活的某些重要方面，有它的独特的意义；而且它的艺术成就也总是突出地超过了当代的以至若干代的水平，表现出极大的独创性。

屈原的作品的独创性是异常显著的。想像的丰富，感情的热烈，神话传说的运用，地方色彩的浓厚，楚国的民间形式和民间语言的吸取，这许多成分构成了它的奇特和绚烂。总括起来说，它在艺术方面的贡献，首先在于第一次创造了十分富于个性的诗歌，并且大大地扩大了诗歌的表现能力。《诗经》中也有许多优美动人的作品；不能说那些作品没有作者的个性的闪耀。然而，像屈原这样用他的理想、遭遇、痛苦、热情以至整个生命在他的作品上打上了异常鲜明的个性的烙印的，却还没有。因此，我们可以说，在屈原以前的诗歌还是群众性的创作，从屈原起才算有了专门的文学家的创造。《诗经》中的作品因为还是群众性的创作，一般地说，它们的内容比较单纯，句子和篇幅也比较简短。屈原的作品却在句法上、篇幅上以及其他表现方法上都有了很大的发展和改变，更适合于表现比较复杂的内容。屈原以后的许多诗人写的四言诗极少成功之作；而主要是在屈原的作品的影响之下起来的辞赋却在后来有过一些发展（虽然其中有不少无味的模拟，但还是产生了一些有生命的作品）。这也反过来证明了屈原所创造的艺术形式的进步性。我们可以用这样一句话来说明屈原的作品在这一方面的贡献：在中国文学历史上，它结束了一个旧的时代，又开辟了一个新的时代。

然而，这样的说明还并不充分。屈原的作品不但在文学历史上很重要，而且是我们至今仍然可以学习的。马克思主义的文艺理论指出了文艺的特质是形象。但是，并不是有了形象就等于有了高度的艺术性。这里面有一些秘密值得我们的文艺科学家去进行细致的研究。有些文学家和艺术家的作品就好像传说中的魔术家的手指一样，它们轻轻一动就在我们面前展开了一个迷人的世界，就捕捉住了我们的心灵。这样的艺术效果的构成是有许多复杂的因素的。但形象仍然是其中的中心问题。屈原的《离骚》的内容是很政治化的，在普通的作者的手里，很容易写得比较枯燥。《诗经》里面的所谓"变雅",虽然同样地是古代的知识分子批评当时的政治的作品,许多就有这种缺点。屈原的《离骚》却以丰富的动人的形象构成了一个雄伟的整体。他以对于种种香草的癖爱来比喻他的志洁行芳:

> 朝饮木兰之坠露兮,
>
> 夕餐秋菊之落英。
>
> 苟余情其信姱以练要兮,
>
> 长顑颔亦何伤!
>
>
> 制芰荷以为衣兮,
>
> 集芙蓉以为裳。
>
> 不吾知其亦已兮,
>
> 苟余情其信芳!

他借女婴的责备来引出他对于他的政治理想的正面说明。他表达他的理想不能实现而且无人了解的痛苦的时候,不只是作了直接的叙述,而且以一些想像中的经历的描写来加强艺术的效果。他幻想他驾着虬龙和凤凰,乘风飞向天空,到处去寻求他的同情者和支持者:

> 路曼曼其修远兮,
>
> 吾将上下而求索。

然而他到了天帝的门前,天帝的看门人却闭门不纳。于是他又想到寻求一个能够理解他的女子:

> 忽反顾以流涕兮,
>
> 哀高丘之无女。

但"求女"也终于没有结果。然后他深深地慨叹了:

> 怀朕情而不发兮,
>
> 余焉能忍而与此终古!

然后是向卜师和神灵叩问行止。然后是卜师和神灵都劝他离开楚国，但他却眷恋而不能去。《离骚》就是这样混合着事实的叙述和幻想的描写，内容丰富而又结构完美地，在我们面前构成了一个完整的巨大的形象，构成了一个具有美学中所说的那种崇高美的不朽的建筑物。一个成功的艺术品都应该是这样的：不只有一些优美的动人的局部的形象，而且这些局部的东西合起来，能够构成一个和谐的，完满的，好像一个错乱的音符也没有的乐曲一样的整体。屈原的有些短小的作品也是有这种特点的。但是，如果我们还需要对它们作一点引用的话，那应该是用来说明和形象有关的其他的问题了。

　　　　帝子降兮北渚，
　　　　目眇眇兮愁予。
　　　　嫋嫋兮秋风，
　　　　洞庭波兮木叶下。

　　　　若有人兮山之阿，
　　　　被薜荔兮带女萝，
　　　　既含睇兮又宜笑，
　　　　子慕予兮善窈窕。

这是《九歌》中的《湘夫人》和《山鬼》两篇的开头。这不是一下子就在我们面前出现了两种不同的情景，而且是完全切合"湘夫人"和"山鬼"的身份及其所处的环境的情景吗？屈原的《九歌》差不多都是这样，写什么对象就毫不着力地描画出来了切合这种对象的生活、环境和气氛。又比如《少司命》里面的这样一个为后人所传诵的片段：

　　　　秋兰兮青青，
　　　　绿叶兮紫茎。

　　　满堂兮美人，

　　　忽独与余兮目成。

　　　入不言兮出不辞，

　　　乘回风兮载云旗。

　　　悲莫悲兮生别离，

　　　乐莫乐兮新相知！

这就不只是善于描写景象，而且是善于用非常少的笔墨表现出人生里面的某些动人的经验了。这样的特点也是中国古代的那些最成功的诗歌所共有的。《诗经》里面如"兼葭苍苍，白露为霜"那样一些诗，以及后来的古诗十九首，陶渊明、李白、杜甫的那些百读不厌的作品，都具有这样的艺术的魅力。这种魅力的构成主要在于这些作者善于从自然和人生里面捕捉那种最有典型性的形象，最能唤起读者的想像和情绪的活动的形象，而又用十分单纯十分优美的诗的语言去表现出来。

　　我们应该学习中国古代的最成功的作品的这些特点以及其他优点，创造出我们这个时代的百读不厌的诗歌来。

五

　　由于具有如上所述的思想内容和艺术特点，屈原的作品很快地就在楚国，接着就在经过了秦汉的统一的全中国，发生了很大的影响。这种影响可以分为艺术形式方面和作品的根本精神方面来略加说明。在艺术形式方面的影响就是辞赋的兴起。司马迁在《屈原贾生列传》中说："屈原既死之后，楚有宋玉、唐勒、景差之徒者，皆好辞而以赋见称。"在这些人中，宋玉是最优秀的，所以后来"屈宋"并称，而且他的有些作品能够保存到现在。汉以后，有一个时期辞赋成为文学上的主要形式。就是在五言诗兴起、并成为文学上的主要形式的时候，辞赋仍然是重要形式之一。然而汉朝有名的辞赋家如枚乘、司马相如、扬雄等人，他们的作品的思想性和艺术性都远不如屈原的作品。倒是他们以后的有些作者反而写过一些更有生命的辞赋，如曹植、陶渊明、江淹、庾信等人（曹植和陶渊明的更大的成就是在五言诗方面）。如果我们不只从艺术形式方面的影响，而且从作品的根本精神方面的影响来考察，就可以在后来找到一些更伟大的屈原的继承者。这样的作家首先是汉朝的司马迁。他的《史记》是一部很庞大的历史著作，其中的许多传记却同时又是人物性格写得很成功的文学作品。他在当时的封建王朝的遭遇也是不幸的。他自己这样描写过他所处的地位：“文史星历，近乎卜祝之间，固主上所戏弄，倡优所畜，流俗之所轻也。”①他曾经仅仅因为对一件时事发表了为皇帝所不高兴的意见，就下了监狱，受到了很不人道、并令他感到异常耻辱的刑法——宫刑。他的《史记》对于后来的散文的影响，是和屈原的作品对于后来的韵文的影响同样重大的。唐朝最伟大的诗人，同时也是屈原以后中国封建社会的最伟大的诗人，李白和杜甫，在这样的意义上，也可以看作屈原的继承者。当然，他们两人和屈原之间，他们两人相互之间，对于封建社会的不满和批判的出发点以及所达到的程度，都是并不相同的。但在根本精神上他们的作品却有相通之处。李白的诗的思想价值主要在于：它表现出高度的对于个人自由的渴望，并且对于封建秩序保持着一种不可驯服的轻视。他以这样的诗句典型地表现了他的这种精神：“安能摧眉折腰事权贵，使我不得开心

---

① 《报任少卿书》，见《汉书·司马迁传》和《文选》。

颜!"① 而又这样愤慨地说出了他的天才的作品在封建社会里所受到的不公平的待遇:"吟诗作赋北窗里,万言不直一杯水。"② 他的晚年是很凄凉的。和他同时的杜甫更深刻地批判了当时的社会。由于一生颠沛流离,接触了下层人民的生活,杜甫发现了并写出了封建社会的最根本的秘密:剥削者与被剥削者的对立。他把深厚的同情给予了用自己的劳动创造财富反而受到饥寒的劳动人民,而对掠夺他人以供其享受浪费的贵族则给以尖锐的讽刺和鞭挞。杜甫的这些作品是中国封建社会的诗歌的最高峰。像司马迁、李白和杜甫这样一些伟大的作者,他们所继承的前人的传统是多方面的,绝不只是屈原的作品。而且他们的名字能够和屈原并列,正和屈原一样,不仅由于他们能够充分继承他们以前的优良的传统,而且更由于他们有他们各自不同的巨大的独特的创造,在他们的作品中展开了一个以前没有出现过而且以后也无人能够重复制造的世界。然而,同样可以断定的,他们一定接受过屈原的影响。司马迁自己说过,他受宫刑以后,曾经从"屈原放逐,迺赋离骚"③ 以及其他和这相类似的事情取得支持和鼓励,因而完成了他的那部大著作。李白的诗在风格上和内容上都带有屈原的作品的影响的痕迹,他也是一个现实主义和积极的浪漫主义相结合的伟大诗人。他是这样地推崇屈原在文学上的成就:"屈平词赋悬日月,楚王台榭空山丘。"④ 杜甫也曾经在诗里把屈原的成就悬为他的努力的目标之一:"不薄今人爱古人,清辞丽句必为邻;窃攀屈宋宜方驾,恐与齐梁作后尘。"⑤

---

① 《梦游天姥吟留别》。
② 《答王十二寒夜独酌有怀》。
③ 《报任少卿书》。
④ 《江上吟》。
⑤ 《戏为六绝句》。

对于屈原的作品的评论，司马迁又曾经在《屈原贾生列传》里这样说："《国风》好色而不淫，《小雅》怨诽而不乱，若《离骚》者，可谓兼之矣。上称帝喾，下道齐桓，中述汤武，以刺世事。明道德之广崇，治乱之条贯，靡不毕见。其文约，其辞微。其志洁，其行廉。其称文小而其指极大，举类迩而见义远。其志洁，故其称物芳；其行廉，故死而不容自疏。濯淖污泥之中，蝉蜕于浊秽，以浮游尘埃之外，不获世之滋垢，皭然泥而不滓者也。推此志也，虽与日月争光可也。"① 中国古代常常把《诗经》作为诗歌的最高标准。因此，说屈原的作品兼有《国风》和《小雅》的优点，就是最高的推崇。说屈原的人格可以和日月争光，这更是对于他和封建社会中的不合理的事物绝不妥协的精神作了充分的肯定。汉朝另一个有名的历史学家和文学家班固，虽然称赞屈原的作品"弘博丽雅，为辞赋宗"，却不能理解屈原的人格。他对于这样的说法表示异议。他批评屈原"露才扬己"，不能明哲保身②。他又以同样的意见批评过司马迁，说他虽然"博闻洽知"，却不能"以知自全"③。然而历史事实对他作了无情的反驳和讽刺。他这样一个反复提倡明哲保身的人，后来并没有得到善终，而是因事被逮捕，死在监狱里面。这就充分证明了封建社会中的许多有才能的人不能"保身"，并非他们不"明哲"，而是这个社会本身不合理的缘故。南北朝的著名的文学批评家刘勰在《文心雕龙》里，对屈原的作品的艺术性也作了高度的评价。他

---

① 据班固《离骚序》和刘勰《文心雕龙·辨骚》。这本来是汉朝的淮南王刘安对《离骚》的看法；但司马迁把它写入自己的文章中，不加说明，可见他是完全同意的。我们这里的引用又是根据他的《屈原贾生列传》中的文字，所以就算作是他的评论。

② 《离骚序》，见王逸《楚辞章句》。

③ 《汉书·司马迁传赞》。

看出了它们的独创性和善于描摹事物。他说它们"气往轹古，辞来切今，惊采绝焰，难与并能"，"叙情怨则郁伊而易感，述离居则怆怏而难怀，论山水则循声而得貌，言节候则披文而见时"。他又指出了它们的影响的巨大："其衣被词人，非一代也"。然而刘勰也并不能认识屈原的作品的思想价值。他以狭隘的封建教条为标准，说它们"体慢于三代"。

二千多年来的中国有名的文学家，接受了屈原的影响并且对他作过评论的人，那是很多的。我们这里叙述的不过是一部分较早的和较有代表性的例子。

六

列宁在评论俄罗斯的伟大作家托尔斯泰的时候曾经这样说："对托尔斯泰的正确的评价，只有依据社会民主主义的无产阶级的观点才有可能。"在这篇题作《托尔斯泰》的论文里他又说："托尔斯泰死了，革命前的俄罗斯也过去了，它的弱点和无力曾经被这位天才艺术家表现在他的哲学里和描写在他的作品里。但是在他的遗产中，却有一些不是归入过去而是属于将来的东西。这个遗产将由俄国无产阶级接受下来而且加以整理。"中国的封建社会早已过去了。但在文学方面，中国长期的封建社会也给我们留下了一些不是归入过去而是属于将来的东西。接受和整理的任务也就提到了我们的面前。中国古代的那些杰出的作品，虽然以它们自己的艺术力量为它们在封建社会里面争取到了存在和流传，并且发生了巨大的影响，但它们的意义和价值却并未得到恰当的科学的说明。因此，列宁的指示对于我们，就非常重要了。只有依据无产阶级的观点，也就是马克思列宁主义的观点，我们才有可能对它们作出正确的评价。

　　"马克思主义是站在事实的基础之上，而不是站在可能的基础之上。马克思主义应当只把真正的和无可争辩的被证实了的事实，作为自己政策的前提。"列宁这几句关于无产阶级的政党应该在什么基础之上规定自己的政策的话，它的精神对于研究工作也是适用的。这是我们首先应该建立的观点。根据这种观点，我们就要提倡实事求是的态度，反对主观主义的态度。做研究工作，在这点上和毛泽东同志在《改造我们的学习》中所说的做实际工作应该是一样的：必须不凭主观想像，不凭一时的热情，而凭客观存在的事实，详细占有材料，在马克思列宁主义一般原理的指导下，从这些材料中引出正确的结论。关于中国古代文学的研究，由于许多前人的辛勤的努力，累积了丰富的材料，这是应当肯定的。但是，也应该说明，在一部分研究者当中却产生了一种不好的风气，那就是牵强附会地追求个人的创见，极少根据或者毫无根据就制造出一些新奇的议论。这样的研究者实在是无实事求是之意，有哗众取宠之心。在对于屈原的研究中，也是有过这种现象的①。这样的人，好像以为关于许多古代的杰出的作品本身已经没有什么工作可做，只有来对它们发表一些离奇的议论，或者对某些枝节问题作一种穿凿附会的解释。实际上，这些作品的思想内容和艺术特点都是还有待于我们去作认真的科学的研究的。

　　当然，只是详细占有材料，只是有事实的基础，也不一定就可以作出正确的评价。还必须能够提到理论的高度。也有这样的研究者，阅读了丰富的材料，却发现不了重要的问题，只能作一些材料的罗列。缺少马克思列宁主义的理论的指导，这正是过去

————————

　　①　比如，廖平、胡适怀疑屈原这个人的存在，孙次舟说屈原是一个弄臣，朱东润认为《离骚》是汉朝的淮南王刘安所作等怪论，就是一些极端的例子。

关于中国古代文学的研究中的一个致命的弱点。根据马克思列宁主义的理论，文学是社会意识形态之一。要评价在阶级社会里出现的一个作家的或者一个作品的思想，必须说明这种思想的社会条件和阶级性质，然后才可能正确地判断它的作用。列宁对于托尔斯泰，正是这样作的。他的那样精确的分析和说明是马克思主义的文艺批评的一个辉煌的范例。然而，文学是一种复杂的社会现象，具体的作家或作品也常常是一个复杂的存在，要作这种分析和说明是并不容易的。关于古代的作家或作品，又总是材料不足，这就更增加了我们的困难。

正是由于这些困难，我们对于屈原和他的作品所能作的分析还只能是很简单，很粗浅的。但是，从这个简单的粗浅的分析，我们仍然可以看出屈原是一个我们今天还值得去学习的伟大的文学家。我们应该学习他的坚持理想的精神，学习他的爱国的精神，学习他在文学上的创造精神。他的理想还是封建时代所能有的理想，他的国家还是封建时代的国家，然而他却那样热爱它们，以至最后献出了他的生命。那么，我们对于我们的理想，社会主义的理想，我们这个时代的最崇高的理想，我们对于我们的国家，人民自己的国家，正在生气勃勃地逐步过渡向社会主义社会的国家，我们对于我们的工作，为了实现我们的理想和建设我们的国家的庄严的工作，更应该如何热爱它们，如何为它们贡献出我们的一切！

1953 年 5 月 12 日写完

关于现代格律诗

《关于写诗和读诗》在《中国青年》上发表以后，我收到了许多读者同志的来信，以至无法一一作复。在这些信里面，有一部分是和我讨论现代格律诗问题的。关于现代格律诗，我那篇文章实在讲得太简单了，应该略加补充，同时也就把这作为我对这一部分来信的回答。

一 为什么有建立现代格律诗之必要

我在那篇文章里说，"虽然自由诗可以算作中国新诗之一体，我们仍很有必要建立中国现代的格律诗"。

不少同志同意我这样的看法；但也有不以为然的。有一位同志说，他认为诗只应该在语言的精炼、和谐和节奏鲜明上有别于其他文学样式，不赞成除此而外再对诗的形式作更多更具体的规定。他又说，如果我们要把诗加以区分的话，只能按照内容分为抒情诗、叙事诗、政治讽刺诗等，不可能也没有必要把它分为格律诗和自由诗。

说诗根本不可以分为格律诗和自由诗，我觉得是没有理由的。文学艺术的样式可以从它们的内容上的差异来分类，也可以从它们的形式上的差异来分类。按照形式上的显著的不同把诗分为格律诗和自由诗，这是和中国的，外国的诗歌的情况都符合的，已经为大家所公认，并没有什么不妥当。所以，问题倒并不在诗可不可以这样分类，而在我们今天到底有没有建立格律诗之必要。

为什么我说我们很有必要建立中国现代的格律诗呢？这是因为我认为我们还没有很成功地建立起这种格律诗的缘故。这是因为我认为没有很成功的普遍承认的现代格律诗，是不利于新诗的发展的缘故。

我曾经在另一篇文章里写过这样一句话："我们应该承认，自由诗不过是诗歌的一体，而且恐怕还不过是一种变体。"也有同志不以为然，觉得这种说法对自由诗有些贬低。但我倒并非想对格律诗和自由诗有所褒贬，而是从诗歌的发展的历史看来，好像事实是如此而已。

中国的和外国的古代的诗歌，差不多都有一定的格律。这难道是一种偶然的现象吗？不，我想这不但和诗歌的起源有关系，而且和诗歌的内容也有关系。最早的诗是和歌唱不分的，这就决定了它的节奏常常有一定的规律。后来诗和歌唱分了家，但仍长期地普遍地虽说程度不同地保存着这种形式上的特点。我想，这决不是一种"蛮性的遗留"，而是这种形式上的特点虽然一方面对于诗的内容的表达给予了若干限制，但在另一方面，它又和诗的内容的某些根本之点是相适应的，而且能起一种补助作用的缘故。诗的内容既然总是饱和着强烈的或者深厚的感情，这就要求着它的形式便利于表现出一种反复回旋、一唱三叹的抒情气氛。有一定的格律是有助于造成这种气氛的。我们可以设想，如果把我们古代的许多脍炙人口的诗歌，去掉了它们原来的格律，改写为类似现在一般的自由诗的样子，它们一定会减色不少。然而，这并不是说我们就可以否定自由诗。自由诗产生于近代。它的产生是由于有那样的诗人，他感到用传统的格律诗的形式不能表现出他所要表现的内容，不得不采取一种新的形式。应该承认，这是非常富于创造性的，而且对于诗歌的发展是有利的，因为它丰富了诗歌的形式。但文学的历史又告诉我们，自由诗并不能全部代替格律诗。不但自由诗兴起以后仍然有许多诗人写格律诗，而且苏联今天还是格律诗占绝对优势。这难道也是一种偶然的现象吗？不，我想决不是这些诗人特别保守，而是其中有一些深刻的原因。这恐怕首先应该这样解释：虽然现代生活的某些内容更适宜于用自由诗来表现，但仍然有许多内容可以写成格律诗，或者说更适宜于写成格律诗。其次，很多读者长期地习惯于格律诗的传统，他们往往更喜欢有格律的诗，以便于反复咏味，这种倾向也不能不对于写诗的人发生影响。有一位同志在来信中说，"战斗的号召或是带有鼓动性的诗歌"更适宜于用自由体，"一般的抒情诗和叙事诗"可以用格律体。他也就是从内容上的不同感到这两种体裁都有必要。

有几位同志都提出了这样的问题：为什么新诗不像古诗那样令人百读不厌？其中有一位这样说："谁都承认新诗所描写的人物、事件、生活总比古诗所描写的要来得动人，为什么效果不同呢？是我的思想感情有毛病吗？是观察上的错误吗？还是由于新诗在形式上存在着错误，或者是写新诗的人在技巧上比过去的诗人差？"还有一位同志甚至这样说："为什么现代的新诗就没有伟大的诗人和作品出现呢？我和很多同志一样有这样一个疑问。我想——这是我个人幼稚的想法——这主要是现代的新诗和中国古代诗歌的优秀传统脱了节，而这种脱节又主要是在形式方面。"把新诗的一切缺点都归罪于它的形式，或者特别归罪于自由诗的形式，这未免把问题看得太简单了，因而是并不恰当的。为什么我们今天还没有产生伟大的诗人，为什么我们今天的诗歌还不能像古代那些最好的诗歌那样令人百读不厌，我认为是有多方面的原因的。新诗的形式问题还没有得到圆满的解决，不过是原因之一。其他种种原因我已经在《关于写诗和读诗》、《更多的作品，更高的思想艺术水平》这两篇文章里说过了，用不着重述。然而，这些同志的意见却反映了这样一个事实：我国古代的诗歌曾经找到过多种多样的形式，而且有那样一些作者，他们运用那些形式达到了非常的成熟，非常的完美；而我们今天，却还没有能够很成功地建立起普遍承认的现代格律诗的形式，能够把自由诗的形式运用得很好，或者说能够把自由诗写得从内容到形式都真正是诗的人，也是很少的。在理论上我们不能否认，用自由诗的形式也可以写出百读不厌的诗来。但事实上我们却很难得读到这样的自由诗。也许自由诗本身就有这样一个弱点，容易流于松散。但我想决定的原因还是在于写诗的人。许多写诗的人并没有受过认真的专门的训练，他们写自由诗并不是因为他们所要表现的内容只能采取这种形式，却不过是这样写最容易，或者大家这样写他也就这样写，这怎么能够写出令人百读不厌的诗来呢？

我曾碰到过一位德意志民主共和国的年轻的诗人。我问他："你们现在写诗，是写格律诗的人多，还是写自由诗的人多？"可能他们的情况和我们有些相似，年轻的诗人还是写自由诗的比较多吧，他没有正面回答我的问题，只是说："我们写自由诗的人都是先受过格律诗的训练的。"我觉得这句话很有些道理。后来我想，如果我们现在办一所培养写诗的人的学校，到底开头应该叫他们练习写什么样的诗呢？又用些什么方法来训练他们的语言文字，使他们能够从写作中辨别诗的语言和散文的语言的区别，以至自己能够写出精炼的优美的诗的语言呢？我不能不承认，先练习写格律诗比先练习写自由诗好。先受过一个时期写格律诗的训练，再写自由诗，总不至于把一些冗长无味的散文的语言分行排列起来就自以为诗吧。但是，我接着又想，先练习写格律诗，我们现在又有些什么很成功的格律诗可以供他们学习呢？这就不能不使我深切地感到，我们实在需要有一些有才能的作者来努力建立现代格律诗，来写出许多为今天以至将来的人们传诵和学习的新的格律诗了。

　　并非一切生活内容都必须用自由诗来表现，也并非一切读者都满足于自由诗，因此，一个国家，如果没有适合它的现代语言的规律的格律诗，我觉得这是一种不健全的现象，偏枯的现象。这种情况继续下去，不但我们总会感到这是一种缺陷，而且对于诗歌的发展也是不利的。这就是我主张建立现代格律诗的理由。

二　古代五七言诗的顿和现代格律诗不能采用五七言体的原因

　　格律诗和自由诗的主要区别在哪里呢？最主要的区别就在于格律诗的节奏是以很有规律的音节上的单位来造成的，自由诗却不然。押韵不押韵是不是一个区别呢？古代希腊的格律诗都不押韵。英国的格律诗有一种体裁是不押韵的，叫作无韵体。中国古代的格律诗却都是押韵的。按照中国的传统，我主张我们的现代格律诗也押韵。但是，自由诗也有押韵的，所以格律诗和自由诗在这一点上的区别并不在于押韵与否，而在于押韵是否也很有规律。

　　中国古代格律诗的节奏主要是以很有规律的顿造成的，这已经是许多研究诗歌的人所共有的看法。但不少的同志却不清楚什么叫做顿，提出了这样一些问题："你说'每行顿数一样'，这顿是语气上抑扬顿挫的顿，还是指一行诗中停顿的顿？""是不是一个词为一顿？""为什么古代的诗是五言体三顿，七言体四顿？现在的诗是否也应该这样？""你说的顿是不是同旧诗词里的顿一样？旧诗词里的顿是在每句中的平声字上。如果一样，那么新的诗人也应该先了解平仄了，这是否能做得到？"

我说的顿是指古代的一句诗和现代的一行诗中的那种音节上的基本单位。每顿所占的时间大致相等。旧诗词里的顿并非都在平声字上，而是这样的：

人生——不相——见，

动如——参与——商。

今夕——复何——夕，

共此——灯烛——光。

浔阳——江头——夜送——客，

枫叶——荻花——秋瑟——瑟。

主人——下马——客在——船，

举酒——欲饮——无管——弦。

帘外——雨潺——潺，

春意——阑珊。

罗衾——不耐——五更——寒。

梦里——不知——身是——客，

一晌——贪欢。

前两个例子是一首五言诗和一首七言诗的开头四句。凡是有过读旧诗的经验的人都是这样的，把五言诗的一句读为三顿，七言诗的一句读为四顿。从这些例子可以看出，顿是音节上的单位，但它和意思上的一定单位（一个词或者两个词合成的短语）基本上也是一致的。只是有时为了音节上的必要，也可以不管意思上是否可以分开，比如"秋瑟——瑟"、"无管——弦"、"雨潺——潺"就是这样。另外，从前两个例子还可以看出，不但它们每句的顿数很有规律，它们的韵脚也是一样。第一个例子是第二行和第四行押韵，第二个例子是第一行和第二行押韵，第三行和第四行押韵。第三个例子是一首词的前一半，普通叫作上半阕或者上片。单从这一部分看来，好像词的节奏和韵脚都没有什么规律。但这首词的后一半的句法和押韵都是和这一样的，合在一起就显得仍然很有规律了。当然，词的格式很多，也有两部分合起来并不是句法和押韵完全一样而是略有变化的，也有并不分为对称的两部分，而且句法和押韵更为参差不齐，简直有些像只是押韵的自由诗。但是，词都是按照固定的格式填写的，就是这种有些像自由诗的词，写起来实际比五七言诗还要不自由。由于这样的特点，词对于我们建立现代格律诗的参考价值，是不如五七言诗的。

　　中国古代的格律诗的形式达到五七言诗这样成熟，是逐渐发展而来的。但五七言诗兴起以后，的确在古代很长一个时期内它们都是诗歌上的支配形式。因此，有些作者想用五七言体来建立现代格律诗。有了一种主张，就努力去实践，这种精神是好的。但是，也许我的结论还是下得太早吧，我认为这些同志近几年来的试验却证明了此路不通。我这次收到的来信中，就有对这种五七言白话诗表示不满的意见。有一位同志说："近来诗歌上常采用五七言体。由于五七言的限制，内容也受影响，有时候不得不拖出文言词藻来凑成五七言，这是不健康的现象。"这位同志对于目前的五七言白话诗的批评，我觉得是正确的。但是，如果因此就得出这样的结论，说格律诗不必每行顿数一样，或者甚至说根本不必建立格律诗，那就不恰当了。我认为古代的五七言诗是很可以供我们建立现代格律诗参考的，但从格律方面说，我们应该采取的只是顿数整齐和押韵这样两个特点，而不是它们的句法。它们的句法是和现代口语的规律不适应的。最近几年来有些同志写的五七言白话诗之不成功，最基本的原因就在这里。

五七言诗的句法是建筑在古代的文学语言即文言的基础上。文言中一个字的词最多。所以五七言诗的句子可以用字数的整齐来构成顿数的整齐，并且固定地上面是两个字为一顿，最后以一个字为一顿，读时声音延长，这样来造成鲜明的节奏感觉和一种类似歌咏的调子。而且文言便于用很少几个字来表现比较复杂的意思。现在的口语却是两个字以上的词最多。要用两个字、三个字以至四个字的词来写五七言诗，并且每句收尾又要以一字为一顿，那必然会写起来很别扭，而且一行诗所能表现的内容也极其有限了。延安文艺座谈会以后，有同志建议我们用五七言的节奏和调子写诗，我也曾试验过。但我试验的结果却否定了它。因为我感到五七言诗的句法和口语有很大的矛盾，很难充分地表现我们今天的生活。我感到要写五七言诗，与其用白话，不如干脆用文言，那样倒便利得多。但如果真用文言来写，那又成了旧诗，不是新诗了。这样，就势必把我们的诗歌的车子倒开到"五四"运动以前去。过了许多年我才弄清了这样一个简单的道理，在格律上我们要从五七言诗借鉴的主要是它们的顿数和押韵的规律化，而不是硬搬它们的句法，这或者也可以叫做抛弃了它们的过时的外壳而采取其合理的核心吧。但是，抛弃了五七言的句法，那也就不是五七言体了。

主张以五七言体来建立现代格律诗的人所持的理由不外乎这样几种：（一）五七言体是中国古代长期处于支配地位的诗歌形式，不采取这种形式就是和古代的诗歌的优良传统脱节；（二）我们的语言的特点是单音词最多，至今还是这样，所以现在仍可以写五七言诗；（三）民歌和其他群众诗歌创作的形式也常常是属于五七言系统，因此采用五七言体又有利于诗歌的大众化。

古代的诗歌的优良传统我们是一定要继承的。但我们不能把这种传统简单地缩小为五七言的体裁或句法。我们的文学语言既然起了很大的变化，诗歌的形式就不能不随着发生变化。以为建立现代格律诗的形式用不着我们自己去作一番努力，我们的祖先早在一千多年前已经替我们完全准备好了，只要去拿来用就成，这种想法未免太天真了。说我们现在的语言还是单音词最多，这是随便找一段按照口语写的文字来统计一下，就可以证明这种说法是不合乎事实的。但有些同志仍喜欢不加考虑地这样说。我这次收到的来信中，就有同志有这样的看法。其实说我们的语言的特点是单音节的词最多，因而词汇贫乏，没有语法，因而是一种落后的原始的语言，这完全是西欧资产阶级的学者的武断宣传和任意诬蔑，苏联的学者已经替我们批判了这些荒谬的议论，十分正确地说双音节才是汉语形态学的组织标准，并且认为汉语自古以来就是人类复杂思想的有价值的表达工具，现在是世界上最发达最丰富的语言之一（只有斯大林同志批评过的马尔受了西欧资产阶级的学者的影响，同样说汉语是单音节的、原始时期的语言，但他在这点上也已经受到了批判），我们不应该再重复这种错误的议论了。曾为我们古代的文学语言的文言倒的确是单音词很多。但应该知道，那不过是古代的书写语言，古代的口头语言恐怕也并非就是这样。鲁迅先生曾经认为古代的语言和文字未必一致，文言不过是古代的口语的摘要，这种设想是很合乎情理的。许多地区的民歌在节奏上的确是属于五七言诗的系统，但在字数上却常常突破了五言七言，因此表现能力比严格的五七言白话诗强一些。这种突破了五言和七言的限制的民歌体，我想是可以作为诗歌的体裁之一而存在的。民歌以外的其他群众诗歌创作也还有和五七言的节奏相同的，比如快板。这类形式自然也可以继续作为群众自己表现他们的思想情感和为了一定的目的向群众作宣传的工具。但是，用民歌体和其他类似的民间形式来表现今天的复杂的生活仍然是限制很大的，一个职业的创作家绝不可能主要依靠它们来反映我们这个时代，我们必须在它们之外建立一种更和现代口语的规律相适应，因而表现能力更强得多的现代格律诗。在这种格律诗还没有很成熟的时候，也就是还没有产生大量的成功的作品并通过它们发生广泛的深刻的社会影响的时候，在文化水平不高的群众中间，民歌体和其他民间形式完全可能是比这种格律诗更容易被接受的。但是，民歌体也好，其他民间形式也好，尽管都可以存在，都可以发生作用，应该说这都是属于利用旧形式的范围，并不能代替和取消新的格律诗。而且，人民群众的文化水平是会逐渐提高的，不能认为他们就不可能接受新的诗歌形式。在文学艺术工作上，我们也必须有远见。

三　现代格律诗的顿和押韵

我在上面说，许多地区的民歌在节奏上属于五七言诗的系统，但在字数上却常常突破了五言和七言。这样的民歌的分顿是很值得注意的：

　　　　哥哥你——走西——口，
　　　　小妹妹——实难——留；
　　　　手拉着——那哥哥的——手，
　　　　送你到——大门——口。

　　　　枣林的——核桃——河畔上的——草，
　　　　拜了一个——干妹妹——数你——好。

前山里——有雨——后山里——雾，

照不见——哥哥走的——那条——路。

第一个例子的节奏是和五言诗一样的，第二个第三个例子的节奏是和七言诗一样的，但是它们在字数上却已经完全不是五七言。这非常清楚地说明了这样一点道理：用口语来写诗歌，要顾到顿数的整齐，就很难同时顾到字数的整齐。我认为我们的现代格律诗大致就可以这样分顿（我说大致，是因为民歌有时为了和曲调吻合，把本来应该分为两顿的当作一顿，比如"拜了一个"）；只是为了更进一步适应现代口语的规律，还应该把每行收尾一定是以一个字为一顿这种特点也加以改变，变为也可以用两个字为一顿。所以我在上次那篇文章中说，"每行的收尾应该基本上是两个字的词"。好几位同志对这一点提出了怀疑。有一位说："中国文字中单音词不少，如果每行收尾要用两个字的词，那么不又多生出一层选择适当词汇的困难吗？每行收尾用两个字的词到底有什么好处？"我说的是基本上以两个字的词收尾。"基本上"就是说主要是这样，大多数是这样，并非说完全不能以一个字的词收尾。这样到底有什么好处？就是为了更适应现代口语中两个字的词最多这一特点，就是为了写诗的人更方便。我们不妨引一首闻一多先生的诗来看看：

这灯光，这灯光漂白了的四壁；

这贤良的桌椅，朋友似的亲密；

这古书的纸香一阵阵的袭来，

要好的茶杯贞女一般的洁白；

受哺的小儿接呷在母亲怀里，

鼾声报道我大儿康健的消息……

这神秘的静夜，这浑圆的和平，

我喉咙里颤动着感谢的歌声。
但是歌声马上又变成了诅咒，
静夜！我不能，不能受你的贿赂。
谁稀罕你这墙内尺方的和平！
我的世界还有更辽阔的边境。
这四墙既隔不断战争的喧嚣，
你有什么方法禁止我的心跳？
最好是让这口里塞满了沙泥，
如其它只会唱着个人的休戚！
最好是让这头颅给田鼠掘洞，
让这一团血肉也去喂着尸虫，
如果只是为了一杯酒，一本诗，
静夜里钟摆摇来的一片闲适，
就听不见了你们四邻的呻吟，
看不见寡妇孤儿抖颤的身影，
战壕里的痉挛，病人咬着病榻，
和各种惨剧在生活的磨子下。
幸福！我如今不能受你的私贿，
我的世界不在这尺方的墙内。
听！又是一阵炮声，死神在咆哮。
静夜！你如何能禁止我的心跳？

这首诗的每行最后一顿，绝大多数都是两个字，只有两行是三个字。而在最后一顿的两个字里，又绝大多数是两个字的词。但也有一部分是两个词合成的短语。所以，说得更恰当一点，"每行的收尾应该基本上是两个字的词"这种说法还可以改为"每行的最后一顿基本上是两个字"。我觉得这样是和我们的口语更一致的。但这仍然不是说最后一顿就完全不可以是一个字。闻一多先生又有这样一节诗：

> 请告诉我谁是中国人，
> 谁的心里有尧舜的心，
> 谁的血是荆轲聂政的血，
> 谁是神农黄帝的遗孽。

这一节诗都是每行四顿。每行最后一顿的字数并不一样：第一行是三个字，第四行是两个字，第二行第三行就都是一个字。但是，这两行的句法和调子仍然和五七言诗不同。五七言诗的句法是五个字或七个字为一句，而且每句的最后一顿总是读时声音延长，近于歌咏的调子；这两行诗的句法完全不是五七言体，最后一顿虽说是一个字，但整个句子仍然是说话的调子，这就和这首诗的基本调子还是统一的和谐的了。就全篇而论，这首诗大多数行的最后一顿还是两个字。所以，我并不是说我们写诗只能选择两个字的词来作为每行的最后一顿，而是我们的口语中本来以两个字的词为多，把新诗的句子按照口语那样写，它自然就会多数的行都以两个字收尾了。

我说我们的格律诗"应该是每行的顿数一样"，这也是就它的基本形式而说，并非在顿数的多少上完全不可有些变化。我想，从顿数上来说，我们的格律诗可以有每行三顿、每行四顿、每行五顿这样几种基本形式。在长诗里面，如果有必要，在顿数上是可以有变化的。只是在局部范围内，它仍然应该是统一的。在短诗里面，或者在长诗的局部范围内，顿数也可以有变化。只是这种变化应该是有规律的。中国古代的五七言诗也不过基本形式是五言或七言而已，它们也有种种变化。外国的格律诗在顿数的变化上样式更多，都可以供我们参考。学写格律诗的人，应该对中国和外国的格律诗的种种样式具有知识，我不必在这里琐碎地讲它了。

　　除了从顿数的不同和变化上格律诗可以有种种样式而外，从分节和押韵的差异上又还可以派生出多种不同的样式。由于押韵很有规律，格律诗的每节的行数自然也是规律的了。在这方面，中国和外国过去的格律诗也是可以参考的，我也不想去说它。只是我主张我们的现代格律诗要押韵，有同志觉得困难，我应该申述一下我的理由。这位同志说："新诗押韵比旧诗困难。文言里面同韵母的字比口语里面多得多，而且文言的句法也便于押韵。"这些话是有道理的。但是，我们口语里面的同韵母的字虽说比文言里面少，但比起有些欧洲的语言，我们的语言还是比较容易押韵的。我们写现代格律诗，只是押大致相近的韵就可以，而且用不着一韵到底，可以少到两行一换韵，四行一换韵，那要得了多少同韵母的字呢？我主张我们的格律诗押韵的理由，上次那篇文章里已经讲了两条：一是我们的语言里面同韵母的字比较多；二是我们过去的格律诗有押韵的传统。我想，还可以补充一条理由。欧洲有些国家的格律诗，它们的节奏的构成除了由于每行有整齐的音节上的单位而外，还由于很有规律地运用轻重音或者长短音，所以节奏性很强，可以有不押韵的格律诗。我们的新诗的格律的构成主要依靠顿数的整齐，因此需要用有规律的韵脚来增强它的节奏性。如果只是顿数整齐而不押韵，它和自由诗的区别就不很明显，不如干脆写自由诗。

　　我们说的现代格律诗在格律上就只有这样一点要求：按照现代的口语写得每行的顿数有规律，每顿所占时间大致相等，而且有规律地押韵。是不是除此而外，在格律方面还有什么应该讲求的呢？我想，只要是合理的要求，都是可以研究和试验的。特别是写诗的人的实践，恐怕主要依靠它才能把我们的新诗的格律确定下来，并且使之更加完美。在实践还很少的时候，我反对给我们的格律诗作一些繁琐的规定。"五四"运动以来，曾经有一些人作过建立现代格律诗的努力。闻一多先生就是其中作得最有成绩的一位。他写出了一些形式上颇为完整的诗。但他所主张的格律诗的形式为什么没有能够为更多的写诗的人所普遍采用，以至于完全解决了建立现代格律诗的问题呢？除了他的许多诗在内容上还不能和广大读者的要求一致，没有发生很大的影响，因而他在形式上的努力和成就也就为人所忽视而外，他在诗的形式上的主张和作法本身还有许多缺点也是一个根本原因。他的关于格律诗的理论是带有形式主义的倾向的。建立格律诗的必要，他不是从格律和诗的内容的一致性方面去肯定，从适当的格律和诗的内容的某些根本之点是相适应的而且能起一种补助作用这一方面去肯定，而是离开内容去讲一些不恰当的道理。他说：“恐怕越有魄力的作家，越是要戴着脚镣跳舞才跳得痛快，跳得好。”他又强调什么“视觉方面的格律”或者说“建筑的美”，因而主张“句的均齐”。他说：“句法整齐不但于音节没有妨碍，而且可以促成音节的调和。”他不但强调每行数字整齐，而且还企图在每一行里安排上数目相等的重音。这又说明他的格律诗的主张照顾中国的语言的特点不够，有些模仿外国的格律诗。这些过多的不适当的规定是妨碍诗的内容的表达，而且无法为很多的写诗的人所赞同和采用的。就是他自己，也无法全部实现他的主张。我们读他的诗，并不怎样感到轻重音的有规律的安排。他比较长一点的诗，并不是顿数和字数都整齐。他的短诗，有时候也发生了无法解决的矛盾。比如我在前面引过的他那首在《死水》里面题目为《心跳》、在全集里面改作《静夜》的诗，为了凑成每行字数一样，就有些行是四顿，有些行又是五顿，反而破坏了节奏上的完整。用口语写格律诗不应字数整齐的理由我已经讲过了，至于我们的格律诗为什么不宜于讲究轻重音，这是因为我们语言里的轻重音和一般欧洲语言里的轻重音不同，无法作很有规律的安排的缘故。根据研究中国语言的专家们的意见，一般地说，我们的重音并不像一般欧洲语言那样固定在词汇上，而主要是在一句话里意思上着重的地方，这样就不可能在每一顿里安排很有规律的轻重音的间杂，也很难在每一行里安排数目相等的重音了。至于平仄，那主要是字的声调的变化，也不相当于一般欧洲语言里的轻重音。而且在中国的旧诗中，讲究平仄只是一部分的诗的现象。在新诗中，要像旧诗那样讲究平仄是很难做到的，也是不必要的。

　　我们应该反对繁琐的妨碍内容的表达和不适合我们的语言的特点的格律，但如果认为每行顿数有规律和有规律地押韵这样两个条件也不应该规定，那也是不对的。因为没有这样两个条件，特别是第一个条件，那就成了自由诗，不是格律诗了。写格律诗，比起写自由诗来，自然在形式上有些限制，需要我们多作一些推敲，不但不能草率地凑顿数、凑韵脚、凑行数，而且还要写得自然，不露人工的痕迹。我们古代的许多杰出的诗人的成功之作都是这样的，好像他们一点也没有受到格律的束缚。如果我们的格律规定得适当，而我们又运用得纯熟的话，我想我们也可以写出同样成功的作品。现在有些同志写的诗，常常只是每节行数一样，但每行顿数并不整齐；也押韵，但并没有规律；而且常常自由诗的句法和调子跟五七言体（或者民歌体）的句法和调子混杂在一起，读起来很不和谐——这样的作品还并不是格律诗，因为它缺乏格律诗的最主要的因素，节奏的规律化。这样的作品是我们目前关于诗的形式问题的看法还不明确在创作上的反映。还有些同志认为多音词在格律诗中很难处理，如"社会主义"、"中华人民共和国"等等。其实这并没有什么难处理，"社会主义"可以读为两顿，"中华人民共和国"可以读为三顿。

四 几句题外的话

我曾经在《话说新诗》里说过："我们应该以作品来建立新诗的形式。"建立现代格律诗，正是不但有一些理论问题需要解决，而且更重要的是必须写出许多成功的作品。我很不愿意对新诗的形式问题发议论，就因为我苦于至今还不能用实践来证明我这些看法是否正确，谈多了近乎空谈。全国解放以来，我仅仅写过一首诗，并且仍旧是自由诗，而包括这篇在内，谈新诗的文章却已经写了三篇了。这本身就很像是一种讽刺。然而我终于不免再次破戒来谈现代格律诗，除了读者同志们关于这个问题的来信我应该回答而外，还想把这点初步的意见提出来，供写诗的人和研究新诗的形式的人考虑。如果因而引起大家的讨论和实践，以至建立现代格律诗的问题能够得到妥善的解决，那就自己写不出诗来也是很可庆幸的事情了。

许多同志都希望我能够写一些格律诗出来。其中有几位同志还对于我上次讲的那些暂时不能写诗的理由表示不满意。他们说，无论做什么工作，无论怎样忙，都还是应该写诗。我最初感到这些同志的责备有些苛刻。但后来又想了一想，觉得这些同志的意见还是对的。虽说在学校里工作，不能经常地广泛地接触人民群众的生活，虽说总是处于日常工作的忙乱中，很难挤出写诗的时间来，这都只能说不能多写，还是不应该说完全不能写。这里面的确还是有一个主观的努力的问题。具体地说，就是下决心和安排时间的问题。我想，在我们的国家里，凡是勤勤恳恳地在自己的岗位上努力工作的人，都一定是很忙的，都一定要经常感到事情多到做不完的。如果在本岗位工作之外还要作一些业余活动和社会活动，那更是会突出地感到时间和工作的矛盾。我好久以来的经验就是这样，要做的工作总是互相挤来挤去的。写诗这件事情就是在这种情况下被挤掉了。如果下了决心，一定要写，也就未始不可以让写诗去挤掉一些别的虽然该做但也还可以挤掉的事情。比如这种发议论的文章或者就应该尽量少写，以至暂时不写。只是，挤出了一些时间，这种发议论的文章准可以写出来；至于诗，的确是一种相当不可靠的东西，有时就是有了时间也未必一定能够写出，至于要写得好，那就更没有把握了。

1954 年 4 月 11 日

吴敬梓的小说《儒林外史》

一

敏轩生近世，

而抱六代情；

风雅慕建安，

斋栗怀昭明①。

囊无一钱守，

腹作乾雷鸣。

时时坐书牖，

发咏惊鹍庚……

吴敬梓的朋友程晋芳，曾在一首诗里这样描写了吴敬梓的志趣和生活。六朝并非盛世，然而我国古代的诗人却喜欢称道它，把它当作一个以文采风流著名的时代。吴敬梓中年以后移居南

---

① 《孟子·万章》："书曰：祇载见瞽瞍，夔夔斋栗。"赵岐注："夔夔斋栗，敬慎战惧貌。"这是说舜为天子以后，对他的父亲瞽瞍仍很恭敬。梁昭明太子萧统事父亦孝谨。"斋栗怀昭明"，就是说吴敬梓怀念梁昭明太子很讲究孝道。吴敬梓亦重孝道，故云。

京，那正是六朝的故都；而他在当时又是以擅长诗赋这样两种盛行于六朝的文学为人所称。他的《文木山房集》保存了他的诗赋的一部分，我们至今仍可读到。正如那集子的一篇序里所说，和当时那些把诗降低为无聊的应酬工具的假诗人不同，他写的诗"大抵皆纪事言怀，登临吊古，述往思来，百端交集"之作，就是说还是有内容的。然而，我们今天看来，他的杰出的文学的才能，他的独特的创造性，以至他的诗人的怀抱，都主要地表现在他的小说《儒林外史》里面，而并不在这些韵文。

程晋芳说吴敬梓生在清代而抱有六朝人的情怀，并非仅仅称赞他的文采风流，还有说他满肚皮不合时宜的意思。在这点上，程晋芳是对他的朋友颇有了解的。生活在18世纪初到50年代之间，生活在清代那样一个最后的封建王朝的统治之下，对当时的丑恶的现实深为不满，不肯和它妥协，而又没有出路，于是不能不从辽远的古代选择某些信念某些人物来作为他的理想，作为他反对当时的社会的凭借，吴敬梓在《儒林外史》中的确表现出来了这样的思想。这样的思想支持了他对于许多丑恶的事物的批判，同时也决定了他所描写的某些理想的无力。但他的全部理想，除了这样的部分而外，还有另外一些值得我们重视的东西。这就是他的某些带有民主主义色彩的思想。决定《儒林外史》的价值的并不是他的那些以复古面貌出现的理想，而是他的尖锐的对于封建社会的不合理的事物的批判，他的可贵的带有民主主义色彩的思想和他的卓越的现实主义的艺术的成就。

正是由于这样，中国人民才把《儒林外史》当作自己的遗产来加以珍视、阅读和研究，并且热烈地来纪念它的作者逝世两百周年。

二

《儒林外史》批判了一些什么丑恶的事物呢？

读过这部小说的人都会回答：它首先批判了当时的科举制度。封建社会的科举制度，用考试诗赋或经义等办法来选拔封建统治的忠实的拥护者这样的制度，本来创始于隋唐。但到了明代，这种制度有一变化，就是变为主要考八股文。八股文的特点一在于它的题目限于四书五经以内的文句，而且作者要摹仿古人的口气，不准称引三代以下的事情，不准侵犯题目以下的文字的意思；二在于它的格式是完全规定死的，甚至字数都有一定的限制。这样的变化是反映了封建地主阶级日益感到它的统治不很巩固，因而它的统治办法日益严厉的。这种科举制度所要求的是没有头脑的鹦鹉式的学舌者，是完全循规蹈矩的顺臣。明末清初的有名的思想家都是反对以八股取士的制度的。然而，他们不可能理解这种制度是封建社会发展到一定阶段以后的必然产物，因而他们常常只把它当作一个单纯的取士制度来加以补救。吴敬梓对于科举制度的根本认识虽然也不能说超过了当时的时代限制，但他通过生动的文学的形象，把这种制度的毒害揭发得很深，而且提出了一些完全和它对立的思想，因而就比某些明末清初的思想家批评得更为彻底了。

吴敬梓把《儒林外史》的第一回的回目标明为"说楔子敷陈大义，借名流隐括全文"，这就是说他著书的用意，他所反对的和肯定的是什么，都在这第一回里提了出来。他一开头就表示不赞成当时的热衷功名富贵的人，后面更具体地指出用四书五经八股文取士的办法不好，会使读书人"把那文行出处都看得轻了"，而他所歌颂的乃是王冕那样的人物。在第一回后，《儒林外史》

就写了周进、范进这样两个人物。他们本来是两个比较忠厚老实的人，两个考到五六十岁还没有考取秀才的可怜虫。周进连私塾教师也做不成的时候，为了糊口，不得不给一伙商人做记账先生。但他仍然那样热衷科举，见到贡院里面的号板就悲痛得要撞死。那伙商人把他救活以后，他不住地"号咷痛哭"，"直哭到口里吐出鲜血来"。他的悲恸就是由于"苦读了几十年的书，秀才也不曾做得一个"。那伙商人答应凑一笔钱，替他捐了一个监生，使他取得和秀才一样可以进贡院里面去考举人的资格，他就感激得爬到地下磕头，说"变骡变马，也要报效"。范进考举人前后那一段，更加写得淋漓尽致。范进向他的丈人胡屠户借盘缠去考举人的时候，胡屠户骂了他一个"狗血喷头"，说他是"癞蛤蟆想吃天鹅肉"。但范进终于到城里去应考了。回家时，家里已经饿了两三天，他不得不拿一只生蛋的母鸡到集上去卖，好换几升米来煮粥吃。正当他在集上"抱着鸡，手里插个草标，一步一踱的东张西望，在那里寻人买"的时候，却不料报喜人已经到了他家，报他中了举人。邻居到集上去告诉他，他还以为是开他的玩笑。直到他回家来亲自看见了报帖，看见他几十年来的希望真的成为事实，他就欢喜得"往后一交跌倒，牙关咬紧，不醒人事"。他母亲把他救活以后，他就成了疯子。后来有人出了个主意，叫他平常害怕的胡屠户来打了他一嘴巴，他的神志才恢复了过来。通过这样两个小人物的悲喜剧，《儒林外史》写出了科举制度是怎样深入人心，而描写范进中举以后他的丈人胡屠户就对他完全改变了态度，从轻视变为尊敬，而且马上就有乡绅来送银子，送房屋，送田产，又有些破落户来投身为仆人，这更说明了他们为什么那样热衷科举。科举是封建社会的知识分子到达封建官僚的道路。封建官僚的剥削是很惊人的。周进没有考取秀才的时候，在乡村当私塾教师，每年馆金不过十二两银子；而作一个知县，以小说中的广东高要县为例，就一岁之中，不下万金。即使还没有考到可以做官的等级，有个起码的"功名"，也就有许多便宜可占，利益可图。在周进、范进以后，《儒林外史》还写了不少的人物，从更多的方面来揭露科举制度是怎样统治了当时的一般人的头脑，是怎样使人精神堕落，并且可以堕落到什么程度。马二先生二十多年来科场不利，但仍然把科举看作天经地义，毫不怀疑。他那样诚恳地宣传举业至上主义，宣传"显亲扬名"，"荣宗耀祖"的封建思想。"俗气不过"的鲁翰林也是举业至上主义者。他把根本不能算作文章的八股文抬高到这样的地步，他说："八股文章若做的好，随便你做甚么东西，要诗就诗，要赋就赋，都是一鞭一条痕，一掴一掌血；若是八股文章欠讲究，任你做出甚么来都是野狐禅，邪魔外道"。在他的熏陶之下，他的女儿鲁小姐也在晓妆台畔，刺绣床前，摆满了一部一部的八股文，正像《红楼梦》中贾宝玉所说的，"好好的一个清净洁白的女儿"也"入了国贼禄鬼之流"。当她发现她的夫婿并不长于此道，她就自然深为不满，难免含愁带恨了。吴敬梓十分别致地描绘出这样一个"才女"，也正是写科举制度人人之深。匡超人原来是一个心地纯厚的少年，用自己的劳动来养活父母，生活在贫苦然而正直的家庭里面，但是科举破坏了他的淳朴的生活。由于当时的社会风气，加上马二先生对他所作的举业至上主义的宣传，他在杀猪、磨豆腐、靠做小买卖过日子的时候，也不忘夜读八股文，揣摩八股文的作法。这样得到了知县的赏识，并且考取了秀才。但中了秀才就是他的堕落的开始。到了后来，他完全成为一个吹牛说谎，忘恩负义，不知羞耻为何物的无赖。通过了这样一个人物的故事，作者十分明白地表示出他所鞭挞的是整个科举制度，并不是某些个别的人。严贡生，不过是一个区区贡生，然而他在乡里是何等横行霸道，作威作福！他用流氓手段来掠夺别人的牲口，欺压船家和水手，霸占二房的家产，那样一些描写都是《儒林外史》里面的很生动的场面。像严贡生那样龌龊不堪，从根本上说当然是封建剥削阶级的本性的一种表现，但贡生的头衔也是他的横行乡里的护身符。经过科举的阶梯爬到了官僚地位的人又是怎样呢？《儒林外史》也给我们描写了一些贪污、糊涂、无知和残酷的知县知府。吴敬梓反对科举制度，就不能不批判到从科举出身的官僚。封建官僚政治的腐败，从根本上说来，并非决定于科举制度，而是决定于这种上层建筑本身所代表的阶级的利益和特点。但小说中所描写的那些官僚那样无知，比如中了进士、后来"钦点山东学道"的范进竟至不知苏轼为何人，那也的确是带有科举制度的特点的。吴敬梓对于当时的政治的批评，还不止于从反对科举制度出发而涉及的范围。他在《儒林外史》中写出了虞育德、庄绍光、杜少卿、萧云仙那样一些正直的人，无论是文人还是武人，无论是学者还是名士，都是不得志的，和围绕他们的环境不调和的，这就清楚地表明了他对于当时整个的封建统治阶级的政治都怀抱不满了。

《儒林外史》对于某些封建道德的虚伪的揭露也是很引人注目的。虽说有些封建道德，比如孝弟，吴敬梓把它们当作很重要的美德，在小说中加以宣扬，加以理想化，然而他却又从现实中感到了并且写出了两种虚伪。一种是许多在口头上讲封建道德而在行为上却刚好相反的虚伪；一种是某些封建道德的本身的虚伪。像王德、王仁，一个是府学廪膳生员，一个是县学廪膳生员，嘴里说"我们念书的人，全在纲常上做工夫"，但眼睛里看见的，心里想着的却是银子。他们受了贿赂，就毫无心肝地在他们的亲妹妹害病害得快要死去的时候，忙着帮助妹夫严监生把小老婆立为正室，而且替他做了一篇"甚是恳切"的"告祖先的文"，告过祖宗，然后举行扶正典礼，而他们的亲妹妹就在这

"大厅、二厅、书房、内堂屋，官客并堂客，共摆了二十多桌酒席，吃到三更时分"的热闹中断了气。像五河县的那些余、虞两家的进士、举人、贡生、监生、秀才，不送自己族中的长辈人节孝祠，却成群结队地恭恭敬敬地去送"又是乡绅，又是盐典"的外姓富豪家的死人。从这一类现象，作者不能不感到封建道德在金钱和势力的面前的完全破产。写王玉辉的女儿自杀殉夫，那是尤为深刻的。按照书中的描写，王玉辉是一个"做了三十年的秀才"的"迂拙的人"，而且立志编纂"一部礼书、一部字书、一部乡约书"来"嘉惠来学"。这样的人应该属于作者心目中的肯定人物之列。然而由于他对于封建道德的坚决的信奉，他鼓励他的女儿自杀殉夫。他向他的女儿说："这是青史上留名的事，我难道反拦阻你！你竟是这样做吧！"他的妻子骂他"越老越呆"，他仍然坚持他的看法，认为这不是她所能理解。等到他的女儿真的绝食殉夫以后，他对他的老伴说："你哭他怎的？他这死的好。只怕我将来不能像他这一个好题目死哩。"接着仰天大笑道："死的好！死的好！"但他到了大家送他的女儿人烈女祠举行公祭的时候，他却"转觉心伤，辞了不肯来"。以后因为在家天天看见妻子悲恸，就到外地去游玩，借以排遣。但他"一路上看着水色山光"，仍然"悲悼女儿，凄凄惶惶"。到了苏州，他看见妇女穿着鲜艳的衣服，在游船里坐着吃酒，他的迂腐的道学气使他在心里想道："这苏州风俗不好，一个妇人家不出闺门，岂有个叫了船在这河里游荡之理。"但当他看见船上一个少年穿白的妇人，他却又想起了他的女儿，"心里哽咽，那热泪直滚出来"。这样一段有名的常被引用的描写，十分动人地表现出来了吃人的礼教的本质，表现出来了封建统治阶级所提倡的烈女殉夫之类是多么野蛮、残酷，多么违反人性。作者就这样一个有道学气的人物在这样一个事件上写出了他的内心矛盾，他的精神分裂，他所信奉的封建教条和作为一个普通人的父爱与良心的冲突，就像一把犀利的剑一样一直刺到了封建道德封建礼教的深处。

《儒林外史》的辛辣的讽刺还投向了悭吝的地主，投向了封建地主阶级的帮闲。严监生、胡三公子都是"有钱癖，思量多多益善"的人物。严监生因为心痛灯盏里点了两根灯草，费了油，以至临死伸着两个指头，不肯断气，这个场面是读过这部小说的人都不能忘记的。悭吝，那是贪婪的一种表现形式，正是封建地主阶级的特性之一。作者在这部小说里嘲笑了这种剥削阶级的特性，而对于各种轻视金钱的人物却给予了同情和赞扬。和封建官僚相勾结，和高利贷剥削相结合并且本身常常也是大地主的盐商，也是这部小说里的一种嘲讽的对象。书中嘲讽了他们的冒充风雅，忌讳自己的出身的微贱，并且揭露了他们的骄奢淫逸，仗势欺人。此外，作者还描写了一批依附封建地主阶级和盐商生活的帮闲，一批"斗方名士"。这类人物的心理，可以用牛浦郎的想法为代表。牛浦郎在牛布衣的诗稿上看见题目上写着"呈相国某大人"、"怀督学周大人"等等之后，就想道："可见只要会做两句诗，并不要进学、中举，就可以同这些老爷们往来，何等荣耀！"牛浦郎这样一个十七八岁的小厮，突然有此念头，而且从此就堕落到卑鄙无耻的地步，在描写过程上好像有些不近情理，然而作者的用意却是想通过这样一些人物，从科举制度以外的另一个方面来写出当时的社会的腐败。这样一些人物的存在，不但是由于想和达官贵人往来的虚荣心，而且由于这样就可以过寄生的生活。在被剥削被压迫的农民群众的上面，存在着庞大的不劳而食的社会层，其中不但有官僚、地主，而且还有各种各样的寄生虫。这正是封建社会的真实面貌。

概括说来，《儒林外史》所批判的事物主要就是这些。虽然它还不曾对整个封建社会制度提出怀疑，只是批判了一些丑恶的事物，这些批判仍然是引向了一个总的结果，仍然是批判了封建社会。吴敬梓是以"功名富贵"，"文行出处"这样八个字来作为他所反对的和肯定的人物的分界。他认为热衷"功名富贵"就必然会看轻"文行出处"，讲求"文行出处"就必然会轻视"功名富贵"。而科举制度正是追求"功名富贵"的主要道路，也是败坏"文行出处"的主要道路。这就是吴敬梓企图通过《儒林外史》来表现的他的基本思想。从我们今天的观点看来，决定封建社会必然日趋腐败的并不是它的个别制度，而是整个的封建制度和整个的封建地主阶级的统治。然而，正和其他杰出的现实主义的作品一样，《儒林外史》描写的社会生活所表现出来的客观意义，是远为超过了作者的主观意图的。它通过对以上所说的那些丑恶的事物以及其他事物的批判，使人感到整个的封建社会、整个的封建统治是不合理的，应该为一种新的健全的东西所代替。这就是《儒林外史》在它的思想内容方面的最重要的成就。

由于清朝统治者的恐怖的文字狱的威胁，吴敬梓把他的小说中的故事假托为发生在明朝中叶，发生在15世纪到16世纪之间；但他所批判的实际是清朝统治之下的18世纪的中国封建社会。清朝以异族侵入中国，经过几十年的镇压和经营，这时它在全国的统治已相当巩固。清初的大屠杀大洗劫所严重破坏的农业和工商业这时也得到了一些恢复。然而，随着这个最后的封建王朝的政权的稳定，土地日益集中在官僚、地主的手里。对于工商业的发展，清朝统治者也采取的是压迫和阻碍的政策。这就是说，清朝的统治的巩固是不利当时的社会的发展的，它的作用不过是使垂死的封建社会的生命得到了若干时候的延长而已。而且由于不断的战争和官吏的贪污成风，当时人民的生活是很穷困的。《儒林外史》就主要是反映了这样一个封建社会的内部的腐朽。它对于当时人民的生活的穷困和地主阶级的残酷的剥削也曾略为涉及，但因为它的题材主要是"儒林"，它就着重地从和封建地主阶级的知识分子关系比较密切的一些方面来批判了这个腐朽的封建社会。虽然这个处于中国封建社会末期的社会的问题和丑恶的事物并不只是这些，《儒林外史》的题材和它着重从这些方面来批判封建社会，使它在中国古代的为数很少的几部最为杰出的白话长篇小说中具有独自的特色，独自的成就，而它就以它的这种特色和成就来丰富了我国古代的现实主义文学的宝库。

三

吴敬梓自己就是一个封建地主阶级的知识分子。他生在一个"科第仕宦多显者"的家族里。他的家庭本来是相当富有的，由于轻视金钱，热心帮助别人，他没有多久就把家产挥霍光了。33岁的时候，他从他的家乡安徽全椒移居南京，过着贫苦的生活，有时竟至断炊。程晋芳在给他做的传记中说："或冬日苦寒，无酒食，邀同好汪京门、樊圣×①辈五六人，乘月出城南门，绕城堞行数十里，歌吟啸呼，相与应和。逮明，入水西门，各大笑散去。夜夜如是，谓之暖足。"这个故事真切地写出了他的贫苦的生活和他不向贫苦低头的性格。1735年，他36岁的时候，当时的安徽巡抚曾打算推举他入京去应"博学鸿词"的考试。"博学鸿词"，这是清朝统治者为了网罗特殊的人才而设的特殊的考试。1678年，清朝统治者曾经举行过一次来收买从明朝遗留下来的有名的文人学者。隔了五十多年才举行第二次，所以被荐举去应这种考试，在当时的读书人中被认为是一种很光荣的事情，很难得的机会。然而吴敬梓却借口害病，拒绝不去。这样一个

---

① 原缺一字，当为樊圣谟。

人，生活在像《儒林外史》所描写的那样腐败和势利的社会里面，生活在那样一些庸俗和无耻的知识分子中间，是会感到怎样的孤独，怎样的闷气啊！要不和卑鄙的黑暗的现实妥协，也不被它压倒，一个人必须有理想。而一个文学家，更正是由于他有理想，然后才可能站在比现实更高的地方来观察它，描写它，然后才可能正视卑鄙和黑暗，而且并不把它们描写得只是可怕，只是令人窒息。

如果说吴敬梓所批判的事物是很好理解的，他的理想和他根据这种理想而写出的一些肯定人物却就比较复杂，比较不易说明。作为理想人物来写的第一回的王冕，是元朝末年的一个真人，然而《儒林外史》的王冕的故事并非全是真事。根据宋濂的《王冕传》，王冕是以豪杰之士自负，还是颇有一些锋芒的。在吴敬梓的笔下，他就恬淡和平得多了。在这个人物身上，有这样几个特点：第一，他"天文地理，经史上的大学问，无一不贯通"。他的政治见解是儒家思想，主张"以仁义服人"。但是，第二，他不愿做官，也不愿见做官的人。他拒绝了元朝的知县的邀请，也逃避明朝的皇帝朱元璋的征聘。他以段干木、泄柳为他的模范。泄柳和段干木是春秋战国时候的隐居的贤士，当时的国君亲自到他们家里去见他们，一个闭门不纳，一个逾墙逃走。第三，他小时放牛为生，后来也安于贫贱，以卖画来维持自己的生活。这几个特点大体上是包括了吴敬梓的理想的主要内容的。除了王冕而外，差不多和那些因为热衷功名富贵而精神空虚以至精神堕落的人物在全书中所占的比重相当，作者还描写了许多肯定人物，以他们来和那些精神空虚精神堕落的人物相对照。这些人物有一个共同点，都是尊重自己的个性或理想，不愿为功名富贵而屈辱自己。但是，为了把吴敬梓的理想的性质分析得明确一些，我们还必须把这些人物加以区别。

　　庄绍光、迟衡山这样的人可以算作第一类。庄绍光，作者借书中一个重要人物杜少卿说，他是"我所师事之人"，又说他不耐和词客相聚。虽然他并不热衷做官，但有人荐举他入京去见皇帝，他还是去了。他说，"我们与山林隐逸不同。既然奉旨召我，君臣之礼是傲不得的。"入京后，看到"我道不行"，才又回到南京，"著书立说，鼓吹休明"。迟衡山也轻视科举，瞧不起诗赋，他的最高理想是经史上的"礼乐兵农"。他说，"我本朝太祖定了天下，大功不差似汤武，却全然不曾制作礼乐。"他生平所作的一件最重要的事情是倡议在南京盖一所泰伯祠。他说，"春秋两仲，用古礼古乐致祭，借此大家习学礼乐，成就些人才，也可以助一助政教。"这样的人实在很有道学气味，他们的理想不过是一种理想化了的封建思想，道地的儒家的正统派思想。迟衡山的倡议得到了实现，用古礼古乐祭泰伯祠成为全书中的一个最重要的事件，书中并夸张为"两边百姓，扶老携幼，挨挤着来看，欢声雷震"。泰伯祠的主祭虞博士，书中说他是"真儒"，说他是"圣贤之徒"，按道理他的思想也应该是儒家的正统派思想，然而书中却把他写得隐逸气味很浓厚。杜少卿称他为"上而伯夷、柳下惠，下而陶靖节一流人物"。这里可见吴敬梓心目中的圣贤，并不一定必须是孔孟，也可以是伯夷、柳下惠、陶渊明那样的人。虞博士那样的人特别被推崇，还因为他能够用自己的行动来感化人。作者借书中一个人物的嘴来说："看虞博士那般举动，他也不要禁止人怎样，已是被了他的德化，那非礼之事人自然不能行出来。"根据向来的说法，虞博士、庄绍光都是以当时的实有的人物为模特儿来写的。虞博士说是写的当时江宁府学教授吴蒙泉，庄绍光说是写的程廷祚。吴蒙泉的为人到底如何，我们已经不大清楚。但关于程廷祚却还有许多材料可考。程廷祚是一个早年相信颜元、李塨的学说，后来却调和于颜李学派和程朱学派之间的道学家。书中写的庄绍光的某些经历是和程廷祚的生平相近的。然而，把书中的人物和他的模特儿相比，显然作者也是加以理想化的。程廷祚并非那样"恬静"，那样襟怀冲淡。他1735年，应"博学鸿词"科没有考上。1751年，已经是61岁的老头儿了，又到北京去应"经明行修"的考试，结果又没有考上，而且颇有些悻悻然，写了一封《南归留上海宁陈相国^① 书》，说这两次考试都取的人很少，这位"陈相国"没有讲话，违背清朝皇帝的求贤之意，并最后以古人"身在江湖，心存魏阙"自比。这哪里像小说中的庄绍光那样潇洒自得呢？《儒林外史》的后一部分还写了一个萧云仙。他虽是武人，却读过史书。他镇守边疆的时候，鼓励居民开垦田地，并动用钱粮来兴水利，开沟渠。然后是建立先农坛，行祭祀之礼，并且开办学堂，教居民的孩子读书识字。这个人物好像就是为了实现迟衡山的全部理想"礼乐兵农"而描写出来的一样。然而，迟衡山的古礼古乐也好，虞博士的以德化人也好，都一点也不能挽救当时的封建社会的腐败，而且最后这些人物也不能不风流云散，消磨殆尽；萧云仙的"兵农"也不见重于当世，只是落得了一个破产赔偿筑城费用，满怀抑郁——作者大概自己已经感到了这样一类理想的幻灭吧？

杜少卿对庄绍光、迟衡山等人是很敬重的，但他却应该算作第二类。杜少卿原来是一个豪华公子。他很重视孝道，"但凡说是见过他家太老爷，就是一条狗也是敬重的"。他瞧不起科举，说"这学里秀才，未见得好似奴才"。他又轻视金钱，人家向他求助，以至欺骗他，他都慷慨地"大捧出来给人家用"。因此，

---

① 据《清史稿·大学士年表一》，乾隆十六年（1751）大学士中有陈世倌。陈世倌是年三月重入阁，四月为文渊阁大学士兼工部尚书。九月，管礼部。任职至乾隆二十三年。又《清史稿·列传九十》："陈世倌字秉之，浙江海宁人。"此陈相国当即陈世倌。

他很快就把田产卖光了，移家南京。他又藐视当时的某些礼教和风俗，醉后携着他妻子的手游清凉山，使得两边的游人不敢仰视。巡抚荐他入京见皇帝，他却装病不去。他对他的妻子说："放着南京这样好玩的所在，留着我在家，春天秋天同你去看花、吃酒，好不快活，为什么要送我到京里去？"后来贫穷到"卖文为活"，但却"布衣蔬食，心里淡然"，满足于"山水朋友之乐"。这个人物，向来认为是以作者自己为模特儿来写的，在生活经历上的确很像。书中对这个人物是很赞赏的，有一个人说他"品行文章是当今第一人"。这样的人物已经和庄绍光、迟衡山有些不同了，按照严格的封建主义的正统派思想看来，他已经多少带有一些离经叛道的气味了。作者在书中还写了几个世家公子，虽然个性各有不同，在某些地方是相近的。最早出现的蘧景玉，就是一个轻科举、重孝道的浊世佳公子。由于县里的风俗非常势利，"激而为怒"的虞华轩也是一个"文行"都好的大家子弟。我们可以说，比起庄绍光、迟衡山来，作者是更爱杜少卿、蘧景玉这样的人物的。

还有第三类的人物，他们本来是"儒林"之外的市井小民，然而作者却给予了他们以正面人物的地位。牛浦郎开小香蜡店的祖父牛老儿和间壁开米店的卜老爹，作者以爱抚的笔触把他们写得忠厚淳朴，而且把他们之间的友谊也写得很诚恳动人，牛老儿死后卜老爹常常想念得流泪。戏子鲍文卿在封建社会里的地位是异常卑下的，然而他却有正义感，爱惜人才，并且很有操守，拒绝说情受贿，说"须是骨头里挣出来的钱才做得肉"。书中人物向太守说他"颇多君子之行"，说那些中进士做翰林的不如他，这就是作者写这样一个人物的用意。这部名为《儒林外史》的小说，并非以"儒林"中人结束，而是最后写了四个市井之间的"奇人"。一个是写字的，一个是卖火纸筒的，一个是开茶馆的，一个是做裁缝的。特别是最后那个做裁缝的荆元，他居然敢于把他的"贱行"提到了和读书识字、弹琴做诗平等的地位。这样的描写，是和写王冕靠卖画为生、鲍文卿靠卖艺为生、杜少卿靠卖文为生一起，突出地表现出来了吴敬梓的一种很可宝贵的思想的。他显然认为，靠自己的劳动来养活自己，才是最高尚的，而且用这来反对那些靠出卖灵魂来取得地位、权力和财富的"儒林"中人。这样的思想，就一定程度地反映了当时的被压迫被剥削的人民的观点了。

从吴敬梓的心目中的这些肯定人物看来，他的正面的理想是既有保守的部分，也有民主主义的部分的。他把礼乐这一类封建教条，孝弟这一类封建道德，庄绍光、迟衡山这一类基本上是抱着封建地主阶级的正统派思想的人物加以理想化，并且用它们来和当时的封建社会的丑恶的现实以及那些在嘴里或者八股文里喜欢讲一些封建大道理，但所作所为却完全相反的封建地主阶级的知识分子对立起来，这就是前一部分。这一类的理想本身是并不高明的，是保守的。然而，中国古代的作家常有这样的情形，他们找不到属于未来的新生的理想的时候，就只有凭借这一类带有复古色彩的理想化的封建思想来批判当时的现实。这种情形在吴敬梓身上也仍然可以看到。但吴敬梓更为倾心的是那些更为尊重自己的个性，并且多少带有一些离经叛道的色彩的人物。这种人物也是由来已久的，并且在封建社会里时常出现的。他们普通也被称为隐逸，但他们既不是儒家的道不行然后退隐的处士，更不是以隐居为做官的捷径的山人，而是根本对当时的政治不满，因而带有牢骚不平、愤世嫉俗的特点。吴敬梓把下层的市井小民写得比当时的达官贵人可爱可敬，就正是表现了他的牢骚不平，愤世嫉俗。当然，这也由于他中年以后坠入贫困，接近了一些下层的人民，从实际的生活中发现他们具有许多美德，因此他就更加唾弃那些精神堕落的封建地主阶级的人物，而把赞扬给予了这些自食其力的小民。这种赞扬对于他所隶属的阶级来说，是一种大胆的叛逆性的思想。但应该指出，在他的赞扬中也仍然未能完全摆脱他的阶级的偏见。他所推崇的鲍文卿的"君子之行"，除了以上所说的那些特点而外，还有一条，就是鲍文卿坚守他的"卑贱"的身份。他所歌颂的荆元等人，也并非仅仅因为他们以劳动为生，而且因为他们虽是市井小民，却会弹琴吟诗，下棋画画，爱读古书，有了这样一类和封建地主阶级的知识分子共同的文采风流，然后取得了"奇人"的资格。这是他的时代和他所从出身的阶级给予他的限制。但是，他生在两百年以前，却能够在《儒林外史》中尖锐地批判了封建社会的丑恶的事物，提出了尊重个性的思想，并且认为靠劳动养活自己才是光荣的高尚的事情，而且在艺术的表现上达到了古典作品中的很高的水平，这就仍然是十分杰出的贡献了。

四

　　如我们在开头所说的，吴敬梓本来是一个诗人。在他的《文木山房集》中，是有一些有情致的短诗的。在《儒林外史》中，我们也间或可以读到一些有诗意的片段。比如，第一回所写的王冕，就是被安放在一种带有田园诗情调的背景里面。第八回的末了，写到娄家两位公子回家的时候，有这样一段文字：

　　　　两公子坐着一只小船，萧然行李，仍是寒素。看见两岸桑阴稠密，禽鸟飞鸣。不到半里多路，便是小港。里面撑出船来，卖些菱藕。两兄弟在船内道："我们几年京华尘土中，那得见这样幽雅景致。宋人词说得好：'算计只有归来是。'果然，果然。"

> 看看天色晚了，到了一镇人家。桑阴射出灯光来，直到
> 河里。两公子道："叫船家泊下船。此处有人家。上面沽些
> 酒来消此良夜，就在这里宿了罢！"

这不很像一首古代的优美的短诗所描写的情景吗？娄三公子、娄
四公子虽然昧于知人，忠厚而有些糊涂，因而后来碰到了一些扫
兴的事情，也是轻视功名富贵，慷慨好帮助人，并且心怀牢骚不
平的有真性情的人。所以作者在这里带着同情和赞美去写了他
们。吴敬梓写他的肯定人物时，常常是用一种抒情的或者是爱抚
的笔触去写的。所以我们说，他的诗人的情怀，也是在《儒林外
史》里面比在他的韵文里面表现得更多更好。从这点上说来，讽
刺小说之名是还不能完全包括这部书的内容的。然而，正如对丑
恶的事物的批判是它在思想内容上的主要的成就一样，讽刺的确
又是这部小说在艺术作风上的一个突出的特色。它的卓越的成就
是和这个特色分不开的。

　　和世界上别的卓越的讽刺作家一样，吴敬梓描写中国 18 世
纪的封建社会的卑鄙和黑暗的现实的时候，是混合着痛苦的憎恶
和明朗的笑的。这种明朗的笑，像光一样照亮了丑恶的事物的面
目，而且在读者的心中唤起了一种藐视它们的力量。

　　混合着痛苦的憎恶和明朗的笑，这是《儒林外史》作为讽刺
小说来看，达到了很高的成就的标志。在我国的文学历史上，
《儒林外史》是第一部显著地具有这种标志的小说。鲁迅说："迨
吴敬梓《儒林外史》出，乃秉持公心，指摘时弊，机锋所向，尤
在士林；其文又戚而能谐，婉而多讽；于是说部中乃有足称讽刺
之书"。鲁迅所说的"戚而能谐"，也就近似这样的意思。鲁迅又
曾十分正确地认为讽刺就是对于生活的真实的描写。《儒林外史》
的讽刺正是这样。在当时，正如鲁迅在《什么是"讽刺"》中所
说的，"它所写的事情是公然的，也是常见的，平时是谁都不以

为奇的，而且自然是谁都毫不注意的。不过事情在那时却已经是不合理，可笑，可鄙，甚而至于可恶。但这么行下来了，习惯了，虽在大庭广众之间，谁也不觉得奇怪；现在给它特别一提，就动人"。这就是说，对于否定人物和否定现象的现实主义的描写，就是讽刺。《儒林外史》的艺术格调之高，可以说达到了世界上的经典性的讽刺作品的水平，因而为清朝末年一些显然受了它的影响的有名的小说《官场现形记》、《二十年目睹之怪现状》等所不能企及，就在这里。当然，这并不是说它没有虚构，没有夸张，而是说它的人物是写得那样真实，好像并不是作者在那里描写他们的可笑、可鄙、以至可恶，而是他们自己的行为和语言揭露了他们的灵魂的秘密一样。马二先生游西湖，是《儒林外史》中的一段有名的描写。马二先生对西湖的自然风景完全不能欣赏，只是望见好吃的东西就羡慕得喉咙里咽唾沫，看到皇帝写的字就赶快磕头，碰到游湖的女客就低头不敢仰视，见到书店里卖有自己的八股选本就高兴，并且很关心它的销路。最后，西湖的自然美对这样一个人物也不能不发生影响了，但他仍然只能用"中庸"里的话来文不对题地赞叹一下："真乃'载华岳而不重，振河海而不泄，万物载焉'。"通过这样一段好像毫不着力的描写，这个迂腐穷酸的人物的性格就活现出来了。

　　不用细腻的描写，直接从人物的对话来表现他们的性格和心理，这也是《儒林外史》的一个常常应用并且用得很好的艺术手法。严贡生刚出场的时候，向张静斋吹他如何和汤知县要好，讲了一大篇话，并且说他"为人率真，在乡里之间，从来不晓得占人寸丝半粟的便宜"。严贡生后一部分谎言马上就揭穿了。说话之间就有人来对他说，"早上关的那口猪，那人来讨了，在家里吵哩。"他和汤知县要好也是谎言，要到后来才点破。这个人物的无赖和可恶，也要读到后面才越来越清楚。然而，就是从他的初出场时的一篇话，那样津津有味地描写如何迎接汤知县，而且特别虚构了一段坐在轿子里的汤知县的两只眼睛如何只看着他一人，不是已经生动地把这个人物的无聊和可鄙描画出来了吗？堕落以后的匡超人的信口开河的吹牛和严贡生很相似：

冯琢庵道："先生是浙江选家，尊选有好几部弟都是见过的。"

匡超人道："我的文名也够了。自从那年到杭州至今五六年，考卷、墨卷、房书、行书、各家的稿子，还有四书讲书，五经讲书，古文选本，家里有个帐，共是九十五本。弟选的文章，每一回出，书店定要卖掉一万部。山东、山西、河南、陕西、北直的客人都争着买，只愁买不到手。还有个拙稿是前年刻的，而今已经翻刻过三个副板。不瞒二位先生说，此五省读书的人，家家隆重的是小弟，都在书案上香火蜡烛，供着'先儒匡子之神位'。"

牛布衣笑道："先生，你此言差矣！所谓'先儒'者，乃已经去世之儒也。今先生尚在，何得如此称呼？"

匡超人红着脸道："不然，所谓'先儒'者，乃先生之谓也。"

牛布衣见他如此说，也不和他辩。

冯琢庵又问道："操选政的还有一位马纯上，选手如何？"

匡超人道："这也是弟的好友。这马纯兄理法有余，才气不足，所以他的选本也不甚行。选本总以行为主。若是不行，书店就要赔本。惟有弟的选本，外国都有的。"

虽然匡超人也俨然像一个吹牛说谎的行家，选本共九十五种，"拙稿"已翻刻过三次，连数字都毫不含糊，然而他到底不如严贡生那样老练，那样脸皮厚。他在"先儒"二字上露了破绽，而且不免脸红。至于牛浦郎的说谎就更幼稚一些了。他居然说骑着毛驴一直走到董知县的衙门里的暖阁上，而且"走的地板格登格登的一路响"，这就显出他更是一个初出茅庐的小无赖了。《儒林外史》的作者是很善于描写这一类吹牛说谎的人物的口吻的。他不惜给这类人物以许多篇幅，这正是反映了当时这样一些社会阶层的人物的道德堕落已是一个普遍的现象，而且作者对这种现象感到了很大的憎恶。在这类人物的言论之外，我们还可以引一段几个"斗方名士"的对话：

浦墨卿道："三位先生，小弟有个疑难在此，诸公大家参一参。比如黄公同赵爷一般的年、月、日、时生的，一个中了进士，却是孤身一人；一个却是子孙满堂，不中进士。这两个人还是那一个好？我们还是愿意做哪一个？"

三位不曾言语。浦墨卿道："这话让匡先生先说。匡先生，你且说一说。"

匡超人道："'二者不可得兼'。依小弟愚见，还是做赵先生的好。"

众人一齐拍手道："有理！有理！"

浦墨卿道："读书毕竟中进士是个了局。赵爷各样好了，到底差一个进士。不但我们说，就是他自己心里也不快活的是差着一个进士。而今又想中进士，又想像赵爷的全福，天也不肯。虽然世间也有这样人，但我们如今既设疑难，若只管说要合做两个人，就没的难了。如今依我的主意，只中进士，不要全福；只做黄公，不做赵爷。可是么？"

支剑峰道："不是这样说。赵爷虽差着一个进士，而今他大公郎已经高进了。将来名登两榜，少不得封诰乃尊。难道儿子的进士，当不得自己的进士不成？"

浦墨卿道："这又不然。先年有一位老先生，儿子已做了大位，他还要科举。后来点名，监临不肯收他。他把卷子掼在地上，恨道：'为这个小畜生，累我戴个假纱帽！'这样看来，儿子的到底当不得自己的。"

景兰江道："你们都说的是隔壁帐。都斟起酒来满满的吃三杯，听我说。"

支剑峰道："说的不是怎样？"

景兰江道："说的不是，倒罚三杯。"

众人道："这没的说。"当下斟上酒吃着。

景兰江道："众位先生所讲中进士，是为名？是为利？"

众人道："是为名。"

景兰江道："可知道赵爷虽不曾中进士，外边诗选上刻着他的诗几十处，行遍天下，哪个不晓得有个赵雪斋先生？只怕比进士享名多着哩！"说罢，哈哈大笑。

众人都一齐说道："这果然说得快畅！"一齐干了酒。

看他们争论得多么热闹，然而他们的争论多么无聊！他们的结论也多么无聊！《儒林外史》就是这样真切地写出了这一群"斗方名士"的心理，写出了他们的精神生活。这种描写是混合着鞭挞和怜悯，嘲笑和悲哀的。在全书里面，这类地方很多，我们不过略为举例而已。用白描的手法，简洁的朴素的语言，通过人物自己的行动和对话生动地描画出来了中国封建社会的知识分子的精神空虚和精神堕落，这是《儒林外史》的一个很重要的艺术成就。

《儒林外史》里面描写的人物是很多很多的。凡是比较着重写的人物都是个性鲜明，具有不同程度的典型性。鲁迅对于这点也作了很高的评价："凡官师、儒者、名士、山人、间亦有市井细民，皆现身纸上，声态并作，使彼世相，如在目前"。我们在前面所提到的那些人物，不过是为了说明吴敬梓主要批判了一些什么，又肯定了一些什么，略为举出一部分代表性的人物而已，他所塑造的人物还要多得多。通过这样众多的人物的活动，这部小说就在我们的面前展开了当时的广阔的社会生活，各种不同的社会阶层和社会集团的生活。把这样众多的人物容纳在一个篇幅并不很长的作品里面，而又像简劲的钢笔画似的用很少的笔墨就把人物的性格勾绘了出来，这必须是一个大手笔，必须具有卓越的艺术才能才可能做到的。当然，在人物方面，这样的缺点也是有的，某些类似的人物常常是大同小异，显得些重复。在别的杰出的作品里面，次要的人物也总是难免有这样的情形的，然而，集中和概括达到了最高程度的作品，还同时应该有一个或数个主要人物，他们不但使我们读后不能忘记，而且他们一直活在我们的生活中间，他们的名字常常被我们用来称呼现实的人。《儒林外史》中的人物，马二先生是活在我们生活中间的。对于编选本的人，对于姓冯的人，对于迂腐的人，我们都有时叫他作马二先生。这说明他是一个突出的成功的人物。然而，除此而外，好像别的人物就不大在我们生活中流行了。就是马二先生，我们的用法也是不一致的。前两种用法不过是用他的职业和称呼，只有后一种用法才是用他的性格。文学人物的典型性应该依靠他的性格的特点而不是依靠别的特点。《儒林外史》在人物方面的这种情形表现了它在反映现实上的集中和概括的程度是还有限制的。文学历史上本来有这样两种杰出的作品：一种是反映的社会生活并不广阔，然而却创造出来了典型性很高的人物；一种是反映了广阔的社会生活，人物也是有一定的典型性，不过不很高。这两种作品虽然在这两方面有些不同，但不失其同为杰出的作品。至于那种既反映了广阔的社会生活，又创造了典型性非常高的人物的作品，在文学历史上本来就是极其稀少的。所以我们指出《儒林外史》在人物塑造方面的限制，完全无损于它在文学历史上所占有的重要的地位。

《儒林外史》的结构也有他的特点。这种特点在清末的许多小说中曾经发生了影响。它的结构"虽云长篇，颇同短制"。它没有连贯全书的主要人物和主要故事，它的每一自成段落的部分描写一个或数个重要人物，就是以这样一些部分组成了全书。只有某些次要人物，常常在前后都出现，或者由后面的这群人物谈起前面的那群人物，谈起前面的某些事情，这样来使全书稍微有些联系，并使读者感到这一群一群的人物是生活在同一的时代之中。这种结构可能是受了《水浒》的影响的。《水浒》也是一个部分一个部分地描写了一个或数个重要人物，后来都汇合于梁山泊，汇合于在梁山泊排坐位。和这种汇合相似，《儒林外史》的许多人物都参加了祭泰伯祠的典礼。然而，逼上梁山是《水浒》中的人物的必然的结果，祭泰伯祠没有那样自然那样必要，而且前面不少重要人物都不可能来参加祭泰伯祠，这样贯穿全书的作用就大了。过去有人说："《儒林外史》之布局，不免松懈。盖作者初未决定写至几何人几何事而止也。故其书处处可住，亦处处不可住。处处可住者，事因人起，人随事灭故也。处处不可住者，灭之不尽，起之无端故也。此其弊在有枝而无干。"①《儒林外史》的这种结构和中国的古代小说的发展过程有关系，和作者企图表现的生活的内容也有关系，这种结构上的比较松懈并不能掩盖它的许多方面的卓越的成就，因而我们并不能用发展到后来的长篇小说的结构的谨严来要求它，批评它；而且上面那样的批评也有过甚之处，《儒林外史》的结构，包括它的人物和故事的安排次序，它的写法上的某些联系，以及它的总括全书的楔子和尾声，都仍然是表现了作者的匠心的，并非漫不经心之笔。但我

---

① 《缺名笔记》，据蒋瑞藻编《小说考证》561 页转引。

们今天来写长篇小说，这种结构恐怕是不宜采用的。长篇小说，有一个或两个以上的主要人物或主要故事贯穿全书，不但可以使结构不松懈，而且如果要写得更集中，概括性更高，也自然会达到了这样的结构，或者会感到这样的结构更有利一些。结构在一个文学作品中当然是一个次要的问题。结构上的缺点更无损于一个作品的主要方面的成就。但对《儒林外史》的结构的看法是存在着不同的意见的，所以我们在这里也略为讨论一下。

古代的文学作品常常是难免有它的限制的。说明它的限制并不等于贬低它的成就和价值，更绝不是说我们今天的文学家艺术家就用不着向它学习了。《儒林外史》值得我们学习的方面是很多的。对于丑恶的事物的尖锐的批判，对于正面人物尤其是当时的下层人民的热情的赞美，站在比现实更高的地方来观察现实，描写现实，高度的现实主义的讽刺的艺术，运用得十分纯熟的祖国的语言，这都是我们今天应该向这部名著学习的，虽然我们今天反映的现实，我们今天要反对的和赞美的人物，我们今天要宣扬的理想，已经和吴敬梓的时候都大为不同了，时间已经过去了两百年，吴敬梓带着痛苦和热情来批判的中国的封建社会早已死亡了，而且经过了重重的苦难，已经诞生了向社会主义迈进的新的中国、新的社会。

1954 年 11 月 30 日深夜初稿

后记：这是我为 1954 年 12 月 11 日中国作家协会主办的吴敬梓逝世两百周年纪念会所写的讲演稿。现在略加修改，发表于此。在写这篇文章之前，本来还打算讨论吴敬梓和清初某些思想家的关系到底怎样，并且对忽然流行的《儒林外史》表现了反满的民族思想的说法表示我的不同的意见。由于时间匆促，对清初几位思想家未能进行充分研究，结果就只能写到这里为止。现在也未能补写，仍只有俟诸异日。《儒林外史》表现了民族思想的说法，始于姚雪垠的《试论〈儒林外史〉的思想性》。然而它里面所举出的理由可以说没有一条是真正站得住的。吴组缃在《〈儒林外史〉的思想与艺术》一文中所持的理由和姚雪垠不大相同，但也同样肯定了民族思想说。吴组缃说吴敬梓的民族思想"表露得隐隐约约，曲曲折折，但贯串在主题，弥漫在全书，不一定枝枝节节在某一处。因为士大夫的堕落，社会的败坏，政治的黑暗，和清朝的外族统治分不开；人民与封建统治的矛盾和民族矛盾就是一回事"。我认为像姚雪垠那样牵强附会地硬把某些枝节解释为表现民族思想的暗示或影射，这固然是一种重复过去的索隐派的错误的做法；而因为《儒林外史》批判的对象事实上是清朝统治之下的封建社会，就从而武断作者的批判一定是从反满的民族思想出发，这仍然是说不过去的。清朝统治之下的作者对当时的社会进行批判，可以由于他具有民族思想，也可以只是由于他对封建社会的某些黑暗的事物抱有不满，不能因为客观上的批判对象的一致就抹杀了主观上的出发点的不同。《儒林外史》里面既然找不出一处明显的民族思想的流露，就完全没有必要强为之说了。

　　　　　　　　　　　　　　　　1955 年劳动节后一日

论 阿 Q

　　鲁迅的最重要的作品，五四以来最杰出的小说《阿Q正传》，创造了阿Q这个不朽的典型。一个虚构的人物，不仅活在书本上，而且流行在生活中，成为人们用来称呼某些人的共名，成为人们愿意仿效或者不愿意仿效的榜样，这是作品中的人物所能达到的最高的成功的标志。在五四以来的新文学里面，包括小说和戏剧，阿Q在这方面的成功是最高的，从而与我国和世界的文学上的著名的典型并列在一起。

　　《阿Q正传》发表于1921年至1922年的北京《晨报副镌》。1923年，后来也成为著名的小说家的沈雁冰就写道："现在差不多没有一个爱好文艺的青年口里不曾说过'阿Q'这两个字。我们几乎到处应用这两个字……"（《读〈呐喊〉》）阿Q就是这样迅速而广泛地流传的。现在，早已不止于爱好文艺的青年，而是流传在更广大的人民中间了。

　　然而，直到现在，我们的文学批评对这个人物的解释仍然是分歧的，而且各种解释都并不圆满。

　　困难和矛盾主要在这里：阿Q是一个农民，但阿Q精神却是一种消极的可耻的现象。

为了解决这个矛盾，曾有人否认阿 Q 是农民，或者从阿 Q 说过的"我们先前——比你阔的多啦"这句话，断定他是从地主阶级破落下来的，和一般农民不同。这种企图单纯从阶级成分来解释文学典型的方法显然是不妥当的。按照小说本身的描写，阿 Q 的雇农身份谁也无法否认。"我们先前——比你阔的多啦"，这不过是阿 Q 的精神胜利法的一种表现，同时也是作者对于当时有些不长进的人喜欢夸耀我国过去的光荣的一种嘲讽。这"先前"不一定是指他本人，很可能是他的先世。我们并不能用这句话来断定阿 Q 的阶级出身，正如并不能根据他的精神胜利法的又一表现"我的儿子会阔得多啦"，就断定他将来一定会成为阔人的老太爷一样。而且阿 Q 的性格的某些很重要的方面，包括开头的"真能做"和后来的要求参加革命，都并不能用破落的地主阶级的子弟的特性来解释。

还有一种解释说阿 Q 是中国人精神方面的各种毛病的综合，或者说他是一种精神的性格化和典型化，说他主要是一个思想性的典型，是阿 Q 主义或阿 Q 精神的寄植者，是一个在身上集合着各阶级的各色各样的阿 Q 主义的集合体。这种解释也不妥当。世界上的文学的典型，没有一个不是具有高度的概括性和思想的意义，而又同时是，或者还可以说首先是一个具体的活生生的人。这两者是不可分离的。如果阿 Q 只是各种毛病的综合或者某种精神的性格化和典型化，那他就不可能成为现实主义的文学的典型，而不过是一个概念化的不真实的人物。在《阿 Q 正传》里面，阿 Q 的性格从头至尾都是统一的，他的思想和言行除了极其个别的地方，都是和他的阶级身份、社会地位和特有的性格很和谐的。他并不是一个用中国人精神方面的各种毛病或者各阶级的各色各样的阿 Q 主义拼凑起来的怪物，而是一个我们似曾相识的有血有肉的个人。提出集合体的说法的人也承认阿 Q 是一个活生生的人物，但这种承认就和他的一种精神的性格化和典型化的说法自相矛盾了。因此，这种解释的提出者后来也改变了他的意见。

更多的评论者是把阿Q解释为过去的落后的农民的典型，认为他身上的阿Q精神并不是农民本来有的东西，而是受了封建地主阶级的思想的影响。这些评论者都以"统治阶级的思想在每个时代都是占统治地位的思想"这样的名言来作为根据。没有问题，就阿Q的整个性格来说，他是过去的落后的农民的一种典型。同样没有问题，阿Q头脑里的那些"合于圣经贤传"的想法，"断子绝孙便没有人供一碗饭"、强调"男女之大防"和排斥异端，都是封建思想。而且整个阿Q的愚昧也是长期存在的封建剥削封建压迫的一种结果。但我们称为阿Q精神的他性格上的那种最突出的特点，却未见得是封建地主阶级的特有的产物和统治的思想。马克思和恩格斯所说的每个时代里的统治阶级的占统治地位的思想，如他们自己所说明的，"是占统治地位的物质关系在观念上的表现"，"是那些使某一阶级成为统治阶级的各种关系的表现"。很显然，阿Q精神并不是这样的东西，它并没有表现封建思想的特有的性质。而且，如果说鲁迅通过阿Q这个人物只是鞭打了辛亥革命前后的落后的农民身上的封建思想，那就未免把这个典型的思想意义缩小得太狭窄了。所以这种解释仍然是不圆满的。

阿Q性格上的最突出的特点是什么呢？如大家所熟知的，是他的精神胜利法。文学上的典型和生活中的人物一样，他的性格总是复杂的，多方面的。阿Q"真能做"，很自尊，又很能够自轻自贱，保守，排斥异端，受到屈辱后不向强者反抗而在弱者身上发泄，有些麻木和狡猾，本来深恶造反而后来又神往革命，这些都是他的性格。但小说中加以特别突出的描写的却是他的精神胜利法。两章《优胜纪略》就是集中写他的这种特点。夸耀"先前"的阔和设想儿子的阔来藐视别人，忌讳自己的癞疮疤而又骂别人"还不配"，被人打了一顿却在心里想"现在的世界太不成话，儿子打老子"，打不赢别人的时候便主张"君子动口不动手"，甚至在其他精神胜利法都应用不灵的时候便痛打自己的嘴巴，这样来"转败为胜"……所有这些都是写的阿 Q 精神的具体表现。流行在我们生活中的正是这个阿 Q。凡是见到这样的人，他不能正视他的弱点，而且用可耻笑的说法来加以掩饰，我们就叫他"阿 Q"，于是他就羞惭了。凡是我们感到了自己的弱点，而又没有勇气去承认，去克服，有时还浮起了掩饰它的念头，我们就想到了阿 Q，于是我们就羞惭了。文学上的典型都是这样的，他们流行在生活中并且起着作用的常常并不是他的全部性格，而是他们的性格上的最突出的特点。

鲁迅在《阿 Q 正传的成因》中说，"阿 Q 的影像，在我心目中似乎确已有了好几年"。许寿裳在《亡友鲁迅印象记》中说，鲁迅在日本留学的时候就很注意研究中国的"国民性"。在主观上作者是有通过阿 Q 来抨击他心目中的"国民性"的弱点的意思的。在他的论文中，他曾经多次地批评过这种弱点。1907 年写的《摩罗诗力说》就有这样一段话：

> 故所谓古文明国者，悲凉之语耳，嘲讽之辞耳！中落之胄，故家荒矣，则喋喋语人，谓厥祖在时，其为智慧武怒者何似，尝有闳宇崇楼，珠玉犬马，尊显胜于凡人。有闻其言，孰不腾笑？夫国民发展，功虽有在于怀古，然其怀也，思理朗然，如鉴明镜，时时上征，时时反顾，时时进光明之长涂，时时念辉煌之旧有，故其新者日新，而其古亦不死。若不知所以然，漫夸耀以自悦，则长夜之始，即在斯时。今试履中国之大衢，当有见军人踯躅而过市者，张口作军歌，

痛斥印度波兰之奴性；有漫为国歌者亦然。盖中国今日，亦颇思历举前有之耿光，特未能言，则姑曰左邻已奴，右邻且死，择亡国而较量之，冀自显其佳胜。夫二国与震旦孰劣，今姑弗言；若云颂美之什，国民之声，则天下之咏者虽多，固未见有此作法矣。

他在这里所批评的弱点，不是和阿Q夸耀先前如何阔，并且自己头上有癞疮疤，却藐视又癞又糊的王胡一样吗？1918年，他在《随感录》三十八中批评了所谓"合群的爱国的自大"，并且把这种自大分为五种：

甲云："中国地大物博，开化最早；道德天下第一。"这是完全自负。

乙云："外国物质文明虽高，中国精神文明更好。"

丙云："外国的东西，中国都已有过；某种科学，即某子所说的云云"，这两种都是"古今中外派"的支流；依据张之洞的格言，以"中学为体西学为用"的人物。

丁云："外国也有叫化子——（或云）也有草舍，——娼妓，——臭虫。"这是消极的反抗。

戊云："中国便是野蛮的好。"又云："你说中国思想昏乱，那正是我民族所造成的事业的结晶。从祖先昏乱起，直要昏乱到子孙；从过去昏乱起，直要昏乱到未来。……（我们是四万万人）你能把我们灭绝么？"这比"丁"更进一层，不去拖人下水，反以自己的丑恶骄人；至于口气的强硬，却很有《水浒传》中牛二的态度。

这五种议论虽然程度不同，不都是阿Q精神的具体表现吗？至于1925年，他在《论睁了眼看》中所写的这些话，就更像是对于阿Q精神的总说明了：

中国人的不敢正视各方面，用瞒和骗，造出奇妙的逃路来，而自以为正路。在这路上，就证明着国民性的怯弱，懒惰，而又巧滑。一天一天的满足着；即一天一天的堕落着，但却又觉得日见其光荣。

很显然，鲁迅并不认为阿 Q 精神只是存在于当时的落后的农民身上的弱点，也并不把它看作仅仅是一种封建思想。他把它称为"国民性"，这自然是不妥当的；但如果说阿 Q 精神在当时许多不同的阶级的人物身上都可以见到，这却是事实，这却的确有生活上的根据。1841 年，第一次鸦片战争中的广东战争失败后，清朝的将军奕山向英军卑屈求降，对清朝的皇帝却诳报打了胜仗，说"焚击痛剿，大挫其锋"，说英人"穷蹙乞抚"（《中西纪事》卷六）。清朝的皇帝居然也就这样说："该夷性等犬羊，不值与之计较。况既经惩创，已示兵威。现经城内居民纷纷递禀，又据奏称该夷免冠作礼，吁求转奏乞恩。朕谅汝等不得已之苦衷，准令通商。"（《筹办夷务始末》道光朝卷二十九）1898 年出版的《劝学篇》，它的作者张之洞在最初的《自序》上说："中国学术精微，纲常名教以及经世大法，无不毕具；但取西人制造之长补我不逮足矣；……其礼教政俗已不免于夷狄之陋，学术义理之微则非彼所能梦见者矣。"这就是清朝的皇帝和大臣们的精神胜利法。鸦片战争以后的清朝的统治者们就是带着这样的阿 Q 精神一直到他们的王朝的灭亡的。辜鸿铭极力称赞辫子和小脚，专制和多妻制，并且说中国人脏，那就是脏得好。《新青年》第四卷第四号上发表过林损的一首诗，开头两行是："乐他们不过，同他们比苦！美他们不过，同他们比丑！"这就是过去的旧知识分子的精神胜利法。据说鲁迅常常引林损这几句诗来说明士大夫的怪思想（周遐寿《鲁迅小说里的人物》）。至于被取来作为阿 Q 的弱点的象征的癞疮疤，在旧中国的农村里，那的确是从地主到农民，都一律忌讳，而且推广到连"光""亮""灯""烛"也忌讳的。"儿子打老子",也是同样广泛地流行在旧中国的各种不同的人们的口中。鲁迅还做过一篇文章,叫做《论"他妈的!"》。对这一类非常流行的骂语,他解释为是庶民对于"高门大族"的攻击,那恐怕是过于曲折的。这和"儿子打老子"一样,都是阿Q式的精神胜利法。阿Q精神的确似乎并非一个阶级的特有的现象。

鲁迅在《答〈戏〉周刊编者信》中又说:"我的方法是在使读者摸不着在写自己以外的谁,一下子就推诿掉,变成旁观者,而疑心到像是写自己,又像是写一切人,由此开出反省的道路。"这不但是在说明他的一般的写作方法,而且正是在说明《阿Q正传》。《阿Q正传》发表的时候,的确就曾有一些小政客和小官僚疑神疑鬼,以为是在讽刺他们。而且发表以后,这个共名又最先流行在知识青年中。可见作者的主观意图和作品的客观效果都不仅仅是鞭打旧中国的落后的农民,也不仅仅是鞭打他们身上的封建思想。

然而文学作品中的人物不能不像在真实的生活里一样,也是社会的人物。尽管鲁迅主观上是想揭露他所认为的"国民性"的弱点,但在中国的土地上却找不到一个抽象的"国民性"的代表。他选择了阿Q这样一个辛亥革命前后的雇农来作为主人公,就不可能停止于只是写他的癞疮疤,只是写他的精神胜利法,只是写他的优胜实即劣败,就不有不展开旧中国的农村的阶级关系的描写,不能不写到阿Q以外的赵太爷、赵秀才和钱假洋鬼子这样一些人物,不能不写到阿Q的受剥削和受压迫,写到他从反对造反到神往革命,不能不写到辛亥革命的不彻底,写到阿Q要求参加革命却被排斥,并且最后得到那样一个悲惨的"大团圆"的结局。这正是现实主义的巨大的胜利。这样,鲁迅的最重要的作品,五四以来最杰出的小说《阿Q正传》,它的成就就不只是创造了阿Q这个不朽的典型，而且深刻地写出了旧中国的农村的真实和资产阶级领导的旧民主主义革命的弱点。这样，阿Q就不是中国人精神方面的各种毛病的综合，不是一种精神的性格化和典型化，不是一个集合体，而是一个具体的活生生的人物，而是一个独特的存在，而是一个个性非常鲜明的典型了。从阿Q精神来说，存在于阿Q身上的是带有浓厚的农民色彩的阿Q精神，并不是各阶级的各色各样的阿Q主义，虽然它们中间有着共同之处。从农民来说，阿Q只是具有强烈的阿Q精神的农民，只是一种农民，并不是农民全体，虽然他身上有着农民的共性。曾有过这样的评论，说阿Q终于要做起革命党来，终于得到"大团圆"的结局，似乎在人格上是两个。这种评论就是由于只看到阿Q身上的阿Q精神，没有看到他是一个雇农。而鲁迅写他神往革命并且决心投降革命的时候，他又仍然是我们已经很熟悉的阿Q，仍然是带着阿Q式的落后的色彩，甚至临到了最后的场面，他还"无师自通"地说了半句"过了二十年又是一个……"虽然他这最后一次的精神胜利法的表现是那样悲怆，那样沉重，我们再也笑不出来了。所以在整篇小说中，阿Q的性格是有发展，却又仍然很统一的。只有读到他被抬上了没有篷的车，突然觉到了是要去杀头，小说中说他虽然着急，却又有些泰然，"他意思之间，似乎觉得人生天地间，大约本来有时也未免要杀头的"；接着又读到他游街示众的时候，小说中说他不知道，"但即使知道也一样，他不过以为人生天地间，大约本来有时也未免要游街要示众罢了"——这些描写却像是把士大夫的玩世思想加在他头上，我们觉得小有不安而已。

鲁迅自己说，他写《阿Q正传》，"实不以滑稽或哀怜为目的"（《鲁迅书简》第349页）。阿Q受到剥削和压迫，尤其是他要求参加辛亥革命而受到排斥和屠杀，都是激起我们的同情的。

而且我们从阿Q这种落后的农民身上，也看到了农民的反抗性和革命性。然而，如果如有些评论者所说的那样，把阿Q精神当作一种反抗精神，或者把阿Q看作一般的弱小人物，以为鲁迅对他主要是同情或甚至喜爱，那就不但远离作者的原意，而且和作品的客观效果也不符合了。我们读《阿Q正传》的时候，是经历过这样一种感情的变化的，对阿Q最初主要是鄙视而最后却同情占了上风。这真有些像托尔斯泰对于契诃夫的《宝贝儿》所说的话一样，作者本来是打算诅咒她，结果却反倒为她祝福了。但作品的主要效果和作者的目的还是一致的。在我们生活中流行的阿Q是以精神胜利法为他的性格的主要特点的阿Q，是一个谁也不愿意仿效的否定的榜样。文学上出现了阿Q，生活中就有很多很多的人再也不愿意作阿Q了。

阿Q是一个农民，但阿Q精神却是一种消极的可耻的现象，而且不一定是一个阶级所特有的现象，这在理论上到底应该怎样解释呢？理论应该去说明生活中存在的复杂的现象，这样来丰富自己，而不应该把生活中的复杂的现象加以简单化，这样来勉强地适合一些现成的概念和看法。阿Q性格的解释问题，实际上是一个典型性和阶级性的关系问题。困难是从这里产生的：许多评论者的心目中好像都有这样一个想法，以为典型性就等于阶级性。然而在实际的生活中，在文学的现象中，人物的性格和阶级性之间都并不能划一个数学上的全等号。道理是容易理解的。如果典型性完全等于阶级性，那么从每个阶级就只能写出一种典型人物，而且在阶级消灭以后，就再也写不出典型人物了。这样，文学艺术在创造人物性格方面的用武之地就异常狭小了。在阶级社会里，真实的人都是有阶级身份，都是有阶级性的。文学作品所描写的阶级社会的人物因而也就不能不有阶级性，而且典型人物的性格的确常常是表现了某些阶级的本质的特点。然而在同一阶级里面却有阶层不同、政治倾向不同、思想不同、性格不同的人物，这就决定了文学从一个阶级中也可以写出多种多样的典型来。这大概谁也不会否认。生活中还有一种现象，某些性格上的特点，是可以在不同的阶级的人物身上都见到的。文学作品如果描写了这样的人物，而且突出地描写了这种特点，尽管他也有他的阶级身份和阶级性，但他性格上的这种特点却就显得不仅仅是一个阶级的现象了。诸葛亮、堂·吉诃德和阿Q都是这样的典型。诸葛亮的身份是一个封建统治阶级的知识分子和政治家，然而小说中所描写的诸葛亮的性格的最突出的特点却是他很有智慧，他能够预见。希望有智慧和预见，这就不仅仅是封建统治阶级的政治家的要求，而且也是人民的要求。因而诸葛亮就流传在人民的口中，成为人民所喜爱的人物，并且产生了"三个臭皮匠，合成一个诸葛亮"这句歌颂集体的智慧的谚语。堂·吉诃德的身份是西班牙的乡村里面的一个旧式的地主，他的身上不但有他的阶级性，而且还有特定的时代和特定的地域的色彩。小说的情节主要是写欧洲中世纪的骑士制度已经灭亡以后，这位旧式的地主仍然要去做游侠骑士，结果得到不断的可笑的失败。堂·吉诃德的全部性格不止于此，然而小说中描写得最突出的却是这样的特点。因而这个名字流行在我们的生活中，就成了可笑的主观主义者的共名。主观主义当然不仅仅是一个阶级的现象，因而堂·吉诃德这个典型的意义就不因时代和地域的差异而丧失。阿Q也是这样。他的身份是辛亥革命前后的雇农，他的性格他的行动都强烈地带有他的阶级和时代的特有的色彩。许多评论者在说明阿Q的性格的时候，都指出了他所特有的时代背景，指出了在鸦片战争以后不断地遭到失败和屈辱的老大的大清帝国里面，阿Q精神是一种异常普遍的存在。这是对的。正是因为阿Q式的想法和说法在清末民初很流行，鲁迅才孕育了阿Q这样一个人物。然而小说中所描写的阿Q的最突出的特点，不能正视自己的弱点，而且企图用一些可耻笑的自欺欺人的想法和说法来掩饰，却是在许多不同阶级不同时代的人物身上都可以见到的。这到底应该怎样解释呢？我们知道，剥削阶级（并不仅仅是封建地主阶级）为了维持和巩固它们的统治，当它们遭到困难和失败的时候，特别是当它们走向没落的时候，它们是不能公开承认它们的弱点和景况不佳，而必然会采取自欺欺人的办法来加以掩饰的。半封建半殖民地的旧中国的统治阶级及其知识分子的阿Q精神之特别浓厚，而且表现得特别畸形和丑陋，以至曾被鲁迅误认为是"国民性"，原因就在这里。像阿Q那样的劳动人民，除了劳动力而外一无所有，本来是没有忌讳自己的弱点的必要的。然而当他还不觉悟的时候，他不能不带有保守性和落后性，而这种保守和落后也就不能不阻碍他去正视、承认和克服他的弱点，而且用可笑的方法来加以掩饰了。这就是说，在人民的落后部分中间也可以产生阿Q精神的。有些评论者认为阿Q的时代过去了，阿Q精神就完全过去了，永远过去了，这并不完全符合客观的事实，并从而降低了阿Q这个典型的意义。在我们今天的生活中，如果碰到那种拒绝批评和自我批评、而且用一些可耻笑的想法和说法来掩饰他的缺点和错误的人，不管他的想法和说法和那个老阿Q是多么不同，我们仍然不能不叫他作"阿Q"。从日益陷于孤立和失败的帝国主义分子及其豢养的和本国人民为敌的傀儡政权中间，我们更常常听到阿Q式的叫嚣和哀鸣。《阿Q正传》的很早的评论者沈雁冰说，"我又觉得'阿Q相'未必全然是中国民族所特具，似人类的普通弱点的一种"（《读〈呐喊〉》）。"似人类的普通弱点的一种"，这种说法自然是不科学的。但如果我们并不着重这后半句话，并不承认人类有什么抽象的超阶级的弱点，而仅仅取其前半句话的意思，"阿Q相"并非只是旧中国一个国家内特有的现象，就不能不说，这位评论者的这种感觉仍然有一定的生活的根据。晚清的封建统治集团和今天的帝国主义者及其豢养的傀儡政权的阿 Q 精神，应该说没有什么本质上的不同。走向没落的失败的剥削阶级和落后的还没有觉醒的人民中间的阿 Q 精神，却不但表现形式有差异，而且本质上也是不同的。如我们在前面说明过的，剥削阶级的阿 Q 精神是为了维持它们的反动统治，而落后的人民中间的阿 Q 精神却不过由于他们还不觉悟而已。因此没落时期的剥削阶级的阿 Q 精神是无法去掉的，就像是它们的影子一样将要一直跟随到它们的灭亡；而落后的人民中间的阿 Q 精神却会随着他们的觉悟的提高而消逝，只要他们认识到没有必要害怕承认自己的错误和缺点，而且接受了马克思列宁主义的自我批评的武器。

对阶级社会中的文学的现象，是必须进行阶级分析的。但如果以为仅仅依靠或者随便应用阶级和阶级性这样一些概念，就可以解决一切文学上的复杂的问题，那就大错特错了。不仅是对于阿 Q 的解释，在对于《红楼梦》中的刘姥姥和《西游记》中的妖魔的争论上，都曾经表现了一种简单化的倾向。刘姥姥是一个农民家庭的妇女，然而她在大观园中出现的时候，又带有女清客的气味。根据她的性格中的这个特点，于是有些人就曾经叫吴稚晖那种反动统治阶级的帮闲为"刘姥姥"。刘姥姥出现在大观园中的时候，小说又曾着重描写了她对于上层社会生活的陌生和见识不广。根据她的性格的这又一个特点，于是我们的生活中又流行着一句谚语，"刘姥姥进大观园"。不知道文学上的典型人物在我们的生活中常常只是他的性格的某一种特点在起着作用，并不是他的全部性格，而全部性格又并不全等于他的阶级性，却企图都从他的阶级身份去得到解释，因而把争论都纠缠在给人物划阶级上，这就永远也得不到正确的结论了。《西游记》的妖魔，它们很多都是由动物变成的，因而这些由动物变成的妖魔的形象首先就有一些适合它们的原型的特点。它们既是妖魔，又自然有一些妖魔的特点，如会变化和会使用法术等等。它们都会变化为人，这样就又有了人的特点。作者在描写它们身上的最后这一种特点的时候，当然是以现实中的人为模特儿的。因而可能在某些妖魔身上找得到某些表现人的阶级性的东西，但不会是一个统一的阶级的阶级性。因为作者到底是在写各种各样的妖魔，并不是在写一个统一的阶级里面的种种人物。而且如果用实事求是的态度去读《西游记》，我们可能还会发现这样的事实：在有些妖魔身上，作者只描写了动物的特点、妖魔的特点和人的某些外表的或一般的东西，根本就难于找到明显的或者很统一的阶级性。总之，对于这样众多、这样来路不同而且性格也不同的妖魔，正如对于《聊斋志异》里面所描写的那些狐狸精一样，是要加以具体的研究和细致的分别的。但我们的许多评论者却硬要给这些妖魔划阶级，而且硬要把它们划成一个统一的阶级。首先是把它们都划为农民，而且都是起义的农民，于是一直为人民所喜爱的孙猴子就非成为一个镇压农民起义的封建统治阶级的爪牙不可了。后来有些评论者心中不安，又反其道而行之，于是把那些妖魔又一律定为反动的统治阶级，不是皇亲国戚就是地主恶霸。好像《西游记》的作者吴承恩并不是在写他的幻想的小说，而是在充满了神和妖魔的世界里做土地改革工作，早已心中有数地把它们的阶级成分都定好了，只等待我们来发榜一样。把阶级和阶级性的概念这样机械地简单地应用，实在只能说是对于马克思主义的嘲笑了。

研究文学作品中的人物，正如研究生活中的问题一样，是不能从概念出发的。必须考虑到它的全部的复杂性，必须努力按照它本来的面貌和含义来加以说明，必须重视它在实际生活中所发生的作用和效果，必须联系到文学历史上的多种多样的典型人物来加以思考。这样做自然要困难得多。正是因为困难，我在这里所试为作出的对于阿 Q 的一点说明，和比较圆满的解释大概还是很有距离的。但是我相信，用这样的方法却可以从不圆满达到比较圆满。

1956 年 9 月 24 日为鲁迅先生逝世二十周年纪念作

论《红楼梦》

一

伟大的不朽的作品《红楼梦》是我国小说艺术成就的最高峰。关于它的深入人心，清代的笔记里有过一些故事。有一位作者说，他从前在杭州读书的时候，听说有某商人的女儿，貌美，会作诗，因为太爱读《红楼梦》了，后来得了肺病。她快死的时候，她父母把这部书烧了。她在床上大哭说："奈何烧杀我宝玉！"又一位作者说，苏州有个姓金的人，也很喜欢读这部小说，他给林黛玉设了牌位，日夜祭祀。他读到林黛玉绝食焚稿那几回，就呜咽哭泣。这个人后来竟有些疯疯癫癫了①。这些故事是比较奇特的，未必都是真事。前一位作者更是企图用那个故事来反对《红楼梦》。然而这些故事却也反映出来了这样的事实：《红楼梦》的艺术异常迷人，它所创造的人物异常成功，它对许多读者的精神生活发生了强烈的影响。

---

① 以上见陈其元《庸闲斋笔记》卷八和邹弢《三借庐赘谭》卷四。这里只是转述其大意。

我们少年时候，我们还没有读这部巨著的时候，就很可能听到某些年纪较大的人谈论它。他们常常谈论得那样热烈。我们不能不吃惊了，他们对它里面的人物和情节是那样熟悉，而且有时爆发了激烈的争辩，就如同在谈论他们的邻居或亲戚，如同为了什么和他们自己有密切关系的事情而争辩一样。后来我们自己读到了它。也许我们才14岁或15岁。尽管我们还不能理解它所蕴含的丰富的深刻的意义，这个悲剧仍然十分吸引我们，里面那些不幸的人物仍然激起了我们的深深的同情。而且我们的幼小的心灵好像从它受过了一次洗礼。我们开始知道在异性之间可以有一种纯洁的痴心的感情，而这种感情比起在我们周围所常见的那些男女之间的粗鄙的关系显得格外可贵，格外动人。时间过去了20年或者30年。我们经历了复杂的多变化的人生。我们不但经历了爱情的痛苦和欢乐，而且受到了革命的烈火的锻炼。我们重又来读这部巨著。它仍然是这样吸引我们——或许应该说更加吸引我们。我们好像回复到少年时候。我们好像从里面呼吸到青春的气息。那些我们过去还不能理解的人物和生活，已不再是一片茫然无途径可寻的树林了。这部巨著在我们面前展开了许多大幅的封建社会的生活的图画，那样色彩炫目，又那样明晰。那样众多的人物的面貌和灵魂，那样多方面的封建社会的制度和风习，都栩栩如生地再现在我们眼前。我们读了一遍又一遍。我们每次都感到它像生活本身一样新鲜和丰富，每次都可以发现一些以前没有察觉到的有意义的内容。

伟大的作品，整个世界文学史上也为数不多的伟大的作品，正是这样的：它能获得不同年龄和经历了不同生活的广大的读者群的衷心爱好；它能够丰富和提高我们的精神生活；它能够吸引我们反复去阅读，不仅因为它的艺术的魅力像永不凋谢的花一样，而且因为它蕴藏的意义是那样丰富，那样深刻，需要我们去作多次的探讨然后可以比较明了。

《红楼梦》出现于18世纪中叶，出现于中国最后一个封建王朝的最后一段兴盛的时期。经过了一百余年的统治，以满族入主中国的清朝不但已经打败了汉族的抵抗和反叛，而且征服了北部、西北、西部和西南的少数民族。它这时的统治应该承认是巩固的，强有力的，否则无法解释那样多次的战争的胜利。然而，这并不是说种种严重的社会矛盾，首先是国内的民族矛盾和阶级矛盾，就不存在了。有些和《红楼梦》所描写的那个贵族大家庭相像，这个王朝看起来很显赫，实际却很快就要转入衰败了。就是18世纪末叶和19世纪初年，农民起义像火一样连绵不断地燃烧在许多地区。到了1840年，离《红楼梦》的出现还不到一百年，鸦片战争就爆发了。在中国的土地上存在了二千余年的封建社会从此就走向瓦解。《红楼梦》这部巨著为这个古老的社会作了一次最深刻的描写，就像在历史的新时代将要到来之前，给旧时代作了一个总的判决一样。它好像对读者说：这些古老的制度和风习是如此根深蒂固而又如此不合理，让它们快些灭亡吧！虽然在这沉沉地睡着的黑夜里，我无法知道将要到来的是怎样一个黎明，我也无法知道人的幸福的自由的生活怎样才可以获得，但我已经诅咒了那些黑暗的事物，歌颂了我的梦想。

二

《红楼梦》的作者曹雪芹① 把自己的名字写在这部不朽的小说的第一回里，并且说他曾"披阅十载，增删五次"，这样来记

---

① 曹雪芹名霑，字梦阮，号雪芹，又号芹圃、芹溪。见敦敏《懋斋诗钞》、敦诚《四松堂集》、张宜泉《春柳堂诗稿》等书。

下他的长期的辛勤的劳动。然而关于他的传记材料，至今为止，我们知道的还是很少。

曹雪芹的先世原是汉人，但很早就入了满洲旗籍。他的祖父曹寅曾做过苏州织造、江宁织造、两淮巡盐御史等官职。曹寅能作诗词戏曲，喜欢藏书和刻书。有名的《全唐诗》就是清朝皇帝要他负责刊刻成的。曹寅死后，他的儿子曹颙和嗣子曹𬱩相继承袭江宁织造。1727年，因亏空罢任，并被抄家[1]。曹家不久就回北京居住了。曹雪芹到底是曹颙的儿子还是曹𬱩的儿子，没有材料可考[2]。他的生年也不能确知。估计约生于1716年左右[3]。他的幼年和少年时代，是曾经历了一段繁华的生活的。他的朋友爱新觉罗敦敏在赠他的诗里说："燕市哭歌悲遇合，秦淮风月忆繁华"，应当不是虚语。他回到北京以后，经历不详[4]。只知道他

① 据北京大学藏抄本《永宪录续编》。李玄伯、周汝昌均疑和清朝皇帝胤禛打击他的兄弟胤禩和胤禟的党羽有关，但无确证。

② 李玄伯《曹雪芹家世新考》因康熙五十四年三月初七日曹𬱩奏折中说到他的嫂嫂怀孕已及七月，推测曹雪芹为曹颙的遗腹子。胡适《红楼梦考证》荒唐地把小说和真人真事相混，说贾政就是曹𬱩，贾宝玉就是曹雪芹，断定曹雪芹为曹𬱩的儿子。两说都无根据，不如存疑。

③ 甲戌本《红楼梦》第一回眉批："壬午除夕，书未成，芹为泪尽而逝。"如此批可信，则曹雪芹死于公历1763年2月12日，周汝昌因《懋斋诗钞》中《小诗代柬寄曹雪芹》前第三首《古刹小憩》题下注"癸未"，主张曹雪芹死于癸未除夕，即公历1764年2月1日。但《懋斋诗钞》原为残本，由收藏者"粘补成卷"（见原书影印本第七页燕野顽民题识），并非按年编排，而且《古刹小憩》题下"癸未"二字也非敦敏原注，而是后人补题（详见《文学研究集刊》第五册王佩璋《曹雪芹的生卒年及其他》）。所以曹雪芹的卒年仍不妨暂定为1763年。又《春柳堂诗稿》中《伤芹溪居士》题下注：曹雪芹"年未五旬而卒"。死时当距50岁不远。如估计他享年约47岁，则生年当为1716年左右。

④ 梁恭辰《劝戒四录》卷四说曹雪芹"以老贡生槁死牖下"。他这段文字是诋毁《红楼梦》的，所说曹雪芹生平未必可靠。奉宽《兰墅文存与石头记》注十三引英浩《长白艺文志初稿》，说曹雪芹曾官堂主事，亦不知有何根据。周汝昌《红楼梦新证》因小说第二回有贾政"升了员外郎"之语，竟断定曹𬱩罢任回京后曾起官内务府员外郎，那就更不可信。所以这里一概没有采取。

后来住在北京西郊。1757 年，爱新觉罗敦诚在《寄怀曹雪芹》诗中说他"于今环堵蓬蒿屯"。1761 年赠诗，更说他"举家食粥酒常赊"。大概中年以后，曹雪芹更为困顿了。后来因为孩子夭亡，他悲伤成疾①，遂于 1763 年 2 月 12 日逝世。

敦敏、敦诚是清朝的宗室。他们也是两个不得志的旗人。敦诚做过一次小官，不久就退休了。他们生活也比较贫困，并且受汉族文人的影响很深，诗文里常常流露出一些牢骚不平之意。敦诚更喜欢流连山水，纵酒谈佛。他们和曹雪芹是很熟的朋友。正是由于他们自己有些牢骚不平，他们很欣赏曹雪芹的狂放和高傲。从他们的诗文里，我们还知道曹雪芹健谈好酒，工诗善画。他们说他的诗的风格近于李贺，并且用阮籍、刘伶来比拟他的为人。敦诚有一首《佩刀质酒歌》，题下的小注记载了曹雪芹的一件轶事：

> 秋晓，遇雪芹于槐园②，风雨淋涔，朝寒袭袂。时主人未出。雪芹酒渴如狂。余因解佩刀沽酒而饮之。雪芹欢甚，作长歌以谢余。余亦作此答之。

从这件轶事很可以想见曹雪芹的性格。可惜的是他那首长歌我们却读不到了。

虽然曹雪芹说过《红楼梦》写了十年，但到底是在哪年开始写的，已无法确定。根据脂评我们知道贾府衰败以后的故事也写成了若干部分。但现在却只存前八十回，后面部分的稿本早已散失了。他这部小说起初只在朋友间传看，知道的人是很少的③。大约他逝世以后，才以钞本的形式流传起来，而且庙市中已有钞

---

① 据敦诚《挽曹雪芹》诗注。
② 槐园为敦敏住宅，在太平湖侧。见《四松堂集》。
③ 富察明义《题红楼梦》题下注："曹子雪芹出所撰红楼梦一部，备记风月繁华之盛……惜其书未传，世鲜知者。余见其钞本焉。"

本出卖，每部要卖几十两银子①。1791年和1792年，程伟元把它和高鹗所续的四十回放在一起，两次以活字印行，不仅有一个时候北京许多人家的案头都有一部，而且流行到了南方②。等到翻刻日多，这部伟大的小说就流传更广了。

《红楼梦》广泛流传以后，获得了众多的读者的衷心爱好，视为奇珍；但也引起一些顽固的封建主义者的反对，甚至加以烧毁和严禁③。还有一些人则喜欢穿凿附会地对这部书进行所谓"索隐"。《红楼梦》开卷第一回说："作者自云：因曾历过一番梦幻之后，故将真事隐去，而借通灵之说撰此石头记一书也，故曰甄士隐云云。"④后来又说："虽我未学，下笔无文，又何妨用假语村言敷演出一段故事来……故曰贾雨村云云。"作者的意思不过是说，这部书虽然以他的生活经验为基础，但这个故事却是虚构的，却是小说。那些头脑冬烘的"索隐"派却以为这部小说的人和事都有所影射，企图去把那些真人真事都找出来。于是有些人说它是写的康熙时的大臣明珠家里的事，贾宝玉就是明珠的儿子纳兰性德；有些人说它是写的清朝皇帝福临和董小宛的故事，

①　高鹗1792年所作程乙本引言："是书前八十回，藏书家抄录传阅，凡三十年矣。"又程伟元《红楼梦》序："好事者每传钞一部，置庙市中，昂其价，得数十金，可谓不胫而走者矣。"

②　郝懿行《晒书堂笔录》卷三《谈谐》条："余以乾隆、嘉庆间入都，见人家案头必有一本《红楼梦》。今二十余年来，此本亦无矣。"毛庆臻《一亭考古杂记》："乾隆八旬盛典以后，京版《红楼梦》流行江浙，每部数十金。至翻印日多，低者不及二两。"

③　毛庆臻《一亭考古杂记》说《红楼梦》有"伤风教"，"更得潘顺之、补之昆仲，汪杏春、岭梅叔侄等指赀收毁，请示永禁，功德不小。然散播何能止息？莫若聚此淫书，移送海外，以答其鸦片流毒之意，庶合古人屏诸四方，似亦阴符长策也"。梁恭辰《劝戒四录》记满洲玉麟云："我做安徽学政时，曾示严禁，而力量不能远及，徒唤奈何。"

④　本文所引《红楼梦》原文均根据庚辰本。庚辰本有脱误，以有正本或通行本校改。以后不再注明。

贾宝玉和林黛玉就是福临和董小宛；有些人说它暗中有反满的意思，书中女子多指汉人，男人多指满人，并且说林黛玉薛宝钗等就是朱彝尊高士奇等人。所有这一类荒唐无稽之谈都说明了这些人根本不了解文学。王国维的《红楼梦评论》是关于这部巨著的第一篇正式的评论文章。这篇文章推崇《红楼梦》为"宇宙之大著述"，并以哥德的《浮士德》相比。然而它对于这个大著述的内容的解释却是从头错到底的。王国维完全抹杀了这部小说里的对于人生的执著和热爱，对于不合理的事物的反对和憎恶，主观武断地把它和西欧资产阶级悲观主义哲学牵合起来，说它的思想价值在于鼓吹"解脱"和"出世"。五四运动以后，胡适批评了那些"索隐"派，那是对的。然而，中国资产阶级学术界的代表人物，无论是王国维还是胡适，由于他们的思想贫乏和思想错误，都无法了解这部小说的价值和意义。胡适和他的信从者说《红楼梦》就是曹雪芹的"自叙传"，说贾政就是曹頫，贾宝玉就是曹雪芹，里面写的都是真事，那就连作者开卷第一回明明说过的"真事"已经"隐去"，这不过是"用假语村言敷演出"的故事，亦即虚构的故事，都直接违反了。

对资产阶级唯心主义的批判扫除了胡适的影响。在对于《红楼梦》的评价上有了很大的进步。我们认为它不但绝不是如胡适所说的那样"平淡无奇"，只是描写了一个贵族家庭的"坐吃山空"、"树倒猢狲散"的"自然趋势"，而且它的内容也不限于只是反对和暴露了某些个别的封建制度，而是巨大到几乎批判了整个封建社会的上层建筑和整个封建统治阶级，并且提出一些关于人的合理的幸福的生活的梦想。但是有些具体问题仍然有争论，仍然没有得到解决，还有待于我们的继续探讨。

伟大的作品正是这样的：尽管它早已广泛流传了，早已深入人心了，然而在关于它的解释和说明上都常常有不同的看法，还需要进行长期的研究，因而后来的研究者常常要对于以前的评论作出一些修正。这是并不奇怪的。因为这种作品本身就是一个复杂的庞大的存在，对于它的认识要经过一些曲折和反复，而解释和研究的人又往往要受到许多限制，不仅是个人的思想和艺术见解的限制，而且还有他们的时代的学术水平的限制。

三

　　贾宝玉和林黛玉的爱情悲剧是《红楼梦》里面的中心故事，是贯穿全书的主要线索。虽然曹雪芹并没有把这个悲剧写完，但在这部小说的第五回，在贾宝玉梦游太虚幻境所听见的《红楼梦》十二支曲里面，他就告诉了我们这个爱情故事的结局将是不幸的：

　　〔**终身误**〕都道是金玉良姻，俺只念木石前盟。空对着山中高士晶莹雪，终不忘世外仙姝寂寞林。叹人间美中不足今方信：纵然是齐眉举案，到底意难平。

这就是说，贾宝玉后来虽然和薛宝钗结婚了，却仍然忘记不了林黛玉，仍然认为是终身恨事。如果说这一支曲子还写得比较含蓄，还只说是"美中不足"，只说是"意难平"，紧接着的另一支曲子就把贾宝玉和林黛玉互相爱恋而不能结合的痛苦写得很沉重，简直是一首声泪并下的悲歌了：

　　〔**枉凝眉**〕一个是阆苑仙葩，一个是美玉无瑕。若说没奇缘，今生偏又遇着他。若说有奇缘，如何心事终虚话？一个枉自嗟呀，一个空劳牵挂。一个是水中月，一个是镜中花。想眼中能有多少泪珠儿，怎禁得秋流到冬尽，春流到夏！

高尔基曾经说过："在伟大的艺术家们的身上，现实主义和浪漫主义时常好像是结合在一起的。"① 曹雪芹正是这样。《红楼梦》这部小说正是写得人物和生活都那样真实，而又带有大胆的幻想的色彩。关于这部小说的来历，作者首先给它虚构了一个奇异的故事。他说，女娲氏炼石补天的时候，三万六千五百块石头都用上了，单单剩下一块未用。这块石头"自经锻炼之后，灵性已通，见众石俱得补天，独自己无材，不堪入选，遂自怨自叹，日夜悲号惭愧"。这个正式的故事开始以前的故事并不是没有意义的。这显然含有牢骚不平的意思。一块顽石和这部小说又有什么关系呢？故事继续说，有一天，这块石头听到一僧一道坐在它的旁边，谈到红尘中的荣华富贵，它动了凡心，想到人间去。那个僧人就大展幻术，把它变成一块扇坠大小的鲜明莹洁的美玉②；然后把它"携入红尘，历尽离合悲欢，炎凉世态"。于是这块石头就记载了它所亲自经历的一段故事。这就是这部小说的来历。这也是《红楼梦》又名《石头记》的缘故。

关于贾宝玉和林黛玉的爱情的来历，作者也给它编了一个故事。这个故事说，西方灵河岸上三生石畔，有一株绛珠草。它因得到赤瑕宫神瑛侍者日以甘露灌溉，始得久延岁月。"后来既受天地精华，复得雨露滋养，遂得脱却草胎木质，得换人形，仅修成个女性"。等到神瑛侍者要下凡，她也就决心下世为人，她把一生所有的眼泪还他，以偿还甘露之惠。神瑛侍者投生到人间就是贾宝玉；林黛玉就是绛珠仙子。这个故事和上面那个故事又怎样结合起来呢？按照脂本系统的本子，那块由石头变成的美玉应当就是贾宝玉出生时嘴里所衔的玉。但在小说里面，作者又常常用这块石头来代表贾宝玉。所以在《红楼梦》十二支曲中说，

---

① 《我怎样学习写作》，据戈宝权译文。
② 这段故事见甲戌本。庚辰本和以后的本子都删去了。

"都道是金玉良姻，俺只念木石前盟"，"一个是阆苑仙葩，一个是美玉无瑕"。"石"和"美玉"都是指贾宝玉；"木"和"仙葩"都是指林黛玉。后来程伟元印的本子干脆改为神瑛侍者也就是那块石头了。作者开头就声明过，他这是"荒唐言"。把神话式的故事写得这样迷离也没有什么可奇怪的。贾宝玉所姓的贾也就是假语村言的假。或许作者本来有这样的寓意，贾宝玉就是假宝玉，就是说它原是一块石头。这也就是说，在当时的世俗的人看来，在封建统治阶级及其拥护者看来，他并非真可宝贵，并非肖子；然而作者却喜爱他是一块"行为偏僻性乖张，哪管世人诽谤"的顽石。按照作者的计划要写成和贾宝玉结婚的薛宝钗，她带有一个金锁。这就是所谓"金玉良姻"的来源。作者在出于自己的情投意合的恋爱和父母包办的婚姻之间虚构了这样一些情节，也可能是有寓意的。在当时的世俗的人看来，也就是在封建统治阶级及其拥护者看来，薛宝钗是一个贵公子的理想的伴侣，正好像他们所珍贵的金和玉两相匹配一样。而一个不肖的子弟和一个不幸的弱女子却不过和石头和草一样卑微。卑微，然而互有深厚的牢不可破的爱情，就像在生前已经有了情谊和盟誓。

从生物学的观点看来，人类的异性之间的互相吸引，互相爱悦，以至要求结合，也不过是受了自然的法则的支配，也不过是为了延续种族。然而人到底和其他生物不同。人类用自己的手创造的文明把人的物质生活和精神生活都大为提高，大为丰富了。男女的互相爱悦和要求结合，在一个文明人看来，并不仅仅是为了生育子女，却首先是和个人的生活、个人的幸福密切有关的事情。而异性之间的爱情，这种本来是基于性的差别和吸引而发生的情感，到了后来竟至升华为一种纯洁的动人的心灵的契合，好像性的吸引反而不是最重要的原因了。人类的生活里面出现了这种感情，就不能不在观念上和实际上都对于两性生活发生了很大的影响：婚姻只有在爱情的基础上才是合理的，幸福的，道德的，否则就是相反的东西。然而，正如恩格斯所说，在所有历史上的统治阶级中间，婚姻都是由父母来安排的，中国的封建婚姻制度也是男女结合必须经过"父母之命，媒妁之言"。《红楼梦》第五十七回，薛姨妈对林黛玉和薛宝钗讲了一个月下老人的故事。她说这个月下老人是专管男女婚姻的。如果他用一根红丝把两个人的脚拴住，凭你两家隔着海，隔着国，或者有世仇，也终久会成夫妇。如果他不用红线拴，尽管你本人愿意，或者经常在一起，都不能结婚。① 这个故事在过去是很流行的。它反映了封建社会的婚姻制度的特点，它是那样盲目，那样不能由自己选择。《红楼梦》不仅通过许多激动人心的故事诉说了这种婚姻不能自主的痛苦，而且它对不合理的封建婚姻制度作了更深刻的暴露。它写出了这种婚姻制度的牺牲者主要是妇女。它写出了这种婚姻制度容许公开的多妻制，容许各种各样的公开的和秘密的淫乱，然而它却不能容许花一样开放在这不洁的家庭中间的纯洁的痴心的恋爱。

曹雪芹自己是知道他这部作品在描写爱情上特别杰出的。在开始他的故事之前，他批评了才子佳人小说"千部共出一套"，"自相矛盾，大不近情理"；他认为历来的爱情故事"不过传其大概"，而且大半不过写了些"偷香窃玉，暗约私奔"，"并不曾将儿女之真情发泄一二"。他完全实现了他的艺术上的抱负。放射着天才的光芒的《红楼梦》不仅使那些概念化公式化的文笔拙劣的才子佳人小说黯然失色，而且在内容的丰富和深刻上远远地超过了在它以前的许多著名的描写爱情的作品。

---

① 原话还说到就是父母愿意或甚至以为是定了亲事，月下老人不拴脚，也不能结婚。那是把这个故事说得更神秘一些。

　　《红楼梦》里面曾经提到两部很有名的描写爱情的戏曲，《西厢记》和《牡丹亭》。贾宝玉对林黛玉称赞《西厢记》说："真真这是好书，你要看了，连饭也不想吃呢。"林黛玉看完以后，觉得"词藻警人，余香满口"。以后他们常常引用它里面的精彩的句子。后来林黛玉又独自听到《牡丹亭》的《惊梦》一折中的唱词，她觉得"十分感慨缠绵"，以至"心动神摇"，"如醉如痴"，最后落下泪来。作者把这些情节集中在一回来写，固然是为了描写他们的青春的觉醒，描写他们曲折地表达了爱情而又仍然受到封建礼教束缚的苦恼；但也可以看出，作者是十分欣赏这两部名著的。这两部名著在描写爱情上可以看作是《红楼梦》的先驱。《西厢记》的词句的优美，情节的单纯、和谐，几乎整个作品就像一首抒情诗一样，这在过去的戏曲中是无与伦比的。《牡丹亭》的《惊梦》中的那些脍炙人口的曲词也可以说是描写女子伤春的千古绝唱。曹雪芹正是着重从这些方面推崇它们。然而在内容上《红楼梦》决不只是吸取了它们的精华，更主要的却是在描写爱情生活上展开了一个新的世界。

　　《西厢记》所描写的爱情是一见倾心式的爱情。使张君瑞一下就着魔的不过是崔莺莺的美貌和风度，引动崔莺莺的也不过是张君瑞的相貌和才情，这就叫做"才子佳人信有之"。然后就是相思病和幽期密约。这样的情节后来成了许多小说和戏曲的公式。我们并不是一般地反对这种情节。异性之间的爱悦最先总是由于外貌的吸引；而且在一般青年男女根本没有接触机会的封建时代，一见倾心式的恋爱也还是比父母包办的婚姻优越。但是，《西厢记》所描写的这样的爱情到底还是比较简单的。所以《西厢记》里面最有吸引力的人物并不是张君瑞和崔莺莺，而是红娘。《牡丹亭》所描写的爱情更离奇一些。它还不是发生于真正的一见，而是发生于梦中。文学的世界里面，奇特的想像是完全可以容许的。这也是反映了封建社会的青年男女太没有接触和恋爱的机会。作者汤显祖在题词中说：情之至者，"生者可以死，死可以生"。他就是以这个大胆的幻想的故事来写爱情的力量。但杜丽娘的爱情的根据是什么呢？她对柳梦梅说，"爱的你一品人才"，"是看上你年少多情"。这也仍然是比较简单的。《红楼梦》所描写的贾宝玉和林黛玉的恋爱有一个最重要的特点，就是它是建立在互相了解和思想一致的基础上面。他们是从幼年时候就在一起长大的。他们是在较长时期的生活之中培养了彼此的感情。两小无猜，这也还是过去的文学作品描写过的。但必须有思想一致的基础这却是《红楼梦》才第一次这样明确地写了出来。贾宝玉对于薛宝钗的美貌和肉体的健康是曾经动过羡慕之心的，然而他所选择的却是林黛玉。这并不是仅仅因为从较长时期的生活中自然形成的感情，而是因为薛宝钗所信奉的是封建正统派的思想，并且用那种思想来劝说他；林黛玉却从来不说那些"混账话"，从来不曾劝他去走封建统治阶级所规定的"立身扬名"的道路。这也正是贾宝玉和林黛玉互相认为"知己"的缘故。必须建立在互相了解和思想一致的基础上这样一个爱情的原则，是在今天和将来都仍然适用的。曹雪芹生活在我国的近代的历史开始之前，然而他在《红楼梦》里面却提出了这样一个关于恋爱和结婚的理想，这样一个在当时一般男女无法实现因而实际是为了未来提出的理想。伟大的作品正是这样的：它所提出的理想不仅属于它那个时代，而且属于未来。

我们说贾宝玉和林黛玉的恋爱已经包含了一个现代的恋爱的原则，这并不是说他们的恋爱就已经和现代的恋爱一样。伟大的作家可以提出未来也适用的理想，然而他却不可能描写出当时并不存在的生活。在曹雪芹的时代，是还不曾出现近代和现代那样的恋爱的。因此，贾宝玉和林黛玉的恋爱又有一个非常触目的特点，就是它仍然带有强烈的封建社会的恋爱的色彩。这种特点首先表现在那种特有的曲折和痛苦的表达爱情的方式上。有相当长的一个时期，贾宝玉和林黛玉常常闹别扭，吵嘴，有时吵得很厉害。今天的读者也许会奇怪，他们既然互相爱着，为什么又那样常常闹别扭，为什么在还没有成为悲剧的时候就那样不幸福呢？在封建时代，特别是在他们那样的阶级和家庭，爱情是不能正面地直接地表达的。关于这，作者在第二十九回作了说明。他说，宝玉对黛玉"早存了一段心事，只是不好说出来，故每或喜或怒，变尽法子，暗中试探"；黛玉也是"每用假情试探"，也是"将真心真意瞒了起来，只用假意"，这样就"难保不有口角之争"了。第三十二回，又在这样一种小儿女的口角之后，宝玉和黛玉说："你放心。"黛玉仍然假装不明白这句话。她走了以后，宝玉在发呆的状态里，竟把来找他的丫头花袭人误当作黛玉，大胆地诉说起他的心事来了。花袭人听了，吓得"魄消魂散"；她觉得这种违反封建礼教的爱情是那样可怕，以至"也不觉怔怔地滴下泪来"。这是写得异常深刻的。封建礼教不仅成为贾政和王夫人这样一些人坚决信奉的大道理，而且竟至深入到花袭人这个奴隶身份的人的头脑里面。在她看来，她和宝玉发生了性的关系，那是可以的，因为她不过是一个丫头，而且是宝玉房中的丫头。至于宝玉和黛玉如果也发生了什么事情，那就完全不同了，那就是"丑祸"了。宝玉和黛玉的爱情所处的就是这样的环境。这正像一棵植根在石头底下的富有生命力的小树一样，不管怎样受到压抑，还是顽强地生长起来了。生长起来了，然而不能不是弯曲的，畸形的。因此，他们的爱情不能不是痛苦多于甜蜜，或者说痛苦和甜蜜是那样紧紧地交织在一起，以至分不清到底什么更多。《红楼梦》就是写出了这种"儿女之真情"，而且写得那样细腻，那样激动人的心灵。贾宝玉和林黛玉的恋爱带有强烈的封建社会的恋爱的色彩，还不仅仅表现在他们表达爱情的方式上，而且表现在他们的行动没有更大胆地突破封建礼教的限制。这就说明他们的恋爱不但同近代的和现代的恋爱不同，而且同封建社会的比较下层的人民中间的恋爱也有差异了。

曹雪芹在批评才子佳人小说的时候，还指出了它们的一个公式，就是在男女主人公之外，"又必傍出一小人其间拨乱，亦如剧中之小丑然"。其实许多戏曲也是这样。世界上自然是有坏人的；但把一切美好的愿望之受到阻难和破坏都只归咎于这种个别的人物，而且把他们写得很简单和不真实，那就太偶然太表面了。《红楼梦》所描写的贾宝玉和林黛玉的爱情悲剧完全不是这样。在这一对互相爱恋的少男少女之外，书中也出现了薛宝钗这个第三者。她曾经常常是他们吵嘴的原因。她对于贾宝玉也并非没有爱慕之意，而且她后来事实上成为贾宝玉的妻子。习惯于读那些公式化的小说戏曲的人，很可能就会把她看作是一个破坏宝玉和黛玉的爱情的小人。曹雪芹虽然没有来得及把全书写完，他在第四十二回以后就用事实来打破了这种猜想。他写林黛玉和薛宝钗互相亲密起来，不再心怀猜忌，以至后来贾宝玉也觉得奇怪。这固然和黛玉经过了一些痛苦的试探，已经知道了宝玉的爱情的稳固，不再猜疑忌妒有关；但更重要的却是作者所写的薛宝钗本来并不是一个成天在那里想些阴谋诡计，并用它们来破坏别人的幸福的人。只是因为她是一个封建正统思想的忠实的信奉者，贾府才选择她作媳妇，而且我们今天才很不喜欢这个人物。宝玉和黛玉的爱情成为悲剧，不是决定于薛宝钗，也不是决定于凤姐，王夫人，贾母，或其他任何个别的人物，而且这些人物没有一个写得像戏中的小丑一样，这正是写得很深刻的。这就写出来了它是一个封建制度的问题。

贾宝玉和林黛玉的悲剧的必然性，还不只是由于个别的封建制度。不幸的结局之不可避免，不仅因为他们在恋爱上是叛逆者，而且因为那是一对叛逆者的恋爱。封建统治阶级固然很强调所谓"风化"，所谓"男女之防"；但如果并不触犯更多的或者更根本的封建秩序，仅仅在男女关系上有些逾闲越检，对于本阶级的男子，还是完全可以赦免的。在《西厢记》所从取材的《会真记》里，我们就可以见到这种事例。那也是一个悲剧的结局，然而那只是女方的悲剧。至于那个男主人公，当时的人不但不责备他始乱终弃，反而多称许他为善于补过。贾宝玉却不但在林黛玉死后仍然爱着她，不像张生那样悔改，而且他对于一系列的封建制度都不满和反对。他反对科举、八股文和做官。他违背封建社会的男尊女卑和严格的等级制度。他讨厌封建礼法和家庭的束缚。他把四书以外的许多书都加以焚毁，那当然包括许多封建统治阶级极力提倡的著作①。这样一个大胆的多方面的并且不知悔改的叛逆者，是不能得到赦免的。这样一个叛逆者，林黛玉却同情他，支持他，爱他，而且她本人也并不是一个驯服的女儿，等待着她的自然也就只有不幸的命运了。贾宝玉和林黛玉的悲剧是双重的悲剧。封建礼教和封建婚姻制度所不能容许的爱情悲剧和封建统治阶级所不能容许的叛逆者的悲剧。曹雪芹把双重悲剧写在一起，它的意义就更为深广了。封建制度封建道德的不合理和封建统治阶级的腐败、罪恶，不仅必然要激起人民的反抗，而且也必然要从它的内部产生一些叛逆者。中国过去的历史和文学都不断地记录了这样的事实。贾宝玉就是许多叛逆思想和叛逆行为

① 第三回，宝玉对探春说："除四书外，杜撰的太多，偏只我是杜撰不成？"第十九回，花袭人说宝玉曾说过："除明明德外无书，都是前人自己不能解圣人之书，便出己意混编纂出来的。"第三十六回，说贾宝玉"祸延古人，除四书外，竟将别的书焚了"。这焚的书当然不会是《西厢记》之类，而一定包括那些"出己意混编纂"的解经著作。

的一个集中的表现者。

四

　　贾宝玉和林黛玉都是封建统治阶级的叛逆者，这对于说明他们的悲剧的必然性是很重要的。但如果要再进而分析这两个典型人物的性格的特点，也只是停留在这样的一般的理解上，那就不够了，那就太粗略了。典型被归结为一定社会历史现象的本质，典型问题任何时候都是政治性的问题，这样一些片面的简单化的公式在不久以前的《红楼梦》问题讨论中十分流行。许多论文都重复地引用这些公式，并根据它们来说明贾宝玉和林黛玉这样一些人物。现在苏联已经批评了这些错误的公式，这对于我们要比较完全地了解贾宝玉、林黛玉以及其他许多文学中的典型，是很有帮助的。中国封建社会的历史和文学中都曾出现了许多叛逆者。就在《红楼梦》第二回，贾雨村讲到许多"正邪两赋而来"的人，其中如阮籍、嵇康、刘伶、卓文君、红拂等都是有一定的叛逆性的人物，然而贾宝玉和林黛玉跟他们却又多么不同！《儒林外史》里面的杜少卿，同样是从封建官僚家庭出身的子弟，同样反对科举，然而贾宝玉跟他也多么不同！甚至就是贾宝玉和林黛玉这样两个因为互相是"知己"而相爱的人物，他们的性格之间也存在着多么大的差异！在阶级社会里，人总是有阶级性的，人总是有一定的政治倾向的，不管他是否自觉。然而任何一个人都决不是抽象的阶级性和政治倾向的化身。他或她各有各的个性和特点。文学中的人物，如果不是公式化概念化的而是现实主义的作品中的人物，当然也是这样。特别是那些成功的典型人物，它们那样容易为人们所记住，并在生活中广泛地流行，正是由于它们不仅概括性很高，不仅概括了一定阶级的人物的特征以至某些不同阶级的人物的某些共同的东西，而且总是个性和特点异常鲜明，异常突出，而且这两者总是异常紧密地结合在一起。

同中国的和世界的许多著名的典型一样，贾宝玉这个名字一直流行在生活中，成为了一个共名。但人们是怎样用这个共名呢？人们叫那种为许多女孩子所喜欢，而且他也多情地喜欢许多女孩子的人为贾宝玉。是不是我们可以笑这种理解为没有阶级观点和很错误呢？不，这种理解虽然是简单的，不完全的，或者说比较表面的，但并不是没有根据。这正是贾宝玉这个典型的最突出的特点在发生作用。《红楼梦》是反复地描写了这个特点的。在他没有出场的时候，别人就介绍了他七八岁时说的孩子话："女儿是水作的骨肉，男人是泥作的骨肉。"后来书中又写他有这样的想法："凡山川日月之精秀只钟于女儿，须眉男子不过是些渣滓浊沫而已。"他对许多少女都多情。不但对于活人，甚至刘姥姥信口开河，给他编了一个已经死了的"极标致"的小姐的故事，他也要派人去找那个并不存在的祭祀她的庙宇。他既然对许多少女都多情，就不能不发生苦恼。有一次，当林黛玉和史湘云都对他不满的时候，他就不能不"越想越无趣"："目下不过两个人，尚未应酬妥协，将来犹欲何为？"又一次当晴雯和花袭人吵闹的时候，他就不能不伤心地说："叫我怎么样才好？把这个心使碎了，也没人知道。"虽然后来他见到大观园内也有不理睬他的女孩子，才"自此深悟人生情缘各有分定"，不可能死时得到许多女孩子的眼泪。但他喜欢在许多女子身上用心的痴性并没有改变。平儿被贾琏和凤姐打骂以后，宝玉让她到怡红院去换衣梳洗，补偿了他平日不能"尽心"的"恨事"，竟感到是"今生意中不想之乐"。香菱因为斗草把石榴红绫裙子在泥里弄脏以后，宝玉叫花袭人把一条同样的裙子送给她换。他也是很高兴得到这样一次"意外之意外"的体贴和尽心的机会。后来他又把香菱斗草时采来的夫妻蕙和并蒂菱用落花铺垫着埋在土里，以至香菱说他"使人肉麻"。《红楼梦》用许多笔墨渲染出来的贾宝玉的这种特点是如此重要：去掉了它也就没有了贾宝玉。这就是这个叛逆者得以鲜明地和其他历史上的和文学中的男性叛逆者区别开来的缘故。这就是曹雪芹的独特的创造。当然，这个特点是和贾宝玉身上的整个的叛逆性完全统一的。从封建统治阶级和封建礼教看来，这本身也就是一种叛逆，也就会引起"百口嘲谤，万目睚眦"；而且在贾宝玉完全否定他的阶级给他规定的道路，从他的生活中又再也找不到其他什么值得献出他的青春和生命，这种对于纯洁可爱的少女的欣赏和爱悦，特别是对于林黛玉的永不改变的爱情，正是他精神上的唯一的支柱。

贾宝玉这个典型人物的这个特点是很明显的。问题在于如何解释它。第七十八回，贾母也就曾说到他的这个特点：

> 我也解不过来，也从未见过这样的孩子。别的淘气都是应该，只他这种和丫头们好更叫人难懂。我为此也担心。每冷眼查看他，只和丫头们顽闹，必是人大心大，知道男女的事了，所以爱亲近他们。既细细查试，究竟不是如此。岂不奇怪？想必原是个丫头错投了胎不成？

这像是作者向我们提出的问题，要求我们来解答。第二回，贾雨村对这个问题曾作过解释。他说，天地有什么正气和邪气，这两种气相遇必然互相搏击。人要是偶秉这种正邪交错之气而生，生于诗书清贫之族则为逸士高人，生于薄祚寒门则为奇优名倡，生于公侯富贵之家则为情痴情种。这种解释我们自然不会满意。在我们现在，又还可以见到或听到这样的解释，说这是贾宝玉的缺点，这是他的恋爱观和恋爱生活方式不好，这是他的爱情不专一，这是他身上的污浊和颓废的一面。这种意见也是不妥当的。

少年男女和青年男女本来容易有互相爱悦之情。贾宝玉又是生活在那样的环境里，和许多美丽的聪明的少女很接近。他那个阶级的男人和结了婚的妇女本来没有或极少有使他喜欢的，只有少女们比较天真纯洁，而那些被压迫的奴隶身份的丫头尤其值得同情。第七十一回，鸳鸯和探春诉说着封建大家庭的矛盾和苦恼，尤氏说宝玉"只知道和姊妹们顽笑"，"一点后事也不虑"。宝玉笑道："我能够和姊妹们过一日是一日，死了就完了，什么后事不后事！"这句话虽然是笑着说的，却说得很悲伤。宝玉为什么那样爱和女孩子们亲近也可以在这里得到解释。那不仅由于少年男女的自然的互相吸引，而且由于他对他那个家庭和阶级都感到了绝望。在对平儿和香菱的体贴和尽心上，却是同情和喜悦结合在一起，而且更多的是出于同情。书中曾写宝玉想到平儿并无父母兄弟姊妹，独自处于贾琏和凤姐之间，比黛玉尤为薄命，因而伤感流泪；又曾写宝玉对于香菱也是怜惜她没有父母，连本姓都不知道，被人拐出来，卖给薛蟠这样一个霸王。把这种复杂的对于少女们的情感都说成是消极的不好的东西，那是还不如贾母的观察客观和细致的。

贾宝玉曾经说过这样的话："女孩儿未出嫁是颗无价之宝珠。出了嫁，不知怎么就变出许多不好的毛病来；虽然是颗珠子，却没有光彩宝色，是颗死珠了。再老了，更变的不是珠子，竟是鱼眼睛了。分明一个人，怎么变出三样来？"这也是作者要把他的性格的特点写得很突出。我看这也不是什么恋爱观和恋爱生活方式不好，还是书上那个小丫头春燕的评论很对。她说："这话虽是混说，到也有些不差。"为什么有些不差呢？这是因为在那样的社会里，不仅是封建地主阶级的结了婚的妇女，就是她们的女仆，也是年龄越大就沾染恶习越多。至于对黛玉的爱情，宝玉的确是不够专一的。就是在晴雯死去，宝钗搬走以后，他所想到的还是有两三人和他同死同归。这也正是贾宝玉的爱情跟近代的和现代的爱情还有不同之处。这和中国封建社会里面多妻制的合法存在不无关系。在那样的社会、时代和具体环境里，像贾宝玉那样的人物，应该说已经是很纯洁很有理想的少年人了。不把他对女孩子的多情和痴心同他身上的整个叛逆性联系起来看，不把它本身作为对于封建礼教和封建社会的男尊女卑的观念的大胆的违背，不把它里面的合理的和优越的因素看作基本的东西，反而简单地苛刻地加以否定或指摘，那是不合乎历史主义的观点的。

贾宝玉的性格的这种特点也是打上了他的时代和阶级的烙印的。然而少年男女和青年男女的互相吸引，互相爱悦，这却不是一个时代一个阶级的现象。因此，虽然他的时代和阶级都已经过去了，贾宝玉这个共名却仍然可能在生活中存在着。世界上有些概括性很高的典型是这样的，它们的某些特点并不仅仅是一个时代一个阶级的现象。但是，如果今天有人有意地去仿效贾宝玉，而且欣赏他身上的那些落后的因素，那就只能说是他自己犯了时代的错误，《红楼梦》是不能负责的。

如上所说，贾宝玉这个叛逆者的叛逆性不仅表现在他对于科举、八股文、做官等一系列的封建制度的不满和反对，而且特别突出地表现在他对于少女们的爱悦、同情、尊重和一往情深，亦即是对于封建礼教和封建社会的男尊女卑的观念的大胆的违背上。这是和作者所写的这个人物的许多具体条件很有关系的。他不但生于公侯富贵之家，而且他是一个还不曾入世的少年人。他的"行为偏僻性乖张"就最容易往这方面发展。至于林黛玉的性格的特点，如果只用叛逆者来说明，那就未免也过于笼统了。有些文章说她是"具有浓厚解放思想的人物"[1]，说她"几

---

[1]　《〈红楼梦〉问题讨论集》第三集，第52页。

乎兼有崔莺莺、杜丽娘的柔情和祝英台、白素贞的勇敢坚强"①，这正是一种忽略了这个典型性格的个性和特点的结果。我们还是看在生活中，人们是怎样用林黛玉这样一个共名吧。人们叫那种身体瘦弱、多愁善感、容易流泪的女孩子为林黛玉。这种理解虽然是简单的，不完全的，或者说比较表面的，但也并不是没有根据。这也正是林黛玉这个典型的最突出的特点在发生作用。《红楼梦》也是反复地描写了这个特点的。在她还没有出场的时候，作者就给我们讲了一个"还泪"的故事。她第一次见到宝玉，宝玉发痴摔玉，她就真的第一次还了泪。后来又说明她的性情是"无事闷坐，不是愁眉，便是长叹，且好端端的，不知为了什么常常的自泪道不干的"。当她经过了多次的暗中试探，知道了宝玉的爱情的可靠以后，她又悲伤父母早逝，无人为她主张，而且病已渐成，恐不能久待。她好像已经预感到她的不幸的结局了。后来写她的病越来越重了，有一次，宝玉劝她保重，不要自寻烦恼。她拭泪说："近来我只觉心酸，眼泪恰像比旧年少了些的。心里只管酸痛，眼泪却不多。"宝玉说："这是你哭惯了，心里起疑，岂有眼泪会少的。"又一次，紫鹃对黛玉说："公子王孙虽多，哪一个不是三房五妾，今儿朝东，明儿朝西，要一个天仙来也不过三夜五夕也丢在脖子后头了。"她这样讲了当时的一般上层女子的命运，然后劝黛玉决心爱宝玉。她说，"岂不闻俗语说，万两黄金容易得，知心一个也难求。"就是对这样亲密的伴侣，黛玉也不能吐露她的胸臆，只有暗暗地哭泣了一夜。林黛玉这种封建社会的上层女子就是这样痛苦，这样无法表达自己的爱情，也无法主宰自己的命运。她只有一直同悲伤和眼泪相陪伴。自然，人的性格总是复杂的。作者也曾写

---

① 《〈红楼梦〉问题讨论集》第三集，第175页。

到了她的性格的其他方面。写她冰雪一样聪明。写她孤高自许。写她有时候也心直口快，而且善于诙谐。写她对于爱情是那样执着，那样痴心。写她并不只是"好弄小性儿"，对于她所爱的人有时也是很温柔的。然而她的性格上的最强烈的色彩却是悲哀和愁苦。这是一个中国封建社会的不幸的女子的典型。在她的身上集中了许多不幸。父母早死；寄人篱下；因为不愿去讨得周围的人的欢心而陷于孤独；遇到了一个"知己"然而却是没有希望的爱情；异常痛苦地感到了封建主义对于少女的心灵的桎梏而又不能更大胆地打碎它；最后还加上日益沉重的疾病。她首先是一个女子，这就使得她的叛逆性和反抗性和贾宝玉有很大的区别。而许多不幸又使得她和过去的文学中的那些痴情的女子的面貌也很不相同。她自己曾叹息过，她比崔莺莺还薄命。杜丽娘虽然曾经憔悴而死，她的单纯的少女的心灵也不曾经历过这样多的酸辛。祝英台和白素贞，那是从劳动人民的口头创造出来的人物，她们身上具有劳动人民的某些特点和色彩，几乎可以说残酷的封建压迫在她们的性格上留下的痕迹并不显著。林黛玉的叛逆性和反抗性却主要是以这样一种痛苦的形式表现出来：尽管不幸已经快要压倒了她，她却仍然并没有屈服，仍然在企图改变她的命运；尽管她并不能打碎封建主义对于她的心灵的桎梏，她却仍然在和它苦斗，仍然在精神上表现出来了一种傲岸不驯的气概。

第六十三回，在行占花名的酒令的时候，黛玉掣得的是一根画着芙蓉花的象牙花名签子，那上有一句诗："莫怨东风当自嗟"①。这是中国古代的诗的委婉的表现方法，"莫怨"正是

---

① 欧阳修《再和明妃曲》："汉计诚已拙，女色难自夸。明妃去时泪，洒向枝上花。狂风日暮起，飘泊落谁家。红颜胜人多薄命，莫怨春风当自嗟。"

"怨"。而这个吹落百花的"东风"，在我们今天看来，就是封建社会。林黛玉这个性格的特点，比较贾宝玉是更为具有强烈的时代和阶级的色彩的。随着妇女的解放，这个典型将要日益在生活中缩小它的流行的范围。然而，即使将来我们在生活中不再需要用这个共名，这个人物仍然会永远激起我们的同情，仍然会在一些深沉地而又温柔地爱着的少女身上看到和她相似的面影。

《红楼梦》就是这样深刻地通过贾宝玉和林黛玉的悲剧，提出了青年男女的婚姻自主的要求，提出了以互相了解和思想一致为基础的爱情的原则，而又塑造了贾宝玉和林黛玉这样两个不朽的典型。

五

贾宝玉和林黛玉的悲剧是《红楼梦》里面的中心故事和主要线索。然而全书所展开的生活是那样广阔，远只是写了这个悲剧。《红楼梦》是属于那种世界文学史上为数不多的巨大的作品，内容异常深厚的作品，它不是从生活中抽取了一个故事来描写，出现的人物限制在这单一的故事的范围之内，而是在我们面前就像展开了生活本身，就像在真实的生活中一样，人物是那么众多，纠葛是那么复杂。它写了宁国府和荣国府这样两个封建大家庭，主要地写了荣国府。也可以说，这是贾宝玉和林黛玉的悲剧发生的环境。然而，它却又并不是把这两个家庭仅仅当作背景来写。这也正像生活本身一样，在真实的生活中许多人物和事件常常是互相联系而又各自具有独立的意义，我们难于把它们仅仅当作某一部分的背景。

有人计算过，《红楼梦》里面写了448人①。这里面自然也有许多人物是并不重要的。但仅就我们读后留有鲜明的印象，以至长久不能忘记的人物而论，也至少是以数十计。对于这样巨大的作品，一篇论文是无法接触到它的全部内容的。我们所能做的只是就我们认为最重要的部分来作一些说明而已。

读者们也曾有过这样的经验吗？当我们还是少年的时候，和我们的同学或者朋友一起读完了这部书，我们争论着它里面的人物我们最喜欢谁，最后终于一致了，我们最喜欢的不是探春，不是史湘云，甚至也不是林黛玉，而是晴雯。我想我们少年时候的选择和偏爱是有道理的。

曹雪芹写了许多可爱的或者有才能的丫头。他对于这些身居奴隶地位的少女显然抱有很大的同情。其中写得最出色的就是晴雯。贾宝玉梦游太虚幻境的时候，在薄命司首先看到的是《金陵十二钗又副册》，而晴雯又正居首页。册子上的那几句关于晴雯的话不只是预示了她将来的遭遇，而且充满了同情和悲悼：

　　　　霁月难逢，彩云易散，心比天高，身为下贱。风流灵巧招人怨，寿夭多因诽谤生，多情公子空牵念。

晴雯原是贾府世仆赖大家用银子买的一个小丫头。因为贾母喜欢她生得"十分伶俐标致"，赖嬷嬷就把她当作一件小礼物孝敬了贾母。她和香菱一样可怜，连家乡父母也不记得。《红楼梦》里描写她的场面并不多，然而每个片段都很吸引人。她的性格是明朗的，健康的，不像林黛玉精神上那样悲苦。她也不像花袭人那样卑屈，而是以平等的无邪的心去对待贾宝玉，就像对待亲密的

①　蛟川大某山民加评本《明斋主人总评》："总核其中人数，除无姓名及古人不算外，共男子二百三十二人，女子一百八十九人。"上有批语："据姜季南云：男子二百三十五人，女子二百十三人。"盐谷温《中国文学概论讲话》与后说同。这里暂用后说。这是包括高鹗续的四十回在内。

兄弟和友人一样。对王夫人那样一些高踞在她头上、可以要她生也可以要她死的"主子"，她也并不畏惧和屈服。几乎可以说她是大观园中唯一的一个野性未驯也即是人民的粗犷气息还保留得最多的女孩子。果然她也就是大观园中一个最悲惨的牺牲者。我们已经读不到曹雪芹写的或者打算写的林黛玉之死了，不知道那会多么悱恻动人。但晴雯之死我们却还可以读到。这或许是《红楼梦》中最悲伤最缠绵的场面。这一段描写特别感动我们，还不仅仅由于写出了"儿女之真情"而且由于它表现了这样一种悲恸和愤怒：这是一个没有任何罪过的少女的含冤而死，这是那种死不瞑目或者怨气冲天的含冤而死。花袭人是和贾宝玉有私情的，然而大受王夫人的赏识和信任。晴雯完全是清白的，然而被骂为狐狸精，被摧残至死。作者这种对照的描写正是控诉了封建礼教及其维护者是多么虚伪，多么荒谬而又多么残酷！

晴雯这个人物特别能够激起我们的同情和喜爱，原因就在这里。她美丽，聪明；她的性格很明朗并富有反抗性；她和贾宝玉的亲密的关系是纯洁的；而且她的夭折代表了封建社会里的许多无辜者的屈死。向来有这样的说法，花袭人为薛宝钗的影子，晴雯为林黛玉的影子①。这两对人物的确各有相同之处，而且晴袭和黛钗都是用的两相对照的写法。但是，从人物的个性和特点来说，这些人却又是很有差异的。尽管或者同是封建正统思想的拥护者，或者同是叛逆者，但所处的阶级地位不同，所受的教养不同，她们的个性也不同，就不能不有了显著的差异。

一直跟着贾母的鸳鸯，平时看起来是和顺的，善于和这个家

①　甲戌本第八回批语："余谓晴有林风，袭乃钗副。"涂瀛《红楼梦问答》："袭人，宝钗之影子也。写袭人，所以写宝钗也。""晴雯，黛玉之影子也。写晴雯，所以写黛玉也。"张新之《红楼梦读法》："是书钗黛为比肩，袭人晴雯乃二人影子也。"

庭的人们相处的。然而当年老好色的贾赦要强迫讨她做妾的时候，她也爆发了一次激烈的反抗。她对平儿说："别说大老爷要我做小老婆，就是太太这会子死了，他三媒六聘地娶我作大老婆，我也不能去。"平儿说："可惜你是这里的家生女儿。"她说："家生女儿怎么样？牛不吃水强按头？我不愿意，难道杀我的老子娘不成？"为了表示她的坚决，她许下了一辈子不嫁人的誓愿，并且用剪刀铰她的头发。仅仅因为她是贾母依靠的丫头，贾母也不同意，她才没有立即陷入悲惨的境地。

《红楼梦》中所写的这一类"身为下贱"的女孩子们的反抗都是非常动人的。这像是一片阳光出现在这个大家庭的阴郁的天空上。这些奴隶身份的少女，等待她们的是各种各样的不幸。不是像晴雯金钏儿那样无辜地惨死，就是像司棋那样触犯网罗而遭到严惩。不是像平儿香菱那样陷入作小老婆的"火坑"，就是像鸳鸯这样只有一辈子不嫁人。再不然，就是随便配人和当姑子了。在这些人身上，婚姻的不自由和身体的不自由是结合在一起的。

名居《金陵十二钗副册》之首的香菱，按照那个册子上的题词也即是作者的计划，她的结局也是惨死，遭夏金桂虐待而死。香菱这个身世十分可怜的女子，被薛蟠那样一个龌龊不堪的人连抢带买地霸占为妾，已经够不幸了。而薛蟠后来所娶的妻子夏金桂又是一个泼妇。作者描写这个泼妇不是没有用意的。然而高鹗的续书在这些地方却完全违背原意，不惜用虚伪的粉饰现实的大团圆的结局或者善有善报恶有恶报的结局，来代替曹雪芹原来的悲剧气氛十分浓厚的结构，不但凤姐死后平儿扶正，而且夏金桂自己把自己毒死，香菱也终于作起大奶奶来了。

尤二姐尤三姐也应当是《金陵十二钗副册》里面的人物。尤二姐是一个软弱的善良的女子。按照封建道德看来，她曾有淫行，但实际却不过是没有能够对那些荒淫的贵族子弟的诱惑和强暴进行反抗而已。她先和贾珍有暧昧关系，后又嫁给贾琏作妾，最后被毒辣的凤姐害死了。结局是和香菱相同的。尤三姐却是一个泼辣的、敢作敢为的、大观园姊妹以外的另一种类型的女子。她也曾和贾珍同流合污，然而她内心里却埋藏着反抗的火种。她被侮辱到不能忍受的时候就可以突然给贾珍贾琏以报复。她也是一个要自己选择配偶的叛逆的女性。她对尤二姐说："终身大事，一生至一死，非同儿戏。我如今改过守分，只要我拣一个素日可心如意的人，方跟他去。若凭你们拣择，虽是富比石崇，才过子建，貌比潘安的，我心里进不去，也白过了一世。"她就是这样明确地提出了婚姻自主的要求。她的意中人是柳湘莲。她对这个男子其实也没有什么了解，和旧的爱情故事一样，只是一见就倾心了。她的结局也是悲惨的。和高鹗的续书印在一起的本子，在尤三姐的故事上有些不同。这种后出的本子把尤三姐写成完全是清白的，并不曾和贾珍胡混在一起，这样好像尤三姐的性格前后更一致一些。但这样一来，她的悲剧的结局就是由于误会了。贾宝玉也就不应在柳湘莲面前默认她品行不好了。先写她失足而后来又写她性情刚烈，这仍然是可以理解的。受了践踏而又不甘于被践踏的人积愤已久，就会这样。

《红楼梦》不仅写出了这些社会地位很卑微或者比较卑微，便于封建统治阶级把她们当作奴隶、当作玩物、或者当作蚂蚁一样随便可以夺去生命的女子的种种不幸，而且就是那些《金陵十二钗正册》里面的人物，那些贵族的女儿，也很多都被写为"有命无运之物"。不仅林黛玉，贾府的四姊妹都是薄命的。贾元春作了封建最高统治者的妃子，在那些喜欢千篇一律地把男主人公的结局写为状元及第、奉旨完婚的作者的手中，这一定会写成荣耀而又幸福。但曹雪芹却是怎样写的呢？贾元春回家省亲的时候，大观园装饰得"金银焕彩，珠宝争辉"，静悄得无人咳嗽，十来对红衣太监骑马缓缓地走来，垂手站立，然后闻得隐隐细乐之声，然后是一对对的仪仗队和捧着各种用具的太监过完，然后是这位年轻的妃子驾到。这也真是写得繁华而又庄严。然而写到贾元春见到她的母亲王夫人和祖母贾母的时候，却是——

> 贾妃满眼垂泪，方彼此上前厮见，一手挽贾母，一手挽王夫人，三个人满心里皆有许多话，只是俱说不出来，只管呜咽对泣。邢夫人、李纨、王熙凤、迎探惜三姊妹等俱在旁围绕，垂泪无言。半日，贾妃方忍悲强笑，安慰贾母王夫人道："当时既送我到那不得见人的去处，好容易今日回家，娘儿们一会，不说说笑笑，反倒哭起来；一会子我去了，又不知多早晚才来。"说到这句，不禁又哽咽起来。

见到她的父亲贾政的时候也是这样：

> 又有贾政至帘外问安，贾妃垂帘行参等事。又隔帘含泪谓其父曰："田舍之家，虽齑盐布帛，终能聚天伦之乐。今虽富贵已极，骨肉各方，然终无意趣。"

这是写得何等深刻啊，在富贵繁华的气氛的核心里却是沉痛已极的悲伤！这是现实主义所能达到的惊人的成就。贾元春的薄命还不要等到她的早夭，她被送到那"不得见人"的皇宫里，就已经是为人间少有的不幸所选择了。贾迎春是一个懦弱无能的人，她的奶妈的儿媳妇在她房中大闹的时候，她却在那里看《太上感应篇》。这样的人竟嫁给了一个狼一样的男子。回想起作女孩子时候的生活她不能不觉得那比天堂还要美好。按照作者的计划，她出嫁一年后就将被虐待而死。年龄最小而性情很孤僻的惜春，她的结局是"可怜绣户侯门女，独卧青灯古佛旁"。只有混名叫做"玫瑰花"的探春，在前八十回中她被写为得到家庭的宠爱，还管过家，好像并没有遭遇到什么真正的不幸。探春是一个精明的有才干的女子。她的这种性格是写得很突出的，特别是在描写她代替凤姐管家的那一段。她的头脑里的封建思想比较浓厚。她自己是庶出，但却很强调"主子""奴才"之分。因为她的亲舅舅是贾府的仆人，她就不承认他是舅舅。不过她和薛宝钗还是很有区别的。她敢于说朱熹的文章也不过是"虚比浮词"，薛宝钗却俨然以卫道者自居，立刻就加以驳斥，说她"才办了两天事就利欲熏心，把朱子都看虚浮了"。而且她对封建大家庭的矛盾和苦恼多次表示不满，不像薛宝钗那样"随分从时"。像这样一个聪明的有过人的才干的女孩子，如果生长在合理的社会里，她的才能得到充分发展，是可以作出许多有益于社会的事情的。然而，"才自精明志自高，生于末世运偏消"。她也只能等待出嫁罢了。这大概就是她的根本的不幸。作者计划中的她的将来的出嫁是远嫁。不过和史湘云的薄命相似，这个结局在前八十回中不曾写出。

史湘云也是很早就父母双亡，在家庭里并不幸福，然而她却和林黛玉的性格相反："幸生来英豪阔大宽宏量，从未将儿女私情略萦心上，好一似霁月光风耀玉堂"。她是一个快活的豪放的女子。作者把他所欣赏的某些所谓名士风流写在她身上，然而却又仍然是一个天真的少女，这就另有一种妩媚。她总是说薛宝钗好，也曾劝过贾宝玉留意"仕途经济的学问"。然而这都不过表示她的天真和幼稚罢了。她的性格和行为却是和薛宝钗极力推崇的封建主义给妇女们规定的格言，"女子无才便是德"，完全不合的。在作者的计划中，她的结局也是出嫁后的早夭①。

---

① 第三十七回史湘云咏白海棠诗第一首"自是霜娥偏爱冷"句下有评语云："又不脱自己将来形景。"似指她将来早寡。高鹗的续书也是把她的结局写为丈夫早死，立志守寡。但据《金陵十二钗正册》和《红楼梦》十二支曲词句："湘江水逝楚云飞"和"终久是云散高唐，水涸湘江"，又似应解释为她自己早夭。

　　《红楼梦》写了许许多多性格鲜明，使人不能忘记的女子。尽管她们有的是姊妹，有的境遇相似，然而她们的个性的差异却那么大，一点也不会被混淆。在这个主要由少女们构成的世界里，当然不仅有悲伤和痛苦，同时也洋溢着青春的欢笑，生命的活跃。而且正是这些篇章使得这个悲剧不至于使人感到透不过气来。然而这些女子的结局却都是不幸的。这是封建社会的妇女的命运的真实反映。

　　把许多女子都写得聪明，有才能，行止见识都远远地高出了贾赦、贾政、贾珍、贾琏这样一些男子之上，这像是给贾宝玉的想法作了证明："山川日月之精秀只钟于女儿，须眉男子不过是些渣滓浊沫"。这是一种大胆的发现，大胆的思想。这直接反对了封建社会的男尊女卑的传统看法，而且揭露了封建社会的男女不平等是埋没了多少聪明的有才能的人，并且给她们造成了各种各样的不幸。这就不能不激起了人们的深深的同情，不能不设想到合理的社会不应该是这样。封建婚姻制度是妇女们的不幸的一个具体的原因。《红楼梦》不仅在林黛玉身上，而且在其他许多女子身上都写出了这个问题。封建社会的纳妾制度和奴婢制度是妇女们的不幸的又一些具体的原因。《红楼梦》也十分动人地写出了这些野蛮的制度是怎样摧残和虐杀了许多年轻的妇女。

　　揭露了封建社会的男女不平等，特别是揭露了那些直接压迫妇女的制度的罪恶，这是《红楼梦》全书的重要内容之一。这是一种深厚的人道主义精神的表现。

六

　　列入《金陵十二钗正册》的女子还有薛宝钗、王熙凤、秦可卿、李纨、妙玉、巧姐等人。秦可卿的故事结束得最早。按照那册子上的图画和《红楼梦》十二支曲，她是死于悬梁自缢。由于《红楼梦》稿本的读者，作者的亲属或友人，劝他删去这一段大胆地暴露封建家庭的丑恶的描写，我们就读不到"秦可卿淫丧天香楼"的文字了。和尤二姐姊妹一样，秦可卿也是一个封建统治阶级的男性的荒淫行为的牺牲者。李纨在书中出现的时候已经是一个寡妇。作者计划写她在儿子长大并做官以后就死去了，只留下一个"虚名儿"给后人钦敬或者给他人作笑谈。这也可以说是打算写封建社会的所谓节妇的不幸。但这个年轻妇女的长长的守节生活中的痛苦并没有得到大胆的充分的描写。妙玉是一个带发修行的尼姑，也是生于读书仕宦之家，书中把她写得十分矫情。她竟至称林黛玉为"大俗人"。这个有洁癖的女子不仅"青灯古殿"断送了她的青春，而且"到头来依旧是风尘肮脏违心愿"。巧姐在前八十回中还是一个孩子，要到贾家衰败之后才遭到艰难困苦。但这些结局我们都读不到曹雪芹的描写了。

薛宝钗和王熙凤是书中的两个重要人物。作者给她们准备的结局也是不好的，所以她们的名字列在太虚幻境薄命司的册子上。薛宝钗的结局是结婚以后，贾宝玉仍然不爱她。高鹗的续书在这个情节上是写得大致不差的。王熙凤的结局是"身微运蹇"，"家亡人散"，而且"哭向金陵事更哀"①。高鹗所写的和原来的计划不大相合。这两个人物的结局虽然也不好，但她们的性格和活动却显然含有另外的意义，主要的已经不是表现妇女的不幸了。

对薛宝钗这个人物，读过《红楼梦》的人都是不会忘记的。

---

① 引文第一句见第二十一回脂评，第二句见《红楼梦》十二支曲，第三句见《金陵十二钗正册》题词。"哭向金陵"究为何事，已无法确定。有解释为凤姐后来为贾琏所休弃者。

但在生活里面，她的名字却不像贾宝玉和林黛玉那样流行，成为共名①。这或许是这个性格的特点不像贾宝玉和林黛玉那样突出。因此，对她的看法是曾经有争论，而且现在也仍然可能有争论的。

清代的笔记里面有这样一个故事：

> 许伯谦茂才（绍源）论《红楼梦》，尊薛而抑林，谓黛玉尖酸，宝钗端重，直被作者瞒过。夫黛玉尖酸，固也，而天真烂漫，相见以天。宝玉岂有第二人知己哉？况黛玉以宝钗之奸，郁未得志，口头吐露，事或有之。盖人当历境未亨，往往形之歌咏。诗三百篇，大抵圣贤发愤之所为作也。圣贤且如此，况儿女乎？宝钗以争一宝玉，致娇揉其性：林以刚，我以柔，林以显，我以暗，所谓大奸不奸，大盗不盗也。书中讥宝钗处，如丸曰冷香，言非热心人也。水亭扑蝶，欲下之结怨于林也。借衣金钏，欲上之疑忌于林也。此皆其大作用处。况杨国忠三字明明从自己口中说出，此皆作者弄狡狯处，不可为其所欺。况宝钗在人前，必故意装乔；若幽寂无人，如观金锁一段，则真情毕露矣。己卯春，余与伯廉论此书，一言不合，遂相龃龉，几挥老拳，而毓仙排解之。于是两人誓不共谈"红楼"。秋试同舟，伯谦谓余曰："君何为泥而不化耶？"余曰："子亦何为室而不通耶？"一笑而罢。嗣后放谈，终不及此。②

这个故事不但说明了对薛宝钗的看法可以这样不同，争论到几乎要打起架来，而且还提出了一个对薛宝钗的性格的解释，说她"奸"。这种说法是相当流行的。涂瀛的《〈红楼梦〉问答》中有

---

① 人们有时叫某些大姐型的女子为薛宝钗，但好像并不普遍。
② 邹弢《三借庐赘谭》卷十一。

这样的话：

> 或问："宝钗似在所无讥矣，子时有微词何也？"曰："宝钗，深心人也。人贵坦适而已，而故深之，此春秋所不许也。"

> 或问："宝钗深心，于何见之？"曰："在交欢袭人。"

> 或问："袭人不可交乎？"曰："君子与君子为朋，小人与小人为朋，方以类聚，物以群分。吾不识宝钗何人也，吾不识宝钗何心也。"

> 或问："宝钗与袭人交，岂有意耶？"曰："古来奸人干进，未有不纳交左右者，以此卜之，宝钗之为宝钗，未可知也。"

姚燮的《〈红楼梦〉总评》也这样说：

> 薛姨妈寄人篱下，阴行其诈。笑脸沉机，书中第一。尤奸处在搬入潇湘馆。

> 宝钗奸险性生，不让乃母。

> 凤之辣，人所易见；钗之谲，人所不觉。一露一藏也。

这都是说薛宝钗的特点是奸险①。从这可以看出，过去的有些读者之反对薛宝钗，是和我们不大相同的。我们是讨厌她那样坚决地维护封建正统思想，也即是坚决地维护封建统治阶级的利益，而这些读者却是因为把她看成一个女曹操。根据这种看法，《红楼梦》本书曾两次从林黛玉的口中说过薛宝钗并非"心里藏奸"，都不过是"作者弄狡狯处"而已。但是，曹雪芹如果要把薛宝钗写成个女曹操，为什么不明写她的奸险，却让我们来猜谜呢？

---

① 应该说明，涂瀛对薛宝钗的看法是有些自相矛盾的。他一方面说她不好，一方面在《〈红楼梦〉问答》中又说："或问：'子之处宝钗也将如何？'曰：'妻之。'"

　　是有那样一些读者，他们把小说当作谜语来猜。他们认为书上明白写的都没有研究的价值，必须刁钻古怪地去幻想出一些书上没有写的东西出来，而且认为意义正在那里。就是上面那个涂瀛，他在《〈红楼梦〉问答》中说黛玉是凤姐害死的，因为黛玉到贾府时带有数百万家资，害死了她贾府才好吞没这笔财产①。还有一个自号太平闲人的张新之，他在《〈红楼梦〉读法》中说"石头记乃演性理之书，祖大学而宗中庸"②。关于《红楼梦》的无稽之谈那是例不胜举的。什么时候我们的许多文学名著才能免于这一类的奇异的灾难啊！

　　从书上的明白的形象的描写，其实我们是可以看清楚薛宝钗的思想和行为的。她不止一次地劝导贾宝玉，要他顺从地走封建统治阶级给他规定的道路，以至引起贾宝玉很大的反感，说她也"入了国贼禄鬼之流"。她又用"女子无才便是德"那一类封建思想来教导史湘云和林黛玉。有一次她对史湘云谈了她关于做诗的意见以后，紧接着说："究竟这也算不得什么，还是纺绩针黹是你我的本等。一时闲了，到是于你我深有益的书看几章是正经。"她所说的书大概就是《女诫》、《女论语》之类。又一次，因为黛玉在行酒令的时候说了《西厢记》和《牡丹亭》中的句子，她更长篇大论地教训了黛玉一顿。她说："咱们女孩儿不认得字倒好。男人们读书不明理，尚且不如不读书的好，何况你我？就连作诗写字等事，原不是你我分内之事，究竟也不是男人分内之事……你我只该做些针黹纺绩的事才是。偏又认得了字。既认得了字，

---

　　① 见《〈红楼梦〉问答》。他的"证据"是："当贾琏发急时，自恨何处再发二三百万银子财，一再字知之。夫再者二之名也。不有一也，而何以再耶？"
　　② 见妙复轩评本《红楼梦》。他的"证据"是"宝玉说明明德之外无书。又曰，不过大学中庸"。光绪七年刻本孙桐生跋云太平闲人为同卜年。一粟编《〈红楼梦〉书录》据抄本五桂山人序，知太平闲人为张新之号。

不过拣那正经的看看也罢了。最怕见了这些个杂书，移了性情，就不可救了。"这一席话把黛玉说得低头吃茶，心中暗服。这一段文字写出了黛玉并不像现在有些人所说的那样"具有浓厚解放思想"。她对封建正统思想的排斥没有宝玉那样严格。由于这种原因以及其他原因，她对薛宝钗这段话不但不反感，而且当作关怀和温暖来接受。同时我们从这段文字也可以看到作者是有意识地写出薛宝钗的这种思想倾向。后来还有一次，薛宝钗对着林黛玉和贾宝玉更直接地说出"女子无才便是德，总以贞静为主"，就是女工也"还是第二件"了。这种思想当然并不是薛宝钗的新发明，而是她所说的那些"深有益"的"正经"的书所反复提倡的，也即是封建主义一直要求妇女们遵守的奴隶道德。作者的同情和赞扬显然是在这种思想倾向的反对者方面。

《红楼梦》还明白地写出了薛宝钗喜欢讨好人和奉承人。她一到贾府以后，就"大得下人之心"。甚至那个一直心怀不满，从来不大称赞别人的赵姨娘也说她好。贾母喜欢她"稳重和平"，要给她做十五岁的生日。贾母问她爱听什么戏，爱吃什么东西。她深知年老人喜欢热闹的戏，甜烂的食物，就按照贾母平时的爱好回答。她还这样当面奉承过贾母。她说："我来了这么几年，留神看起来，凤丫头凭她怎么巧，巧不过老太太去。"结果是贾母也大夸奖她："提起姊妹"，"从我们家四个女孩儿算起，全不如宝丫头"。金钏儿投井自杀后，王夫人心里不安。薛宝钗对她说：金钏儿不会是自杀；如果真是自杀，就不过是个糊涂人，死了也不为可惜，多赏几两银子就可以了。王夫人说：不好把准备给林黛玉做生日的衣服拿来给死者妆裹，怕她忌讳。薛宝钗就自动地把自己新做的衣服拿出来交给王夫人。这一段文字不但是写她讨好王夫人，而且还显出这个封建主义的信奉者是怎样残酷无情了。决不是偶然的，林黛玉是贾母的外孙女，比薛宝钗的关系更亲近，然而书中从来没有写过她讨好贾母或者其他什么人。我们知道，曹雪芹本人正是很有骨气的，孤高自赏的。他喜欢和赞扬的也是这种人。他的这些描写显然就是对于林黛玉的肯定和对于薛宝钗的贬抑。

在薛宝钗和贾宝玉的关系上，书中的描写也是明确的。贾宝玉不仅"天分高明，性情颖慧"，而且"神彩飘逸，秀色夺人"。他又是薛宝钗的生活圈子里唯一可以接近的年龄差不多的异性。她无论怎样到底是一个少女。她对贾宝玉也有爱悦之意，那完全是自然的。但按照她所信奉的封建道德，她不但不能自己选择男子，而且也决不容许像林黛玉那样曲折地痛苦地表现自己的感情。所以一方面她并非对宝玉完全无意，她卑屈地答应替袭人给宝玉做针线活，这恐怕不仅是讨好袭人，而且也是出于对宝玉的爱悦；另一方面却又正因为金玉姻缘之说，她"总远着宝玉"，有一次贾元春赐她的东西独与宝玉一样，她"心里越发没意思起来"。封建社会的循规蹈矩的少女正是这样的。书中写她"稳重"，也即是拥薛派所说的"端重"，写她"罕言寡语，人谓藏愚，安分随时，自云守拙"，这种或者可以说是她的性格上比较突出的特点也正是符合封建主义所提倡的淑女的标准的。然而作者并不欣赏她的这种"端重"。在宝玉过生日的怡红院夜宴上，她掣得的酒令牙签上画着牡丹，并且有这样一句诗："任是无情也动人"①。牡丹过去是被称为富贵花或者花王的，但实际却不过是俗艳。按照封建主义的标准，薛宝钗是群芳之冠，但作者却指出她"无情"。"无情"，因为她是一个封建道德的信奉者和实行者；"也动人"，却不过是她的美貌。作者赞扬和歌颂的显然是

---

① 罗隐《牡丹花》诗："若教解语应倾国，任是无情亦动人。""亦"一作"也"。原句重点在"也动人"；但用在薛宝钗身上，我们不妨重视"无情"二字。

贾宝玉和林黛玉那样的如痴如醉的大胆的爱情，而不是这种熄灭了青春的火焰的"无情"。

曹雪芹所描写的薛宝钗主要就是这样。我们今天反对和讨厌她也主要是由于这些描写。丸曰冷香，可能作者有暗示她非热心人的意思。但这不过和点明她"无情"相同。无情和非热心人并不等于奸险。水亭扑蝶，自然可以看出她有机心。但这种机心是用在想使小红坠儿以为她没有听见那些私情话，似乎还并不能确定她是有意嫁祸黛玉。借衣金钏，那是讨好王夫人。书上说王夫人原来就怕黛玉忌讳。薛宝钗这样作，其结果自然是在王夫人的眼中和心中，她比林黛玉"行为豁达"。但我们也很难说她这是蓄意使王夫人疑忌林黛玉。我们前面引的那段清人笔记，还说薛宝钗曾经说到过杨国忠，好像就是作者暗示她和杨国忠一样奸；又说她让贾宝玉看她的金锁，好像就是写她很不正经，和平时为人两样。那更是一些十分明显的穿凿附会。

按照书中的描写，薛宝钗主要是一个忠实地信奉封建正统思想，特别是信奉封建正统思想给妇女们所规定的那些奴隶道德，并且以她的言行来符合它们的要求和标准的人，因而她好像是自然地做到了"四德"俱备。如果我们在她身上看出了虚伪，那也主要是由于封建主义本身的虚伪。她得到了贾府上下的欢心，并最后被选择为贾宝玉的妻子，也主要是她这种性格和环境相适应的自然的结果，而不应简单地看作是由于她或者薛姨妈的阴谋诡计的胜利。那种认为薛宝钗的一切活动都是有意识地有计划地争夺贾宝玉的看法，是既不符合书中的描写，又缩小了这个人物的思想意义的。作者在第五回就写过，薛宝钗入贾府后，因为"行为豁达，随分从时，不比黛玉孤高自许，目无下尘，故比黛玉大得下人之心，便是那些小丫头们亦多喜与宝钗去玩；因此黛玉心中便有些悒郁不忿之意，宝钗却浑然不觉"。这也可以说明她的性格的特点并非奸险，而是按照封建正统思想所提倡的那样做，就自然和环境相适应而自己还不怎样察觉。至于把薛姨妈曾一次搬入潇湘馆也看作是去监视林黛玉，并从而帮助薛宝钗争夺贾宝玉，那就更是一种可笑的奇谈了。当然，我们说薛宝钗有机心，说从她身上可以看出封建主义的虚伪，这也就是说，她并不是一个率真的胸无城府的少女，她并不是没有心眼和打算，她的言行也不可能完全没有矫揉造作和虚伪之处。但这和奸险还是在程度上很有差别的。

花袭人也曾被人看作"蛇蝎"，看作"奸之近人情者"，并且被认为曾以谗言"死黛玉，死晴雯，逐芳官蕙香，间秋纹麝月"，幸而她没有早死，后来嫁了蒋玉菡，才知道她的"真伪"①。这种看法也是不恰当的。黛玉死于花袭人的谗言，这是高鹗的续书也不曾写过的②。晴雯、芳官、蕙香的被逐，花袭人有嫌疑，而且宝玉就怀疑过她。但这件事情的发生并不是由于她的谗言，作者在书中曾明白地交代过。第七十四回写王善保家的对王夫人讲了一通晴雯的坏话，王夫人回忆起她对晴雯的不好印象，特别叫来对证一次，这样才决定撵晴雯。第七十七回写王夫人到怡红院来查人的时候，又这样明白地写道："原来王夫人自那日着恼之后，王善保家的就趁势告倒了晴雯。本处有人和园中不睦的，也就随机趁便下了些话。王夫人皆记在心中，故今日特来亲自查人。"③ 这就是芳官蕙香和宝玉的嬉戏也为王夫人所知的由来。

---

①　见涂瀛《红楼梦问答》和《红楼梦论赞》。

②　第九十六回只写花袭人告诉王夫人，宝玉曾误把她当作黛玉，诉说心事。这是为了要写用薛宝钗假装黛玉的缘故，并非谗言。

③　有正本把这句话改为"原来王夫人自那日着恼之后，王善保家的趁势治倒了晴雯。她合园中不睦之人，她也就随机趁便下了些话说在王夫人耳中……"。把这些谗言都归在王善保家的一人身上，不如原来的写法近情理。通行的一百二十回本更删去了这段话。

这也就是第五十八回到第六十一回所写的芳官这些小丫头和园中老婆子们的纠纷的一种结果。王夫人那里的人知道怡红院里的事，自然是园中的老婆子们告诉的。王夫人训斥芳官的时候，就说到了她和她干娘的那次吵架。花袭人这个人物的使人讨厌和反感，和薛宝钗一样，也不是由于她特别奸险，而主要是由于她的头脑里充满封建思想。她也曾不止一次地规劝贾宝玉，要他顺从地走封建统治阶级给他规定的道路。可能由于她和宝玉的关系很亲昵，规劝的方式又特别委婉，宝玉倒并没有给她难堪，只是嘴里答应而实际上并没有接受。贾宝玉挨打以后，她对王夫人说："若论理，我们二爷也须得老爷教训两顿。若老爷再不管，将来不知做出什么事来呢。"她建议把贾宝玉搬出大观园，因为里头姑娘们也大了，应该男女有别。她说，如果不预防，万一有了什么事，宝玉的"一生的声名品行"就完了。王夫人听了她的话，"如雷轰电掣的一般"，并且非常感激她。这一段文字说明花袭人和贾政王夫人的封建主义立场完全是一致的。她这次进言除了根据平时对宝玉的看法而外，当然和她有一次被宝玉误当作黛玉，向她吐露心事很有关系。然而她这次进言并没有把这件具体的事告诉王夫人，只是从封建大道理来讲。当然，这次进言不仅她本人大得王夫人赏识，而且引起了王夫人对于宝玉的私生活的更加注意。客观上是和后来晴雯芳官等人被逐有关系的。但这也并不能说她个人特别奸险，而是写出了笃信封建主义的人自然会形成一个壁垒，自然会一致反对贾宝玉的叛逆。晴雯被逐以后，贾宝玉说，怡红院有一株海棠花无故死了半边就是预兆。花袭人不相信草木和人有关。宝玉又说，许多有名的人的庙前或坟上的草木都有灵验。花袭人说："晴雯是个什么东西，就费这样心思，比出这些正经人来？还有一说，她纵好也灭不过我的次序去。便是这海棠，也该先让我，还轮不到她。"作者对这个庸俗不堪的封建主义的信奉者作了有趣的嘲讽，在《金陵十二钗又副册》上，就刚好把晴雯排在她的前面。

花袭人的身份、教养和个性都跟薛宝钗不同，她也不像薛宝钗那样聪明，美貌。王夫人说她"笨笨的"。贾母说她像"没嘴的葫芦"。这个人物的形象就和她的思想上的近似者区别开来了。第三回还写明她有这样一个性格上的特点："这袭人亦有些痴处，服侍贾母时心中眼中只有一个贾母；如今服侍宝玉，她心中眼中又只有一个宝玉"。这就有些像契诃夫所写的那个"可爱的人"了。高鹗的续书写她出嫁那一段，是和这种性格符合的。但这个中国封建社会里的"可爱的人"在宝玉之外还有一个她痴爱的对象，那就是——封建主义。她努力使这两个所爱者合而为一，然而她失败了。

贾政和王夫人也是笃信封建正统思想的人物。书中曾用林黛玉的父亲林如海的话说贾政"为人谦恭厚道"，后来又直接说他"礼贤下士，济弱扶危"。然而他所来往的不过是贾雨村之流。他见到宝玉就训斥。宝玉说话被喝，不说话也被喝。就是在不嫌恶他的时候也要喝一声"作业的畜生"。所以宝玉很怕他，见到他就和老鼠见到猫一样。贾政在书中是作为一个宝玉的最激烈的反对者出现的。这一方面写出了他是一个坚决的封建主义的维护者，另一方面也给我们塑造了一个封建社会的所谓严父的典型。第四十五回，赖嬷嬷对宝玉说，贾赦贾政小时也是经常挨他们的父亲的打；至于贾珍的祖父，更是"火上浇油的性子，说声恼了，什么儿子，竟是审贼"。封建社会的父子之间的关系就是这样不合理，然而世世代代传下来，公认为必须如此。王夫人不像贾政这样严厉，但她的维护礼教也是十分积极的。在她身上，特别集中地写出了封建主义本身的虚伪。明明是封建统治阶级的男性蹂躏了无数的女子，但王夫人却认为"好好的爷们"都是丫头们勾引坏的。金钏儿不过和宝玉说了一句玩笑话，王夫人就劈脸打她的嘴巴，指着骂她为"下作的小娼妇"，而且马上就把她撵出去，逼得她投井自杀。晴雯不过生得样子好一些，眉眼有些像林黛玉，王夫人就把她看作蛇蝎一样，很怕她接近宝玉，亲自带人把这个"四五日水米不曾沾牙"的病人从炕上拉了下来，叫人架走，而且连她多余的衣服都不准带。晴雯就是这样屈死了。但书上还说王夫人"是个宽仁慈厚的人"，"原是个好善的"。封建统治阶级的比较慈善的人也就是这样。书中写傻大姐拾得了绣春囊，邢夫人一看见，"吓得连忙死紧攥住"；后来王夫人把它拿给凤姐瞧的时候，更是"泪如雨下，颤声说道……"这写得多么深刻啊！在宁国府和荣国府这两个封建大家庭里面，我们已经看到了多少男女关系的混乱和荒淫，然而那都是平静无事的，等于合法的。就是像凤姐过生日那一次，贾琏的丑事闹了出来，贾母也说那不是什么要紧的事，"从小儿世人都打这么过"。但这一次拾到了一个绣春囊，却掀起了这样大的波澜。结果是几个丫头作了牺牲品。封建主义的虚伪就是这样的，它的某些拥护者在某些时候，甚至完全不觉得他们的道德的虚伪，他们的行为的虚伪，而是那样诚恳地相信着和行动着！

薛宝钗、花袭人、贾政和王夫人这些人物的性格各不相同，然而在诚恳地信奉着封建主义这一点上却是一致的。通过这些人物，《红楼梦》写出了封建主义是怎样深入人心，不仅是贾政和王夫人这种家庭的长辈，就是像薛宝钗这样的少女，花袭人这样的奴隶身份的人，她们的头脑也为它所统治。封建礼教封建道德明明是不合理的，虚伪的，然而这些人却信奉到如此真诚的程度。薛宝钗真诚地提倡歧视妇女压迫妇女的封建思想，真诚地拥护给她本人也只有带来不幸的封建婚姻制度。花袭人真诚地为压迫她的阶级的巩固而努力。曹雪芹就是这样深刻地写出来了封建社会的生活的复杂和残酷。

七

王熙凤的更流行的名字是凤姐。她是一个写得非常生动的人物。她在哪里出现，哪里的空气就活跃起来，就常常有了热闹和欢笑。她是贾母宠爱的孙媳妇。她以一个二十岁的年轻妇女就作了荣国府的家政的主持人。本书的开头曾从别的人物的谈话中这样介绍她："模样又极标致，言谈又爽利，心机又极深细，竟是个男人万不及一的"；"年纪虽小，行事却比世人都大。如今出挑的美人一样的模样儿。少说些有一万个心眼子。再要赌口齿，十个会说话的男子也说她不过"。书中所写的她语言是最有个性和特点的。她在各种场合说的话都表现出她聪明，有心眼，又很有口才，都是说得那样得体，有时说得很甜，有时说的很泼辣，有时又很诙谐。不用说出她的名字，只要把她的那些话念出来，我们就知道准是她。她在书中第一次出现是在林黛玉进贾府的时候。林黛玉正在和贾母说话，突然听见后院中有人笑声说："我来迟了，不曾迎接远客。"黛玉有些诧异："这些人个个皆敛声屏气，恭肃严整如此；这来者是谁，这样放诞无礼?"原来这就是贾母宠爱的凤姐：

> 这熙凤携着黛玉的手，上下细细打谅了一回，仍送至贾母身边坐下。因笑道："天下真有这样标致的人物，我今儿才算见了。况且这通身的气派，竟不象老祖宗的外孙儿，竟是个嫡亲的孙女，怨不得老祖宗天天口头心头，一时不忘。只可怜我这妹妹这样命苦，怎么姑妈偏就去世了!"说着便用帕拭泪。贾母笑道："我才好了，你到来招我。你妹妹远路才来，身子又弱，也才劝住了，快休提前话。"这熙凤听

了，忙转悲为喜道："正是呢，我一见了妹妹，一心都在他身上了，又是喜欢，又是伤心，竟忘记了老祖宗。该打该打！"又忙携黛玉之手问："妹妹几岁了？可也上过学？现吃什么药？在这里不要想家。想要什么吃的，什么玩的，只管告诉我。丫头老婆们不好了，也只管告诉我。"一面又问婆子们："林姑娘的行李可搬进来了？带了几个人来？你们赶早打扫两间下房，让他们去歇歇。"

这一段还并不能充分显出王熙凤的说话的特点。要知道她的语言的活泼，多变化，淋漓尽致，或者说贫嘴，那是还要越往下读才越清楚的。然而，就是这简短的平常的几句话，我们也可以看出她是多么面面周到，多么会逢迎贾母，而且她的悲和喜是转变得多么快！世界上是有这样的人的。难得的是作者毫不着力地几笔就把她的为人和说话的特点勾画出来了。

《红楼梦》从第十二回起，连着的几回都主要是写凤姐。"毒设相思局"是写她的狠毒。"协理宁国府"是写她的才干。"弄权铁槛寺"是写她贪财舞弊。从最初出场的印象看，凤姐不过是个聪明的会讨好人的女子。然而，和金陵十二钗中所有其他的人都不同，我们很快就看出来了她是一条美丽的蛇。贾瑞固然是一个肮脏人，但凤姐为什么要那样处心积虑地设毒计害死他呢？送秦可卿的灵柩到铁槛寺的时候，水月庵的尼姑求凤姐利用和贾府有关系的官僚势力强迫人家退婚。结果是凤姐得了三千两银子和平白地害死了一对未婚夫妻。书上写道："自此凤姐胆识愈壮，以后有了这样的事，便恣意的作为起来。"作者的谴责是很明白的。书上还写出了凤姐做这件坏事是这么自觉和大胆：她对水月庵的尼姑说，"你是素日知道我的，从来不信什么是阴司地狱报应的。"这是她表示敢于向一切阻止她做坏事的力量挑战。以后凤姐这个人物就是这样在书中活动的：一方面是谈笑风生，善于逢迎，好像一个灵巧的不会咬人的小动物；另一方面却继续暴露出她的贪婪和狠毒，好像那已经成为她的天性。她瞒着贾琏放债，收利钱。她甚至把大家的月钱也支来放债。后来贾府钱用的接不上的时候，贾琏想偷借贾母的金银器去当钱，要凤姐向鸳鸯说一声。她就要贾琏给她一二百两银子作报酬。夫妇之间就是这样勾心斗角，惟利是图。贾琏偷娶尤二姐的事情被她发觉以后，她对尤二姐是那样狡诈，对尤氏是那样放泼，最后又那样残忍地把尤二姐折磨死了。她还曾派人去设法害死尤二姐以前的未婚夫。这虽然未成事实，可以看出这个容貌美丽的妇女是怎样冷酷：她是可以随便杀死一个人而她的心灵不会颤动的。正如本书的开头曾借别的人物的口讲过她一些好话一样，到了后面，又由贾琏的仆人兴儿给她作了这样的结论："心里歹毒，口里尖快"，"嘴甜心苦，两面三刀，上头一脸笑，脚下使绊子，明是一盆火，暗是一把刀"。

要说金陵十二钗里面有奸险的人物吗，这倒真是一个。她的人生哲学真是和《三国志演义》里的曹操一样："宁教我负天下人，休教天下人负我"。这就是她的道德标准。这就是她的信仰。然而她又并不是曹操这个不朽的典型的简单的重复。女性的美貌和聪明，善于逢迎和善于辞令，把这个极端的利己主义者更加复杂化了，更加隐蔽得巧妙了，因此我们在生活中从来不会把这两个名字混淆起来，不会把应该叫作曹操的人叫作凤姐，也不会把应该叫作凤姐的人叫作曹操。这是一个笑得很甜蜜的奸诈的女性。

这个女性也是高出于贾赦、贾政、贾珍、贾琏以及薛蟠这样一些男子之上的。不过高出于他们的并不是她的天真，她的善良，而是她的阴险，她的毒辣。剥削阶级从它们的本性来说就是利己的，残酷的。然而它们却又不能不提出一些从表面上看来或者从当时看来也好像有一定的合理性的道德观念，这样来巩固它们所统治的社会。中国的封建统治阶级的存在的历史特别长久，它所提出的那些道德观念是很系统化，很根深蒂固的。这样就不能不从那个阶级中产生一些真正信奉封建道德的人。贾政、王夫人、薛宝钗大致就是这种人的代表。但必然还有更多的人，他们感到封建道德给他们所保证的利益还不够满足他们的贪得无厌的欲望，他们的行为就更加赤裸裸地表现出来了他们的阶级本性。贾赦、贾珍、贾琏、薛蟠主要是向肉欲方面发展，而凤姐却主要是向金钱和权力方面发展。这就是他们的相同而又不同的地方。

《红楼梦》描写了这样一些人物，就又从这一方面有力地暴露了封建统治阶级的丑恶和黑暗。

薛宝钗和王熙凤都是作者不赞成的人物。书上那样反复地写她们的不好的思想和行为，而且有时甚至明白表示了作者的贬抑或谴责，那决不是偶然的。但作者又对这两个人物有些同情和惋惜。他把她们也看作是聪明的、有才能的、薄命的女子。这就是他把她们也列入《金陵十二钗正册》的原因。不用说在这点上是和我们今天的看法很有差异的。薛宝钗和探春一起代替凤姐管家的时候，探春的"兴利除宿弊"和薛宝钗的"小惠全大体"都得到了作者的赞赏。薛宝钗宣布完她的所谓"小惠全大体"的办法以后，书上写了这样一句："家人都欢声鼎沸"。这和《儒林外史》写一群读书人祭泰伯祠，"两边百姓"居然"欢声雷震"一样，都是表现了作者的思想的局限。曹雪芹出身于封建大家庭，又经历了破落以后的穷困，所以在书中把如何节省一点家庭开支，如何节省而又不至引起有些人不满这类事情写得那样重要。通过这些情节来描写探春和薛宝钗的性格是很自然的，但作者在这里不只是作了客观的描写，还加上了主观的赞赏。对于王熙凤的同情和惋惜，首先是明显地表现在《金陵十二钗正册》的题词上：

〔**聪明累**〕机关算尽太聪明，反算了卿卿性命。生前心已碎，死后性空灵。家富人宁，终有个家亡人散各奔腾。枉费了意悬悬半世心。好一似荡悠悠三更梦，忽喇喇似大厦倾，昏惨惨似灯将尽，呀，一场欢喜忽悲辛，叹人世终难定！

其次就是第七十一回写她虽然那样厉害，泼辣，在矛盾众多的封建大家庭中也难免有受到委屈和侮辱，以至灰心流泪的时候。在作者的计划当中，这个人物后来的遭遇和结局是相当悲惨的。我们的看法为什么和作者很有差异呢？这是因为薛宝钗的结局虽然也是封建婚姻制度的一种结果，但我们今天决不会把封建社会的愚忠愚孝式的牺牲者和因为叛逆而得到悲剧结局的人放在一起。至于王熙凤，虽然因为她到底是一个妇女，不管她怎样奸险，到了她所凭借的有利条件有了很大的变化之后，是可能也陷入悲惨的境地的，不能说作者打算这样写没有现实生活的根据，但对于这种露骨地表现了剥削阶级的本性而且手上带有血迹的人，不管她的结局怎样，我们却是不会予以同情和惋惜的。

八

我们就《红楼梦》中的一些重要人物，就他们的性格和故事的意义，作了如上的说明。如果读者们想在这篇论文里找到所有他们感到兴趣的人物的名字，所有他们感到困惑的问题的解答，那就一定要失望了。《红楼梦》是一个森林，一个海洋，我们不可能把它的每一棵树木，每一重波浪都加以说明，虽然这个森林和海洋又正是由这些细小的部分构成的。

在文学理论上被归入史诗类的小说，它固然可以有契诃夫的那种顷刻即可读完的短小而深刻的作品，高尔基的那种像猛烈的风鼓动着船帆一样激动我们的短篇，也可以有屠格涅夫的那种单纯、优美得和抒情诗相似的较长的故事，但按照小说的特性说来，它是更长于表现广阔的复杂的社会生活的。正如托尔斯泰的《战争与和平》和《安娜·卡列尼娜》一样，《红楼梦》最大限度地发挥了小说这一形式的性能和长处，因而成为我国小说艺术发展的最高峰。

长篇小说本来是容量最大的文学形式。但像《战争与和平》和《红楼梦》那样展开了异常巨大而复杂的人生的图画，而又艺术上异常成熟和完美，却是世界上极少出现的天才才能创造出的奇迹。世界上也曾有过一些奇迹似的伟大的建筑，但那都是由千千万万的人的手和头脑造成的。《战争与和平》、《红楼梦》以及其他巨大的文学的建筑却是出于一个人的劳动。

托尔斯泰写《战争与和平》之前，曾在一封信里说过他的艰苦的准备：

> 我现在很郁闷，什么也没有写，只是辛苦地工作着。你不能想像，我发现在我必须播种的土地上耕得很深的这种准备工作是多么困难。考虑和再考虑我正在作准备的很巨大的作品中的所有那些未来的人物的种种遭遇，并且权衡几百万个可能的结合，以便从它们中间选择出那一百万分之一来，真是难极了。而这就是我正在做着的事情……①

没有写过情节复杂和人物众多的小说的人是不可能理解这种困难的。有些关于托尔斯泰的回忆录告诉我们，《战争与和平》中的许多人物都有模特儿。任何天才的作家的想像和虚构都必须有生活的基础，他的人物和故事不可能凭空编造出来。但如果以为生

---

① 据阿尔麦·莫德的《托尔斯泰传》第一卷第九章转引。

活既然提供了基础，文学的创造就不是一件难事，那就完全错了。真实生活中的人物性格的形成和发展，事件的发生和变化，以及人物和人物、事件和事件之间的关系，都是由许多条件规定的，因而是很自然很合理的。以它们为材料来虚构，就常常要把它们拆散，打乱，而又凭借想像去重新创造出一些有机的整体，这就很容易因为某一条件或某一部分的考虑不周密而引起了整个的或部分的不自然不合理。人物越众多，情节越复杂，这种虚构的困难就越大。曹雪芹写《红楼梦》的过程我们知道得不具体。但他自己在这部小说里也曾说他写了十年，改了五次，并且说："字字看来皆是血，十年辛苦不寻常。"① 胡适和某些曾经为他的说法所俘虏的人，说《红楼梦》是曹雪芹的自叙传，好像他只是把他的经历记录下来，就成功了这样一部作品。这是完全不懂得文学的创造的艰苦的。世界上也有一些自传式的作品，把它们和《红楼梦》比较，我们就会感到，像这样集中、这样典型、这样完美地描绘出来了封建社会的巨大的真实的小说，不经过很大的虚构是不可能产生的。主张自传说的人常常以脂批为佐证。其实有许多脂批是很不利于自传说的。第二十二回写薛宝钗过生日，凤姐点戏，脂批说："凤姐点戏，脂砚执笔事，今知者寥寥矣，不悲夫？"② 第二十八回写贾宝玉和冯紫英、薛蟠等人喝酒，他喝了一大海，脂批说："大海饮酒，西堂产九台灵芝日也，批书至此，宁不悲乎？"第三十八回写吃螃蟹，吟咏菊诗，贾宝玉叫把合欢花浸的酒烫一壶来，脂批说："伤哉，作者犹记矮幰舫以合欢花酿酒乎？屈指二十年矣！"这些批语，如果粗心大意地去读，好像可以解释为《红楼梦》写的都是真人真事。但如果仔细

---

① 甲戌本第一回。
② 原作"今知者聊聊矣，不怨夫？""聊"和"怨"都当是误字。

地想想，就知道前一条不过说凤姐有模特儿；后两条更不过由书中某种细节联想到生活中类似的事情，而且可以看出，这仅仅是细节上的相类似，书中的故事和生活中的真事其实是并不相干的。还有些脂批更明白地说出了书中许多情节是虚构。第二十三回，贾元春命家中姊妹和贾宝玉入大观园居住，批语说："大观园原系十二钗栖止之所，然工程浩大，故借元春之名而起，再用元春之命以安诸艳，不见一丝扭捏。"① 第四十八回，香菱入大观园居住，批语说：要写香菱人园，必须写薛蟠远行；要写薛蟠远行，才写他挨打和想做生意；要写他挨打，才写赖尚荣请客。脂批中这一类说明作者的匠心的地方是非常多的。不管这些说明是否完全符合作者的意图，但可以看出，批书人是把这部书当作虚构的小说，也即是作者开头就声明过的"假语村言"看待的，并没有把它当作曹雪芹的自叙传。

第十七回，贾宝玉和贾政等人游赏新建成的大观园，对一个打算取名为稻香村的地方发生了争论。贾政欣赏它有田园风味，宝玉却说它不如另一处风景好：

> 此处置一田庄，分明见得人力穿凿扭捏而成。远无邻村，近不负郭，背山山无脉，临水水无源，高无隐寺之塔，下无通市之桥，峭然孤出，似非大观；争似先处有自然之理，得自然之气，虽种竹引泉，亦不伤于穿凿？古人云天然图画四字，正畏非其地而强为地，非其山而强为山，虽百般精而终不相宜……

他还没有说完贾政就气的喝命出去。不用说，这一次争论也是贾宝玉对。在大观园那样一个城市中的园子里，忽然出现了一个玩具似的假农村，那是多么不调和！但更值得注意的是作者在这里

---

①　原作"不见一丝扭捻"。"捻"当是误字。

提出了一个很重要的艺术见解：虽然文学艺术作品都是人工创造出来的，但它们应该像生活和自然界一样天然。

《红楼梦》正是这种艺术见解的卓越的实践。它也是一个人工建成的大观园；但在它的周围却或远或近地、或隐或现地可以看见村庄和城郭，群山和河流，并非一个孤立的存在；而在它的内部，既是那样规模宏伟，结构复杂，却又楼台池沼以至草木花卉，都像是天造地设一样。

伟大的文学家和艺术家决不是不讲求匠心，不讲求技巧。不讲求匠心和技巧，文学艺术就不可能比生活和自然更集中，更典型，更完美。他们正是讲求到这样的程度，他们在作品中把生活现象作了大规模的改造，就像把群山粉碎而又重新塑造出来，而且塑造得比原来更雄浑，更和谐，却又几乎看不出人工的痕迹。

这就是《红楼梦》在艺术上的一个总的特色，也就是它的最突出的艺术成就。伟大的作品正是这样的：它像生活和自然本身那样丰富，复杂，而且天然浑成。

一个线索和三两个重要人物的故事是容易安排的。要反映广阔的复杂的生活，线索和人物就不能不众多，就不能不寻求与之相适应的结构和写法。《战争与和平》和《安娜·卡列尼娜》是这样：像可以旋转的舞台似的，这一个线索和这一些人物出场的时候，其他的线索和人物都退居幕后。复杂的人生和戏剧就是这样轮流地在我们面前演出。这本来是向来的小说都用的手法，所谓一张口难说两家话。但场景的变换和交替那样繁多，而又剪裁衔接得那样自然，那样恰到好处，却是托尔斯泰的发展和创造。线索和人物复杂了，场景的变换繁多了，还有一个更大的困难，就是它们不容易被记住。情节和人物要不被人忘记，当然最根本的是它们本身要写得精彩和有性格；但在结构和写法上托尔斯泰也是很有匠心的。凡是一个重要的事件或人物，不出现则已，一出现就必给以相当充分的描写，一直到在读者的心中留下了不可磨灭的印象，然后移笔去写别的。《红楼梦》主要是写一个家庭，不像平行地写几个家庭那样便于分出几个清楚的线索，但在这个范围内它又不是仅仅写一个主要故事和三两个主要人物，而是把许多事情许多人物都加以细致的描写。这样它的结构和写法就又不同，而且从某种意义上说，是更为错综的。

我们不打算在这里详细分析《红楼梦》的结构。那样会写得冗长而且繁琐。极其简单地说来，八十回或许可以分四个部分。开头十八回主要是介绍荣国府、宁国府和大观园这些环境，贾宝玉、林黛玉、薛宝钗、王熙凤、秦可卿这些人物。第十九回至第四十一回主要是写宝玉和黛玉之间的爱情的试探，宝玉和封建正统思想的矛盾，以及薛宝钗、史湘云、花袭人、妙玉和刘姥姥。第四十二回至七十回，因为宝玉和黛玉之间的爱情已经互相了解，黛玉和宝钗之间的猜忌也已经消除，小说就从已经写过的生活和人物扩展开来，主要去写一些从前还不曾着重写过的、或者新到贾府来的、或者大观园以外的女孩子，鸳鸯、香菱、薛宝琴、晴雯、探春、邢岫烟、尤二姐以及一些小丫头了。最后十回开始转入贾府的衰败的描写，主要是写了这个家庭的人不敷出，大观园的搜查和晴雯之死。这四个部分各有重点，而又和全书的主要线索主要人物联系在一起；而且每个部分又不只是写了它的中心内容，而是还写了许多情节许多人物。所有这些线索、情节和人物就是这样复杂地交错着。这样，全书的情节和人物虽然是有计划有步骤地展开的，我们却不大感到有一个作者在那里有意安排，而只是看到生活的河流是那样波澜壮阔，汹涌前进了。

描写广阔的复杂的生活，不能不寻求与之相适应的作品的结构。但还有一个更为根本的条件，却是写规模巨大的作品和短小的故事都必须具备的，那就是要把生活写得逼真和生动，那就是作品里要充满了生活的兴味。规模巨大的作品在这个问题上的困难也许在这里：它不能不写到很多日常的生活，平凡的生活，也不能不写一些大事件，大场面；前者要写得很吸引人固然需要杰出的才能，而敢于正面地去描写后者，并且写得很出色，那就更需要大手笔了。《红楼梦》在这两方面的成就都是惊人的。我们且不说那许许多多脍炙人口的细腻而又生动的场面。像刘姥姥第一次进荣国府见凤姐，那不是很平常的生活吗？但你看它写得多么活现：

> 那凤姐儿……端端正正坐在那里，手内拿着小铜火箸儿，拨手炉内的灰。平儿站在炕沿边，捧着小小的一个填漆茶盘，盘内一个小盖钟。凤姐也不接茶，也不抬头，只管拨手炉内的灰，慢慢的问道："怎么还不请进来？"一面说，一面抬身要茶时，只见周瑞家的已带了两个人在地下站着了。这才忙欲起身犹未起身时，满面春风的问好，又嗔着周瑞家的怎么不早说。

> 刘姥姥在地下已是拜了数拜，问姑奶奶安。凤姐忙说："周姐姐，快搀起来。别拜吧，请坐。我年轻，不大认得，可也不知是什么辈数，不敢称呼。"

> 周瑞家的忙回道："这就是我才回的那姥姥了。"凤姐点头。

> 刘姥姥已在炕沿上坐了，板儿便躲在背后。百般地哄他出来揖，他死也不肯。

> 凤姐儿笑道："亲戚们不大走动，都疏远了。知道的呢，说你们弃厌我们，不肯常来。不知道的那起小人，还只当我们眼里没人似的。"

> 刘姥姥忙念佛道："我们家道艰难，走不起。来了这里，没的给姑奶奶打嘴，就是管家爷们看着也不象。"

　　凤姐儿笑道："这话说的叫人恶心。不过借赖着祖父虚名，作个穷官儿。谁家有什么，不过是个旧日的空架子。俗语说，朝廷还有三门子穷亲戚呢，何况你我？"

又像书中第一次写贾宝玉到薛宝钗家里去，后来林黛玉来了，那也不是很日常的生活吗？但是，林黛玉一出场就写得很有特点：

　　话犹未了，林黛玉已摇摇的走了进来。一见了宝玉，便笑道："哎哟，我来的不巧了！"宝玉等忙起身笑让坐。

　　宝钗因笑道："这话怎么说？"

　　黛玉笑道："早知道他来，我就不来了。"

　　宝钗道："我更不解这意。"

　　黛玉笑道："要来一群都来，要不来一个也不来。今儿他来？明儿我再来，如此间错开来着，岂不天天有人来了，也不至于太冷落，也不至于太热闹了？姐姐如何反不解这意思？"

后来他们一起喝酒。宝玉说，酒不必暖了，他爱吃冷的——

　　薛姨妈忙道："这可使不得。吃了冷酒，写字手打颤儿。"

　　宝钗笑道："宝兄弟，亏你每日家杂学旁收的，难道就不知酒性最热，若热吃下去，发散的就快；若冷吃下去，便凝结在内，以五脏去煖它，岂不受害？从此还不快不要吃那冷的了！"

　　宝玉听这话有情理，便放下冷酒，命人煖来方饮。黛玉嗑着瓜子儿，只抿着嘴笑。可巧黛玉的小丫鬟雪雁走来与黛玉送小手炉。黛玉因含笑问他："谁叫你送来的？难为他费心。哪里就冷死了我？"

　　雪雁道："紫鹃姐姐怕姑娘冷，使我送来的。"

　　黛玉一面接了，抱在怀中笑道："也亏你到听他的话。

我平日和你说的，全当耳旁风。怎么他说了你就依，比圣旨还快些？"

　　宝玉听这话，知是黛玉借此奚落他，也无回复之词，只嘻嘻地笑两阵罢了。宝钗素知黛玉是如此惯了的，也不去睬他。

《红楼梦》是充满了这一类日常生活的描写的。这些描写能够吸引我们，不觉得厌倦，还不仅仅因为它们写得细腻、逼真，而人总是对于各种各样的生活都有兴趣的；这里还有一个秘密，就是通过这些描写，故事正在进行，人物的性格正在显现。既然这部书的故事和人物是吸引我们的，这些组成部分自然也就引起我们的兴趣了。曾经有那种不能够欣赏文学作品的人，说《红楼梦》老是细细描写吃饭一类的事情，实在讨厌。他们就是不懂得这点道理。第四十三回写贾母给凤姐作生日，脂批说："一部书中若一个一个只管写过生日，复成何文哉？故起用宝钗，盛用阿凤，终用贾母，各有妙文，各有妙景。"批书人在这里还没有说到贾宝玉的过生日。那样众多的人物只写四个人的生日，固然这已表现作者有匠心，有剪裁。但更难得的是写得一点不重复，而且全部成为书中的十分必要的部分。薛宝钗过生日，那主要是写贾母喜欢她，她也讨好贾母，林黛玉有不平之意，后来又生贾宝玉的气，使他感到痴情的苦恼。凤姐过生日，贾母倡议"学小家子，大家凑份子"，这写法已和第一次很不同了。结果在凤姐意满酒醉之余，却碰到贾琏在和别的女人私通。通过这个事件，描写了凤姐的性格，暴露了封建家庭的丑恶。贾宝玉过生日，那是他和薛宝琴、平儿、邢岫烟四人同在一天，而且白天过了晚上又过。怡红夜宴那是繁华已极的文章，作者在这里又把全书的这些重要人物的性格或结局暗示一次，和第五回相照应。然而这已是"开到荼蘼花事了"，不久就要转入萧条的季节，我们再也读不到如此欢乐的描写了。最后贾母过生日，关于宴会的正面的描写是很简单的，主要却是写到了这个大家庭的许多矛盾，宁国府的尤氏碰了荣国府的值班的老婆子的钉子，凤姐受了她的婆婆邢夫人的气，探春感慨他们这种大家庭还不如"小人家人少"，"大家快乐"，宝玉说他是过一日算一日，而且最后鸳鸯碰见了一对青年男女在幽会。作者集中地描写了这个封建大家庭的矛盾、苦恼和破绽，全书的空气就从此为之一变。以后再用几回来写贾府的入不敷出，搜查大观园的风波，晴雯之死，过中秋节的强为欢笑，月夜的呜咽的笛声和林黛玉史湘云在水边的余音袅袅似的联句，就完全笼罩着一种凄凉悲楚的气氛了。我们可以看出，四个生日不但写得各有各的特点和内容，而且它们是那样和谐地成为全书的整个情节的发展的一些组成部分。

第五十八回至第六十一回，我们初读的时候，也许会觉得这些情节过于琐碎，这个小丫头和那个老婆子吵嘴，那个丫头又在厨房里大闹，诸如此类的事情有什么必要去写呢？我们再细读一遍，就知道它们的意义了。这是作者有意识地要写一些以前不曾写到的小人物，写这个大家庭中的人和人之间的种种矛盾，写连厨房这种差事也有人在钻营争夺。这些情形难道不像整个封建社会的不安定吗？而展开这些纠葛的时候，又继续描写了贾宝玉的性格，写他总是同情女孩子们，总是替她们说话，而且小丫头们和老婆子们的吵嘴和后来的情节的发展也有关系，这样也就和全书的主要线索联结起来了，并不显得多余和枝蔓。

也许《红楼梦》里面写得比较平淡的是那些结社吟诗的场面。这些描写当然也可以看作是当时的某种生活的反映，而且和那些结社吟诗的人物的生活也是很和谐的。但写得过多，就显得作者是主观上对这些事情很有兴趣，有些未能免俗了。写诗并不是一件坏事，为什么写多了就不大好呢？这是因为《红楼梦》写的那些女孩子的结社吟诗，正是和当时的一般文人一样，常常是出题限韵，即席联句，老实说那已经不是真正写诗，而是近乎一种文字游戏了。那是中国文人的诗歌衰落已久的表现。有些读者很欣赏《红楼梦》中的这些诗，比起那些才子佳人小说中的拙劣不堪而又在书中自己喝彩的所谓诗来，这些诗自然是像样多了。特别值得肯定的是这些诗写得各自符合人物的性格，因而成为书中的一个有机的部分。但如果真把它们当作诗看，那就必须说明，其中绝大部分是格调不高的。更多地表现出作者在诗歌方面的才能的是《红楼梦》十二支曲，而不是这些替书中人物拟作的诗词。这些拟作的诗词，正因为要切合不同的人物的身份、性格以至写作水平，而并不是曹雪芹自由地抒写他自己的思想感情，所以就并不能充分地表现他在诗歌方面的才能。从香菱学诗那一段还可以看出，作者对于写诗的意见似不如他对于写小说的见解精到。他好像认为写诗主要是依靠学古人和苦吟。只是那样，还是写不出很好的诗来的。唐宋以后有不少诗人都是苦学古人和硬做诗，所以写不出很好的诗来。然而历史规定要完全打破中国古典诗歌的末流的那些陋规和恶习，恢复到诗歌真是从深厚的生活的土壤和作者的感动里产生，那要经过五四文化革命以后才有可能。因此我们就不必惋惜曹雪芹没有写出李白和杜甫的那样的诗篇，而应该非常庆幸他把他的主要劳动放在写小说上，给我们留下了这样一部用散文写成的伟大的史诗。

关于《红楼梦》里面的日常生活的描写，我们已经说了不少的话。然而这些说明仍然远不足以表现它在这方面的成就。真要详细地说明作者的描写的手腕和匠心，那是要像过去的有些批评家一样，每一回都给它加上一些评语才行的。日常生活的描写，细节的描写，是小说的基础。能够写得细腻，逼真，这就需要有才能。但是，并不是一切生活细节都可以进入文学艺术的世界。

一个有头脑的小说家也不能为描写而描写。有时我们可以看到这样的作品，它们或者把细节的描写变成了沉闷的琐碎的刻画，或者并不能给人以美的感觉，或者仅仅成为一些没有深刻的思想内容的现象的描摹。因而并不是能够描写生活细节就是一个好的小说家。

生活中不但有日常的细节，而且还有重要的事件和波澜。它们是日常生活的发展的结果，是生活的意义和矛盾的集中的表现。如果说在现实里，这种集中的表现是稀有的现象；在文学艺术里它却是常见的不可缺少的部分。特别是规模较大的作品，如果没有重大的事件和大波澜，那就必然是沉闷的。《红楼梦》里面的大事件和大波澜都描写得非常出色，也只有托尔斯泰的长篇小说才能相比并。像贾宝玉贾政等游赏新建成的大观园，贾元春省亲，贾府眷属到清虚观打醮，以及多次的大宴会，没有魄力的作家是根本不敢去正面描写的。曹雪芹却在一部作品里写了这样多的大场面，而且写得那样不费力，那样明晰而又生动。在这许多大场面的描写里，也是故事在进行，人物性格在显现，洋溢着生活的兴味，而且揭露了生活的秘密。《红楼梦》里面的波澜更是很多很多的。它从来不作过长的平静的流泻。它常是在一段细腻的描写之后，或者就在细腻描写之中，突然就发生了波澜和变化。全书中的最大的波澜是贾宝玉挨打和搜查大观园。经过了多次的曲折的爱情试探，林黛玉了解了贾宝玉果然是知己，贾宝玉也向她吐露了胸臆，我们想大概总有一段平静的生活的描写了吧。然而接着就发生了金钏儿的自杀。贾政碰见贾宝玉在为这件事叹气；虽然贾政还不知道是为什么，已经引起平时对他的反感了。接着又有忠顺亲王府来索取蒋玉菡，贾环来说金钏儿自杀也是由于他。这真是写得山雨欲来风满楼的样子。贾政决心要打死贾宝玉了。在这个时候却又穿插贾宝玉想找人捎信到里面去，结果只碰到了一个耳聋的老婆子，更增加了紧急的气氛。大打的时候，先是王夫人出来哭劝，最后是贾母出来阻止。于是通过这个事件，不但集中地表现了封建正统思想的拥护者和叛逆者之间的矛盾，而且鲜明地写出了贾母、贾政、王夫人、贾环等人的性格。搜查大观园也是用的集中写矛盾的方法。作者用这个事变来结束了大观园的和平和欢乐地生活，写出了这个封建大家庭的许多矛盾，而且晴雯、探春、惜春等人的性格也是一齐活现在纸上。进搜查的"奸谗"并直接执行的王善保家的，一次再次地遭到了晴雯和探春的反抗，而且结果是自己打自己的嘴，只搜查出来了自己外孙女儿的秘密，更是波澜中的波澜，更是写得变化多端，大快人意，就是画家的笔也无法描写得这样生动酣畅了。

史诗类的文学作品都是用文字来描写生活，描写人物。由于这个共同点，中国和外国的伟大的作家就不谋而合地把小说艺术发展到如此惊人的高度。它能够容纳很广阔很复杂的生活。它能够把生活细节和大事件都描写得十分真实，十分生动，从而写出了巨大的典型环境和众多的典型人物。在这些根本的地方竟是这样一致。然而这并不是说《红楼梦》在艺术上没有强烈的民族色彩。它的结构、语言和写法都继承了中国过去的小说的特点。《红楼梦》的结构我们在前面已经说过，那是十分错综复杂的。甚至常常在一回里，也不是一个单纯的生活的片段，而是几个线索交织在一起。这自然和它的题材有关系，但同时也是继承了我国过去的章回体小说的特点。它的语言更显然可以看出和以前的白话小说的语言的血统关系。不过那样生动、丰富，并且以北京话为主，却是它的进一步的发展。其他写法上的特点当然还有。"冷子兴演说荣国府"的第二回，开头有这样一段话：

此回亦非正文，本旨只在冷子兴一人，即俗语所谓冷中出热，无中生有也。其演说荣府一篇者，盖因族大人多，若从作者笔下一一叙出，尽一二回不能得明，则成何文字。故借用冷子兴一人略出其文，好使阅者心中已有一荣府隐隐在心，然后用黛玉宝钗等两三次皴染，则耀然于心中眼中矣，此即画家三染法也……

下面还有一些说明作者匠心的话。这一段话像是批语误入正文；但也很可能是作者自己写的文字。开头几回，作者有时是自己出来说话的。这一段话值得注意，不但因为它再一次声明书中所写的贾家的故事是"无中生有"，是虚构，而且因为它说明了作者的一种手法。它说作者描写荣国府的手法是这样的：先介绍一下它的大概情形，以后林黛玉、薛宝钗和刘姥姥等人进荣国府，又再对它作一些描写，用了这样几次类似中国绘画上的皴染的手法，这个家庭给读者的印象就很鲜明了。这的确是一个作者常用的手法。不但写荣国府，写贾宝玉和林黛玉之间的爱情，写贾府的转入衰败，写贾宝玉、林黛玉、薛宝钗、王熙凤等许多重要人物的性格，都是先用这种或那种方法略为介绍一下，然后是断断续续地加以多次的皴染。这就可以作为一个《红楼梦》的写法上的特点的例子。曹雪芹不但是小说家，诗人，同时还是一个画家。他用这种所谓皴染的手法，可能是有意识地参考了中国的绘画的方法的。这种手法不能说别的小说家就没有用过。但曹雪芹特别用得多。这样，《红楼梦》就具有一种近于油画似的色彩，和《战争与和平》、《安娜·卡列尼娜》那种精雕细刻的写法有些不同了。这一类结构，语言和写法的特点，孤立起来看，好像并不是很重要的。然而文学艺术常常并不是由于它们在艺术原理上的根本差异，而正是由于这些具体的从过去的传统继承和发展而来的特点结合在一起，就构成了它们的强烈的民族色彩。

九

塑造了众多的性格鲜明的人物，而且其中不少人物流行在生活中，成为不朽的典型，这也是《红楼梦》在艺术上的一个突出的成就。要广阔地多方面地反映生活，就不能不出现众多的人物。这种规模巨大的作品的最困难之处，也许还并不在于如何把复杂的千头万绪的生活现象很自然地组织起来，甚至也不在于如何把各种各样的生活都描写得真实、生动、细节逼真，善于写人事件，并且富有波澜和变化，而正是在于不容易把那样众多的人物写得成功。我们曾经说过，《红楼梦》里面使人读后长久不能忘记的人物至少是以数十计。为了说明它的主要内容，我们已经分析了一些人物。那已经写得够冗长了。然而还有许多性格鲜明的人物我们没有能够包括进去。溺爱孙子，很会享乐，胆小得见了马棚走水的火光就吓得口里念佛的贾母是一个封建大家庭的老祖母的典型；年老好色而又很霸道的贾赦和“禀性愚犟”① 的“尴尬人”邢夫人是贾政王夫人之外的又一对性格不同的夫妇；混人式的呆霸王薛蟠写得那样有色彩；从近郊的农村来到荣国府和大观园的刘姥姥写得尤为活跃；对林黛玉忠心耿耿的紫鹃，作了王熙凤的助手却仍然保持着善良的性格的平儿，想爬到高枝儿去的小红和孩子气很重的芳官，都各有特点；甚至只是寥寥几笔描绘的，因为说了几句真话嘴里便被填满马粪的焦大和拾到绣春囊的傻大姐，都一概使人不能忘记。这些人物以及其他写得有个

---

① 见庚辰本第四十六回。有正本把“愚犟”改作“愚拙”，通行本改为“愚弱”，都改错了。“犟”亦写作“强”，读如绛，是固执己见，不听人劝的意思。至今口语中仍有这个词。

性的人物我们都没有机会评论。在这些人物里面，刘姥姥或许是更重要的。刘姥姥"只靠几亩薄田度日"，她一起生活的女婿也以"务农为业"。她年纪比贾母大却身体健壮得多。作者把这样一个下层的人物引到官僚贵族的家庭生活中来，显然是有对比的用意的。她曾感慨地说，大观园里随便吃一顿螃蟹，所花的钱就够庄稼人过活一年。我们知道，这次吃螃蟹还是薛宝钗替史湘云出的主意，是一次最省钱的宴会呢。写得更深刻动人的是凤姐叫鸳鸯捉弄刘姥姥，要她吃饭的时候说几句粗话来招得大家大笑那一段。如果以为那只是为了写她的乡气，就完全错了。作者接着就交代，刘姥姥并非真可笑，她早就明白那是捉弄她，那是要她取笑，只是因为她也愿意凑趣，才事先装做不知道罢了。这样就不仅写出了这个穷亲戚的本来的忠厚和不得不如此的酸辛，而且使我们明确地感到，真正可笑的并非这个乡下老太太，而是贾府的那些饱食终日，无所用心的人了。包括后来叫刘姥姥作"母蝗虫"的林黛玉，她那样得意她的"雅谑"，其实是一点也不能使人同情的。对于刘姥姥这个人物，作者也充分地写出了她的复杂性，因而好像显得有些矛盾。一方面描写了她的乡气和见识不广，因而这个人物流行在生活中就带有几分可笑的意味，产生了"刘姥姥进大观园"这样一个谚语，并且由于她的善于凑趣，人们有时又用这个名字来称呼旧社会的统治阶级的某些年老的帮闲；但另一方面，由于作者经历了贫困的生活，对于下层人物已经有些接触，他就不但赞赏了醉金刚倪二的豪爽和义气，而且着力地描写了刘姥姥这样一个人物，写她是忠厚的，健康的，因而激起了我们的同情。

　　写出了人物的性格的复杂性，同时又集中地着重地描写了他们的性格上的突出的特点，这样人物的形象就鲜明了。《红楼梦》正是这样描写人物的。如我们已经作过的分析，贾宝玉、林黛玉、薛宝钗和王熙凤这样一些人物，他们的性格都是复杂的，多方面的，然而各有各的突出的特点，而且这些特点都蕴含有深刻的社会意义；他们的性格的复杂性和各个方面是通过先后的重点不同的描写来互相补充，来完满地表现出来；他们的最突出的特点却是多次地反复地显现在许多不同的事件和行动中，甚至贯穿全书；而由于事件和行动的差异，变化，我们读时又完全不感到重复，这样这些人物就自然而然地给予我们以不可磨灭的印象。许多次要人物，包括刘姥姥在内，虽然用的篇幅多少不同，也基本上是采取了这种描写方法。这和生活是一致的。我们对于生活中的人物的全部性格及其主要特点的认识，也是必须经过多次的反复才越来越明确起来。文学艺术的表现方法不过更为集中，删削了许多不必要的枝节而已。

为了使人物的性格鲜明，《红楼梦》还常采取这样的写法:关系很亲近的人总是写得个性的差异很大，使人决不至于混淆起来。迎春、探春、惜春三姊妹是这样。花袭人和晴雯,尤二姐和尤三姐也是这样。薛蟠和薛宝钗是一母所生的兄妹,然而一个是封建地主阶级的标准淑女,一个却是那样横蛮和没有文化的混人。人的性格本来有很多差异。人的性格的形成的原因也很复杂。阶级出身当然是形成人的性格的一个基本条件,然而并不是唯一的条件。因此,同一的阶级,同一的家庭环境,甚至是一母所生,而性格上仍可以有很大的差异。曹雪芹写的是小说,并不是科学记录式的各个人物的性格的形成史;因此他在我们面前展开了生活,展开了人物的性格的千差万异,但常常并不详细交代这些差异到底是怎样形成的。不仅薛蟠和薛宝钗,尤二姐和尤三姐这样一些人物,就是贾宝玉的性格为什么和贾珍、贾琏等人那样不同,也并没有把所有的条件都写出来。有些研究《红楼梦》的同志企图从小说中去找出形成贾宝玉的性格的全部原因,那是失之拘泥的。

　　我们曾以《红楼梦》和托尔斯泰的长篇小说相比；托尔斯泰写作于19世纪的后半，他继承了俄国和欧洲的经过了长期发展的小说艺术的传统，因而在细节的描写上他是更为精致的。但在人物的塑造上，或许因为我们是本国人吧，我们觉得《红楼梦》里面写得使人永远不能忘记的人物，好像比较《战争与和平》或者《安娜·卡列尼娜》还要多一些。并不是每一部著名的作品都能创造出一个在生活中流行的典型人物的。《红楼梦》所创造的却不止一个。不仅贾宝玉和林黛玉，凤姐和刘姥姥也同样流行在生活中，成为某些真实的人的共名。

　　善于在一部作品里塑造出众多的人物形象，这是我国过去的长篇小说的宝贵的传统。《三国志演义》是最早的一部成功的长篇小说，大约产生于14世纪至15世纪之间，它所展开的画幅就异常广阔，其中使人不能忘记的人物也至少是以数十计，而且创造了诸葛亮、曹操、张飞这样一些流传在我们生活中的典型。由于产生得早或其他原因，它里面的比较细致的描写不多，语言也不够生动。不用细致的描写，也能够创造出性格鲜明的人物，典型的人物，这里面的秘密是很值得研究的。这说明人物的性格的创造主要是依靠通过不同的事件和行动去多次地反复地表现他们的特点，细节描写的细致与否并不是决定的条件。不过小说艺术本身到底还是需要生活的描绘的。同样是雄伟的史诗式的作品《水浒》，就在细节的描写和语言的生动上有了显然的进步。《水浒》中的许多人物也是个性很分明的，虽然流行在生活中成为共名的典型人物好像只有一个李逵。《西游记》展开了另外一个世界，一个神话式的世界，但孙猴子和猪八戒也同许多著名的典型人物一样广泛地流行在我们的生活中。《红楼梦》正是在人物的创造、细节的描写以及语言的运用上都继承和发展了这些传统，从而达到了我国小说艺术成就的最高峰。

在《红楼梦》以前，以家庭为题材的著名的长篇小说有《金瓶梅》。过去有些谈论《红楼梦》的人喜欢把它和《金瓶梅》比较。我们估计曹雪芹是读到过这个作品的①。《金瓶梅》里面的许多人物也是写得很有个性，而在描写生活细节的细腻和运用口语的生动上，或许更可以说它超过了以前的几部长篇小说。曹雪芹很可能吸取了它的优点。然而《红楼梦》的总的成就却比它巨大得多。《金瓶梅》所描写的那些生活和人物当然也是真实的，尽管你不喜欢那些生活和人物，你不能不承认它们是真实的。然而，这是许多人共同的感觉，我们更喜欢读《红楼梦》。理由也许不止一个。但其中有一个深刻的原因，就是我们在一个规模巨大的作品里面，正如在我们的一段长长的生活经历里面一样，不能满足于只是见到黑暗和丑恶，庸俗和污秽，总是殷切地期待着有一些优美的动人的东西出现。

那些最能激动人的作品常常是不仅描写了残酷的现实，而且同时也放射着诗的光辉。这种诗的光辉或者表现在作品中的正面的人物和行为上，或者是同某些人物和行为结合在一起的作者的理想的闪耀，或者从平凡而卑微的生活的深处发现了崇高的事物，或者就是从对于消极的否定的现象的深刻而热情的揭露中也可以透射出来……总之，这是生活中本来存在的东西。这也是文学艺术里面不可缺少的因素。这并不是虚伪地美化生活，而是有理想的作家，在心里燃烧着火一样的爱和憎的作家，必然会在生活中发现、感到，并且非把它们表现出来不可的东西。所以，我

---

① 庚辰本第十三回和第六十六回批语都提到《金瓶梅》（影印线装本第279页和1590页。第279页眉批："写个个皆别，全无安逸之笔，深得金瓶壶奥"，原脱"瓶"字），可见此书当时并不难见。至于《西游记》，更不成问题。《红楼梦》七十八回正文就曾说宝玉听见贾政和赵姨娘在说他什么，"便如孙大圣听见了紧箍咒一般，登时四肢五内一齐皆不自在起来"（影印线装本第1740页）。

们说一个作品没有诗，几乎就是没有深刻的内容的同义语。

人对于各种各样的生活都是有兴趣的。在生活的辽阔的原野上，本来没有什么区域是文学艺术所不可到达的禁地。然而要求从平凡的生活看到美的事物，从阴郁的天空出现阳光，从人的心灵发现崇高的、温柔的和善良的东西，这也是人的自然的愿望。据说普希金的诗体小说《欧根·奥涅金》的第三章发表的时候，那封达姬雅娜的信使得所有俄罗斯的读者激赏若狂。那样谦卑和真诚的少女的爱情的告白的确是很动人的。但在所有关于达姬雅娜的描写里面，最深地感动我们的或许还并不是那封信，而是接近全诗结束的她成为贵妇人以后对奥涅金所说的这样一段话：

> 对于我，奥涅金，所有这些奢侈，
> 这种令人厌恶的生活的华美，
> 我在社交界的旋风中获得的重视，
> 我的时髦的家和这些晚会，
> 它们算得什么？我愿意马上
> 抛弃这些化装舞会的破衣裳，
> 抛弃这些豪华、喧嚣和尘烟，
> 为了一架书，一座郊野的花园，
> 为了我们那乡间的简陋的宅第，
> 为了那个地方，在那儿，奥涅金，
> 在那儿我第一次见到您，
> 为了那一片幽静的坟地，
> 在那儿十字架和树枝的阴凉
> 正覆盖着我的可怜的奶娘……

这是《欧根·奥涅金》里面的诗中之诗。这是普希金称为"我的忠实的理想"的达姬雅娜的最优美最动人的感情的流露。我们读的时候，已经感到这不仅是这个虚构的人物在说话，而且也是诗人自己在抒写他对于贵族社会的厌弃和对于朴素的单纯的生活的向往了。曾经成为俄罗斯革命青年的"生活的教科书"的车尔尼雪夫斯基的《怎么办》，那是对于今天的读者仍然具有强大的道德力量的。书中着重描写的薇拉·巴芙洛芙娜、罗普霍夫和吉尔沙诺夫，据作者自己说，他们不过是"新的一代中的平常的正派人"，而比他们更崇高的革命家拉赫美托夫，书中还只是描画了他们的侧影的淡淡的轮廓。然而就是这三个平常的正派人，而且就是他们对于私生活的处理，他们的结婚和因为性格不合而产生的婚后的分离，他们那样互相尊重独立的人格，互相为别人的幸福着想，是至今仍然闪耀着理想的光辉的。尽管我们的社会已经比那个时代前进了，我们仍然不能说今天的所有的男女都已经达到了那样高的道德水平。如果在私生活上都达到了那三个平常的新人物的水平，社会上许多很不理想的恋爱和婚姻的纠纷就不会有了。

　　《金瓶梅》所缺少的就是这种诗的光辉，理想的光辉。问题还并不仅仅在于它是那样津津有味地描写那些淫秽的事情。就是把那些描写全部删削，成为洁本，在它里面仍然是很难找出优美的动人的内容来。或许可以这样为它辩护：这是题材的限制。写西门庆那样一个"市井棍徒"，写他的生活范围所及的妻妾、帮闲和官僚等人物，黑暗、污秽和庸俗或许正是它应有的内容和色彩。如果不是一个规模巨大的作品，这也是可以容许的。但是它却写了一百回，从头到尾都是那样一些人物和生活。尽管它描写得那样出色，那样生动，仍然不能不使读者感到闷气。意在显示"恶德和缺失之点"的《死魂灵》只写了一本。而且还应该说，《死魂灵》的作者对他们描写的坏人坏事的态度是更明朗的，是无情的讽刺和鞭打；而《金瓶梅》，虽然客观的效果也是淋漓尽致的暴露，它的作者的主观爱憎却不够分明。李瓶儿对待他的前夫花子虚比西门庆还要恶毒，到后来她却被描写成为一个比较善良的人物。这或者还可以说仅仅是前后矛盾。奇怪的是在写出了西门庆的很多恶霸行为以后，居然又歌颂他"仗义疏财"，"救人贫难"，"济人之急"。这就更类似莫泊桑的《俊友》了。《俊友》这部充满了坏人坏事的小说也是表现出它的作者的惊人的艺术才能的。然而它却写得那样旁观和阴冷，几乎使人分不清作者到底是憎恶还是欣赏那些黑暗的事物。

《红楼梦》所写的主要也是剥削阶级的人物和生活，也是这个阶级中的一个腐烂和没落的家庭。然而它却从这个阶级的叛逆者和奴隶们身上写出了黑暗的王国的对立物。残酷、污秽和虚伪并没有完全压倒诗意和理想。所以我们能够一读再读而不觉得厌倦。我们从它那里感到的并不是悲观和空虚，并不是对于生活的信心的丧失，而是对于美好的事物的热爱和追求，而是希望、勇敢和青春的力量。

常常有这样的作品，它能够把生活细节描写得逼真，然而却写不出使人不能忘记的人物。又常常有这样的作品，它不但能够描写生活，而且能够把某些人物写得有个性，然而仍然不能获得读者的衷心的喜爱。根本的原因就是它里面没有诗，没有理想。换句话说，也就是没有对于人生的深刻的认识，没有热烈的爱憎，没有崇高的思想。正是因为这种艺术上的贫血病的普遍存在，《红楼梦》在放射着强烈的诗和理想的光辉这一方面的突出的成就，就更加值得我们重视。

十

《红楼梦》就是这样：它以十分罕见的巨大的艺术力量，描绘了像生活本身一样丰富、复杂和天然浑成的封建社会的生活的图画，塑造了可以陈列满一个长长的画廊的性格鲜明的人物和典型的人物；通过这些生活和人物，它深刻地暴露了封建统治阶级的丑恶和腐败，封建主义的残酷和虚伪，封建社会的男女不平等；而在这个黑暗、污秽和罪恶的世界里，它又描写了青年男女的纯洁的美丽的爱情，描写了封建社会的叛逆者们和奴隶们的反抗，描写了他们对于合理的幸福生活的追求；这些描写是这样重要，它们成为全书的突出的内容，并从而使全书闪耀着诗和理想的光辉。《红楼梦》就是这样，准确些说，它的主要内容就是这样，它的总的意义和效果就不能不是对于整个封建社会的批判和否定。

当然，这并不是说，从《红楼梦》里面就完全找不到封建思想的流露。曹雪芹生长在封建贵族的家庭里，又处于中国最后一个封建王朝的最后一段兴盛和巩固的时期。尽管他的家庭破落了，他个人从封建贵族的行列中被排挤了出来，他是那样深刻地多方面地看到了封建社会的种种黑暗，种种不合理，然而他的头脑里却不可能不同时也存在着一些封建思想，而且这些思想不可能不在他的作品里流露出来。秦可卿死的时候，王熙凤做了一个梦，她梦见秦可卿对她说：

今祖茔虽四时祭祀，只是无一定的钱粮。第二，家塾虽立，无一定的供给。依我想来，如今盛时，固不缺祭祀供给；但将来败落之时，此二项有何出处？莫若依我定见，趁今日富贵，将祖茔附近多置田庄房舍地亩，以备祭祀供给之费皆出自此处。将家塾亦设于此。合同族中长幼，大家定了则例，日后按房掌管这一年的地亩钱粮、祭祀供给之事。如此周流，又无争竞，亦没有典卖诸弊。便是有了罪，凡物可入官，这祭祀产业连官也不入的。便败落下来，子孙回家读书务农，也有个退步。祭祀又可以永祭。若目今以为荣华不绝，不思后日，终非长策……

这段话和秦可卿的故事没有关联。这并不是在写她的性格，而是借这个人物写出作者的一种思想。这种思想显然是带有封建色彩的。尤二姐自杀之前，也曾经做过一个梦。她梦见尤三姐对她说："你我生前淫奔不才，使人家丧伦败行，故有此报。"尤三姐劝她用鸳鸯剑去斩凤姐。她不愿意，并且还希望她的病痊愈。尤三姐又说：

> 姐姐，你终是个痴人。自古天网恢恢，疏而不漏，天道好还。你虽悔过自新，然已将人父子兄弟致于聚麀之乱，天怎容你安生？①

这几句话和尤三姐的性格不合，也应看作是作者的思想的流露。这种思想不用说是和尤二姐尤三姐故事的客观意义直接矛盾的。书中还有颂扬清朝的统治的地方。贾宝玉给芳官取名耶律雄奴的时候，他讲了这样一段话：

> 雄奴二音又与匈奴相通，都是犬戎名姓。况且这两种人自尧舜时便为中华之患，晋唐诸朝深受其害。幸得咱们有福，生在当今之世，大舜之正裔，圣虞之功德，仁孝赫赫格天，同天地日月亿兆不朽。所以凡历朝中跳梁猖獗之小丑，到了如今，竟不用一干一戈，皆天使其拱手俯头，缘远来降。我们正该作践他们，为君父生色。

芳官笑他不能真正立武功，却借他们来开心作戏。他又说：

> 所以你不明白。如今四海宾服，八方宁静。千载百载，不用武备。咱们虽一戏一笑，也该称颂，方不负坐享升平了。②

---

① 通行本删去了这些话。
② 见庚辰本和有正本六十三回。通行本删去。

　　由于受到文字狱的威胁，曹雪芹在《红楼梦》开头即点明此书无朝代年纪可考，以免触犯当时统治者的忌讳；但这里所歌颂的显然是当时的清朝，是清朝对于国内其他少数民族的征服。孟轲说过舜是东夷之人，所以贾宝玉称满族是大舜之正裔。这些歌颂到底是真心话还是敷衍之词，就很难判断了。歌功颂德的风气在当时是很盛行的。吴敬梓作的《金陵景物图诗》，本来主要是歌咏自然风景，和清朝的统治有什么相干，但他也要颂扬几句①。吴敬梓的朋友程廷祚作《上元县志序》，那也是大可不必颂扬清朝的，但他几乎处处不忘"颂圣"，就像专门做来给皇帝看一样②。曹雪芹的朋友敦诚，也是一方面很有牢骚，一方面又歌颂清朝的皇帝③。曹家虽曾被抄家，但当时的确像是一个"升平"之世。曹雪芹借贾宝玉的话来歌颂几句，也是不足奇怪的。这些思想以及其他类似的思想，都带有封建色彩。不过这些部分在全书中所占的比重极其微小，无损于《红楼梦》的总的意义和效果，无损于它对封建主义的批判的总倾向。

　　俞平伯先生曾主张《红楼梦》的主要观念是"色""空"，许多文章已经批评过，那当然是错误的。但在《红楼梦》问题的讨论当中，又曾出现了两种不恰当的意见。一种是否认曹雪芹真有"色""空"和"梦""幻"等思想④。一种是过分强调曹雪芹有宗教情绪，过分强调佛教思想对他的影响⑤。作者在第一回里面说："此回中凡用梦用幻等字，是提醒阅者眼目，亦是此书立意

---

　　① 　见《文学研究集刊》第四册。
　　② 　《青溪文集》卷六。
　　③ 　《四松堂集》卷一第十七页："圣心念痌瘝，惠爱何谆谆。"卷二第六页："岁廪戴君德，堕体赖吾颜。"卷二第十八页："平时教养皆逾厚，此日恩施信觉崇。"
　　④ 　《〈红楼梦〉问题讨论集》第一集，第383—384页。
　　⑤ 　这种意见在有些讨论会上出现过，尚未见于发表的文章。

本旨。"第十二回写跛足道人给贾瑞送风月宝鉴的时候，他说：
"这物出自太虚幻境空灵殿上警幻仙子所制，专治邪思妄动之症，
有济世保生之功。所以带他到世上，单与那些聪明俊杰，风雅王
孙等看照。千万不可照正面，只照它的背面。"这个镜子的正面
和背面是什么呢？正面是贾瑞的意中人凤姐，背面却是一个骷
髅。不能不说，作者主观上是有"梦""幻"和"色""空"这一
类的思想。不过《红楼梦》的主要内容实际是和这种所谓"立意
本旨"相违背而已。它里面的感染人的地方并不在这些消极的成
分，却刚好是和这些思想相反的描写和精神。梦幻也好，红粉骷
髅也好，都是一些在封建士大夫中间流行已久的思想，并非作者
特有的人生见解。正如他的头脑里不可能不多少还带有一些封建
思想一样，他的时代、他的阶级和他的个人遭遇也不能不使他受
到这一类消极思想的传染。这些一般性的东西并不能掩盖他的主
要的思想的光芒。他的主要的思想和倾向显然是对于封建社会的
一系列的不满，显然是对于青春、爱情和有意义的生活的赞美，
对于不幸的叛逆者和被压迫者的同情。这些才是构成曹雪芹的思
想和《红楼梦》的内容的特色的要素。至于过分强调他有宗教情
绪，过分强调他受了佛教思想的影响，这实际上不过是强调
"色""空"观念的换一种说法而已。如果把"梦""幻"和"色"
"空"一类说法看作佛教思想，不能不说曹雪芹多少沾染了这种
思想的影响。但这并不等于信奉佛教。沾染了在封建士大夫中间
曾经很流行的某些佛教思想和老庄思想，和对待佛教和道教的实
际态度还是有差别的。按照《红楼梦》里面的描写，不仅贾敬服
丹砂致死，否定了道家修炼之说，而且从书中的正面人物贾宝玉
"毁僧谤道"，很恨人"混供神，混盖庙"，又说烧纸钱"原是后
人异端"，也可以看出作者并不迷信宗教。对于带发修行的妙玉，
书中说她"云空未必空"，并且叹息她"青灯古殿人将老，辜负

了红粉朱楼春色阑"。对于惜春的出家结局，书中也说"可怜绣户侯门女，独卧青灯古佛旁"。芳官、葵官和葯官①的出家，更和晴雯的惨死并列，显然作者认为同是不幸的结局。我们不可能知道贾宝玉的最后的出家曹雪芹将要怎样去描写，但我们也很可以怀疑一下，未必真正是由于所谓"解悟"。

和这样的理解有些矛盾的，是第一回描写甄士隐昼寝，梦见一僧一道对他说："到那时不要忘我二人，便可跳出火坑矣。"这好像作者又的确有以宗教为出路的意思。甄士隐后来果然是跟着一个跛足道人隐去了。林黛玉幼时，曾有一个癞头和尚化她去出家。贾宝玉为魔法所害，也是这一僧一道所救。这一对神秘的僧道在书中是多次出现的。应该怎样解释这些情节呢？这或许不过是小说家言。正如谚语所说的，"演戏无法，出个菩萨"，或许是为了某些情节的发展和结束的方便，作者才采取了这一类的写法。如果作者真是相信一切皆空，相信宗教可以解决人生问题，如果这是他的主导思想，他就不会以十年辛苦来写《红楼梦》，不会以许多女孩子和儿女之真情来占据全书的主要篇幅，而且写得那样有兴味，那样充满了对于生活的激情。有人批评小说中关于太虚幻境的描写，说它"很足以反映出作者思想中虚无神仙的思想"②。这也是把小说家言看得过于认真的。叫作太虚幻境，就和子虚、乌有先生等人名一样，已经点明了是假托。何况它又还是出现在贾宝玉的梦中。为什么要写贾宝玉做那样一个又长又离奇的梦呢？或许也是出于结构上的需要，或许也是一种艺术手法。《红楼梦》的人物是那样众多，情节是那样复杂，在结构上

---

① 庚辰本原作葵官葯官。通行本改作蕊官藕官，大概因为五十八回写过葯官已死的缘故。

② 《〈红楼梦〉问题讨论集》第一集，第115页。

不能不有一二次笼罩全局的提纲挈领式的叙述。通过这样一个梦，不但描写了贾宝玉，而且对书中的十几个重要的女子的性格或结局都作了介绍。这和从冷子兴的谈话介绍荣国府的轮廓，同样出于作者的匠心。已经发生的事情，可以从别人的口中谈出；尚未发生的事情，作者就只好用这种迷离的梦境和神秘的金陵十二钗册子来作一次总的暗示了。根据这就判定作者有虚无神仙思想，恐怕结论未免下得太快了。在话本和拟话本里面，在《聊斋志异》里面，都有许多精彩的短篇作品；但它们有一个共同的缺点，就是因果报应的思想表现得很普遍，而《聊斋志异》更喜欢描写信佛念经真有灵验。《红楼梦》却极少这一类的迷信。除了宝玉凤姐为魔法所害，好像真相信那种法术有效验而外，秦钟临死见鬼，那是游戏笔墨[①]；贾宝玉衔之而生的通灵宝玉，全书写它真有灵异不过一次[②]，那也是照应最初的虚构不得不有之笔。高鹗的续书就迷信闹鬼，层出不穷，在这方面也是和曹雪芹的原作不合的。

当然，也还可以这样追问一下。虽然文学艺术容许奇特的幻想，容许大胆的浪漫主义的手法，但我们今天来写小说，却无论如何是不会在故事中穿插那样一对神秘的僧道，也不会描写那样一个太虚幻境的。这个差别不就说明了曹雪芹并没有完全摆脱宗教和迷信吗？曹雪芹当然是和我们有差别的。他当然不能完全超越他的时代的限制。他不但没有现代的自然科学的知识，而且他虽然对他的阶级和封建社会怀抱不满，却不可能有也不可能看到真正的出路。热爱生活而又有梦幻之感，并不是真正相信宗教而

---

① 庚辰本十六回眉批："石头记一部中，皆是近情近理必有之事，必有之言。又如此等荒唐不经之谈，间亦有之，是作者故意游戏之笔，耶（聊）以破色取笑，非如别书认真说鬼话也。"

② 庚辰本二十五回眉批："通灵玉除邪，全部百回只此一见"。

又给小说中的人物以出家的结局，都是可以从这里得到解释的。

真实的人物往往比小说中的人物更为复杂。不承认曹雪芹的世界观中存在着矛盾①，那显然是错误的。从《红楼梦》里面表现出来的曹雪芹的思想已经够复杂了。但他的几个朋友的诗文所描写的他的某些性格，在《红楼梦》里面就还不能全部看到。《红楼梦》开头的那些自述和议论当然就更不能代表他的全部思想。那里面有一些他的重要的艺术见解。那里面说明了这部小说有褒有贬②，并且流露出来了牢骚不平之意。但那里面说这部作品"凡伦常所关之处皆是称功颂德、眷眷无穷"，说"毫不干涉时世"，说作者的动机是告罪天下，说梦幻等字是此书立意本旨，却都是靠不住的。总的看来，他所不满和反对的都是封建社会的不合理的黑暗的事物，他所肯定和赞扬的主要是对于封建统治阶级的叛逆和反抗，是被压迫和被埋没的有才能的妇女，是带有理想色彩的爱情和人对于自由幸福的生活的渴望。虽然他的头脑里也仍然带有一些封建思想和其他消极的思想，对于已经失去的繁华的贵族生活有时也流露出有些留恋；但《红楼梦》里面的积极的进步的内容却是压倒了这一切的。只有王国维那样一些自己原来有浓厚的悲观思想的人，才会把它局部的东西加以夸大，说它是旨在鼓吹"解脱"和"出世"。《红楼梦》对于很多具体事物的否定和肯定，都是出于作者的自觉的。不过在当时的历史条件之下，他不可能整个否定封建社会，整个否定封建统治阶级。在这点上《红楼梦》的客观效果就和作者的主观思想有了很大的差异和矛盾了。在有些人物和情节上，作者的主观认识和客观效果也是有距离的。对于贾政和王夫人，对薛宝钗和花袭人，甚至对于

---

① 《〈红楼梦〉问题讨论集》第四集，第128页就有这种意见。
② 开头就称赞了一些女子，后来又说书上有"指奸责佞，贬恶诛邪之语"。

王熙凤，曹雪芹的感情都和读者并不完全一致。许多文章都提到的黑山村庄头乌进孝向贾珍交纳租子那一段，作者的原意不过是要写出贾府已有些入不敷出罢了；但我们现在却从它可以看出贾府的豪华生活是建筑在对于农民的剥削上。这自然是作者未必意识到的。

十一

　　如果以上的说明符合实际的话，那么我们就可以说，《红楼梦》的内容主要就是这样，从《红楼梦》所表现出来的曹雪芹的思想也大致就是这样。这种内容和思想的性质是怎样的，它们的社会根源是什么，从《红楼梦》问题的讨论到现在，一直是不曾解决的有争论的问题。

　　先是李希凡同志提出了这样的解释："红楼梦正面人物形象所达到的思想高度，是与当时最进步的思想潮流相互辉映的"；当时最进步的思想潮流"一方面反映了民族斗争，一方面反映了工商业者反对封建压迫的要求"[1]。邓拓同志的说明就更加明确，更加强调了。他说，"《红楼梦》应该被认为是代表十八世纪上半期的中国未成熟的资本主义关系的市民文学的作品"，"曹雪芹就是属于贵族官僚家庭出身而受了新兴的市民思想影响的一个典型的人物"，"应该说他基本上是站在新兴的市民立场上来反封建的"[2]。邓拓同志的这种主张发表以后，李希凡同志说，"在大部分同志之间，对于这一问题才取得了比较一致的看法"[3]。不但

①　《〈红楼梦〉问题讨论集》第三集，第36页。
②　同上书，第4、19页。
③　《〈红楼梦〉问题讨论集》第四集，第154页。

他后来写的文章讲得更肯定了，而且的确有不少的作者都采取了这种说法。有些文章对于《聊斋志异》、《桃花扇》、《儒林外史》等作品也用这种"新兴的市民思想"来解释，而且其中有一篇竟至说《红楼梦》和它们"赋有资产阶级革命期的性质"①。

也有不少的人怀疑或反对这种解释。报刊上曾发表过一部分怀疑或反对的意见。但争论并没有充分地展开。这个问题涉及整个中国的历史，整个中国的思想史和文学史，还有待于这方面的专家们的研究和讨论。我这里所能作的也不过是提出一些怀疑的意见而已。

主张市民说的同志们的论点和看法并不完全相同。为了叙述的方便，我们在这里把不同的作者提出的一些有代表性的理由综合在一起来介绍和评论一下：

首先是有些作者强调清初的资本主义经济因素的萌芽的发展和代表这种萌芽的市民力量的强大。关于这个问题，史学界已经展开了讨论。读了许多辩论的文章，作为一个普通的读者，我觉得那种比较谨慎地承认这种新的经济因素的萌芽的存在、然而又反对加以不适当的夸大和附会的说法是更为符合实事求是的精神的。至于为了壮大当时的市民的声势，把东林党和三合会也说成是代表市民的组织，那恐怕并不恰当。

其次是把黄宗羲、顾炎武、王夫之、唐甄、颜元、戴震这样一些清代的著名的思想家都说成是"新兴的市民"的代表，想用这来证明当时这种性质的思想潮流的普遍，《红楼梦》等文学作品不能处于这种潮流之外。但是这些人的著作都还存留在人间，如果我们不满足于许多论文中的片言只语的摘引和勉强牵合的解释，而去直接阅读他们的原著，就不能不越读越怀疑起来。详细

① 《〈红楼梦〉问题讨论集》第四集，第82页。

说明这个问题并不是这篇论文的任务。但也不妨略为举几个例子来看看。

要从这些思想家的著作中找出比较明显的好像代表市民的语句是不容易的。所以许多文章都喜欢引用这样两句话：黄宗羲说过的"夫工固圣王之所欲来，商又使其愿出于途者，盖皆本也"，王夫之说过的"大贾富民，国之司命"。但我们查一查《明夷待访录》，就会发现黄宗羲所说的"盖皆本也"的工商业并非一般的工商，而不过是限制很严的极少的经营。所以他说"倡优有禁，酒食有禁，除布帛外皆有禁。今夫通都之市肆，十室而九，有为佛而货者，有为巫而货者，有为倡优而货者，有为奇技淫巧而货者，皆不切于民用，一概痛绝之，亦庶乎救弊之一端也。"我看当时的工商界是不会欢迎这样一个思想家作他们的代表的。我们再查一查《黄书》，又会发现王夫之所说的"国之司命"的"大贾富民"也并非一般的商贾，而是"移于衣冠"的"良贾"，而是"冠其乡"的"素封巨族"，而是"豪右之门"，用现在的话说，就是大地主和已经升到大地主之列的大商人。王夫之为什么说他们是"国之司命"呢，也并非因为他们负担了代表资本主义萌芽的光荣任务，而是据这位思想家说，穷苦的劳动人民有困难的时候，遭遇到旱灾水灾的时候，可以去向他们借高利贷。实在扫兴得很，这位著名的思想家说这句话的用意不过如此。黄宗羲和王夫之的这两句话，是被称为可以从它们看出新兴的市民阶级要求的"鲜明的标帜"的[①]，原来并不鲜明。

说这些思想家代表"新兴的市民"的理由当然还有。比如，说黄宗羲的《原君》一篇"就渗透着近代启蒙思想的色彩"，"虽

① 《〈红楼梦〉问题讨论集》第四集，第119页。

然还披着古代贤王理想的外衣，而内里却有着完全崭新的内容"①。像这种出现在封建末期的攻击封建帝王的民主思想，或许也可以说是有新的内容的。但这种新的内容到底是反映了当时广大人民的抗议，还是专门地单独地代表市民，也还可以研究，因此，说它"完全崭新"恐怕也就割断了以前的有民主因素的思想的传统。远在先秦，不但孟轲说过"闻诛一夫纣矣，未闻弑君也"，"民为贵，社稷次之，君为轻"这样一些人所共知的名言，而且《吕氏春秋》上也有这样的话："天下非一人之天下也，天下之天下也。"汉朝人撰的《韩诗外传》有一个故事："齐桓公问于管仲曰：'王者何贵？'曰：'贵天。'桓公仰而视天。管仲曰：'所谓天，非苍莽之天也。王者以百姓为天。百姓与之则安，辅之则强，非之则危，倍之则亡。'"汉朝的董仲舒说："且天之生民非为王也，而天立王以为民也。"② 这都是我国古代的一些可宝贵的思想。而且这种思想传统是并未断绝的。南宋末年的邓牧就曾经写过一篇《君道》。他说"天生民而立之君，非为君也"。他说"彼所谓君者"，"状貌咸与人同，则夫人固可为也"。他又说，"天下何常之有！败则盗贼，成则帝王。"这都是一些很大胆的见解。黄宗羲的《原君》应该说是这些思想的继承和发展，和邓牧的《君道》中的思想尤其接近；戴震的《孟子字义疏证》里面所说的"理"，也被看作"有着'近代'的议题"，"已经有了非常鲜明的新内容，即人与人的平等关系"③。根据是他有这样一段话：

　　　　理也者，情之不爽失也。未有情不得而理得者也。凡有

①　《〈红楼梦〉问题讨论集》第四集，第118页。
②　以上引文见《吕氏春秋·贵公》，《韩诗外传》卷四，《春秋繁露》："尧舜不擅移汤武不专杀。"
③　《〈红楼梦〉问题讨论集》第四集，第166页。

所施于人，反躬而静思之：人以此施于我，能受之乎？凡有
所责于人，反躬而静思之：人以此责于我，能尽之乎？以我
絜之人则理明。天理云者，言乎自然之分理也。自然之分
理，以我之情絜人之情，而无不得其平是也。

很容易看出，这段话的主要意思是从孔丘的"己所不欲，勿施于
人"来的，并不是近代的平等观念。近代的平等观念应该包括政
治地位的平等，社会地位的平等，而不是这种古已有之的"将心
比心"的思想①。还有几句被许多论文和著作反复地引来引去的
话，那就是王夫之"终不离人而别有天，终不离欲而别有理"，
"随处见人欲，即随处见天理"，曾被有些作者称为"彻头彻尾的
人性解放论"②，"中等阶级反对派的先进思想家"的"人文主义
思想"③。这几句话也是需要查对一下原书的。如果我们查一查
王夫之的《读四书大全说》卷八，就会发现这些话原来和《孟
子》上面的一段话很有关系。孟轲劝齐宣王行王政，齐宣王说：
"寡人有疾，寡人好货。"孟子说：好货不要紧，只要让百姓也富
足，一样也可以王天下。齐宣王又说："寡人有疾，寡人好色。"
孟子说：好色不要紧，只要让百姓也婚姻及时，一样可以王天
下。王夫之的议论就是对这段话和朱熹以及辅广的注释而发的。
所以他说：

于好货好色与百姓同之上体认出克己复礼之端，朱子于
此指示学者入处甚为深切著明。

下面他批评《四书大全》上所录的辅广对于朱熹的话的解释，说
不能把克己和复礼分先后，于是就发挥起他的"终不离人而别有

---

① 参看恩格斯《反杜林论》第一编第十节关于"平等"的说明。
② 《〈红楼梦〉问题讨论集》第四集，第55页。
③ 尚钺《中国资本主义关系发生及演变的初步研究》，第303、204页。

天，终不离欲而别有理"这样一些道理来了。最后他说：

> 孟子承孔子之学，随处见人欲，即随处见天理。学者循
> 此以求之，所谓不远之复者，又岂远哉？不然，则非以纯阴
> 之静为无极之妙，则以夬之厉、大壮之往为见心之功，仁义
> 充塞，而无父无君之言盈天下，悲夫！

读者也许会奇怪，这位被称为市民的代表的思想家怎么居然对朱
熹大为称赞呢？所以我们也有必要查一查朱熹的《孟子集注》。
原来朱熹的注文是这样的：

> 愚谓此篇自首章至此，大意皆同。盖钟鼓苑囿游观
> 之乐，与夫好勇好货好色之心，皆天理之所有，而人情之
> 所不能无者。然天理人欲，同行异情。循理而公于天下者，
> 圣人之所以尽其性也。纵欲而私于一己者，众人之所以灭
> 其天也。二者之间，不能以发，而其是非得失之归相去远
> 矣。故孟子因时君之问而剖析于几微之际，皆所以遏人欲
> 而存天理，其法似疏而实密，其事似易而实难。学者以
> 身体之，则有以识其非曲学阿世之言，而知所以克己复礼之
> 端矣。

在这段注文中，朱熹的有些话和王夫之的意见差不多，所以"甚
为深切著明"的评语就被加上了。当然，应该说句公道话，王夫
之和朱熹是有区别的。就是在这段话中，朱熹虽然承认了"钟鼓
苑囿游观之乐，与夫好勇好货好色之心，皆天理之所有，而人
情之所不能无"，但后来还是提出了"遏人欲而存天理"。但把孟
轲和王夫之比较又怎样呢？王夫之的这些话虽然说得更概括，更
理论化一些，孟轲对于钟鼓苑囿游观之乐和好勇好货好色之心
一概承认其有合理的因素，不也同样是适当地肯定了人欲吗？
可见适当地肯定人欲未必一定是"新兴的市民"才有的思想。还
有一位同志引了这样一段话，把它作为黄宗羲主张个性解放的

证据①：

> 人心本无所谓天理，天理正从人欲中见。人欲恰好处即
> 天理也。向无人欲，则亦无天理之可言矣。

但我们查一查《南雷文案》卷八的《陈乾初先生墓志铭》，原来
这根本不是黄宗羲的，而是陈确的话，怎么能够引来证明黄宗羲
主张个性解放呢？陈确是黄宗羲的朋友。黄宗羲既然在他的墓志
铭中特别引出这段话，也许总会是赞成的吧？但就在这篇墓志铭
中，黄宗羲就说："其于圣学，已见头脑。故深中诸儒之病者有
之；或主张太过，不善会诸儒之意者亦有之。"② 原来他还是有
保留的。我们再查一查《南雷文案》卷三《与陈乾初论学书》，
就更会大吃一惊，原来黄宗羲对陈确的这段话曾经大反对而特
反对：

> 老兄云："周子无欲之教，不禅而禅。吾儒只言寡欲耳。
> 人心本无所谓天理，天理正从人欲中见。人欲恰好处即天理
> 也。向无人欲则亦无天理之可言矣。"老兄此言，从先师
> "道心即人心之本心，义理之性即气质之本性"，"离气质无
> 所谓性"而来③。然以之言气质言人心则可，以之言人欲则
> 不可。气质人心是浑然流行之体，公共之物也；人欲是落在
> 方所，一人之私也。天理人欲正是相反。此盈则彼绌，彼盈

---

① 《〈红楼梦〉问题讨论集》第四集，第119—120页。这位作者注明是"引
文"，但在引文前却又这样写道："黄黎洲也同样说过。"

② 黄宗羲晚年编定的《南雷文定》后集卷三中仍有这几句话。只有在更晚的
《南雷文约》中却删去了，改为"乾初论学，虽不合诸儒，顾未尝背师门之旨，先师
亦谓之疑团而已"。这样，对他的死友好像没有什么批评了。但仅称之为"疑团"，
仍然并不是完全肯定陈确的意见。

③ 先师指刘宗周。这里所引的刘宗周的话见《明儒学案》卷六十三《蕺山学
案》中的《语录》。

则此绌。故寡之又寡，至于无欲，而后纯乎天理。若人心气质，恶可言寡耶？"枨也欲，焉得刚"，子言之谓何？"无欲故静"，孔安国注《论语》"仁者静"句，不自濂溪始也。以此而禅濂溪，濂溪不受也。必从人欲恰好处求天理，则终身扰扰，不出世情，所见为天理者，恐是人欲之改头换面耳。

这篇论学书题下注明"丙辰"，即1676年，黄宗羲已67岁。《陈乾初先生墓志铭》未注明是哪一年写的。但陈确死于丁巳，即1677年，作墓志铭当不会隔得太久。难道黄宗羲原来这样坚决地反对这种所谓市民思想，等到他的朋友一死，忽然又变成了所谓市民思想家吗？恐怕还是陈确的这一类的话未必是"在本质上反映着新兴的市民阶级强大的要求"吧。清初有些思想家对于人欲的适当肯定，是对于程朱学派的否定人欲的反动。这应该是反映了长期受到封建礼教压迫的人民的抗议，而不像是仅仅代表了所谓新兴市民的要求。

我想不必再多举例子了。这已经很可以说明我们有些同志的论点的根据是一点也经不起查对原书的。把清代的王夫之、黄宗羲、唐甄、戴震等人称为代表"萌芽状态中的市民政治思想的主要人物"[①]，把王夫之、黄宗羲、顾炎武、颜元等人的思想倾向说为"接近于代表城市中等阶级的反对派"或"接近于代表城市平民反对派"[②]，本来是有些研究中国历史和中国思想史的同志的主张，并不是讨论《红楼梦》问题时的新发现。这些同志的著作提出了许多材料，并且试图用马克思主义的观点来解释许多历史现象，我们研究《红楼梦》的人是可以参考的。但由于这些问

---

① 吕振羽《中国政治思想史》，第583页。
② 侯外庐《中国早期启蒙思想史》，第35、36、146、241等页。

题还大有讨论之余地，我们应该抱有独立的研究态度，不宜把他们的看法和材料不加考察就盲目相信和照样抄引。清代这些思想家的思想的性质，产生的原因，以及他们的共同之处和差异，都是涉及许多复杂的问题的。详细说明这些问题不但不是这篇论文的任务，而且也不是我的能力所能胜任。还是希望治中国历史和中国思想史的同志们用实事求是的态度多作一些研究和讨论吧。我在这里不过是提出我的怀疑：我觉得断定这些思想家代表"新兴的市民"的理由并没有足够的说服力，而且完全经不起认真的考察。马克思主义的结论应该建立在大量的可靠的材料的基础上，而且对于这些材料的研究和说明必须采取严格的实事求是的态度。孤立地或者片面地摘出一些话来，而且加以牵强的解释，我看是不能解决问题的。对于清代的这些著名的思想家，我决无菲薄之意。虽然他们的思想和成就是有差别的，而且其中有些人差别很大，但大体上说来，都是一些当时的杰出的人物。黄宗羲、顾炎武和王夫之不但在思想上学术上各有各的独特的贡献，而且他们那种坚持民族气节、至死不屈的精神也令人敬佩。黄宗羲、顾炎武和唐甄的思想中的民主成分更比较显著。应该说在不同的方面，不同的程度上，他们的思想和学说的某些部分是反映了当时的人民的要求。我们也不能把当时的市民排除在人民的范围之外。我所怀疑的不过是现在有些同志把他们思想中的许多好的部分都一概归结为代表"新兴的市民阶级"，而且对他们思想中的封建性的一方面却避而不谈，这实在和他们的著作所客观呈现出来的他们的思想面貌不符合而已。在这些思想家中，或许王夫之的政治思想是封建性最浓厚的。如果说他反对农民起义那还是当时一般封建地主阶级的知识分子所共有的限制，他那样强调"君臣之义"，反复说"君臣者，彝伦之大者也"，"君臣之义，生于性者也，性不随物以迁，君一而已，犹父不可有二也"，甚至认为"非是则不能以终日"①，却就比黄宗羲在《原君》中表现出的政治思想落后多了。他还强调"辨男女内外之别"，说"妇人之道，柔道也"，"天地之经，治乱之理，人道之别于禽兽者在此也"②。他对封建等级制的拥护尤为狂热。他为封建社会里"士之子恒为士，农之子恒为农"，"倡优隶卒之子弟"不准参加科举辩护，甚至说草野市井之中没有"令人"③。他说南北朝重门阀为"三代之遗"，"天叙天秩之所显"④。封建科举制度是那样腐败，他却认为它可以"别君子野人"⑤。他甚至诋毁庶民为禽兽⑥。他反复强调"民可使由之，不可使知之"，认为"后世庶人之议，大乱之所归也"⑦。他说："天下之大防二：夷狄华夏也，君子小人也。"⑧ 关于"君子小人"之"大防"他作了这样的说明：

> 君子之与小人，所生异种。异种者，其质异也。质异而习异，习异而所知所行蔑不异焉。乃于其中自有其巧拙焉。特所产殊类，所尚殊方，而不可乱。乱则人理悖，贫弱之民亦受其吞噬而憔悴。防之于滥，所以存人理而裕人之生，因乎天也。呜呼，小人之乱君子，无殊于夷狄之乱华夏；或且玩焉，而孰知其害之烈也！小人之巧拙自以类分。拙者安拙

---

① 《读通鉴论》卷二十七、卷二十、卷五。
② 《读通鉴论》卷五。
③ 同上书，卷十。
④ 同上书，卷十五。
⑤ 同上书，卷二十三。
⑥ 《俟解》："小人之为禽兽，人得而诛之。庶民之为禽兽，不但不可胜诛，且无能知其为恶者。不但不如其为恶，且乐得而称之，相与崇尚而不敢逾越。学者但取十姓百家之言行而勘之，其异于禽兽者百不得一也。""庶民者，流俗也。流俗者，禽兽也。"
⑦ 《读通鉴论》卷七、卷十。
⑧ 同上书，卷十四。"夷狄华夏"四字原缺，据下文补。

而以自困，巧者炫巧而以贼人。拙者，农圃也，自困而害未及人者也。然夫子未尝轻以小人斥人，而指斥樊迟，恶之甚，辨之严也。汉等力田于孝弟以取士，而礼教凌迟。故曰，三代以下无盛治。夫以农圃乱君子，而弊且如此，况商贾乎？商贾者，于小人之类为巧，而蔑人之性，贼人之生为已亟者也。乃其气恒与夷狄而相取，其质恒与夷狄而相得，故夷狄兴而商贾贵。

王夫之所强调的这两个"大防"是他的最根本的政治思想。强调"夷狄华夏"之"大防"是反对满民族的压迫和统治，客观上不无积极的作用，但这种思想的性质仍然是封建的。至于强调"君子小人"之"大防"那就更彻头彻尾是反动的封建思想了。特别值得注意的是他对商贾的态度。他盛赞刘邦"不令贾人衣丝乘车，重租税以困辱之"，称他为"知政本"①。他说，"农人力而耕之，贾人诡而获之，以役农人而骄士大夫，坏风俗，伤贫弱，莫此甚焉"，所以主张"重其役""以抑末而崇本"②。他反对"盐之听民自煮，茶之听民自采"③。他说，"割盐利以归民"，"所利者豪民大贾而已；未闻割利以授之豪民大贾而可云仁义也"④。对这样大量存在的材料置之不理，或者加以隐蔽，反而断定王夫之为代表"新兴的市民"的思想家，实在不能不使人觉得十分奇怪了。

清代这些思想家是否代表市民，这是我们研究清初和稍后的文学应该考察的一个方面，但他们的学说的性质和《红楼梦》的思想内容的性质并不一定一致。如果小说本身真是明显地反映了

---

① 《读通鉴论》卷二。
② 同上书，卷三。
③ 同上书，卷二。
④ 同上书，卷九。

当时的市民的观点和要求，我们不能以这些思想家并不代表市民来否定；反过来，如果小说本身没有这样的内容，这些思想家就是代表市民也不能用来证明这部小说是市民文学。因此，最重要的还是要去分析作品。主张市民说的作者们在这方面也是提出了一些理由的。有的说，贾宝玉和甄宝玉"本是一人，终于分化成为两人，且是相反的两人，就表明着当时社会正是处于一个分化的过程：旧的人物在衰落着、死亡着，新的人物在诞生着、发育着。这表明着一个新兴的阶级即市民阶级正在抬头和说明着当时的社会正在发生着急剧的变化"①。有的说，《红楼梦》里面说过"除了'明明德'外就无书了"，在曹雪芹，这"明德"正是"个性的天真"。他主张"明明德"就是主张个性解放②。还有人把《红楼梦》、《儒林外史》和《聊斋志异》的反对科举也算成"作为新兴的市民社会力量之反映的近代民主思想的主要内容"之一③。为了节省篇幅，这些显然是牵强附会、甚至可以说只能作为谈笑资料的说法我们就不一一评论了。比较值得考虑的是这样几个理由：说曹雪芹有平等的思想，有个性解放的思想，有以思想一致为爱情的基础的新的进步的婚姻观。如我们在前面所说明的，曹雪芹以一种敢于向封建秩序挑战的大胆的精神写出了他所见到的封建社会的男女不平等，写出了许多聪明的有才能的女子都受到埋没和摧残。从这种现实主义的描写和揭露，我们是可以引申出男女应该平等的结论来的。对于封建等级制他也和王夫之的态度不同。他虽然不曾明白反对，但也并不积极拥护。他把从贵族家庭出身的女子列入金陵十二钗正册，把作妾作丫头的女子

---

①　《〈红楼梦〉问题讨论集》第三集，第118页。
②　《〈红楼梦〉问题讨论集》第四集，第60页。
③　同上书，第82页。

列入金陵十二钗副册或又副册，说明他并没有完全摆脱了封建等级观念，但他对许多社会地位低下的女子却给予了同情和赞扬。不过我们知道，平等这一概念是有不同的内容的。恩格斯在《反杜林论》中说明过："一切人，作为人来说，相互之间都有一些共同之点，在这共同点所涉及的范围内，他们是平等的——这样的观念自然是自古已有的。"市民阶级所提出的近代的平等要求却是商品生产的反映，却是"为着工业和商业的利益"，因而它所要求的是政治上和法律上的平等。《红楼梦》里面所包含的一定程度的平等思想更接近前者而不像是后者。封建社会的男女不平等是长期地普遍地存在的事实。观察锐敏的有人道主义精神的现实主义的作家是可以从生活中直接发现这种残酷的真实，而且加以描写的。所以唐代的诗人白居易就有这样的诗句："人生莫作妇人身，百年苦乐由他人"。而封建社会的不少传说、戏曲和小说更常常把其中的女子描写得比男子出色。尊重个性的思想也有和这相似之处。封建主义对于个性的束缚也是长期地普遍地存在的事实。对于这种束缚的不满和反对是可以很早就发生的，不一定要以资本主义萌芽的存在和发展为前提。远在三国时的嵇康，就是一个"为礼法之士所绳，疾之如仇"的人物。他不喜酬答，不喜吊丧，也不耐烦"官事鞅掌"，"裹以章服，揖拜上官"[1]。这和《红楼梦》里面所描写的贾宝玉，"懒与士大夫诸男人接谈，又最厌峨冠礼服，贺吊往还等事"，叫"读书上进的人"为"禄蠹"，是很相似的。曹雪芹还不敢把贾宝玉写成非难孔丘和四书。而嵇康却公然"非汤武而薄周孔"[2]，公然说"不学未

---

[1] 《与山巨源绝交书》。
[2] 同上。

必为长夜，六经未必为太阳"①：

> 六经以抑引为主，人性以从纵为欢。抑引则违其愿，纵
> 欲则得自然。然则自然之得，不由抑引之六经；全性之本，
> 不须犯情之礼律。固知仁义务于理伪，非养真之要求；廉让
> 生于争夺，非自然之所出也。②

可惜的是嵇康生得太早了，他生在三世纪。如果他生在明末清初，岂不也就很可能被我们今天的某些作者给他加上代表"新兴的市民"的主张个性解放的思想家或文学家的头衔吗？至于以思想一致为爱情的基础，而且是以一种进步的思想为基础，我们在前面也说明过，这的确是一种至今仍然适用的恋爱原则。但这种恋爱观和婚姻观是否只有市民阶级才能提出，也是很可怀疑的。恋爱和婚姻既然不只是在市民中间才有的生活现象，关于它们的理想也就不一定要市民才可以提出。

我们在讨论清代的几位思想家和《红楼梦》的思想的性质的时候，常常提到它们的某些内容都有过去的传统。这并不是说，新兴的阶级的思想就不要继承或利用过去的传统；更不是说，从过去找得到和它们相类似的思想就可以证明它们不是新兴的东西。问题的关键是在这里：新兴的阶级的思想除了这种和过去的传统的继承关系或相类似而外，还必须有质的差异，还必须有它那个阶级特有的色彩。而我们从清代的几位思想家和《红楼梦》的思想中都找不到这种质的差异，这种特有的色彩。

确定曹雪芹基本上是站在"新兴的市民"的立场上，而又说他"找不到出路"③，这本身好像就是矛盾的。既然是"新兴

---

① 《难自然好学论》。
② 同上。
③ 《〈红楼梦〉问题讨论集》第三集，第22页。

的", 为什么又没有"出路"呢?说是当时的资本主义关系还未成熟; 还未成熟, 不正是很有希望, 很有发展前途吗?曹雪芹从封建地主阶级看不见希望, 从别的阶级也没有看到什么出路。《红楼梦》里面没有出现代表资本主义萌芽的"新兴的市民", 但商人却是写到了的。贾芸的舅舅就是一个开香料铺的商人。他把这个商人写得很刻薄, 而且给他取个名字, 叫做"卜世仁"。"卜世仁"很可能就是"不是人"的谐音①。他还写到了两家不是一般商人的皇商。一是薛家。薛家开有当铺。史湘云林黛玉不认得当票, 薛姨妈给她们说明了缘故。她们笑道:"原来如此。人也太会想钱了。"这是作者对于高利贷的态度。薛蟠想跟伙计出去做买卖, 薛姨妈不放心他去。薛宝钗劝她同意, 并且把做买卖叫做"正事"。这倒有些和"工商""皆本"的说法相似。但可惜主张市民说的同志们也并不把薛宝钗看作正面人物, 看作"新兴的市民"的代表。还有一家是夏家。夏金桂却写得那样不堪。可见作者和吴敬梓一样, 是有他的阶级偏见的。他们都很讨厌这一类的"大贾富民"。

十二

在市民说之外, 还有一种对于《红楼梦》的思想性质的解释。为了叙述的方便, 不妨把它简称为农民说。在许多问题上它都是和市民说针锋相对的。

市民说认为: 十八世纪上半期的中国封建社会"不同于以前的任何时期", 因为"在封建经济内部生长着新的生产力和生产

---

① 庚辰本第二十四回关于"卜世仁"的批语:"既云不是人, 如何肯共事。想芸哥此来空了。"

关系的萌芽，代表着资本主义关系萌芽状态的新兴的市民社会力量有了发展"①。农民说认为："《红楼梦》所反映的社会，按其实质说来，还是封建制度子夜时期的社会，当时根本矛盾和根本问题只能是封建地主阶级和农民之间的矛盾"，"其中的进步的、革命的、人民的方面，只能是农民以及以农民为首的劳动人民"②。

市民说认为："从对于社会矛盾的深刻的揭露上，从对于反面人物的无情的批判上，从对正面人物的新的思想、新的性格及其对他们的热烈的歌颂上，都可以看出《红楼梦》的人民性是以带有前资本主义时期的性质和色彩的近代民主思想为内容的"③。农民说认为："就产生在这个时期中的文学作品的人民性而论，如果不是从农民以及以农民为首的劳动人民的革命的发动、革命的思想感情和愿望以及他们对于封建制度的憎恨、仇恨吸取源泉，那它就根本没有任何人民性可言"④。

市民说认为："《红楼梦》反映了反对科举、反对礼教、反对等级、主张男女平等、主张婚姻自由和要求个性解放等进步思想"，"这些思想正是作为新兴的市民社会力量之反映的近代民主思想的主要内容，在以前的中国古典现实主义文学作品中，这些思想是薄弱的，或者没有的"⑤。农民说认为："争取个性解放、婚姻自由的民主自由思想"，"在封建社会内，这也是农民以及以农民为首的劳动人民的思想。农民以及以农民为首的劳动人民的

---

① 《〈红楼梦〉问题讨论集》第三集，第2页。
② 《人民日报》1954年11月29日第三版《对〈红楼梦〉研究问题的意见》。
③ 《〈红楼梦〉问题讨论集》第四集，第94页。这篇文章主要赞成市民说，但同时又说《红楼梦》也反映了农民和封建统治阶级之间的矛盾，和农民说并非完全对立。这里只是借用它的一些话来代表这一类的意见。以下有些引文也是这样。
④ 《人民日报》1954年11月29日第三版《对〈红楼梦〉研究问题的意见》。
⑤ 《〈红楼梦〉问题讨论集》第四集，第82页。

这种思想，一直是比资产阶级的这种思想要坚强得多，并且早就在许多文学作品和民间故事里提出来了"①。

市民说认为："正因为曹雪芹是站在新兴的市民阶级方面，并以先进的民主思想为指南认识现实、反映现实的，所以他能够无比深刻地揭露当时社会的各种矛盾"②。农民说认为：正是酝酿着起义的农民群众的革命情绪，"构成了曹雪芹深广的社会批判的主要动力"③。

市民说认为：《红楼梦》的"虚无主义和宿命论的色彩"是反映了"新兴市民社会力量的脆弱性和它的历史命运"④。农民说认为：这是反映了"农民的反抗"和"失败"⑤。

我们说市民说是可怀疑的。那么农民说又怎样呢？

从我们所作的这些摘引就可以看出，农民说同样有许多牵强不妥之处。

没有问题，曹雪芹当时的社会的主要矛盾仍然是封建地主阶级和农民的矛盾。但为什么要把封建社会的人民的范围划得那样狭窄，好像只有农民以及以农民为首的劳动人民才是人民呢？为什么要把封建社会的文学作品的人民性也解释得那样狭窄，只能从农民以及以农民为首的劳动人民的"革命的发动、革命的思想感情和愿望以及他们对于封建制度的憎恨、仇恨"去吸取呢？而且说构成曹雪芹的创作的主要动力的还不是一般的农民的思想感情，而是正在酝酿着起义的农民群众的革命情绪，这又有什么

---

① 《人民日报》1954 年 11 月 29 日第三版《对〈红楼梦〉研究问题的意见》。
② 《〈红楼梦〉问题讨论集》第四集，第 84 页。
③ 《〈红楼梦〉问题讨论集》第三集，第 143—144 页。
④ 同上书，第 22 页。
⑤ 同上书，第 144 页。

根据？

　　同样没有问题，从《红楼梦》里面是可以看到曹雪芹对于农民的同情和好感的。秦可卿出殡的时候，贾宝玉路过一个村庄。农民常用的锹镢锄犁等物他都不认识。人家对他说明以后，他点头叹道："怪道古人诗上说，'谁知盘中餐，粒粒皆辛苦'，正为此也。"作者把刘姥姥写得健康而又忠厚。按照作者的计划，贾府衰败以后，她还要成为援救巧姐的恩人。这都可以看出曹雪芹对于农民的态度。但《红楼梦》的主要内容并不在这些地方。我们在前面分析过的那些内容，都很难用什么正在酝酿着起义的农民群众的革命情绪来解释。就是对于刘姥姥，一方面是同情，另一方面也带着嘲笑。这仍然流露出来了他的阶级偏见。对于农民的反抗，他在第一回更这样写道："偏值近年水旱不收，鼠盗蜂起，无非抢田夺地，鼠窃狗偷，民不安生。"第七十九回的《姽婳词》也是称起义的农民为"流寇"为"贼"，而且歌颂了因为镇压农民而战死的恒王和他的姬妾。难道这样的话这样的诗也可以看作是正在酝酿着起义的农民群众的革命情绪的表现吗？

　　很显然，这样的农民说是既不能解释我国封建社会的文学的历史，也不能解释《红楼梦》的。

　　主张农民说的人还有这样一个根据：

　　　　俄罗斯革命民主主义艺术家车尔尼雪夫斯基认为，"只有这种文学的倾向才能达到辉煌的荣誉，它是在有威力和重要的思想的影响下产生的，并且符合时代的迫切需要。""所有现代欧洲文学引以为荣的作家们，无例外地都是被那成为我们时代动力的一种精神所激动着的。……反之，这些天才家，如其他们的作品里没有浸染着这种精神的话，那不是依然默默无闻，便是博得了一种决不令人欢喜的名声，因为他们并没有作出一部配享盛名的作品。"① 那么，曹雪芹在其无情地批判本阶级罪恶的时候，已经通过自己头脑的"折光"，不自觉地或不完全自觉地被那成为"时代动力的一种精神"，无疑地也就是正在酝酿着起义的农民阶级的革命精神所浸染着，激动着。他在写《红楼梦》时已经没落到"贫穷难耐凄凉"，也就可能接近人民生活，从而获得革命精神的影响（具体过程还有待于进一步的探究）。既然曹雪芹无保留地揭露了地主阶级的罪恶，宣告了它的死刑，也就必然意味着，他是由下而上，从被剥削阶级，从身受其害者的角度来观察他们，否定他们的。正是农民群众的革命情绪，构成了曹雪芹深广的社会批判的主要动力②。

这里所引的车尔尼雪夫斯基的话见于《俄国文学果戈理时期概观》。对于译文的引用，我们有时候也是需要查对原书的。要比较完全地看出这段话的意思的译文应该是这样：

　　只有那些在强大而蓬勃的思想底影响之下，只有能够满足时代底迫切要求的文学倾向，才能得到灿烂的发展。每一个时代都有它的历史的事业，都有它的特殊的追求。我们这时代的生活和光荣是由这两种彼此紧紧相连而又互相补充的追求构成的：人道精神和关于改善人类生活的关心。……凡是新的欧洲文学所赖以自豪的一切人——大家都受到这种推动我们时代的生活底追求所鼓舞，毫无例外。贝朗日、乔治·桑、海涅、狄更斯、萨克莱的作品，它们也是受到人道主义和改善人的命运的思想底启示。而那些在生活中没有贯

---

　　① 引用者原注："转引自谢尔宾纳著、曹庸译：《车尔尼雪夫斯基美学的主要特点》。"着重点为引用者所加。

　　② 《〈红楼梦〉问题讨论集》第三集，第143—144页。着重点为原文所有。

穿着这些追求的有才能的人，他们或者默默无闻，或者得到的完全不是有利的名声，因此就创造不出什么值得称颂的光荣。[①]

读者们不要嘲笑和奇怪："你怎么在论文里做起翻译的校正来了？难道你这篇论文还不够冗长吗？"我们在这里碰到的是一种很重要的现象，一个很典型的例子。这是值得花一点篇幅来评论一下的。我们在许多论文里面常常见到这样一种情形：它们的作者不是认真地去分析问题本身，不是对问题的各个方面去作必要的考察，这样来寻求问题的解决，却是引用了一些名人的话，就以之为根据、为前提来得出结论。这些被引用的话好像是最高法院的判决书，是不能上诉的。我们当然不能绝对地完全地否定引用前人的话。世界上从古至今的事情和问题是那样众多，我们不可能每一项都自己去从头研究一遍。而且马克思主义的经典作家们的著作都是以大量的材料为基础、经过了深思熟虑的科学的研究的结果。很多问题他们都已经解决。不充分地重视和利用他们的正确的结论就是不要理论的指导。然而这种以引用名人的话来代替自己的思考和研究的风气无论如何是很坏的。第一，世界上从古至今的名人很多，他们的话未必句句都正确。第二，即使他们的话是正确的，也未必和我们所碰到的问题完全适合。自然和社会都不断地在提供着新的问题，他们不可能预先知道今天的一切问题，给我们都准备好了答案。第三，即使他们的话是正确的，如果我们习惯于盲目引用，不肯多加思考，还有一种可能，就是我们的理解未必对。我们这里的例子就接近于第三种情况。车尔尼雪夫斯基所说的他那个时代的"追求"或"精神"本来是很广泛的，那就是明白地重复地说了的"人道主义和改善人的命运的思

---

① 辛未艾译《车尔尼雪夫斯基论文学》上卷，第548—549页。

想"。这种广泛的精神或思想其实曹雪芹也是有的。然而我们的引用者却好像不满足于这种说法，不知是有意还是无意，竟至把点明这个主要思想的句子删节去了①，硬在译文的"动力"二字上做文章，于是就得出正在酝酿着起义的农民群众的革命情绪构成了曹雪芹深广的社会批判的主要动力这种奇异的结论来了。尽管这种渺茫的说法在曹雪芹的传记材料和《红楼梦》里面都一点也找不到证明，也不要紧，因为这是根据车尔尼雪夫斯基的话！

读者们会说，"对，这是教条主义。"不但这样地运用车尔尼雪夫斯基的话是教条主义，而且用农民说来解释《红楼梦》，本身就是一种教条主义的表现。这些作者大概都记熟了"封建社会的主要矛盾是农民阶级与地主阶级的矛盾"，"在中国封建社会里，只有这种农民的阶级斗争、农民的起义和农民的战争才是历史发展的真正动力"这样一些结论。这些结论是用马克思主义的观点来研究中国的历史的结果，当然是正确的。但这是就整个封建社会和它的历史来说。至于封建社会的文学家和文学作品，那却是情况非常复杂的，差异很大的，怎么能够都用这样的结论来解释呢？曹雪芹从封建官僚家庭出身，就是他破落以后，也还是和封建地主阶级的知识分子往来最多。他住在北京西郊。他当然可能和郊区的农民接触，但那也不会很多很深入。所以《红楼梦》里描写的主要还是他最熟悉的生活和人物，而关于农民和农民生活的描写却非常少。这样一个作家，他从哪里去接受正在酝酿着起义的农民阶级的革命精神革命情绪的影响呢？这样一部作

---

① 引用者所根据的译文就略去了"我们这时代的生活和光荣是由这两种彼此紧紧相连而又互相补充的追求构成的：人道精神和关于改善人类生活的关心"这样一句话，但"贝朗日、乔治·桑、海涅、狄更斯、萨克莱的作品，它们也是受到人道主义和改善人的命运的思想的启示"这句话却是有的（只是文字上略有出入），不知为什么引用者也把它删去了。

品，又从哪里可以看出它反映了这种革命精神革命情绪呢？

用市民说来解释清初的思想家和《红楼梦》，其实也是一种教条主义的表现。这是搬运关于欧洲的历史的某些结论来解释中国的思想史和文学史。这些作者把清初看作欧洲的文艺复兴时期，因而对清初和稍后的许多著名的思想家和文学家都加以“新兴的市民”的代表的头衔。“中等阶级反对派”和“平民反对派”，这是恩格斯在《德国农民战争》中对于当时德国的不同的市民集团的分析，现在也被用在清初和稍后的某些思想家身上了。其实中国的历史和欧洲的历史，中国的思想史文学史和欧洲的思想史文学史，是有很多具体的差异的。中国封建社会里没有欧洲中世纪那种市民当权的城市。中国历史上也找不出和文艺复兴相当的那样一个历史时期。如果不是牵强附会地而是客观地去观察清初和稍后的思想和文学的状况，很容易看出它们和欧洲文艺复兴时期的思想和文学的面貌实在大不相同。为什么清代那些杰出的思想家的思想，只能以资本主义萌芽和“新兴的市民”为它们的社会基础呢？难道从中国封建社会发展到它的末期、它的各种矛盾日益尖锐化这一总的原因以及明王朝的崩溃和灭亡、满民族的入侵和压迫、宋明理学及其流弊所引起的不满和反对等具体的原因，就不可以得到解释吗？这些思想家的思想，有的表现为强调“夷狄华夏之大防”或“保天下者，匹夫之贱与有责焉”；有的表现为针对封建统治，特别是针对明朝的统治的各种积弊和问题，提出了一些积极的带有民主性的政治主张或仅仅是企图加以补救的改良的办法；有的表现为对宋明理学整个的否定或部分的修正，或仅仅是提出了对它们的流弊的反对和批评——我看都是和这些原因很有关系的。所以我说，在不同的方面，不同的程度上，他们的思想和学说的某些部分是反映了当时的人民的要求，然而又不能简单地把它们归结为只是代表市民，尤其不能归结为只是代表所谓"新兴的市民"。清代出现了《儒林外史》、《红楼梦》这样一些小说，也未始不可以从这里去得到解释：中国封建社会发展到它的末期，它的黑暗和腐败日益显露，必然要激起广大的人民以及一部分从封建统治阶级内部分化出来的知识分子的不满和反对，而长期存在的民主性的思想传统和现实主义的文学传统，包括最初是从市民社会生长起来的白话小说的传统，也必然要在这样社会条件下发展，而且这种发展必然要在文学上得到新的杰出的表现。这样的解释虽然是很粗略的，虽然还并不是深入的研究的结果而仅仅是凭我们现有的一般的知识提出来的，也比简单的直接的市民说更为合理，更为符合这些作品的客观面貌。

用农民说或市民说来解释《红楼梦》的同志们，总的理由其实不外乎是这样一个：它对封建地主阶级和许多封建制度都作了深刻的批判。农民和市民当然都是有反封建的要求的。但对封建主义怀抱不满的人并不限于农民和市民。中国的思想史和文学史都告诉我们，从封建统治阶级的知识分子当中常常分化出一些不满分子和有叛逆性的人物来。《红楼梦》里面所描写的那些丫头，她们的身份既不是农民，也不是市民，然而我们却不能因此就把她们排斥在封建社会的人民范围之外，而且不能不承认她们也有反封建的要求。所以对封建秩序封建主义怀抱不满是封建社会的被压迫的广大人民所共有的，甚至在封建统治阶级内部也可以出现一部分这样的分子。而且这些分子很熟悉他们所从出身的封建统治阶级的生活和人物，很了解那种生活的腐败和那些人物的灵魂，再加上他们有高度的文化修养，包括文学修养，因而从他们当中就可以产生出一些深刻地批判封建社会的现实主义的作家。吴敬梓和曹雪芹都是这样的作家。我们怎么能够因为《红楼梦》深刻地批判了封建统治阶级和许多封建制度，就断定它的作者是站在农民的立场上或者市民的立场上呢？何况还不是一般的农民，一般的市民，而是正在酝酿着起义的农民或代表资本主义萌芽的市民？像《水浒》，那的确主要是反映了农民的革命情绪的。它不但以农民起义为题材，而且对农民起义和农民领袖是那样同情，那样赞扬，对造成农民起义的封建统治和镇压农民起义的封建官僚充满了火一样的憎恨。像宋元明的话本和拟话本，那也的确是大量地反映了市民的生活和思想的。它们把商人和手工业者作为小说中的正面人物和主人公，这在中国文学史上是一个很重要的新的变化。而且例如《卖油郎独占花魁》和《送居奇程客得助，三救厄海神显灵》^①那样的作品，或者对男女爱情有它的特别的看法，提倡什么"帮衬"，说"只有会帮衬的最讨便宜"，或者对于海神也幻想她化作美女来和商人同居，帮助他囤积居奇，获得暴利，那就的确只能用市民思想来解释了。从《红楼梦》的主要内容却找不出这种特别的色彩。《红楼梦》的全部内容所表现出来的作者的思想都可以用这样一句话来概括，而且这种概括要比农民说和市民说自然得多，合情合理得多：它的作者的基本立场是封建地主阶级的叛逆者的立场，他的思想里面同时也反映了一些人民的观点。前者是和人民相通的；后者是直接地或间接地受到了人民的影响。曹雪芹在他少年时代的繁华生活里，可以遇到类似晴雯和鸳鸯那样的丫头，类似焦大那样的老仆人，类似刘姥姥那样的穷亲戚；在他坠入困顿以后，就更可能同城市和郊区的人民有些接触。这就是直接的影响。他所继承的以前的富有民主性的思想传统和富有人民性的文学传统，其中必然也包含有人民的思想和观点。这就是间接的影响。封建社会的人民自然主要是农民和市民，但不能缩小到只是农民或只是市民，尤其不能

---

　　①　见《醒世恒言》和《二刻拍案惊奇》。

缩小到只是正在酝酿着起义的农民或只是代表资本主义萌芽的市民。文学理论上的人民性这个术语有存在之必要，正是因为有许多作品都并不能用这种狭隘的简单的农民说或市民说来解释。

应该说明，用市民说来解释我国封建社会的某些文学现象，是比较农民说更为流行的。不仅对于清代的一些杰出的作品，而且还有作者认为现实主义的产生和资本主义的出现分不开，认为中国从南宋以后，在封建社会中就孕育着资本主义的萌芽，就从市民中间产生了话本，所以中国的现实主义的历史开始于南宋，即第 11 到 12 世纪，而不会更早①。这些看法涉及文学这种上层建筑和基础的关系这一根本理论问题。虽然马克思、恩格斯一直是把文学、哲学这一类"更高地飘浮在空中"的意识形态和政治、法律加以区别，明确地指出过艺术的某些繁荣时代并不和社会的一般发展相适应，经济对于文学、哲学的最后决定作用大半是间接的，而且对于这些意识形态的本身的传统不可忽视，但我们有些作者仍然常常把文学、哲学这一类上层建筑和基础的关系看得那样简单，那样直接，那样机械。正是由于这种机械的观点，他们才局限于用资本主义萌芽和新兴市民的思想来解释《红楼梦》和清代的那些思想家，不愿考虑产生它和他们的更为复杂也更为符合实际的社会根源；而且甚至对同资本主义萌芽和市民本来没有什么必然的关系的中国文学史上的现实主义的形成问题，也不能不借助于这种流行的对于马克思主义的误解了。

做过实际工作的人都会有这样的体会，我们在工作中努力了解客观的情况，努力使我们主观的认识和客观的情况相符合，还常常有犯主观主义的错误的可能。如果我们看问题本来就主观片面或者本来就有教条主义的倾向，那就更不用说了。学术工作也

---

① 《文艺报》1956 年第 21 号：姚雪垠《现实主义问题讨论中的一点质疑》。

是如此。我国的学术有许多很可宝贵的优良的传统，但牵强附会的传统也是很古老的，是从汉朝起就大量存在的。这种老的牵强附会再加上新的教条主义，学术工作中的主观主义现象就显得相当普遍了。这种主观主义不克服，我们的学术水平是很难提高的。

十三

我们在前面分析的是曹雪芹的八十回的《红楼梦》。对于高鹗所续的后四十回，只是偶尔涉及，并没有把它放在一起来评论。这是不得不如此的。我们对曹雪芹的《红楼梦》给予了最高的赞扬，称它为伟大的不朽的作品，称它为我国小说艺术成就的最高峰。如果把这样的评语用在高鹗的续书上，那就很不适当了。

后四十回还没有确定为高鹗所续的时候，早就有人对它深为不满了。清代的一位距曹雪芹并不太后的作者说："此四十回全以前八十回中人名事务，苟且敷衍。若草草看去，颇似一色笔墨，细考其用意不佳，多杀风景之处。故知曹雪芹万万不出此下下也。"他又说："且其中又无若前八十回中佳趣，令人爱不释手处。诚所谓一善俱无，诸恶俱具之物！"①

在关于《红楼梦》问题的讨论中有这样的意见："胡适和俞平伯从他们的考证观点出发，拦腰一锯，把一部完整的《红楼梦》锯为前后两橛。他们对八十回以后的四十回，采取深恶痛绝的否定态度。"② 其实这是不完全符合实际的。胡适根据俞樾的

---

① 裕瑞《枣窗闲笔》。周汝昌《红楼梦新证》说，根据《玉牒宗室谱》稿本，"知道裕瑞生于乾隆三十六年，去曹雪芹之卒（二十八年）才仅仅八年而已"。

② 《〈红楼梦〉问题讨论集》第一集，第210页。

《小浮梅闲话》，说后四十回为高鹗所作。但他并没有对后四十回采取深恶痛绝的否定态度。他说后四十回"虽然比不上前八十回，也确然有不可埋没的好处"。他还说里面有不少部分"都是很有精彩的小品文字"，而且佩服高鹗"作一个大悲剧的结束，打破中国小说的团圆迷信"。俞平伯先生倒的确是对后四十回作了更多的贬责。在这一点上，是不是胡适的看法比俞平伯先生高明呢？我看是不然的。俞平伯先生和我们在上面引过他的话的那位清代的作者有相似之处，虽然他们对于后四十回的评价并不完全恰当，而且某些具体的意见还表现出来了他们的观点的错误，但他们有一种艺术欣赏能力，他们直觉地感到了后四十回的艺术上的拙劣。这种艺术欣赏能力正是胡适所缺乏的①。

高鹗的最大的贡献在于他的续书帮助了曹雪芹的原著的流传。如果没有一百二十回本的出版，《红楼梦》未必很快地就发生那样大的影响。这还不仅仅是活字本和钞本的差异问题。就是把前八十回排印出来，许多情节和人物都没有结局，特别是贾宝玉和林黛玉的爱情故事没有结局，一定是不像一个有头有尾的故事那样容易被广大的读者接受的。

当然，续书和原著印在一起，能够为广大的读者所接受，也有它本身的原因。绝大多数情节都和前八十回大致接得上。贾宝

---

① 在《没有批评就不能前进》一文中，我对俞平伯先生的《红楼梦辨》除了批评其错误而外，还写了这样一句肯定的话："列举更多的理由来证明后四十回确系续书，说明高鹗的'利禄熏心'的思想和曹雪芹不同，指出艺术性方面远不如原书，但仍肯定其保存悲剧的结局，这是《红楼梦辨》的可取部分。"李希凡同志在《俞平伯先生怎样评价了〈红楼梦〉后四十回续本》中说这"是简单化了的评价"，"在客观上，起着帮助俞平伯先生贬低后四十回续本的作用"。我那句话并不是随便写的。这里以及后面的看法都是我写那句话的一些根据，虽然俞平伯先生对于《红楼梦》后四十回的贬责许多地方是和他的观点有联系的，一个人的艺术欣赏能力也不可能离开他的观点而独立存在，但如果加以分析，我们仍可以看出，有些地方的确是对于后四十回的艺术方面的不满。

玉和林黛玉的爱情故事不但保存了悲剧的结局，而且总的说来也还写得动人。有些片段也还写得较好。比如宝玉娶宝钗那一段，虽然未必曹雪芹也会那样写，高鹗的构思还是不错的。又比如夏金桂放泼、贾政作官和袭人改嫁等片段都写得符合这些人物的性格，而且也比较生动。这都是后四十回的可以肯定之处。

然而曹雪芹没有能够写完《红楼梦》，却无论如何是一件天地间的恨事。如果我们读文学作品不满足于只是读情节，不满足于只是某些片段还可读，不满足于常常要读到一些平庸的甚至拙劣的描写，我们就不能不感到后四十回实在太配不上原著了。俞平伯先生曾说凡书都不能续，并非高鹗才短。《红楼梦》的续书要写得和前八十回一样好，或许是不可能的。但比高鹗写得更可读，更有文学的意味，更符合曹雪芹的原意，那却不一定不可能做到。如果有那样的有才华的作者，他愿意去做这件事情，像写历史小说一样依据曹雪芹的计划和自己的想像去加以重写或改写，高鹗的续书我看还是可以"取而代之"的。

正如前八十回的艺术上的精彩之处多到不可胜数，要一一指出只有用过去的评点的办法一样，后四十回的缺点和败笔也是可以逐回批注，批它一二百处的。在这篇论文里不可能这样作。我们只能概括地简单地作一点说明。

关于高鹗的思想，有这样一种说法："高鹗和曹雪芹的思想基本上是一致的，同属进步方面"；"即使最后布置了一个'兰桂重芳'，暴露了高鹗思想上的弱点，但这弱点，也是由于历史的限制，不得不然。即使在曹雪芹思想上，也未必没有这种弱点"[1]。但后四十回的内容是直接反对这种高曹思想基本一致论的。诚然，在宝玉和黛玉的爱情故事上，高鹗保存了曹雪芹原来

[1]　《〈红楼梦〉问题讨论集》第三集，第109页。

的计划中的悲剧的结局。这是他的续书能够附原著以流传的根本原因。然而在贾府的衰败这另一重大情节上，高鹗却并未打破大团圆的老套，却直接违背了曹雪芹的原意，因而大大地削弱了整个故事的悲剧气氛。贾府抄家不抄全家，只抄贾赦一房。贾政仍然承袭荣国公世职，到了后来，连贾赦也完全免了罪名，贾珍也仍袭宁国公世职，所抄家产全行偿还。最后的结局是"荣宁两府善者修德，恶者悔祸，将来兰桂齐芳，家道复初。"这样，由曹雪芹所已经描写的和尚未写完的宝黛悲剧，由他在前八十回所作的种种有力的批判和揭露所展开的封建社会的巨大的深刻的裂痕，就由高鹗的手把它勉强捏合起来了。而且高鹗把宝玉的结局写成不但"高魁贵子"（就是这四个字就显出了高鹗是多么封建，多么庸俗），还加上成了佛，又被皇帝赏了一个文妙真人的道号。在高鹗看来，这大概也可以心满意足了，就是说这也是一种团圆的结局，剩下的苦命人不过是林黛玉一人而已。高鹗在最后把点明真事已经隐去的甄士隐这样一个人物忽然又拉出来，而且强迫他讲了这样几句话：

> 贵族之女，俱属从情天孽海而来。大凡古今女子，那淫字固不可犯，只这情字也是沾染不得的。所以崔莺苏小，无非仙子尘心；宋玉相如，大是文人口孽。凡是情思缠绵的，那结果就不可问了。

这不但是责备敢于触犯封建礼教的林黛玉，说她的不幸是咎由自取，而且对敢于描写儿女之真情的曹雪芹，也是加以口诛笔伐了。还能说高鹗曹雪芹的思想是基本上一致吗？

由于他有这种封建的庸俗的思想以及其他原因，高鹗在后四十回中就把有些人物写得不符合或不完全符合原来的性格。宝玉对黛玉说："我想琴虽是清高之品，却不是好东西。从没有弹琴的弹出富贵寿考来的，只有弹出忧思怨乱来的。"探春出嫁的时候，宝玉先很悲伤。后来探春对他说了一些"纲常大体"的话，他便"转悲作喜"。宝玉不但去应科举，而且那样重视"举人"，和王夫人告别的时候居然说："母亲生我一世，我也无可答报，只有这一入场，用心作了文章，好好的中个举人出来，那时太太喜欢喜欢，便是儿子一辈的事也完了，一辈子的不好也都遮过去了。"这和曹雪芹所写的贾宝玉不是显然不同吗？有些作者连宝玉中举这种十分违背曹雪芹的原意的谬误也强为辩护，说是宝玉"在矛盾中对科举制度嘲笑般的消极抵抗"，说是"一种反抗形式"，而且"对'读书上进'的禄蠹们说"，"倒又是一记响亮的耳光"①。这实在只能说是一种奇谈了。高鹗还把他自己对八股文的看法硬加在黛玉头上。黛玉有一次居然对宝玉这样说：八股文中"也有近情近理的，清微淡远的"，"不可一概抹倒；况且你要取功名，这个也清贵些"。这一次高鹗倒没有忘记宝玉是很鄙视八股文的，所以他接着写道："宝玉听到这里，觉得不甚入耳。因想黛玉从来不是这样人，怎么也这样势欲熏心起来？"真的，黛玉怎么也这样势欲熏心起来？这只有高鹗自己才能回答了。在前八十回中，妙玉是一个非常孤僻矫情的人。到了高鹗的笔下，妙玉竟至听说贾母偶有微恙，便特别赶到贾母床前来请安。请安以后，还和王夫人和惜春都说了一阵不相干的闲话。大某山民加评本上有这样一句评语："何套话如此之多？"妙玉怎么也这样势欲熏心起来？这也只有高鹗自己才能回答了。

　　我们曾说，像生活本身那样丰富，复杂，而且天然浑成，这是曹雪芹的《红楼梦》的一个总的艺术特色。我们又曾说，在曹雪芹的《红楼梦》里面，无论是日常生活的描写还是大场面的描写都洋溢着生活的兴味，而且揭露了生活的秘密。在这一点上高

---

① 《〈红楼梦〉问题讨论集》第一集第222页和第四集第171—172页。

鹗的续书刚好相反。这是后四十回在艺术上的一个非常突出的根本弱点。连我们前面提到的那位清代的作者也早就感到了，他说它"全以前八十回中人名事务，苟且敷衍"，"且其中又无若前八十回中佳趣，令人爱不释手处"。俞平伯先生说，顾颉刚先生最初是很赏识高鹗的。他的理由是"凡是末四十回的事情，在八十回都能找到他的线索"。俞平伯先生的看法却不同。他说，"我总觉得后四十回只是一本帐簿。即使处处有依据，也至多不过是很精细的帐簿而已。"① 后四十回在艺术上的根本弱点正在于它常常模仿和重复前八十回的情节而缺少生活内容。八十回以后进入贾府的大衰败、宝黛悲剧的高潮以及贾府大衰败以后众多人物的遭遇和结局这样一些情节的描写，应该有多少新的生活内容，多少动人的事件和场面呵！如果在天才的曹雪芹的手中，那将描写得多么丰富多彩，多么紧紧地吸引住读者的全部的心灵！然而高鹗的续书，除了很少一些片段较有生活的味道而外，绝大部分都是写得那样贫乏，那样枯燥无味，那样永不厌倦地而且常常是拙劣地去模仿和重复前八十回的情节。这种模仿和重复实在太多了，如果一条一条地写出，我们这篇论文的这一部分也就会变成一本账簿。随便举几个例子吧。第八十三回，贾母入宫去看元春。元春含泪说："父女兄弟反不如小家子得以常常亲近。"这是照抄第十八回元春省亲时对贾政讲的话，不过把文言改写为白话而已。连"含泪"二字都是原来有的。第八十八回，贾芸在重阳时候买了些时新绣货，来走凤姐的门子，求凤姐在贾政跟前提一提，要贾政派他办一两种工程。这是模仿第二十四回端阳节前贾芸买了些冰片麝香来求凤姐派他办贾府的差事。但香料是端阳节要用的，绣货和重阳何干？而且要凤姐这种年轻的媳妇去在叔公

---

① 《红楼梦研究》，第 16、31 页。

公面前替人求差事，也很不合情理。第九十一回至第九十二回之间，袭人派秋纹到黛玉处去叫宝玉，秋纹诳称是贾政叫他，吓得他连忙起身。这种细节也是从第二十六回薛蟠逼着焙茗用贾政之名去叫他那一段抄袭来的。薛蟠是一个混人，他可以这样胡闹。秋纹凭什么要这样吓宝玉呢？连庄头、焦大、倪二这些并不重要的人物也要重复地写他们一遍。薛蟠要再打死一次人。凤姐要再办一次丧事。写得最拙劣不堪的是宝玉要重游一次太虚幻境，再看一次金陵十二钗正副册。而且"太虚幻境"居然改为"真如福地"，宫门上的"孽海情天"四字居然改为"福善祸淫"，牌坊上的对联"假做真时真亦假，无为有处有还无"也被改为直接和曹雪芹作对的"假去真来真胜假，无原有是有非无"，这种地方只能说是对于曹雪芹的《红楼梦》的糟蹋了。

　　第一〇四回贾宝玉说他"一点灵机都没有了"。用这句话来作为后四十回的绝大部分的评语倒是很适合的。第八十七回黛玉吃饭的时候，吃的是"一碗火肉白菜汤，加了一点虾米儿，一点江米粥"，还有"五香大头菜，拌些麻油醋"，这已写得和贾府那种生活很不相称了。但黛玉居然还称赞它们"味儿还好，且是干净"，好像她很馋的样子。第九十二回，外国来的洋货不但有围屏，而且上面雕刻的景物居然是"汉宫春晓"。第一〇八回，薛宝钗过生日，贾母见人家都不是往常的样子，她着急道，"你们到底是怎么着？大家高兴些才好。"湘云道："我们又吃又喝，还要怎样？"我们读到诸如此类不合理或者拙劣的地方，实在不能不失笑了。至于求签占卦，闹鬼见怪，这类关于迷信的描写层出不穷，也是高鹗的续书的败笔。

　　曹雪芹的前八十回并不是没有缺点和漏洞，然而它写得太好了，这些小小的缺点和漏洞完全无损于整个放射着天才的光辉的宏伟的建筑。高鹗的后四十回并不是没有一些可以肯定之处，然而弱点和败笔却太多了，而且它们常常关联到作品的思想和艺术的一些根本方面。

总起来说，后四十回就是这样：它保存了宝黛悲剧的结局，这是它的最大的优点，但另外有些部分的思想内容却违背了曹雪芹的原意；在艺术的描写方面，除了有些片段还写得较好或可以过得去而外，绝大部分都经不住细读。所以它虽然能够以它的某些情节某些部分来吸引读者，在艺术欣赏上要求较高的人读完以后还是会感到不满。所以它的作用一方面是帮助了前八十回的流传，另一方面却又反过来鲜明地衬托出曹雪芹的原著的不可企及。曹雪芹的《红楼梦》是我国小说艺术成就的最高峰，是我们至今还不曾充分认识的小说艺术的宝库。我们今天的作家要克服许多艺术上的弱点，都可以从它取得有力的辅助。从高鹗续的后四十回我们也可以得出这样的结论：一个要求自己很严格的作家应该不满足于他的作品仅仅有较好的题材和情节，不满足于仅仅有某些部分还写得可读，不满足于仅仅依靠题材、情节和这些可读的部分在读者中间获得的成功，还必须努力去创造出思想性和艺术性都更高也更统一的作品。

1956 年 8 月至 9 月初写成前八节，10 月至 11 月 20 日续写完

《琵琶记》的评价问题

　　出现于我国 14 世纪的有名的戏曲《琵琶记》是一个内容比较复杂的作品。在它里面，两种矛盾的成分，对于封建道德的宣扬和对于封建社会封建道德的某些方面的暴露，概念化的弱点和现实主义的描写，同时存在，而且它们是那样紧密地交错在一起。去年六月，中国戏剧家协会组织了关于这个作品的讨论。讨论中的意见是很分歧的。最近，《琵琶记讨论专刊》出版了，我读到了讨论会上的全部的发言。这些发言对于《琵琶记》的矛盾的两个方面都作了相当详尽的考察。正因为《琵琶记》的矛盾的两个方面都得到了相当充分的揭露，它的面貌就可以看得比较清楚一些了。

　　在这里我打算写出一点我对于《琵琶记》的看法。我是试图把有些分歧的意见统一起来。我想，既然两种矛盾的成分可以同时存在于一个作品之中，由于这种矛盾而来的有些分歧的意见也就应该有得到统一的可能。

　　《琵琶记》里面有宣扬封建道德那样一个方面，是无法否认的。这个戏一开场就批评了"佳人才子"和"神仙幽怪"的故事，说它们"琐碎不足观"，然后就提出一种创作主张："不关风化体，纵好也徒然。"这并不是一个无关紧要的表面的宣言，也不只是到了结尾才又出现了对于这种主张的呼应，而是一种贯穿在全剧里面的思想。有些话本和戏曲，的确头尾常常有一些封建套语，而它们的正文却表现的是另外的内容，甚至是相反的内容。《琵琶记》不是这样。它的主要情节就是描写了"子孝共妻贤"，提倡了"孝义"。所以"一门旌奖"的大团圆就成为整个剧情的必然的结局和有机的组成部分。它的作者高明正是以封建最高统治者的旌表来作为他的肯定和赞扬的结束。然而这个作品所描写的几个重要人物，他们的处境都是困难的。一个是自己过着富贵的生活而父母却在家乡饿死的迹近不孝的孝子；一个是独立支持荒年的家庭而且实际上类似为丈夫所抛弃的遭遇悲惨的孝妇和贤妻；还有一个被称为孝义兼全的人物也是处于矛盾重重之中，她嫁了一个"强就鸾凤"的夫婿，她要接受丈夫的另一个妻子的忽然的出现，而且还要远离自己的暮年的父亲去为已死的公婆庐墓三年。作者要通过这种种困难的处境和复杂的遭遇来写出他的人物的值得赞扬，就不能不写到封建社会的多方面的生活，不能不写到封建道德的本身的矛盾。这些描写虽然并不是没有草率和虚伪之处，不少部分却是写得认真的，有真实感的。这样，这个作品就在它的宣扬封建道德和与之相联系的概念化的弱点而外，同样无法否认的，还有它对于封建社会封建道德的某些方面的暴露和与之相联系的现实主义的描写。

剧中的主要人物自然是蔡邕和赵五娘。蔡邕是历史上的一个实有的人物。根据《后汉书》的记载，"邕性笃孝。母亲滞病三年。邕自非寒暑节变，未尝解襟带。不寝寐者十旬。母卒，庐于冢侧，动静以礼。有兔驯扰其室，傍又木生连理。远近奇之，多往观焉"。他本来无意于仕途，但后来还是做了官。他曾因向皇帝进言，触犯了一些权贵，几乎被杀。董卓当权以后，慕他的名，强迫他再次出仕。这一次做官的结果就更悲惨了。董卓被杀，蔡邕叹息了一下，王允要治他的罪。他哀求"黥首刖足，继成汉史"，也不被允许。他就是这样地死在监狱里面。这样一个有文才的值得人同情的古人，到了后代，却在民间戏曲里面成了坏人。南戏《蔡二郎赵贞女》把他写为"弃亲背妇，为暴雷震死"。高明也是一个崇奉孝道，并且在仕途中碰过一些钉子的人。他在《琵琶记》里面把蔡邕加以改写，使这个人物重又能够获得人们的同情，这是很可以理解的。他给"弃亲背妇"的情节作了翻案。所以蔡邕就成为这样的人物，"他生不能养，死不能葬，葬不能祭"，表面上好像"三不孝逆天罪大"，然而实际上却是他不肯赴选，他父亲不从，他要辞官，皇帝不从，他要辞婚，牛相不从，"这是三不从把他厮禁害，三不孝亦非其罪"，就是说实际上他还是一个孝子。

　　《琵琶记》是很触目地描写了蔡邕的孝的。他最初出场的时候这样唱："十载亲灯火，论高才绝学，休夸班马。风云太平日，正骅骝欲骋，鱼龙将化。"他并不是没有仕进之意。但接着他又自己和自己问答："沉吟一和，怎离双亲膝下？且尽心甘旨，功名富贵，付之天也。"他思想中的矛盾就这样解决了。但他终于被逼赴选。等到中了状元，他又被逼重婚相府，留官朝中。他在家乡的父母却遭遇到饥荒的年景，朝不保夕。他的母亲发现赵五娘暗中吃糠，悲痛而死。他的父亲在病得快死的时候，也十分气愤，要赵五娘把他的尸骸暴露，好叫旁人责骂蔡邕不葬亲父；要她在他死后休要守孝，早早改嫁；并且给张广才留下一条拄杖，要他等蔡邕回来的时候，把这个不孝子打将出去。单就这些片段而论，是写得强烈的，动人的，带有民间文学的泼辣的色彩的。然而从全剧看来，这却不过是误解罢了。蔡邕身在相府，心还是在亲闱。《南浦嘱别》以后，他每次出场，差不多都要提到他对于家乡的父母的怀念，而且有不少出都是以这种怀念开场。他曾托人捎信和金珠回家，不过为拐儿所骗罢了。他曾打算和牛氏一起回家去侍奉双亲，牛相没有同意，却也派人去接他的父母和赵五娘来做一处居住，不过时间晚了一些罢了。这真是像许多戏剧里面的错中错一样，最大的差错是他的父母不巧碰到了饥荒的年岁。等到他最后见到了赵五娘，知道他的父母已死，马上就辞官回家了。他庐墓三年，直到全家得到皇帝的旌奖。在全剧快结束的时候，赵五娘和牛氏都满足了。赵五娘对她长眠地下的公婆说，"今日呵，岂独奴心知感德，料你也衔恩泉石里。"牛氏也高兴"今日见公姑无愧色，又得与爹行相依倚"。这时候只有蔡邕还是有些含悲饮恨："可惜二亲饥寒死，博得孩儿名利归"。这种悲恨在大团圆的欢乐声中留下了一点缺陷，点明了并不十分圆满，这是作者写得高明的地方。但这也仍然是写他的孝。

　　蔡邕在牛府里面怀念他的父母，有些时候也同时想到了赵五娘。他想到赵五娘，常常是和孝联系在一起的。他这样说："天那，知我父母安否如何？知我的妻室侍奉如何？"或者这样想："思量那日离故乡，记临歧① 送别多惆怅，携手共那人不厮放，教他好看承我爹娘，料他每应不会遗忘。"甚至他从梦中醒来也是这样："几回梦里，忽闻鸡唱，忙惊觉，错呼旧妇同问寝堂上。"蔡邕是一个孝子，他就必然首先要求他的妻子是一个孝妇。因为按照封建伦理，如牛氏所说，"娶妻所以养亲"。当然，剧中也并不是完全没有写到蔡邕对于妻子的感情。"俺只弹得旧弦惯，这是新弦，俺弹不惯。""我心里岂不想那旧弦，只是亲弦又撇不下。"这些说白表明了他对赵五娘是有一定的感情的。然而这位主张"不关风化体，纵好也徒然"的作者是不能用更多的笔墨去

---

　　① 通行本作"临期"，据《新刊巾箱蔡伯喈琵琶记》和陆贻典钞校《新刊元本蔡伯喈琵琶记》校改。

描写男女之爱，甚至是合法的夫妇之爱的。因为在他看来，那样也就会"琐碎不堪观"。他的头脑里面还没有爱情这个概念。在封建道德里，夫妇之间不是平等的爱的关系。对妻子要求的是严格的贞节；如果说在理论上丈夫也负有一定的相应的道德义务，那也不是叫作爱情，而是叫作义。在蔡邕身上，作者是写到了这种义的。虽然如他自己责备自己的，"比似我做个负义亏心台馆客，到不如守义终身田舍郎"，他实际上还是很讲究这种义的。牛氏试探他："且如你这般富贵，腰金衣紫，假有糟糠之妇，褴褛丑恶，可不辱没了你。你莫不也索休了？"蔡邕怒道："夫人，你说那里话！纵是辱没杀我，终是我的妻房，义不可绝。"他又说："古人云，弃妻止有七出之条。他不嫉不淫与不盗，终无去条。"赵五娘不但不淫不盗，而且是并不嫉妒的。她和牛氏互相谦让，都愿作次妻。所以按照封建道德，蔡邕就没有抛弃她的理由了。但从这里我们也可以看到义和爱情的区别。

　　高明就是这样把"弃亲背妇"的蔡邕改写为孝子，改写为并非真正负义的丈夫的。但写得最突出的还是孝。孟轲曾经说："人少则慕父母，知好色则慕少艾，有妻子则慕妻子，仕则慕君，不得于君则热中。大孝终身慕父母。"他所列举的前面那个公式固然并不是适用于一切时代的一切人，然而人的一生的爱慕有所变化却是正常的，合理的。终身像小孩一样只知爱慕父母，倒未免太简单太奇怪了。那恐怕并不是真正的活人而不过是孟轲的空想。《琵琶记》里的蔡邕，就其主要方面说来，倒似乎是相当符合大孝的标准的。然而这个人物却常受到有些读者的非难。在封建社会的读者，是因为他的动机和效果的矛盾，是因为他嘴里和心里的对于父母的经常的怀念都无补于他的父母的悲惨的死亡。在今天，我们完全离开封建道德的角度来看问题，如果也对这个人物有所不满，倒不是从这里着眼，而是感到作者通过他来宣扬孝道实在太频繁了。应该说这个人物在这一方面是写得有概念化的缺点的。然而我们也不能说整个形象都是不真实的。在封建社会里面，本来也有笃信封建道德的人。而且整个说来，作者还是写出了这个人物的一定的复杂性。不仅《丹陛陈情》、《琴诉荷池》、《书馆相逢》这一类的场面把蔡邕的感情和心理写得比较细致动人，有真实感，而且如有些同志在讨论会上的发言和发表的文章中所指出的，作者通过这个人物还写出了忠和孝的矛盾。写出了一种菲薄名利的思想，因而这个人物就更像一个活人了。按照封建道德的体系，忠和孝是在共同巩固封建秩序的基础上统一起来的。在实际生活中也并不是经常都发生矛盾。但在某些具体情况之下，它们的确又很难两全。这就不仅暴露出封建道德体系的裂痕，而且还表明了忠和孝都有它们各自的不合理。像《琵琶记》所描写的那样的情节是相当特殊的，而且它们还有一些无法补救的漏洞。但是，尽管那些情节虚构得不大近情理，它们也仍然是反映了封建社会里本来存在着这样的问题。"全忠全孝"的蔡邕的确是并不怎样忠的。"日晏下彤闱，平明登紫阁；何如在书案，快哉天下乐！"你看这还不是他因为想念父母而愁眉不展的时候，然而他感到快乐的却仍然是读书的生活。这就说明了他仍然是一个书生。在另外一个地方，他更直接说出"我穿的是紫罗襕，倒拘束得我不自在；我穿的是皂朝靴，怎敢胡去踹"；"我口里吃几口慌张张要办事的忙茶饭，手里拿着个战兢兢怕犯法的愁酒杯；倒不如严子陵登钓台，怎做得扬子云阁上灾"。这真切地表现了封建社会里的那些对仕宦淡泊的读书人的共同心理。凌濛初翻刻的臞仙本，多蔡邕、赵五娘和牛氏奔丧途中一折。这一折的最后的合唱是这样的：

> 好向程途催趱，渔翁罢钓还。听山寺晚钟传，路逐溪流转。前村起暮烟，遥望酒旗悬。且问竹篱茅舍边。举棹更扬

鞭①，皆因名利牵。

竹篱茅舍旁边的行路人竟都是忙碌于名利，作者在这里是深有所感慨了。

赵五娘完全是一个虚构的人物。但这种虚构是采取了民间戏曲的某些情节的。在好几种元人杂剧里都提到赵贞女罗裙包土筑坟台②。从这个情节可以推想原来的民间戏曲应该就有蔡邕的父母为赵贞女所独立奉养以及终于不免死亡这一类的故事。然而如果因此把赵五娘这个人物的塑造完全归功于原来的民间戏曲，那就还是根据太少了。更近情理的想法是高明对于这个人物也作了许多的加工。这种加工可能一方面在她身上增加上了一些封建色彩，另一方面却又把关于她的某些情节写得更为细致动人了。她和蔡邕离别的时候正是新婚不久。按道理是应该多写他们夫妇之间的感情的。但作者却把她写得有些吞吞吐吐，说了半句"夫妻恩情"就一定要回到公婆年高，蔡邕走后无人看管。她是不赞成她的丈夫去应试的。然而主要的并不是因为两月夫妻，难于分舍，而是因为亲在远游，违背了"孝经""曲礼"。她对蔡邕批评了一句蔡公，"你爹行见得好偏"，但理由也是"只一子不留在身畔"。她和蔡邕一起反复地合唱："为爹泪涟，为娘泪涟，何曾为着夫妻上挂牵。"当蔡邕埋怨他的父亲"不从儿谏"的时候，她还要批评他：

---

①　原作"举掉更杨鞭"，笔划当有误。

②　《剧本》1956年8月号黄芝冈《论〈琵琶记〉的封建性和人民性》："在元曲《金钱记》、《老生儿》、《铁拐李》、《刘弘嫁婢》、《村乐堂》等剧里也同样都提到'赵贞女罗裙包土筑坟台'。"（"土"原作"上"，当是误字）《老生儿》第一折："但得生忿子拽披麻扶灵柩，索强似孝顺女罗裙包土筑坟台。"《铁拐李》第二折："你学那守三贞赵贞女，罗裙包土将那坟茔建；休学那犯十恶桑新妇，彩扇题诗则将那墓顶搁。"《刘弘嫁婢》第二折："方信道赵贞女罗裙包土可也筑坟台。"《村乐堂》第四折："放着你那筑坟台女赵贞。"此外，《潇湘雨》第四折还有："你大古里是那孟姜女千里送寒衣，是那赵贞女罗裙包土。""守三贞"的情节已不见于《琵琶记》。但从这可以推想原来的南戏中的赵贞女也是有封建色彩的。

"官人，你为人子的，不当恁的埋怨他！"这就比蔡邕还要孝谨了。我想这并不是因为她新婚不久，羞于表白感情，而是按照作者的创作主张，赵五娘应该是一个诚恳地这样想着这样说着的人物。如果用更多的笔墨去描写她对于丈夫的爱情和依恋，那也就成了"不关风化体"，"琐碎不堪观"了。别离以后，有一出《临妆感叹》是写她对丈夫的怀念的。她感叹了"画眉人远"，"朱颜非故"，但她却又说："妾身岂叹此，所忧在姑嫜。"这一出还写了她竭力奉养公婆的决心。她的想法是"一来要成丈夫之名，二来要尽为妇之道"。饥荒的岁月来了。她没有别的办法可想，只有把钗梳首饰之类典些粮米，来供养公婆。她认为如果公婆受饿就是增加了丈夫的罪过，她就无脸见他。十分困难的时候，她曾打算投井，但想到丈夫临别时候的叮咛嘱咐，叫她看管爹娘，她又打消了自杀的念头。这样，赵五娘就不仅是孝妇，而且是贤妻了。然而随着困难的日益加重，遭遇的日益悲惨，这位贤妻也不再是一个说话吞吞吐吐的柔弱的女子了。她叫出了"教人只恨蔡伯喈"，"怨只怨结发薄幸人！"从《勉食姑嫜》、《糟糠自厌》到《祝发买葬》这样一些对于赵五娘的描写，都是感动人的。这是由于这一段生活本身的悲惨就很令人同情，而且在这种令人窒息的气压中又透射出来了赵五娘的怨恨。这种怨恨虽然表现得并不多，也仍然是强有力的。它使这个人物和这个作品都带有了一些人民的气息。但是，就是在这些部分，也是这种冲破了封建主义对妇女们要求的奴隶式的驯服的呼声和作者一贯的对于某些封建道德的宣扬夹杂在一起的。这些部分也写了赵五娘对于公婆的孝。她给公婆吃饭，自己吃糠，固然是孝。她的婆婆怀疑她背地里独自吃好东西，她说，"便做他埋怨杀我，我也不分说"，这更是写她非常之孝。她的公婆埋葬以后，她说："我死和公婆做一处埋呵，也得相伏侍。"她决心去寻丈夫，也是怕她的公婆绝后。她身上背的是她公婆的真容，她口里唱的是行孝曲儿。除了孝而外，作者还写了她的贞节。蔡公临死的时候，写下遗嘱要她早早改嫁。她却说，"自古道忠臣不事二君，烈女不更二夫"，"奴家生是蔡郎妻，死是蔡郎妇"。等到她和蔡邕团圆，重又回到她公婆的坟墓前，她更为蔡邕辩护了。她对公婆说："百拜公姑，望矜怜恕责我夫。你孩儿赘居牛相府，日夜要归难离步。"这就完全回复到戏剧开始时候的那种温柔敦厚的贤妻的性格了。

在封建社会里面，像蔡邕和赵五娘那样的人物，要他们完全没有封建思想，那是不可能的。然而他们身上的封建色彩那样浓厚，那样单调地在心里和嘴里好像一刻也忘不了一个孝字，却显然是作者要用这两个人物来提倡这种封建道德。然而人们却不顾赵五娘身上的封建性，深深地同情她，为她的遭遇和行动所感动，比较蔡邕更能获得一致的肯定，这又是什么道理呢？这是因为她的那种孝行不仅仅是由于她头脑里面的封建思想，而且也是为客观环境所逼成，她再也没有其他更好的道路可以走的缘故。我们只能设想她可以少孝谨一些，不能设想她抛弃八十多岁的公婆不顾，不能设想她在公婆死后不去寻找丈夫。这样，她的境遇的悲惨，行为的坚忍和她在这一段生活中所表现出的怨恨不平，就在读者的心灵里留下了强烈的印象，而她嘴里所讲的那些封建教条以及她行动上对于这些教条的实践，在封建社会里固然可以获得人们的赞扬，就是在今天，我们也不忍去苛责她了。《琵琶记》在不少出里还有这样一个特色，尽管其中的人物喜欢嘴里讲一些封建教条，不少重要的具体的情节却常常是写得认真的，有生活实感的，因而是动人的。描写蔡邕的《琴诉荷池》、《书馆相逢》等出是这样。写赵五娘的《糟糠自厌》、《祝发买葬》等书尤其是这样。吃糠本来是写赵五娘的孝。然而写到吃糠的时候，却不但描写了糠的难于吞咽，而且赵五娘以糠自比：

呕得我肝肠痛,珠泪垂。喉咙尚兀自牢嗄住。糠那,你遭砻被舂杵,筛你簸扬你,吃尽控持,好似奴家身狼狈,千辛万苦皆经历。苦人吃着苦味,两苦相逢,可知道欲吞不去。

再下面就是历来相传的神来之笔了:

糠和米本是相依倚,被簸扬作两处飞。一贱与一贵,好似奴家与夫婿,终无相见期。丈夫,你便是米呵,米在他方没寻处;奴家恰便似糠呵,怎的把糠来救得人饥馁,好似儿夫出去,怎的教奴供膳得公婆甘旨!

尽管最后一句又回到了"公婆甘旨",又回到了孝,我们仍不能不为这些抒情的句子所感动,而且感到这里面所表现的内容已经远远地超过了孝的限制了。这主要是一个经历了千辛万苦、和丈夫相见无期的妇女的沉痛的自白。剪发本来是为了埋葬公婆,也本来是写赵五娘的孝。然而写到剪发的时候,也不是轻轻放过,而是开拓出了另外一些动人的内容:

一从鸾凤分,谁梳鬘云。妆台懒临生暗尘。那更钗梳首饰典也,头发,是我担阁你度青春,如今又剪你资送老亲!剪发伤情也,怨只怨结发薄幸人!

思量薄幸人,辜奴此身。欲剪未剪,教我先泪零。我当初早披剃入空门也,做个尼姑去,今日免艰辛。咳,只有我的头发恁般苦,少甚么佳人的珠围翠拥兰麝熏!呀,似这般狼狈呵,我的身死兀自无埋处,说什么剪发愚妇人!

堪怜愚妇人,单身又贫。头发,我待不剪你呵,开口告人羞怎忍;我待剪你呵,金刀下处心疼也!休休![1] 却将堆鸦髻舞鸾鬓,

---

① 通行本无"休休"二字,据《新刊巾箱蔡伯喈琵琶记》和陆贻典钞校本补。

与乌鸟报答鹤发亲,教人道雾鬟云鬟女,断送他霜鬓雪鬓人!

尽管这三支曲子用了一些陈旧的词藻,而且有些部分不够工整,仍然妨碍不了这些抒情的句子的动人。这里面不止一次地说明了剪发是为了资送公婆,但整个的内容却也远远地超过了孝的限制。这主要是写了一个艰难得只有剪头发卖、而且从这想到了她的全部的不幸的遭遇的妇女的慨叹、怨恨和悲泣。她想到了长期的离别。她想到了生活的艰辛。她想到自己的茫然的前途。她不得不剪发,而又依然表现出一个妇女对于自己的头发的爱惜。她对头发说,是她耽误了它的青春。她叹息只有她这种贫穷的女子的头发才会遭遇这样苦的命运。这种曲折的描写,是比直接地悲痛她自己的青春的虚度和愤慨人间的贫富的不平更为动人的。《琵琶记》的这种特色在相当大的程度上削弱了或者说冲淡了它的从头至尾都有的封建说教。正是因为这些有生活实感有真实性的描写,这个戏剧才没有完全成为一个概念化的作品。而对于赵五娘这个人物,我们可以看出,作者是尤为同情,尤为着力去描写的。所以她成为作品中的最成功的人物,而且她身上的浓厚的封建色彩也并不能妨碍这种成功。此外,在展开赵五娘的悲惨的遭遇的时候,作为背景还写出了封建社会的荒年的景象和封建统治下层的凶恶,这也应该看作是作者忠实地描绘生活的一个部分。

次于蔡邕和赵五娘的第三个重要人物应该是牛氏。紧接着剧中关于蔡邕家庭的人物的介绍,牛氏在第三出就出现了。在花园里面连秋千都不准打的牛相的家里,她是个独生女。"珠翠丛中长大,倒堪雅淡梳妆;绫罗队里生来,却厌繁华气象"。她很像是作者理想中的富贵人家的女子。但这一出却把她写得语言无味,面目可憎。在春光明媚的日子,她禁止丫头游戏。她说,"妇人家不出闺门"。她说,"纵有千斛闷怀,百种春愁,难上我的眉头"。到了牛相要强迫蔡邕为女婿的时候,她却比较近人情了。她怕勉强成婚，将来不和顺。再以后就是写她既贤且孝或者孝义兼全了。她发现了蔡邕的秘密。她说服了牛相。她设法使赵五娘和蔡邕相见。她和蔡邕赵五娘一起到公婆的坟墓旁边守三年之丧。这个人物的处境其实也是相当困难的。然而作者却按照封建道德把她"理想化"了，她太容易地通过了这些困难，几乎什么内心矛盾也没有。她和赵五娘在剧中被称为"两贤"。在作者看来，这两个人是易地则皆然的。但到底因为她们的境遇不同，作者对她们的描写也有差异，结果赵五娘得到了一致的同情，而牛氏却成为一个大家公认的概念化的人物。这是一个无可辩驳的事实，在这个人物身上我们更多地看到了作者的封建思想，更多地看到了他的封建思想对于艺术的真实性的破坏。但是，和作者的主观意图相反，我们今天从这个人物身上，却也看到了作者不知疲倦地提倡的孝这种封建道德的虚伪。作者是把牛氏也写得很孝的。她要对已死的公婆尽孝，但她又不忍离开她的白发的独身的老父。她临别时唱道："觑爹爹衰颜皤鬓，思量起教人泪零。爹爹，我进退不忍。我待不去呵，误了公婆，被人讥评。我待去呵，撇了爹爹，没人温清。"以后她在途中也是常常慨叹"老亲衰暮年，难与我承看"①，"这般天气呵，谁人将护，将护我家中亲父"②。这和蔡邕时刻想念他家乡的父母，赵五娘经常想念她死去的公婆一样。但是，我们却忍不住要问，她既然这样不愿意离开她的白发的独身的老父，为什么一定要跟着蔡邕和赵五娘到已死的公婆的坟墓旁边去行孝呢？对亲生的父母要孝，对已死的公婆也要孝，而前者又必须服从后者，这样，作者所歌颂的孝的

---

① 见凌刻臞仙本第三十九折。通行本没有这一折。

② 见《新刊巾箱蔡伯喈琵琶记》第四十出《玉山供》第三支曲。凌刻臞仙本文字略有出入。通行本这一出没有《玉山供》四支曲。

封建性质及其不合理就十分明显了。

《琵琶记》里还有一些次要的人物。这些人物也写得有一定的性格。但这个作品对于人物的描写好像是这样的：主要的人物或者重要的人物的性格是写得较为统一的；次要的人物却多少带有一些听任作者随便给他们分配任务的性质，因而他们的性格就不免有时有些前后不大一致了。张广才是次要人物中写得性格比较鲜明的一个。他的性格的基本的方面就是作者所赞扬的义。用我们今天的更适当的话来说，就是他的热心帮助人和富有正义感。他多次对赵五娘的援助以及他后来当着李旺对蔡邕的泼辣的责备，都表现了这种性格。但他最初的出现却是为了给蔡邕的赴选增加一个条件，却是为了解除他怕父母无人照管的顾虑。这样，作者就把他写为一个蔡公逼试的积极的帮手了。他不但也用一些封建大道理来压蔡邕，而且在蔡邕临别生悲的时候说："丈夫非无泪，不洒别离间。"李卓吾批评本在这里批了一句："胡说！"这实在不能不说作者写得有些过分了。到了最后，他在剧中的任务已经完成以后，这个人物又成了一个很庸碌的人。蔡邕回家拜父母的坟墓的时候，他对蔡邕说："你今日荣归故里，光耀祖宗，虽是他生前不能享你的禄养，死后亦得沾你的恩典。老夫苟延残喘，又得相见，侥幸侥幸！"我们不再感到这是一个很有血性的人物了。蔡公和蔡婆写得时而令人反感，时而又令人同情。牛相更是时而横不讲理，时而又很容易接受别人的意见。这显然都是作者任意驱使这些人物的结果。

从《琵琶记》的一些重要人物重要情节看来，我们不能不承认"不关风化体，纵好也徒然"的确是作者高明有意识地提出的创作主张，而且他在作品里也的确是努力实践这种主张的，并不像讨论会上有的同志说的，那不过如有些戏曲一样，"主要是招徕观众"[①]

---

　　①　《琵琶记讨论专刊》，第264页，王季思的发言。

的套语。但作者在这个作品里面，也并不是歌颂了全部封建道德。他最热心提倡的是孝，其次是义。节不过附带写到了一下。至于蔡邕的"全忠"却实际上是一种被迫的痛苦的服从。和这种被迫的痛苦的服从相比较，作者自然是更倾向于一种菲薄名利和仕宦的思想的。作者的思想体系是封建的，但由于现实生活的教训，他仍然可以对封建社会的某些事物怀抱不满。封建社会的现实是比封建道德更加矛盾百出的。他曾经历了一些仕途的风波。他曾看到了一些在一个信奉封建正统思想的人看来也不能不反对的事实。而且就是那些恪守封建道德的人，在封建社会里也仍然常常要碰到一些困难和痛苦，这样的事实他也很可能是深切地感到的。所以他把蔡邕的"全忠"写成了那样，而且描画出来了灾荒年岁的残酷的景象，里正社长这一类人物的没有心肝。在赵五娘身上，在通过她来宣扬孝道的同时，他更集中地写出了封建社会的许多妇女的共同的悲惨的命运。这些都应当看作是生活对于作者的狭隘的观念的补充和修正，看作是作者对于现实的一定程度的忠实因而开拓和丰富了他的作品和内容。而且这样，作者也就达到了他在戏剧开场时候所提出的一个不容易达到的艺术标准："论传奇，乐人易，动人难"。这个作品是能够感动人的。这当然不仅仅是由于艺术技巧，更根本的还是由于它的内容。然而现实生活的教训是还不曾动摇作者对于孝义这一些封建道德的信奉的。相反地，他很可能以为这些封建道德正是医治封建社会的药方。所以他还是宣扬孝义或子孝妻贤到底了。他不知道孝不但不能补救荒年到来以后寻常人家的饥饿，而且也不能依靠它去取得家庭的真正的和谐。义也并不能从根本上解决封建社会的问题。赵五娘那样孝，那样贤，加上张广才那样义，蔡公蔡婆还是死了。而且到了快要饿死的时候，婆婆还是对媳妇那样责骂和猜疑。赵五娘那样贤，牛氏那样义，蔡邕也并没有负义，但这也只能在纸面上或者舞台上取得团圆的结局,在实际生活中这或许正是问题的开始。这种对于孝义或子孝妻贤的宣扬不能不给作品带来了许多概念化的成分,许多漏洞。虽然从这种宣扬中我们今天也可以看出封建道德的不合理,正如我们从二十四孝的故事中也可以看到不合理、虚伪、甚至丑恶和野蛮一样,但这已经不是作品的正常的客观效果,而是用我们今天的观点来作出的和作者原意相反的结论了。

除了《琵琶记》而外,我们还可以读到高明的一些诗文。关于他的生平也还有一些材料可以考查。有些诗文和材料是可以和《琵琶记》的某些思想内容相印证的。《宋元学案》卷69的《沧州诸儒学案表》,把高明列在朱熹门人徐侨这一学派的系统下面,作为黄溍的门人。《新元史》卷206《黄溍传》说:"溍性至孝。营冢墓,有驯虎之祥。"《琵琶记》所写的蔡邕,他的孝心感化了野兔;而高明的这位老师,他的孝心更感化了老虎了。高明也是很重视孝道的。刘基在《从军诗五首送高则诚南征》里,第一句就说他"少小慕曾闵"。曾参和闵子骞是名列二十四孝中的人物。徐渭《南词叙录》宋元旧篇中列有《闵子骞单衣记》,注明也是高明所作。不过这篇南戏已经失传了。他还写过《华孝子故址记》和《孝义井记》这样两篇文章①。华孝子名宝,《南齐书》卷55记载他的孝行是这样的:"父豪义熙末戍长安。宝年八岁。临行谓宝曰:'须我还,当为汝上头。'长安陷虏,豪殁。宝年至七十不婚冠。或问之者,辄号恸弥日,不忍答也。"这完全是愚孝。但高明却对他大加赞扬,并且说当时做官的人如果像华孝子终身守着父亲一句话那样"奉君命,恪官守",那么东晋就不会改朝换代为宋,宋也不会改朝换代为齐了。在这篇文章里他更把孝和忠统一起来加以提倡。孝义井的故事是

---

① 《孝义井记》见《黄岩县志》卷三孝义井下。《华孝子故址记》,《柔克斋诗辑》后冒广生附记云见《苏州府志》卷32,我见到的是《常州府志》卷34所载。

说一个人因为他祖宗的坟地没有遭到当地老百姓打柴放牛时候的践踏，而这个山上缺水，他就打了一个井来报答他们。所以这个井兼名孝义。高明为处州录事的时候，还曾亲自为一个孝女请求旌表。这个孝女叫陈妙珍。宋濂的《丽水陈孝女传碑》记载了她的行孝的故事。她十四岁的时候，因为祖母害病，她割腿上的肉来给祖母吃。祖母的病好了。但知道了是她腿上的肉治好的，祖母很悲伤，病又复发了。后来梦见神人告诉她，要割肝来给祖母吃才能好，并且指点她从右胁下开刀。她割开了右胁，肝就从那里掉了出来。祖母吃了她的肝，病真的马上就痊愈了。这样一个充满了迷信和野蛮的色彩的故事，高明却信以为真，还为她请求旌表，可见他对于孝也是信奉到迷信的程度了。高明在他的诗里不仅歌颂过孝，而且还提倡过节。他写过一篇《王节妇诗》。还有一篇《昭君出塞图》，那就更使人反感了：

> 竟宁阏氏[1] 出塞城，鞾婆[2] 声断凄龙庭。边云竟与汉日隔，野草空作春风声。汉庭公卿无远举，却使娇姿嫁夷虏。岂知刘白与杨樊[3]，复把丹青罔人主。当时国计无足论，佳人失节尤可叹。一从雕陶莫皋立，回首不念稽侯珊[4]。纲常紊乱乃至此，千载玉颜犹可耻。蛾眉傥不嫁单于，灭火安知非此水。良工妙画不必观，勿因一女讥汉元。官闱制驭苟失道，肘腋变起非一端。君不见，玉环自被胡雏污，岂是丹青解相误！

---

① 匈奴称单于嫡妻为阏氏。王昭君以汉元帝竟宁元年归呼韩邪单于。

② 即琵琶。

③ 《西京杂记》卷二记载，因昭君事同日弃市画工除毛延寿外，还有陈敞、刘白、龚宽、阳望、樊育。后来传说中的昭君故事，都说是毛延寿没有得到贿赂，把她画得丑一些。其实《西京杂记》并没有确指是谁。

④ 呼韩邪单于名稽侯珊。呼韩邪单于死后，大阏氏之长子雕陶莫皋立，复妻王昭君。见《汉书》卷九十四《匈奴传》。《后汉书》卷一百一十九《南匈奴传》："后呼韩邪死，其前阏氏子代立，欲妻之。昭君上书求归，成帝敕令从胡俗，遂复为后单于阏氏焉。"

歌咏王昭君的故事的诗是很多的。但像这首诗这样,对这个古代的远嫁异域的女子没有同情,而且激烈地责备她失节,连匈奴的落后的风俗习惯也要她负责,大叹"纲常紊乱",甚至认为王昭君不远嫁,反而可能会害得汉朝灭亡,却实在是一种很少见很奇怪的议论了。

高明的有些诗里面也流露出来了他的菲薄名利和仕宦的思想,这和《琵琶记》也是可以相印证的。《柔克斋诗辑》中《次韵酬高应文》,《送朱子昭赴都》等诗都明显地表现了这种思想。《宋元学案》卷70说高明"自少以博学称。一日,叹曰:'人不专一经取第,虽博奚为?'乃自奋读《春秋》,识圣人大义。属文操笔立就。登至元乙酉第"。这说明他最初是并不菲薄功名富贵的。但等到做了小官以后,他却如《宋元学案》所叙述的,"数忤权贵",或者如赵汸《送高则诚归永嘉序》所说的,"意所不可,辄上政事堂慷慨求去",他就尝到做官的滋味了。赵汸送他归永嘉的序就是作于他做官不如意之后。序中记载了高明临行时的一段话:

> 君设俎豆觞客。酒行,笑谓座中曰:"前辈谓士子抱腹笥,起乡里,达朝廷,取爵位如拾地芥,其荣至矣;孰知为忧患之始乎! 余昔卓其言,于今乃信。虽然,余方解吏事归,得与乡人子弟讲论诗书礼义,以时游赤城雁荡诸山,颒涧泉而仰云木,犹不失吾故也。"

再经历了一些这种忧患之后,他就坚决不愿做官了。不但方国珍强留幕下,他力辞不从;后来朱元璋派人去请他,他也佯狂不出了①。

我们了解了高明的这样一些思想和传记材料,对于《琵琶

---

① 《南词叙录》说他"佯狂不出"。《明史》卷二百八十五陶宗仪传后附高明小传,说他"以老疾辞"。

记》带有浓厚的宣扬封建道德的色彩，而又不是毫无保留地肯定整个封建社会，就不奇怪了。作者的主观思想和作品的客观内容是有区别的。高明头脑里的全部封建思想并没有在《琵琶记》里充分地表现出来；他的生活经验和他对于现实生活的某些忠实的描写又使作品的内容突破了他的封建思想的限制；而且文学艺术的形象地反映生活这一特点更使作品的某些部分的客观意义和他的主观意图相违反。但是，如果只强调这种区别，而不承认作者的主观思想和作品的客观内容之间的密切的联系，那也是不能正确地说明《琵琶记》这样的作品的。只强调高明的"只看子孝共妻贤"的意图，就会简单地把《琵琶记》看作是一个典型的封建说教戏；只强调它的内容的可以肯定的一方面，就又会荒唐地把它说成"是具有非常强烈的反封建意义的作品"①。其实如果不把这两方面强调到不可并存的地步，如果不夸大一方面去否认另一方面，这种矛盾并不是不可以统一的。只强调作者的意图和这种意图在作品中的表现，固然并不完全符合《琵琶记》的客观面貌，也无法解释它的客观效果。只强调它的内容的可以肯定的一面，并从而把它的主题思想归结为是对于封建科举制度和封建官僚制度的揭露②，或者说是表现封建统治阶级对人民安乐生活的破坏③，那也必须要遭遇到无法获得圆满的解释的困难。如果不加深究地去看《琵琶记》的情节，蔡邕的痛苦，赵五娘的悲惨的遭遇，蔡公蔡婆的死亡，好像都是由于蔡邕的"三被强"，而"三被强"又好像是由于科举制度、官僚制度和封建统治阶级的

---

① 《琵琶记讨论专刊》，第99页，程千帆的发言。

② 同上书，第150页，丁力的发言："它反映了封建科举制度和封建官僚制度的不合理。"

③ 1956年9月号《剧本》上发表的李长之的《从〈琵琶记〉的结构上看〈琵琶记〉的主题思想》即有此意。

存在。但是这个"三被强"或者"三不从"就"做成灾祸天来大"的情节，历来都是受到非难的。历来都认为有许多漏洞。这些漏洞还不仅仅是细节问题，针线不密问题，而主要是由于这些情节有不真实的弱点。中科举和留在朝中做官，同父母妻子的悲惨的遭遇并没有什么必然的关系。相反地，它们倒是可以使父母妻子也过富贵的生活的。皇帝不让他辞官，"难道不能走一使迎之"①？牛相不放他回去，"难道差一人省亲，老牛也来禁着你"②？后来的情节说明，牛氏和牛相都并不是使蔡邕和父母和赵五娘不能见面的真正的原因。只要蔡邕早吐露心腹，问题早就解决了。可见被逼重婚也并不是灾祸的根源。说到最后，只剩下饥荒的年岁一项了。但第二十一出又说："这般荒年饥岁，少什么有三五个孩儿的人家供膳不得爹娘。"那么蔡邕就是没有去赴选，又何济于事？而且剧中虽然写张广才也曾请官粮，好像他家中并不很富有，但更多的情节却又写他总是有办法的，只要他一出现赵五娘的困难就可以解决。那么如果他更主动更经常地帮助蔡家，不是也就可以度过荒岁？第三十八出张广才说："原来他也是无奈，好似鬼使神差。"这个戏里面的悲惨的情节的形成，真有些像是鬼使神差了。这就是说，它是经不起认真的分析的。作者的原意不过是要洗雪蔡邕的被谤。他虚构的种种客观原因都

---

① 李卓吾批评本第十六出评语。

② 从周订阅毛声山评本第二十四出引徐渭语。李卓吾批评本有意思相同的评语。讨论会上有这样的意见，说蔡邕不给家中写信的漏洞，只要在《强就鸾凤》一出拜堂以后，牛相用几句话吩咐家人监视蔡邕就可以补救（《琵琶记讨论专刊》第193页。第214页有类似的意见）。或许有人也用这样的话来回答这个非难。但一个"日晏下彤闱，平明登紫阁"的官为议郎的人是不可能完全被监视的，不可能像囚徒一样不自由的。而且如果这样写，就又和《宦邸忧思》所写的蔡邕还有一个心腹之人可以商量计策，可以要他去找乡里人捎信，《拐儿贻误》所写的蔡邕可以托拐儿捎信和金珠相矛盾了。《琵琶记》的这一类的矛盾是很难解决的。这是因为这些情节本来很勉强，本来就不大符合生活的真实的缘故。

是为了开脱蔡邕的"弃亲背妇"的责任。如果我们也从这个角度来观察，许多漏洞可以看作只是一些情节上的问题，不必太重视。如果我们把作者的这些虚构看得过于重要，认为它们就是全剧的主题思想，认为它们就是深刻地揭露了封建科举制度和封建官僚制度，揭露了封建统治阶级对人民安乐生活的破坏，那就反而给作者带来了新的责难了。那就不能不使人感到，这种揭露不但不深刻，而且是不大真实的了。在这个问题上也可以看到，作者的主观思想和作品的客观内容是不可分割的。世界上很难找到有这样的作品，作者的主观意图是要宣扬封建道德，而作品的主题思想却是强烈地或者深刻地反封建。《琵琶记》里对于封建社会的统治的描写是并不统一的。它有时批评，有时又歌颂。它不但在《义仓赈济》里描写了里正社长的贪狠，而且较早的本子在《一门旌奖》前还多牛相在途中一折，其中描写祇侯及兀刺赤勒索站官两次分例，甚至剥他的衣服，而牛相却管不住①。但在《杏园春宴》里却又说："太平时车马已同，干戈尽戢文教崇"，"时清莫报君恩重，惟有一封书上劝东封，更撰个河清德颂"，又很像是一个太平盛世。这也是因为作品的主题本来不是歌颂或批判封建统治，作者在这方面的描写就较为自由的缘故。我们对于《琵琶记》的主题思想的说明，是不能把它本来存在的两种矛盾的成分抹杀一种而只强调一种的。应该同时承认，它宣扬了子孝妻贤或孝义这样一些封建道德，但它所描写的人物和生活的全部意义却更为丰富和复杂，其中又包含了对于封建社会封建道德的某些方面的暴露。

---

① 《新刊巾箱蔡伯喈琵琶记》、陆贻典钞校本和凌刻臞仙本均有这个情节。凌刻臞仙本眉批："兀刺赤，元人称走站卒子之常。"明火源洁《华夷译语》人物门："马夫，兀刺赤。"当是元时蒙语对马夫之称。

有些同志为了要更多地肯定《琵琶记》，但又无法否认其中对于子孝妻贤的反复不已的描写，于是就把这些封建道德说成是人民的道德。有一位作者还提出了一个区别封建道德和人民的道德的标准，说不问你是否愿意，你非遵守不可，那是封建道德；从自然的感情出发，由于自觉自愿，而不由于强迫，那就是人民的道德①。按照这样的标准，蔡邕和赵五娘的孝就成了人民的道德了。有些作者又把赵五娘的孝说成是人道主义的同情②，或者说孝是各个社会所共有的东西③。最近的报纸上的杂文，更有提出"社会主义的孝"的说法的④。这样把封建道德和人民的道德和我们今天的道德混淆起来，道德的上层建筑的性质也就模糊了。区别封建道德和人民的道德的标准不是强迫和自愿，而是看它到底是为封建统治阶级的利益服务还是为当时的人民的利益服务。愚忠愚孝正是出于自觉自愿，而不是由于强迫。臣对君要尽忠，子女和媳妇对父母和公婆要尽孝，妻子对丈夫要守节，这都是封建社会关系在伦理上的表现，都是为了巩固封建社会的秩序，都是不平等的片面的要求，它们的封建性质是无可怀疑的。封建社会制度废除了，君臣的关系不存在了，也就没有了忠这种封建道德。我们现代语言中还有"忠实"这个词儿，但它和封建道德中的"忠"根本是两回事。封建社会制度废除了，子女和父母的关系今天还是存在的，子女对父母仍然会有也应该有感情，而且对于年老的不能劳动的父母，子女仍然会有也应该有供养的社会义务，然而这不能叫做孝；媳妇和公婆的关系今天也还是存

---

① 赵景深《谈琵琶记》（1956 年第 8 期《戏剧报》）。

② 《琵琶记讨论专刊》第 37 页，李长之的发言。李希凡《作家的"主观"和作品的"客观"》（1956 年 7 月 24 日《人民日报》）中亦有类似说法。

③ 见柏鼙《对〈琵琶记〉的热烈讨论》（1956 年第 8 期《戏剧报》）中的报道。

④ 记得是当时《人民日报》第八版的一篇杂文。日期，作者和题目均已忘记。

在的，如果生活在一起应该和睦相处，然而这也不能叫做孝；妻子和丈夫的关系今天也还是存在的，应该互有爱情，互相忠实，然而这也不能叫做节。这都是一种新的人和人的关系，一种平等的各有各的独立的人格的关系，因而这也就都是和封建道德根本不相同的新的道德。虽说蔡邕的孝也包含有子女对于父母的自然的感情，赵五娘的孝更和客观环境的逼迫有关，但他们头脑里和嘴里的孝的观念，他们对于孝道的实践的行动，却是封建性的。

《琵琶记》里所提倡的义倒的确比较复杂一些。义也是封建道德所标榜的。封建社会里表扬所谓义仆义犬，那完全是提倡奴隶道德。然而过去的农民战争的领导人物也常常用义来团结和号召群众。这说明义的内容比较广泛一些。封建统治阶级在某一些意义上提倡它，而人民却又在另外一些意义上运用它。《琵琶记》里所描写的牛氏的义，所谓"罔怀嫉妒之心，实有逊让之美"，当然是封建的，蔡邕对赵五娘不愿负义，这种义是封建社会对男子提出的和女子的贞节相对等的道德，虽然并不平等，应该说还是有它的一定的合理性。张广才的义，如果它的内容仅仅是"救灾恤邻，万古之道"，这是封建统治阶级也可以提倡的；如果把它理解为正义感，理解为对于患难中的人们的热心的帮助，这就又和人民的要求接近了。

许多同志好像有这样的想法：以为充分地承认了《琵琶记》的封建性，就不便于肯定它。其实这个矛盾是可以统一的。承认它有浓厚的封建色彩，仍然可以适当地肯定它。这是因为《琵琶记》的内容本来就有可以肯定的一个方面。如果再从南戏的发展的历史来考察，我们对于《琵琶记》就更不能否定了。永乐大典本的三种戏文，《小孙屠》、《张协状元》和《宦门子弟错立身》，可能是我们现在所能见到的最早的南戏脚本。这些脚本在思想上和艺术上都是还不成熟的。《琵琶记》的出现，如徐渭在《南词叙录》中所说的：“用×① 丽之词，一洗作者之陋”，显然是一个很大的进步。《琵琶记》的艺术结构是很完整的。在《副末开场》以后，蔡邕和赵五娘这两个主要人物在第二出就出场了，而且同时就写出了他的赴选问题和蔡邕、蔡公、蔡婆三人之间的意见分歧。第三出就又出现了牛氏和牛府。以后就是两条线索错综发展，直到最后结合在一起。整个戏写得很紧凑，很有戏剧性。语言也比永乐大典本的三种戏文成熟。特别脍炙人口的曲词虽然不多，长处却是全剧都写得相当整齐，极少不可读的部分。大约和《琵琶记》的出现的时候相差不远的有名的南戏，还有《荆》《刘》《拜》《杀》。从作品的优劣说来，这四个戏的次序应该是《拜》《刘》《杀》《荆》。《荆钗记》的题材和《琵琶记》是很相近的。它是要表扬义夫节妇。有些情节和场面很可能是受了《琵琶记》的影响。然而它里面的主要人物比起蔡邕和赵五娘来，却写得逊色多了。他们更缺少内心矛盾。他们更为封建道德所统一。他们的性格不能给人留下鲜明的印象。它的文采也远不如《琵琶记》。戏剧主要是通过人物的语言来表现人物的性格，表现生活，表现作者的思想感情。语言无味，就更加显得贫乏和沉闷了。《白兔记》和《杀狗记》的文采和结构也不如《琵琶记》。曾有人因为它们的曲词不佳而大加贬抑②。但它们的内容还是有不少可取之处的。特别是《白兔记》，它富有民间文学的色彩。其中有一些动人的情节和泼辣的写法只有在民间文学中才容易读到。《拜月亭》和《琵琶记》的优劣历来是一个争论的问题。《拜月亭》写的是儿女之私情，正是属于高明认为“琐碎不堪观”的作

---

① 原缺一字。

② 吴梅《顾曲麈谈》：“文字之最不堪者，莫如《白兔》《杀狗》。《白兔》不知何人所作，读之几乎令人作呕。《杀狗》为徐㕭作……宜其词当渊雅矣。乃鄙陋庸劣，直无一语足取。”

品。但因此它的封建色彩也就远较《琵琶记》为少，不喜欢《琵琶记》的封建说教的读者自然会更喜欢这个作品。它的末尾也是奉旨招亲，男主人公辞婚，皇帝下诏嘉奖义夫节妇，提倡"彝伦"，和《琵琶记》某些情节相似，但全剧的主要内容却不在此。它以战争离乱为背景。骨肉散失造成了一种悲凄的气氛。在这种背景和气氛之中，却描写了一对小儿女的奇遇。他们由完全陌生而偶然相识，而结伴相携，而旅舍成婚。他们成婚后即终身相爱，久别不改。这样的儿女的真情是使人很同情并且感到很可珍贵的。关目虽巧，并不觉得纤弱。这是因为戏剧的主要部分很有生活气息和抒情意味。过去有些人说这个作品的佳处大都蹈袭关汉卿的同名的杂剧①，那是不符合事实的。它虽然采取了关汉卿的原作的一些情节和词句，但它写得更为曲折动人，更为文采斐然。像《子母途穷》、《招商谐偶》、《抱恙离鸾》、《皇华悲遇》、《对景含愁》和第三十二、三十四出都写得很好，而这些，绝大部分都是这个戏曲的作者的新的创造。但这个作品写得并不完整。和以上七出写得不相称的，是主要故事开始以前的十六出写得过于冗长，语言也质朴无味，而末尾六出又落入常套，读起来使人感到兴味索然。这就是说，在艺术的完整上它也是不如《琵琶记》的。我们把《琵琶记》和这些戏曲略为作了一点比较，就可以更为明确地看出，在元末明初的戏曲中它仍然应该占一个很重要的地位了。后来出现的《五伦全备记》和《香囊记》，有模拟它的痕迹。这两个才真正是典型的封建说教戏。它们的作者毫

---

　　①　王国维《宋元戏曲考》："明代如何良俊、臧晋叔、沈德符辈，皆谓《拜月》出《琵琶》之上。然《拜月》佳处，大都蹈袭关汉卿《闺怨佳人拜月亭》杂剧，但变其体制耳。"又吴梅《霜崖曲跋》："幽闺本关汉卿《拜月亭》而作。记中拜月一折，全袭原文，故为全书最胜处。余则颇多支离丛胜。"他的《中国戏曲概论》中也有这样的话。

无保留地提倡和歌颂了全部封建道德。《五伦全备记》甚至正面描写"割肝救姑"这一类野蛮的事情。《香囊记》的主题蹈袭《五伦全备记》，而它的情节更是杂乱拼凑而成。我们不能把这种恶劣的模拟完全归咎于《琵琶记》，并从而把它们一样看待。《琵琶记》固然也有封建说教的一面，但那并不是它的全体，并不能因此就否定它同时对于封建社会道德的某些方面也有所暴露，而且在艺术方面更有它的独创性和新的发展。它的封建说教的一面自然是有它的副作用的，但这种副作用在封建社会里可能大得多。在我们今天，封建道德的社会基础已经消失了，只要我们不把它里面的封建性的糟粕说成是人民的东西，而且适当地加以指出和批评，我们的读者和观众是不难辨别，不难剔除的。

1957 年 2 月 3 日深夜

文学史讨论中的几个问题[*]

一　关于中国文学史的规律

对这次会上讨论的问题，我的发言权是很少的。我没有系统地研究过我国的文学史。作为讨论的参考的三部文学史著作，北大中文系五五级同学编的《中国文学史》、北师大中文系三四年级同学和古典文学教研组教师合编的《中国文学讲稿》第三分册和北师大中文系五五级同学编的《中国民间文学史》，我到现在为止才读完了北大编的那一部。

我们会上讨论了三个问题。前两个问题，中国文学史是否贯穿着现实主义和反现实主义的斗争，民间文学是否是中国文学的主流，是和中国文学史的规律有关的问题。后一个问题，编写中国文学史应该用什么样的政治标准和艺术标准，是和评价过去的作家和作品有关的问题。我想我们对于文学史著作的内容可以提出许多要求，但这几点总是应该努力去作的：（一）准确地叙述

---

*　这是作者 1959 年 6 月 17 日在中国作家协会和中国科学院文学研究所召开的文学史问题讨论会上的发言。

文学历史的事实；（二）总结出文学发展的经验和规律；（三）对作家和作品的评价恰当。我们这次讨论的问题显然是很重要的。

去年高等学校的同学和教师编的中国文学史著作，大概都是企图找出中国文学发展的规律的，所以才提出了现实主义和反现实主义的斗争、民间文学是主流这样一些问题。北大编的《中国文学史》的《结束语》把这种意图表达得很明显。马克思主义者研究事物是要寻求它们的规律的。事物的运动和发展是有规律的；这种规律是可以认识的；认识了事物的规律才可以说是认识了它们的本质；而且这种对于规律的认识又可以反过来指导我们的工作，指导我们的行动，使我们的工作和行动能达到成功——这就是我们的观点。我们研究清楚了中国文学发展的规律，文学史上的许多问题可以得到解决，许多现象可以得到说明，而且可以作为指导今天的文学运动的参考。

过去的文学史著作我读得很少。有些最早的中国文学史好像只作到了现象的叙述和罗列。建安七子，大历十子，明代的前七子，后七子，等等，有些像流水账一样。还有些中国文学史是这样的写法：作家小传加代表作品加评语。总之，看不出文学发展的规律。后来胡适才提出"一部中国文学史只是一部文字形式（工具）新陈代谢的历史"、"白话文学史就是中国文学史的中心"这样的说法，好像是想找一个贯串的东西。然而他也没有说过他是在找规律，事实上那也绝不是什么规律。如列宁在《黑格尔〈逻辑学〉一书摘要》中所说的："规律和本质是表示人对现象、对世界等等的认识深化的同一类的（同一序列的）概念，或者说得更确切些，是同等程度的概念。"不能揭露事物的本质的伪造的公式不是我们所说的规律。

去年编的中国文学史著作，大概都是企图找规律，而且企图根据马克思主义的理论来找规律的。北大编的文学史强调现实主义和反现实主义的斗争，是根据列宁的每一种民族文化中都有两种民族文化的理论，是根据文学是上层建筑的根本原理。它主张民间文学是主流，是根据高尔基的《个性的毁灭》中的这样的话："人民不但是创造一切物质财富的力量，同时也是创造精神财富的唯一无穷的泉源……"它所根据的这些理论都是正确的。但是，为什么许多同志都怀疑或不赞成它根据这些理论所引申出的结论呢？

从正确的理论是可以引申出不正确的结论的，如果引申得不恰当。夸大真理就可以达到谬误，何况是不恰当的引申？文学是上层建筑之一，这是无可怀疑的。然而文学这种上层建筑有它的复杂性。它反映阶级的利益、观点和要求常常是错综复杂的，而且有时是很曲折的。如有些同志所说的，不能简单地把文学史劈为两半。列宁的两种文化的理论也是无可怀疑的。然而从列宁在《关于民族问题的批评意见》（《列宁全集》第20卷）中所提出的这种理论，只能引申出每个现代民族中都有两种文学，有民主主义的和社会主义的文学，也有资产阶级的文学。应用到我国封建社会的文学史上，只能引申为有民主性的文学，也有封建地主阶级的文学。不能在民主性的文学和现实主义的文学之间划上等号。民主性的文学不只是现实主义的文学。高尔基的《个性的毁灭》中的那段话，也如有的同志所说的，它不过说文化和文学起源于人民，不能引申为在整个文学史上只有民间文学是主流。

引申不当，这是一个原因。还有一个更深刻的原因。事物的规律是可以认识的；然而那些还不曾为人们所认识的复杂的事物的规律，又常常要经过一个摸索和研究的过程才能认识。马克思列宁主义的理论对于我们探讨事物的发展规律是可靠的指导。马克思列宁主义关于意识形态的理论，关于文学艺术的理论，更就是文学艺术的根本的规律的说明。但是我们要探讨中国文学史的规律，我想不应该仅仅是马克思列宁主义的这些理论的简单的重复，也不应该仅仅是这些根本原理的正确性的又一次证明，而是还要找出一些中国文学的具体的规律来。它们既是符合马克思列宁主义的根本原理的，又是对于这些根本原理有所丰富有所发展的。中国文学的历史是这样长久，内容是这样丰富，它和欧洲文学的历史有很多差异。按道理它是应该有一些具体的特殊的规律的。这样在我们面前就有一些新的问题，就有一些还不曾为我们所认识而且要有一个摸索和研究的过程才能为我们所认识的东西。恩格斯在《论卡尔·马克思著政治经济学批判一书》中说："唯物主义的观点即使只是在一个单独的历史实例上的发展，也是一种需要多年静心研究的科学工作，因为这很明显，在这里仅仅用一些词句是无济于事的，只有大量经过批判的选择和完全掌握的历史材料才能使人完成这一任务。"何况在我们面前的是整个中国文学的历史！在这样一个很复杂的科学工作中创造性地应用马克思主义的观点，必须大量占有材料，从实际出发；必须有实事求是的态度和正确的方法；必须有较长时间的钻研。

北大的文学史和其他高等学校的同类的文学史是在很短的时间内突击写成的。这些著作表现了年轻同志们的很可宝贵的革命精神，革命干劲。任何个人，任何少数几个人，都是不可能在这样短促的时间内写出一部文学史来的。然而这些同志却用集体的力量把它们突击写成了。在十分短促的时间内，他们占有了许多文学史的材料，参考了许多前人的意见，特别是吸收了解放以来古典文学研究中的许多好的意见。而且它里面有鲜明的阶级观点，革命观点，它里面贯穿着批判资产阶级学术思想的精神。这部文学史还有一些别的优点。比如它虽然是由许多人分头执笔编成的，整部书却相当统一完整，基本上是一部自成系统的著作。它的语言文字也是相当统一，而且流畅可读的。总之，我们对北大和其他高等学校的同学们的努力及其结果都应该充分肯定。但是他们编写的时间究竟过于短促了。他们主观上企图找出中国文学史的规律，然而他们的某些结论却还不能为大家所承认，这是很可以理解的。我们不应该要求他们经过一次时间这样短促的摸索和研究就能够把中国文学史的规律弄清楚。

有的同志的发言中好像有这样的意思：现实主义和反现实主义的斗争虽然并不一定贯穿整个文学史，但我们找不到别的更好的公式来代替它，就不如还是用这个公式。我的看法不同。与其要一个不合乎事实的不正确的公式，我觉得还不如暂时不要公式。有一位没有参加这个会议的同志对我说：公式和结论是要的，科学研究的目的是在找规律和公式，至少高级的研究应当如此；但不要急于得到公式和结论，这样将来才可能得到正确的公式和结论。他说，中国的文学史艺术史的规律，我们还没有找到，还需要作长时期的努力。立刻定一个公式，容易把历史歪曲。应当不急于求公式，提倡先掌握材料，研究材料。未找到正确的规律以前，可以作各种探索。他又说，坚持现实主义和反现实主义的公式的人也可以保留他们的意见。

我很赞成这位同志的意见。我们的四次讨论会并没有定出什么新的公式来代替北大和师大的文学史著作中的公式。我们这次讨论也没有什么结论。这次会议散了以后，还可以继续讨论，探索。除了会上讨论的问题而外，还可以研究一些别的问题。比如，中国封建社会的文学为什么那样繁荣，为什么成就那样高；不同时期的繁荣或比较衰落的原因是什么；其他上层建筑和文学的关系是怎样的；中国文学史到底应该怎样分期；我国古典文学的民族特点到底表现在哪些地方；等等。多研究一些别的重要问题，我们的眼光就不至于局限在很少几个问题上，对于探索我国文学史的规律或许更有帮助一些。

二　关于现实主义和反现实主义的斗争

主张维持现实主义和反现实主义的斗争这个公式的同志们，除了以列宁的两种文化的理论为根据而外，还有这样一个理由：

> 作家的任务是通过形象反映现实生活，任何作家都不能回避现实的阶级斗争。不是真实、深刻地揭示生活的本质，就是粉饰、歪曲生活，两者必居其一。
>
> ——伍冷《简评复旦〈中国文学史〉（上册）》，
> 1959年3月28日《文汇报》

说是以列宁的两种文化的理论为根据，其实很容易看出是引申不当。从文学和现实的关系来着眼，说从古至今的文学都有这样两种，不是真实地反映现实就是歪曲地反映现实，这倒好像更有道理一些。然而这里仍然存在着概念上的混乱。真实地反映现实的并不只是现实主义的文学，还有积极的浪漫主义的文学。真实地反映现实并不是现实主义的同义语。

像是回答这种非难一样，有的作者主张把积极浪漫主义列入现实主义的范畴：

> 既然它与现实主义不对立，且有相通之处，那末我们在概括文学现象时，又何尝不可以把它列为现实主义文学这一范畴？
>
> ——唐耀《一根贯穿整个文学史的红线》，
> 1959年4月19日《解放日报》

复旦大学编的《中国文学史》在《导言》中正是这样主张的。它说，积极的浪漫主义"基本上属于现实主义的范畴，而且往往和现实主义的创作方法相结合"。

说积极的浪漫主义和现实主义并不对立，而且有相通之处，这是对的。说在有些杰出的作家的创作中，积极的浪漫主义和现实主义常常相结合，这也是对的。然而，因此就把它划入现实主义的范畴，那就错了。作为创作方法来说，它们到底是两个范畴。列入一个范畴，就混淆了这两种创作方法的差别。

说到这里，我们非来讨论一下这两种创作方法的差别不可了，虽然这是一个比较困难的问题，是一个大家的看法并不一致的问题。

什么是现实主义，什么是浪漫主义，好像我们本来是有一个看法的，但近年来却并不怎样清楚了。本来有一个看法会变成不怎样清楚，这说明我们对这些问题还需要作深入的研究。但我想也不妨按照我们原来的理解来讨论一下。就我来说，对于现实主义和浪漫主义的理解主要是从高尔基来的。高尔基在《我怎样学习写作》中说，有一个工人的15岁的女儿和他通信。她说："我今年15岁，但在这样年轻的年纪，我身上已经出现了作家的才能，而令人苦恼的贫乏的生活就是它的原因。"高尔基说，这个女孩子如果写作，大概一定会写出浪漫主义的东西来，尽力想用美丽的虚构来丰富"令人苦恼的贫乏的生活"，一定会把人写得比实际中的还好。又有一个17岁的工人也和高尔基通信。他说："我有这么多的印象，使得我不能不写。"高尔基说，这个年轻工人的写作的渴望就不能用生活的"贫乏"来解释，而是由于生活的丰富、印象的过多和想把它们写出来的内在的冲动；从这样的人们当中大概会出现一些现实主义的作者。这种对于现实主义和浪漫主义的产生的看法或许并不完全，但直到现在，我仍然觉得是有道理的。

现实主义是按照生活的实际存在的样子反映生活，这样一个解释好像许多人都不否认。生活的实际存在的样子，并不只是生活的外貌，同时还包含有它的内在意义。这样，现实主义就不仅要求细节的真实，而且还要求本质的真实。文学艺术的典型性就是从后一要求来的。浪漫主义和现实主义的差别或许就在这里：浪漫主义并不完全按照生活的实际存在的样子反映生活。它总是现实和幻想的结合。现实主义也是有虚构的，虚构就不能离开幻想。然而现实主义所据以进行虚构的幻想仍然和生活的实际存在的样子很相似，它不一定实际存在，但却可能存在。浪漫主义所据以进行虚构的幻想却更为大胆，更为奇特，它不仅是可能存在的，而且还可以是不可能存在的。当然，浪漫主义也并非全部都是不可能存在的事物的表现。一个作品如果全部都是由不可能存在的离奇的幻想构成，其中完全没有实际存在的事物和可能存在的事物，它就很难理解，很难发生艺术的效果了。只有资本主义没落时期的种种形式主义流派中，才出现了那种很难理解、很难发生艺术的效果的极端离奇的文学艺术。浪漫主义却是现实和幻想的结合，却常常是实际存在的事物、可能存在的事物和不可能存在的事物的结合。一般地说，浪漫主义作品还是和那种极端离奇、根本违反文学艺术的规律的形式主义作品并不相同的。

文学艺术的产生总是由于人对生活有所感受，由于人企图用一些媒介物把生活及其感受再现出来。因此，最早的文学艺术就自然地有这样两种倾向，这样两种创作方法：按照生活的实际存在的样子去反映生活、描写生活；或者是虽然也以一定的现实生活为基础，却按照人的幻想和愿望把它作了较大或很大的改变。我国古代神话中的后羿射日、精卫填海等故事，就表现了后一倾向。这就是说，现实主义和浪漫主义的倾向是随着文学艺术的产生而产生的。虽然在最早的文学艺术中，它们是比较简单的，朴素的，并非自觉的，它们的提高、成熟和成为自觉的创作方法还要经过长时期的历史的发展，我们却不能否认那时就有这样两种创作方法存在。

当然，浪漫主义必须区别为积极的浪漫主义和消极的浪漫主义。鲁迅在《漫谈"漫画"》中说："'燕山雪花大如席'是夸张，但燕山究竟有雪花，就含着一点诚实，使我们立刻知道燕山原来有这么冷。如果说'广州雪花大如席'，那可就变成笑话了。"这个关于夸张的例子是可以借来说明积极的浪漫主义和消极的浪漫主义的区别的。"燕山雪花大如席"，事实不可能存在。然而不但如鲁迅所说，燕山究竟有雪花，这种浪漫主义的夸张就仍然有它的真实性，而且李白这首《北风行》开头是要描写北方的严寒，为了表现得更真切，更强烈，他非采取夸张的写法不可。在这里，"燕山雪花大如席"就比"燕山雪花如鹅毛"更真实。积极的浪漫主义就是这样：尽管在它的虚构中有不可能存在的事物，它在本质上却是真实的。消极的浪漫主义也是现实和幻想的结合，也常常是实际存在的事物、可能存在的事物和不可能存在的事物的结合，在这一点上和积极的浪漫主义一样，然而它在本质上却是不真实的。《西游记》是一部有名的积极的浪漫主义的作品。它里面有很多很多不可能存在的事物。它的主要情节，孙猴子大闹天宫，后来又帮助唐僧到西天去取经，在路上降服了许多妖魔，事实上是不可能存在的。它的一些较为细小的情节，如孙猴子有七十二般变化，一个斤斗云就十万八千里等等，事实上也是不可能存在的。然而吴承恩不但以现实生活为基础，把这些虚构的情节写得近情近理，能够造成真实感，而且它们本身含有高度的真实性。我们曾经解释过，大闹天宫是曲折地反映了中国封建社会的人民的反抗，取经故事主要含有人要完成一种重大的事业一定会遇到许多困难而且必须战胜这些困难的思想。至于七十二般变化，那是表现人对于自己的能力的大为加强的愿望。到现在为止，虽然人的形体仍然不能变化，人的能力却不知加强了多少倍了。一个斤斗云十万八千里，那是表现人对于远距离的快速飞行的愿望。到现在为止，虽然人的身体仍然不能飞行，人却已经制造出来了多种快速飞行的工具了。从本质上说，这些幻想和虚构都是含有高度的真实性，深刻的思想内容的。夏多布里盎的《阿拉达》是一部有名的消极的浪漫主义的作品。这部作品在当时很受读者欢迎，对法国后来的文学也发生过影响。它写得文字华丽，它的描写能够造成一种气氛。它的情节也是紧凑而又似乎动人的。这说明它在细节描写上还是有某些真实的成分，还是有一定的艺术性。然而它的根本内容却是虚伪的。它的虚伪还并不在于其中关于美洲的风景的描写很多出自想像，并不是都有亲身经历的基础。这种背景和细节的虚构有时是文学作品所容许的，不一定成为问题。它的虚伪首先在于夏多布里盎的写作目的是"试于残废基址上重新建立宗教"，要"使人热爱宗教并证明宗教有益处"，因而这部作品露骨地宣传基督教的传教士使原始民族的风俗"渐渐变得良善"，基督教的教义"战胜野蛮生活"，并且战胜人对于爱情的强烈要求和对于死亡的恐惧。这些对于宗教和殖民地的传教士的描写，都是十分歪曲现实，十分反动的。还有，如拉法格在《浪漫主义的根源》中所说，《阿拉达》的爱情悲剧也是虚伪的。一个原始民族的年轻的女子，不可能如小说所写的那样，仅仅因为曾经发过一个宗教的誓言，按照她母亲的意愿同意把自己献给圣母玛利亚，终身不嫁，就真的拒绝和她的爱人结合，以至自杀。

　　清楚了积极的浪漫主义和消极的浪漫主义的区别，我们就容易理解为什么积极的浪漫主义和现实主义并不对立而且有相通之处了。它们在本质上都要求真实地反映现实。它们都要求有典型性。《西游记》里面的孙猴子、猪八戒，和其他作品里面的诸葛亮、曹操、张飞、李逵、贾宝玉、林黛玉等同样是中国人民中广泛流传的典型人物。正因为有相通或相同之处，在许多杰出的作家的创作中它们才可能常常结合在一起。屈原和李白主要是积极的浪漫主义的诗人，然而他们并不是完全没有现实主义色彩较多的诗篇。关汉卿主要是现实主义的剧作家，然而他的《窦娥冤》却是现实主义和积极的浪漫主义相结合的作品。《三国志演义》、《水浒传》和《红楼梦》主要是现实主义的小说，然而它们里面并不是完全没有浪漫主义的成分。这是因为这两种创作方法结合起来，更便利于作者真实地反映现实，更便利于典型的概括和典型的创造。然而尽管如此，我们仍然不能否认，作为创作方法来说，按照生活的实际存在的样子来反映生活和按照人的幻想、愿望把它作了较大或很大的改变这样来反映生活，只能描写实际存在的事物、可能存在的事物和也可以描写事实上不可能存在的事物，这两者之间是差别很大的，不能够划为一个范畴。

这样看来，什么是现实主义，什么是浪漫主义，好像我们原来的看法还是对的，为什么近年来又不怎样清楚了呢？这是因为近年来有些作者把恩格斯给哈克纳斯的信中的一句话当作了关于现实主义的定义，认为必须写出典型环境中的典型性格的作品才是现实主义的，认为中国文学史上的现实主义在唐以后、宋元以后或甚至五四以后才形成或成熟，这样现实主义的概念就不清楚了。后来有些作者又把现实主义和自然主义的界限弄得模糊起来，认为不但有和浪漫主义结合的现实主义，而且还有自然主义的现实主义，这样现实主义的概念就更不清楚了。现实主义的概念的不清楚必然会影响到我们对于和它相对待的浪漫主义的理解。何况对于浪漫主义的解释向来就更为分歧。其实恩格斯的那句话是针对哈克纳斯的小说《城市姑娘》说的。很显然，它只适用于小说、戏剧和其他以写人物为主的文学形式。至于抒情诗和抒情的散文，无论是古代的还是今天的，都不可能也不应该要求它们写出典型性格。如果要把这句话的精神应用到整个的文学现象，只能说现实主义除了细节的真实而外，还必须有典型性。现实主义和浪漫主义是文学艺术的基本的方法。人要用文学艺术来再现生活，大概总是从描摹实际存在的事物开始。描摹实际存在的事物还不足以表达其思想、感情和愿望，然后大胆的幻想和奇异和虚构随之而生。现在人们都承认在古代的神话和屈原的作品中就已经有了浪漫主义，如果现实主义反而在唐以后或宋元以后或甚至五四以后才形成，岂不成了不可理解的现象？至于现实主义和自然主义，虽然在有些具体作家的创作中，的确可能两种因素都存在，但从理论的概括说来，它们是有严格的区别的。现实主义除了细节的真实而外，还必须有典型性。自然主义的特点是它虽然有真实的细节描写，却缺乏典型性。我们所说的现实主义、浪漫主义和自然主义，都是一种马克思主义的文艺理论的概括，都是用来概括古今中外一些共同的文学艺术方法，和过去欧洲的某些文学史家用这些名称的概念并不完全相当。有些作者把我们的理论的概括和过去的用法不加区别，这也造成了一些概念上的混乱。

我们按照我们原来的理解说明了不能把积极的浪漫主义列入现实主义的范畴，也就是说明了现实主义和反现实主义的斗争这个公式的狭隘性，它并不能包括浪漫主义这一文学上的重要现象。那么，我们是否可以考虑把这一公式修改为现实主义、积极浪漫主义和反现实主义的斗争呢？这好像理论上比较圆满一些，但实际上仍然有问题。判断这个公式的正确与否还必须从我国文学历史的事实来考察。

北大的《中国文学史》叙述了一些我国文学历史上的现实主义和反现实主义的斗争的事实。应该承认，我国文学历史上是存在着这种斗争的，北大的《中国文学史》的有些叙述是符合实际的。然而书中举的例子并不很多，并不能贯穿整个文学史，而且有些例子还可以讨论。

它举了这样一些例子：

（一）从《诗经》起，就说这部最早的诗歌总集里面有两种不同的作品，即现实主义和反现实主义的作品。这种区分基本上是对的。然而我们今天已无法知道这两种创作倾向在当时的斗争情况了。

（二）对于汉代文学，说汉赋是反现实主义的，两汉民歌和《史记》是现实主义的。但司马迁既写《史记》又写赋。汉赋虽然好作品不多，但恐怕也不能说全部都是反现实主义的。在汉代，两种创作倾向之间的斗争的情况，我们也没有历史记载可以查考。

（三）说唐代文学尤其是唐诗的发展中，很明显地表现着现实主义和反现实主义两种对立倾向的斗争。但就所举的具体例子来看，情况却是并不一样的。比如说陈子昂反对齐梁的形式主义文学，主张"兴寄"，提倡"汉魏风骨"，就是恢复诗歌现实主义的优良传统。虽然"兴寄"和"汉魏风骨"并不就是现实主义，但陈子昂反对齐梁的诗歌是可以看作含有现实主义和形式主义的斗争的内容的。至于把以王维、孟浩然为代表的山水隐逸诗派划为反现实主义的流派，并且说唐代诗歌的积极浪漫主义精神是在反对各种各样反现实主义流派中形成起来的，我们却并没有听说过李白和杜甫或其他重要的积极浪漫主义诗人和现实主义诗人曾经和他们同时的王维、孟浩然等有过什么文艺思想上的斗争。

（四）又比如说李贺、李商隐、杜牧和白居易、元稹提倡的新乐府相对立。书中引了杜牧《李戡墓志铭》中一段攻击元白诗的话。但这是转述李戡的话，并不是杜牧本人说的。而且李戡攻击元白诗，是不赞成它们的"纤艳不逞"，"淫言媟语"，很像是卫道者的口吻，并非反对元白诗中的现实主义倾向。

（五）书上叙述了北宋初期的西崑体和反西崑体的斗争。这里面包含有现实主义和反现实主义的斗争的内容，但也并非仅仅是创作方法不同的文学流派的斗争。这是从北大的文学史的叙述中就可以看出来的。

（六）书上还说宋代词人里面也有现实主义和反现实主义的斗争。但叙述的具体内容却近似过去所说的豪放派和婉约派的差异。认为只有苏轼、辛弃疾派的词是现实主义的，把晏殊、欧阳修、周邦彦、李清照、姜夔等人的词都划入反现实主义的范围，这也是还可以讨论的。

（七）说归有光和公安派反复古主义的斗争是反形式主义的，但他们自己并未摆脱形式主义。这又好像并不是现实主义和反现实主义的斗争，而是形式主义和形式主义的斗争了。这种反复古主义的斗争，是有利于现实主义的，但本身还不一定就是现实主义和反现实主义的斗争。

北大同学举出来作为现实主义和反现实主义斗争的例子，我记得的大致就是这样一些。还有，北大同学是把各个时期的作家和作品都划分为现实主义和反现实主义这样两个对立面的，这种划分有许多地方都还可以讨论；而且就是作了这样的划分，仍然不能在各时期内都把它们间的斗争叙述出来。从这可以看出，这种斗争并不是贯穿整个中国文学史的。如列宁在《黑格尔〈逻辑学〉一书摘要》中所说，"现象比规律丰富"，我们不应该要求任何规律能够包括全部的文学史现象；然而如果只能举出这样少的例子，而且其中有些例子又还是并不切合的，我们就很难承认这个公式是整个文学发展史的规律了。可见这个公式的问题还不仅仅在不能用现实主义来包括积极的浪漫主义，就是把它修改为现实主义、积极的浪漫主义和反现实主义的斗争，仍然是不行的。这样的斗争并没有贯穿在整个文学史中。

我没有系统地研究过中国文学史。我还不清楚中国文学史上到底有多少种性质不同的斗争，什么是主要的和贯穿全史的斗争。但我想，斗争是比较复杂的。在现实主义和反现实主义的斗争之外，还有许多别的斗争。比如中国文学史上作家所受到的政治压迫及其反抗，就是长期地大量地存在的。过去的作家被杀掉的很多。应该把文学史上的各种斗争都加以研究，区别其性质，然后可以看出到底有哪几种斗争，到底哪种斗争是主要的，贯穿全史的。

　　北大的《中国文学史》把很多作家和作品都划分为现实主义和反现实主义的。谢朓、王维、孟浩然、韩愈、李贺、李商隐、杜牧等都被划为反现实主义的作家；唐五代的词，欧阳修、秦观、周邦彦、李清照、姜夔的词，马致远《汉宫秋》以外的杂剧等都被划为反现实主义的作品。这些作家都写出了一些为人所喜爱的作品。这些作品不应该一古脑儿否定。把这些作家和作品全部否定，中国文学传统的丰富性就为之减弱了。这种过多的否定虽然不能完全由这个公式负责，但从这种流弊也可以看出它有问题。要把现实主义和反现实主义的斗争描写为贯穿整个文学史的规律，就自然要在每个时代都去找出一些对立面来，并且加以否定。

　　这个公式是否可以用人民的和进步作家的文学同剥削阶级的反动的文学的斗争来代替呢？理论上就好像是没有问题的。在阶级社会里，总是有这样两种文学，而且这两种文学总是对立的。但用这个新的公式来写文学史，也可能有危险性。应用得不适当，也可能把过多的作家和作品划到剥削阶级的反动的文学里面去，也可能达到过多的否定。文学史应该揭示历史的真实面貌，应该叙述两种文学的对立；但我想恐怕也不宜于对称地平衡地去讲这样两种文学。还是应该多讲杰出的和优秀的作家、作品。

　　列宁的关于两种文化的理论也不可机械运用。在人民的和进步作家的文学同剥削阶级的反动的文学之间，还有一些带有中间性的作品，还有一些可以肯定的东西和应该批判的东西错综在一起的作品。它们的思想体系或思想倾向基本上属于剥削阶级的范畴，然而它们在内容和艺术上却有可取之处。对它们的正确态度是具体的分析，是应该批判它们的消极内容和消极作用，而不是作一个简单的划分就加以全部肯定或全部否定。在李煜词、《琵琶记》和其他古典文学作品的讨论中，都可以看出这样一个事实：我国文学史上有许多作品都是复杂的，都是不可以简单地肯定，也不可以简单地否定的。

三 关于中国文学的主流

说只有民间文学是中国文学的主流，这在理论上和事实上都是说不通的。

文学艺术起源于劳动人民，这是真理。还是原始共产主义社会的时候，文学艺术就产生了，那时还没有剥削者和被剥削者的差别。等到人类进入了阶级社会以后，文学艺术也就有了阶级的划分。在被剥削被压迫的人民中间，文学主要是依靠口头流传和保存。这种保存方法是不如文字记载更能够传之久远的。因此比较早的人民口头创作很多都失传了。当然，在被文字记录下来的一部分古代人民口头创作中，就有很重要很可珍贵的作品，如《诗经》中的民歌，汉魏六朝的民歌，等等。它们对于后来的文人的诗歌发生了很大的影响。还保存在今天的人民中间的口头创作，也有很多光彩夺目的珠宝，还需要进行广泛的深入的发掘。但我们的文学史是不能只把这一部分算作主流的。我们无论如何不能忽视文学史上的长期的大量的文人文学的存在。在阶级社会里，文学也有阶级的划分。但人民的文学之外的文人文学，虽然它的作者们绝大多数都是出身于剥削阶级（在我国的封建社会更几乎是全部），它却不是一模一样的。还必须再加以划分。在文人作家之中，有坚决地站在剥削阶级的立场上的；有思想体系或思想倾向基本上属于剥削阶级的范畴，但他们的作品在内容上和艺术上却有可取之处的；有虽然也还没有摆脱剥削阶级的思想体系，但他们的作品却反映了人民的观点和要求的；有和自己出身的阶级决裂，站在人民的革命的立场上从事写作的。情况就是这样复杂。在我国的文学史上，屈原、司马迁、李白、杜甫、白居易、关汉卿、王实甫、罗贯中、吴敬梓和曹雪芹等大体上都属于第三类。鲁迅属于第四类。施耐庵的生平我们还不大清楚，但从他的作品《水浒传》看来，或许也应该列入第四类。他们都是代表我国过去的文学的成就的高峰，在文学史上都是必须用专章来写的。怎么可以把他们的作品不算在主流之内呢？不算主流，难道只能算支流吗？北大的文学史并未这样说。但在报纸上我们是读到过这样的意见的：

　　　　一种意见认为：在阶级社会里，民间文学是源头，是主流；进步作家的文学是支流；反动作家的文学是逆流，是统治阶级的帮凶。

　　　　——1959 年 5 月 11 日《新华日报》关于南京师范学院中文系二年级举行学术问题讨论会的报导

　　列宁关于两种文化的理论常常是我们立论的根据。但是对于他说的两种文化的具体内容有些人却似乎注意不够。他说的两种文化是民主主义和社会主义的文化成分同资产阶级的文化，是以车尔尼雪夫斯基和普列汉诺夫为代表的俄罗斯的民主派和社会民主派的文化同俄罗斯的神甫和资产阶级的文化。他说到了前者的社会基础是劳动群众和被剥削群众，但并不把它概括为人民的文化或劳动人民的文化，而概括为民主主义和社会主义的文化成分，这又是为什么呢？我想这是为了更科学。民主主义和社会主义的文化成分的社会基础是劳动群众和被剥削群众，但却不一定都直接从他们手里产生。不但车尔尼雪夫斯基和普列汉诺夫并不是劳动人民出身，就是工人阶级的学说的创立者马克思和恩格斯也并非产生于工人阶级。对于过去的文学，怎么可以单纯从作者的成分来划分它是不是主流呢？

北大的《中国文学史》对于主流问题的说法是并不完全一致的。在个别地方也曾说"民间文学、通俗文学以及进步的作家文学"都是"文学的主流和正宗"（下册第238页），或者说现实主义文学"始终是我国文学发展的主流"（下册第693页）。但民间文学主流说却是这部书的主导思想。因此，每一编总是把民间文学放在文人文学的前面，而且在某些部分，有些不符合事实地把民间文学和劳动人民的文学的范围划得过大，把某些民间文学的价值和作用估计得过高。

《诗经》中的《伯兮》，明明说"伯也执殳，为王前驱"，"岂无膏沐，谁适为容"，哪里像当时的劳动人民的作品呢？书上却说从这首诗可以看出劳动妇女的爱情。我觉得《诗经》里面，即使是《国风》里面，劳动人民的作品也是并不很多的。虽然我还没有作过统计，而且哪些是劳动人民的作品哪些不是又不容易判断，但从它们的内容大致还是可以看得出来。唐代的变文和俗赋显然不是劳动人民作的；书上却说它们是劳动人民的创作。清朝的有些弹词的女作者是地主阶级的妇女；书上却说她们是人民群众。李伯元是文人作家；书上却把他的《庚子国变弹词》列在民间文学里面。这就是一些把民间文学和劳动人民的文学的范围划得过大的例子。

唐代的变文，一般说来，艺术上都不怎么高，不怎样成熟；书上却说它们的想像力"比一般的文人文学高超得惊人"，并且把有的变文和但丁的《神曲》相比。有些民谣，严格说来，不能算文学作品，比如"癸水绕东城，永不见刀兵"，"天水归汴，复见太平"，"杀了蓶蒿割了菜，吃了羔儿荷叶在"（这一首如果不注明是指童贯、蔡京、高俅、何执中，谁知道是说的什么呢），等等；书上却把它们称为现实主义的作品，值得珍视的文学遗产。《玉谷调簧》里有一首民歌，露骨地写男女偷情，如果是文人作品，北大的同学们很可能要说它"色情"，但因为是民歌，书上却称赞它"使人觉得如看了一场精彩的短剧，不禁拍案叫绝！"（下册第256页）我并不是主张以道学家的眼光对待这类作品。我只是觉得对民间文学和文人文学有两种不同的待遇，而且对这类作品赞扬过分，都不怎样适当而已。这就是把某些民间文学的价值估计得过高的例子。

书上说，实质上正是唐代劳动人民的创作影响和推动了整个唐代文学的发展，唐代民间文学哺育了李白、杜甫、白居易，这些论断没有可靠的材料和事实作根据。书上说，唐代的变文给文人文学以强烈的影响，也有些夸大。第六编最末一章讲戚继光和俞大猷的时候，引了他们的一些诗句，那其实都是旧诗中常见的词句和写法，书上却说是学习民歌的结果。这就是一些夸大民间文学的作用的例子。

文学史应该按照历史事实的先后叙述。把每个朝代的民间文学放在文人文学之前，讲了唐代的变文、民间歌赋和敦煌民间词才来讲隋代文学和初唐文学，讲了宋元民间歌谣、话本和戏曲才来讲北宋文人文学，这是不自然的。文学史应该实事求是地叙述和评价各种文学现象。为了想证实民间文学是主流这一论断就扩大它的范围，夸大它的价值和作用，这是不科学的。

在我们会上发言的同志中，好像已经没有主张只有民间文学是主流的人了。多数同志倾向于这样一个说法：优秀的民间文学和进步作家的文学都是主流和正宗。我的看法也是这样。我认为这是符合文学历史的事实的。

但从有些报刊上的报导和文章看来，坚持这个说法的人还是有的。就我读到的说来，论点大致是这样一些：民间文学的优点多于作家文学；民间文学比任何文学流派都先进；民间文学在我国文学发展中的作用非作家文学所能比拟；在深入群众的程度上，李白和杜甫的作品也不能和一首简单的民歌相比。

在民间文学和作家文学的比较上是有争论的。就是在我们的会上，虽然多数发言倾向于承认优秀的民间文学和进步作家的文学都是主流，但仍然有这样的分歧：有的比较强调民间文学的优点，有的比较强调作家文学的优点。

这个问题还可以继续研究和讨论。我的看法是：总的说来，民间文学的确有一些为过去的文人文学所不可及的优越之处；但就两者的精华部分说来，却又恐怕是各有所长。鲁迅曾经说过："不识字的作家虽然不及文人的细腻，但他却刚健、清新。"（《门外文谈》）或许这还并不是这两种文学的不同的优点的全部概括，但它包含的各有所长的意思却是很对的，像民间文学的精华部分那样直接表现了人民的思想感情，而且表现得那样淳朴，那样真挚，那样泼辣，在过去的一般的文人文学中固然罕见；但像《红楼梦》那样规模宏伟而又在小说艺术上那样细致，那样成熟，在一般的民间文学中间也难于产生。强调民间文学的优点，强调作家应该向民间文学学习，都是对的。但如果强调到这样的程度，认为一切作家文学都不能和民间文学相比并，作家只能够向民间文学学习，别的文学都不必学习，那就错了。文学的历史告诉我们，作家文学的精华部分是可以和民间文学的精华部分相比并的。文学的历史还告诉我们，那些杰出的作家之所以杰出，并不仅仅由于他们从民间文学吸取了营养，而且由于他们继承了以前的作家文学的优良传统，包括他们本国和外国的作家文学的优良传统，而且更重要的，还由于他们自己有很大的创造。认为作家文学命定地比不上民间文学，不但不符合文学历史事实，对我们今天的文学运动也是不利的。我们今天不只是需要大量的优秀的群众创作，而且还需要能够集中地代表我们这个时代的杰出的作家。

民间文学比任何文学流派都先进，难道整个文学史上都是如此吗？难道以鲁迅为代表的五四早期的革命民主主义文学和后来十年内战中的左翼文学，都比当时的民间文学落后吗？民间文学在我国文学发展的作用非作家文学所能比拟，难道真的在整个文学的发展中起决定作用的并不是社会存在，而是民间文学吗？难道历史唯物主义的根本原理，社会存在决定社会意识，到了文学史上，却可以改变为社会意识决定社会意识吗？我看民间文学和作家文学在文学发展中的作用也恐怕是各有所长的。在文学的起源上，当然是先有人民群众的文学，而不是先有或同时有作家的文学。在提供新的文学营养和文学形式上，民间文学的作用也很大。但在提高艺术修养和艺术水平上，却或许作家文学的贡献更多，最后，在深入群众的程度上，李白和杜甫的诗也不能和一首简单的民歌相比，难道我们评价文学艺术就没有别的应该考虑的方面，只有群众接受的程度是唯一的标准吗？现在我们有不少的小说，其中包括水平高的和水平不很高的，都比鲁迅的小说更容易为广大读者所接受，难道我们根据这点就可以断定鲁迅的小说就不能和这些小说相比吗？李白和杜甫的诗歌的确并不能包括民歌的独特的长处。民间文学不是作家文学所能代替。但像李白和杜甫那样集中地代表了一个时代，一个人写了那样多的杰出的作品，在思想和艺术上都有很大的独创性，从过去的民间文学中也很难出现这样的诗人。作家文学也不是民间文学所能代替。

从有些报刊上的报导和文章看来，民间文学是不是主流这个问题还引起了到底什么是民间文学的争论。有的作者认为民间文学不完全是劳动人民的创作。他说：

> 例如《柳耆卿诗酒玩江楼》《冯玉梅团圆》，按其实质来说，是反动的作品。至于因果报应、色情庸俗和贞操观念、忠孝节义等糟粕也是在一些作品中不同程度地存在的。
>
> ——程俊英、郭豫适《应该把作家文学视为"庶出"吗》，
> 1959年3月19日《解放日报》

有的作者认为"民间文学是劳动人民向统治阶级进行斗争的工具"；市民阶层中有贫苦的劳动人民，也包括富商大贾等剥削阶级，市民的作品并不都是民间文学。他说：

> 因此像《柳耆卿诗酒玩江楼》《冯玉梅团圆》等反动作品，以及一些宣扬因果报应、色情庸俗、成仙出世、歧视妇女、贞操观念、忠孝节义等消极作品，绝不能算作民间文学，而是流传在民间的封建统治阶级的文学。
>
> ——沈鸿鑫、马明泉《民间文学是中国文学的主流》，
> 1959年3月21日《解放日报》

在复旦大学中文系古典文学教研组召开的座谈会的讨论中，对市民的作品算不算民间文学这一问题据说有三种意见：（一）不能算，因为市民和劳动人民的相同点只是暂时的，不同点则是永久的，本质的；（二）应该算，因为它是在民间流传；（三）可以算也可以不算，因为广义地讲，糟粕也可以算作民间文学，狭义地讲，糟粕不能算作民间文学（详见1959年4月12日《文学遗产》）。

民间文学是不是等于劳动人民的文学，市民的作品算不算民间文学，这是一个争论。此外，还有"抢夺"某些著名作品之争：

有人认为……《水浒传》《三国演义》《西游记》是在民间文学基础上改写的，应该算民间文学，而另一部分同志认为……《水浒传》《三国演义》《西游记》等有作家创造性的劳动，比民间文学有很大提高，应算是作家作品……

——顾易生《春暖花开、百家争鸣》，《复旦》第四期

民间文学的概念和范围是一个很需要研究的问题。民间文学恐怕并无广义狭义之分，它和劳动人民的口头创作不是一个同义语，产生和流传在我国封建社会的市民中间的作品我想一般是可以列入它的范围之内的。

顾名思义，民间文学是产生和流传在人民中间的文学。毛泽东同志曾经说过："人民这个概念在不同的国家和各个国家的不同的历史时期，有着不同的内容。"在奴隶社会、封建社会和资本主义社会，人民都是指统治阶级以外的被剥削被压迫的阶级和阶层。劳动人民是人民的主要部分。但在我国的封建社会里，一般的市民是应该算作人民的。人民和劳动人民是两个范围大小不同的概念，民间文学也就不等于劳动人民的文学。只能说劳动人民的口头创作是民间文学的主要部分。产生和流传在我国封建社会的市民中间的作品，其中有一些民主性很鲜明，另外有一些却夹杂着封建思想和市民本身的消极落后的思想，那是十分自然的。我们不能把后一部分排除在民间文学之外。它们和封建统治阶级的文学还是显然不同的。民间文学也是有糟粕的，不必否认这些糟粕是民间文学。

我们说的产生和流传在我国封建社会的市民中间的作品，是指宋元说话人的"话本"、元明清的某些民间戏曲和民间歌谣等显然有市民色彩的作品。《柳耆卿诗酒玩江楼》和《冯玉梅团圆》是属于这个范围之内的。至于《水浒传》、《三国志演义》和《西游记》却和这些作品不同。它们虽然是以人民的口头传说和说话

人的"话本"为基础，但成为伟大的作品，却是由于施耐庵、罗贯中和吴承恩的创造，它们是以民间文学为基础的作家文学。吴承恩是一个文人作家；施耐庵和罗贯中更接近民间一些，但从作品看来，他们的修养也和当时一般的市民和说话人不同。应该说他们仍然是文人作家，不过是比较接近下层的文人作家。《水浒传》是不是施耐庵作的，还有分歧的说法。但我认为它不是罗贯中作的，因为它和《三国志演义》的风格太不相同了。无论如何，成为文学价值很高的《水浒传》，总是经过了一个文人作家的巨大的劳动的，不可能单纯是由于说书人的口头讲述的累积。

人民的概念既然有历史变化，民间文学的概念就不能不受到这种变化的影响。全国解放以后，人民成为统治阶级，民间文学和进步作家的文学都是人民的文学。过去的民间文学所包括的一个基本概念，被统治阶级的文学的概念，已经消失了。随着全国人民当中的文盲的扫除，民间文学主要是依靠口头流传和保存的特点也在开始消失或削弱。只有不是专业的作家的作品而是业余的群众的作品这一特点，还将长期地存在。今后产生的民间文学，或许叫它们作群众创作更为科学一些。民间文学和进步作家的文学既已经合而为统一的人民文学，那么说只有民间文学是主流，就不但不符合过去的文学历史事实，而且从现在和今后的文学情况看来，更是扞格难通了。

四　关于评价过去的作家和作品的标准

编写文学史应该怎样评价过去的作家和作品，应该有什么样的标准，这是一个很重要的问题。可惜这次会上没有充分讨论。

毛泽东同志说："任何阶级社会中的任何阶级，总是以政治标准放在第一位，以艺术标准放在第二位的。"这是客观的历史事实的叙述。对待文学艺术，不同的阶级也首先是从它们的利益出发的。但毛泽东同志又说："我们的要求则是政治和艺术的统一，内容和形式的统一，革命的政治内容和尽可能完美的艺术形式的统一。缺乏艺术性的艺术品，无论政治上怎样进步，也是没有力量的。"这是对我们的文学艺术提出的努力的目标和必要的要求。政治标准第一，艺术标准第二，这并不能作为创作家放松艰苦的艺术创造的借口，也不能作为批评家忽视艺术分析或没有能力进行艺术分析的辩解。

有些文学批评的缺点正是这样：它们似乎把政治标准第一误解为政治标准就是一切，缺乏必要的艺术要求，自然也就没有细致的艺术分析。而且有些时候它们的政治标准也是未必恰当的。把政治标准理解得机械、狭隘和表面，这也是有些文学批评的缺点。

用我们对今天的社会主义文学的要求来衡量过去的作家和作品，不符合这些要求就简单否定，这也是不恰当的。马克思主义者认为对待历史上的现象应有历史主义的观点。但这个问题在有些人中是并未解决的。比如对于陶渊明，有人因他没有参加当时的农民起义就否定他，说他是反现实主义的诗人。这好像忘记了封建社会的农民起义并不是一般文人作家都能参加的。当时的农民也未必全都参加，何况地主阶级的知识分子？我国封建社会的伟大的作家，从屈原到曹雪芹，除了施耐庵传说曾参加过张士诚的起义军而外，还有谁参加过农民起义？难道因此就得把他们都否定吗？又如有些人否定苏轼，理由也很简单，因为他不赞成王安石变法，就把他划入反现实主义的作家之列。对苏轼不赞成王安石的新法，也是应该采取历史主义的观点的。我们不应该要求古代的作家和今天研究历史的人一样能够清楚地认识王安石的新法的进步意义。而且即使在这个问题上苏轼的看法比较保守，也不能因此就否定他整个的文学成就。因为这究竟不过是他的思想的一个部分，就是在他的政治思想中也不过是一个部分。中国和外国的古代的作家中都不乏这样的人，他们的思想或政治思想的一部分是保守的，落后的，然而他们的整个思想仍有比较进步的方面，因而他们还是写出了一些思想性和艺术性都较高或很高的作品。把一些不合理的要求加于古人，偶有不合就断定是反现实主义，这样也就使人不知道到底什么是现实主义了。

北大的《中国文学史》，在纷纷否定陶渊明和苏轼的时候，却对这两个作家基本上肯定，并且作了一些具体分析，这在当时是给了我一个很好的印象的。但这次通读全书，才发现否定的作家还是过多，而且有些地方，也有对古人要求过苛或夸大古人的消极方面等缺点。

有些事情是古代的作家无法做到的。比如书上说辛弃疾"毕竟不能直接和人民打成一片，不能认识到人民是巨大的社会力量，从而吸取不断鼓舞前进的动力"。和人民群众打成一片，这是毛泽东同志在延安文艺座谈会上才向革命的文学家艺术家提出来的，怎么能够用来要求宋朝的词人呢？书上说马致远的《半夜雷轰荐福碑》虽然"写出了文人失意的愤懑情绪"，但他没有"指出什么路"，因此这个作品也是消极的。我们知道，恩格斯在给明娜·考茨基的信中曾经说过，一部具有社会主义倾向的小说，如果它能忠实地描写现实的关系，引起对于现存秩序的永久性的怀疑，那么，纵然作者没有提供任何明确的解决，这部小说也是完成了自己的使命的。在恩格斯的时代，还不必要求具有社会主义倾向的小说提供明确的解决，怎么能够要求元朝的戏曲家指出出路呢？书上说罗贯中"还留恋和尊崇正统，不打算根本推翻那个皇朝和改变那个制度，只希望出现'圣君贤相'的治世罢了"。在鸦片战争以前的文人作家中，有根本推翻封建统治和改变封建制度的思想的人恐怕很难找到吧。《水浒传》的作者歌颂了伟大的叛乱，然而他也并没有提出这样彻底的革命思想。当然，北大的《中国文学史》的这一类的批评，很多是作为说明古代的作家的局限性来写的，并非都是要求他们作到。但这种古人根本无法作到的事情提得过多，而且有些提法又过高，仍然是会给人一种对古人要求过苛的印象的。古代作家和作品的局限性是应该说明的，应该批判的，但怎样说明怎样批判才能够表现出我们的历史主义的观点，这是一个值得考虑的问题。

这些事情即使不能说古代的作家根本无法作到，但事实上是难于作到的。比如书上批评《古诗十九首》的有些作者"实在最没出息，因为他们不会起来反抗"；责备李白"当自己的理想和现实发生矛盾时，并没有完全去接近人民，吸取力量，加强斗志，相反，仍然过着奢华的上层生活"；不满意苏轼"只是从'清官'的立场来观察人民生活"，"没有真正与人民站在一起"；等等。这也是一些过苛的要求。"起来反抗"，在古代的一般作家已经是难于作到的事情了；至于"完全去接近人民"，"真正与人民站在一起"，更是谈何容易？岂但李白和苏轼两人没有作到，就是杜甫，他也不过接近人民比较多一些，有许多时候与人民站在一起而已。至于白居易，这样的批评更可以一字不改地加在他的头上。用这些古代的作家难于作到的事情来责备他们，也给人一种对古人要求过苛的印象。

古代的不少作家都是有消极的一面的，应该指出和批评。北大的《中国文学史》对我国古代许多作家的消极思想和许多作品的消极作用都作了尖锐的批评，这也是表现了北大的同学们的很可宝贵的革命精神的。对待古代的作家和作品，我们应该采取批判的态度。但把消极的一面加以夸大，并且抹杀了这些作家和作品的可以肯定的一面，那就成为缺点了。书上对王维、孟浩然等人的批评就是一个例子。概括性的批评共有三点：一是说他们的诗中表现出的不平和悲哀是由于个人不得志引起的，从他们的诗一点也看不到当时社会的本质的东西，因此就断定他们"算不上什么真正的艺术家"；二是说他们的山水诗的基调是低沉的，引导人逃避现实、走向消极颓废的隐逸道路；三是说他们的田园诗基本上是歪曲现实、粉饰现实的，农村在他们的笔下变得和平安乐，充满了升平气象。根据这三点，最后就说他们是"彻头彻尾的反现实主义诗派"。这些批评不能说没有根据，没有道理，然而最后的判断，却是夸大了王维、孟浩然等人的消极的一面，抹杀了他们的可以肯定的一面。古代的作家由于个人不得志而对当时的现实不满，这是很普遍的现象。从这种不满正可以曲折地或多或少地看到当时的社会的某些本质的东西。王维、孟浩然的诗歌所反映的生活是比较狭窄的，孟浩然更狭窄。在他们的诗歌里的确不大容易看到对于当时的社会的本质的反映。但这只能说他们不是伟大的诗人，仍然不能否认他们是"真正的艺术家"。过去有许多较为次要的文学家和艺术家都是这样的，他们反映的生活比较狭窄，然而他们却创作出来了一些优美的作品，在艺术上有独到之处，因而为大家所喜爱。王维和孟浩然正是这样的。王维的贡献更多一些，所以他无论如何还是我国古代的一个重要的诗人。他们的山水诗是表现了他们的时代和阶级的限制的，的确常常是从隐逸的角度去描写和欣赏自然之美。然而也不能否认，他们还是描写出了某些自然美，并从而创造了某种艺术美。书上引了王维的《辋川集》中的《竹里馆》：

　　　　独坐幽篁里，弹琴复长啸。深林人不知，明月来相照。
说他要引导人们走进一个超脱现实的自然世界。倾向于孤独的人是可以从这首诗得到精神上的支持的。这首诗的情调当然也和我们今天的生活有根本的距离。然而我们也不妨设想我们墙上挂这样一幅古画，上面画着深深的竹林，一个古装的人坐在里面弹琴、长啸，静寂的天空中只有明月照着他。我们知道它画的是古人的生活，我们也并不要求去过那样的生活，然而仍然不能不承认它还是描绘出来了一种幽静的境界。难道我们在看这幅画的时候欣赏了一下它所描绘出来的幽静的境界，就真会使我们脱离现实吗？书上还引了孟浩然的《秋登兰山寄张五》：

> 北山白云里，隐者自怡悦。相望试登高，心随雁飞天。
> 愁因薄暮起，兴是清秋发。时见归村人，沙行渡头歇。天边树若荠，江畔洲如月。何当载酒来，共醉重阳节。

说这种自然景色的描写是要引导人羡慕和喜爱隐士生活，逃避现实生活和斗争。这里面的确写到了隐者的生活，而且把这种生活写得可爱。然而这首诗的内容和作用也并非只是这样。它还写出了朋友之间的亲切的怀念，写出了古人的一些细致的而又容易引起共鸣的感受，写出了自然界的美的景色。"愁因薄暮起，兴是清秋发"，虽然我们今天的生活和古人很不相同，我们也不会对着薄暮就有什么忧愁浮起，但我们仍然可以体会到这种诗句表现了古人的某些真实的生活感。"天边树若荠，江畔洲如月"，虽然我们今天很少坐木船了，但旅行到长江中下游的时候，望到远远的显得很矮小的树木，仍然会想起这样的诗句，觉得它们美好。这首诗不但有这样一些好的内容和好的句子，而且整个写得和谐，完美，有余味，能够给读者以一种艺术的愉快。这样的作品是不能因为它带有隐逸的气味就全部否定的。对山水诗和描写隐逸生活的诗也应该加以分析。其中可能有一些是很消极的，完全应该否定的。但其中也可能有一些既有消极的方面，又有可取之处的作品。对于王维和孟浩然的田园诗恐怕也不可全部否定。在他们的田园诗里，自然看不到封建社会的农村里的阶级的对立。不接触农村的矛盾，喜欢描写和平安静的生活，这自然是由于他们的阶级的限制。但我们也并不能要求古代从地主阶级出身的诗人都能够正视和反映农村的矛盾。至于这些隐逸诗人，他们过着而且欣赏着这种和平安静的生活，更是很自然的。缺乏比较重大的思想内容，这是他们不能成为伟大的诗人的原因。但我们如果不以这种比较重大的思想内容来要求他们的诗歌，只从它们所表现的局部生活来考察，我们就不能说王维、孟浩然是"彻头彻尾的反现实主义诗派"，还得承认他们的那些好的作品仍然是反映了一定的生活的，也可以说仍然是有或多或少的现实主义的成分的。

　　夸大古代作家的消极方面，抹杀他们的可以肯定的方面，在北大的文学史上可以找到许多例子，对于王维和孟浩然不过是其中之一二个而已。比如对李贺、李商隐、杜牧、李煜、李清照、姜夔、马致远等人的评价都是这样。在我国古代的文学史上，李清照可以说是女诗人中最为杰出的一个。长期的封建社会埋没了无数有才能的妇女，她们要在封建主义的压迫下有所表现，有所成就，是十分不容易的。因此我们应该重视李清照这样的作家。她的杰出的成就是我国封建社会的妇女的才能不可磨灭的标志。在古代的词人当中，李煜无疑是一个重要的作者。以李煜和李清照比较，李煜后期的词气象开阔一些，但在清新可喜的程度上，李清照的词却或许有过之而无不及。李清照的身世是更令人同情的。这就是说，李清照不但是一个最为杰出的古代的女诗人（我们认为词是古典诗歌之一种），就是在所有的古代词人中，她也是很重要的作者之一。然而北大的文学史对她的词的内容却是全部否定的。书上说她写夫妇生活的词是"贵妇人生活的写照"，是"卖弄风骚、故作娇态的不堪画面"；说她写别离的词是"完全堕入不能自拔的颓废情绪的深渊"；说她写国破家亡之后的生活的词是"贵妇人的哀鸣"，"词中所唯一表现的就是那种完全绝望、对生活丧失最后一点信心的悲观情调"。这些批评都是过分的。好像只因她出身于当时的统治阶级，无论是快乐或悲哀，无论是为了什么而快乐或悲哀，就都应当受责备了。李清照虽然出身于当时的统治阶级，但和她那个阶级的一般妇女不同，她并没有仅仅以剥削和享受来度过她的一生，而是在文学上有了贡献的。她的词表现了一定的生活，而又表现得艺术上很优美，有特色。她的词所反映的生活是比较狭窄的，这首先是由于她那个时代和她那个阶级的妇女的经历的限制。她的写别离和国破家亡后的生活的词是表现了一些愁苦和悲哀的情绪的，但恐怕还不能说是颓废情绪。她流传到今天的一些优美的作品中，更多的是写得清新和亲切，使人感到生活的愉快和她对于人生的执著。内容比较狭窄而且表现了一些愁苦的悲哀的情绪，都同她的时代和阶级很有关系；然而她如果不是从当时的统治阶级出身，又怎样能够有那样的艺术修养和其他条件，使她的才华得以表现呢？

毛泽东同志说："无产阶级对于过去时代的文学艺术作品，也必须首先检查它们对待人民的态度如何，在历史上有无进步意义，而分别采取不同态度。"我想，这就是我们评价古代作品的政治标准。但在应用这个标准的时候，还有一些值得探讨的问题。在文学史上，在同情人民和反对人民之间，在明显的进步和明显的反动之间，还有大量带有中间性的作品。它们并没有表现出反对人民，但其中也找不到同情人民的内容。它们并不反动，但进步意义也不明显。像王维、孟浩然的许多山水诗和田园诗，李贺、李商隐和杜牧的许多诗，李煜、李清照和姜夔的许多词，马致远的有些杂剧，大致就是这样的作品。对它们到底应该怎样评价呢？是不是因为从它们里面看不到对人民的同情和明显的进步意义，就可以全部否定？我想，除了首先检查它们对待人民的态度和在历史上有无进步意义而外，还必须按照历史主义的观点和文学艺术科学的理论来具体地考察它们的内容。按照历史主义的观点，王维、孟浩然的山水诗和田园诗虽然有消极的一面，但比维护封建主义的作品总还是好一些。李清照的词虽然内容比较狭窄而且表现了一些愁苦和悲哀的情绪，但我们不应该要求一个封建社会的女词人像李白和杜甫那样反映广阔的生活，也不应该要求她在和她所爱的人别离以后、特别是经历了国破家亡的生活以后而不感到愁苦和悲哀。按照文学艺术科学的理论，只要他们的作品反映了一定的生活，有一定的意义，而且艺术上优美，有特色，那就应该在指出和批判它们的消极方面的同时，也适当地肯定它们的可取之处。我国古代的那些带有隐逸气味的歌颂自然的诗歌中，是有一些优美的作品的。它们的意义可以说有两个方面：它们的产生常常是由于这些诗人对当时的现实有所不满；而它们又以有魅惑力的诗歌艺术来揭露了自然界的秘密——自然界的美。我国古代的那些诉说人生的愁苦和悲哀的诗歌中，也是有一些动人的作品的。它们并不是无病呻吟，而是这些诗人的真实的遭遇的反映。我们也不能不承认它们含有一定的社会意义和美学价值。总之，对于古代带有隐逸气味或诉说愁苦和悲哀的作品，我们都需要加以具体分析；它们的消极内容和消极作用必须指出和批判，但却又不宜用我们对于今天的文学艺术的要求来把它们全部否定。

政治标准是我们评价今天和过去的作品都首先要用的。但第一，世界上没有什么抽象的绝对不变的政治标准。评价今天的作品和评价过去的作品的政治标准应该有差别。第二，政治标准第一，这是我们必须坚持的。但如果只有政治标准，没有或忽视艺术标准，那仍然是不完全的，片面的。文学艺术要求的并不仅仅是内容的正确。北大的文学史并没有忽视艺术方面的评价，这是一个优点。就我通读一遍后的印象来说，虽然在艺术分析艺术评价上有不少正确的意见，但有些地方还是有比较简单、比较一般化的缺点。这说明要进行科学的艺术分析艺术评价也是不容易的。还有，这或许和书上总是把思想和艺术分开来讲也有关系。要具体地深入地分析作品的艺术，有些时候是很难离开它们的思想内容的。离开了具体作品的内容来谈艺术性，就容易谈得比较一般化。我想，我们最好既能对重要作家的代表作进行比较具体比较深入的艺术分析，又能切实地而不是公式化地概括他们的创作总的艺术特色，艺术成就。其次，书上用的艺术标准好像不统一。对于民间文学和被划为现实主义的作家往往肯定得充分一些，有时甚至过高；对于被划为反现实主义的作家往往肯定得不够一些，有时甚至抹杀。比如对于王维、李贺、李商隐、杜牧、李煜、李清照、姜夔、马致远等艺术上有特色的作家，书上不但否定了他们的全部或大部分作品的内容，对他们在艺术方面的成就也是评价得不够的。要知道，一个作家的作品从内容到艺术都有它的独创性，而且这种独创性受到了历来不少读者的喜爱，这是不容易的。这样的作家文学史上并不很多。这样的作家不一定是大作家（虽然这种独创性是大作家必须具备的条件之一），然而却常常是比较重要的作家。忽视艺术方面的独创性是不妥当的。

文学研究所也曾有过编写中国文学史的计划。我们非常惭愧，由于计划的多次变动和其他许多工作上的缺点，至今尚未着手编写。但社会上迫切需要用新的观点写的中国文学史，我们是很知道的。因此，我们非常欢迎北京大学和其他许多高等学校编写的各种文学史的出现。由于时间很匆促，加以其他条件的限制，这些著作难免有缺点。我们这次的讨论会，除了对中国文学史上的一些重要问题进行学术性的探讨而外，还有这样的目的，就是提一些意见来供北大和北师大的同志们修改他们的著作时参考。因此我们就缺点方面谈得多一些。但这些著作的根本优点，我们会上是一致肯定的。我们相信在这样的基础上加以修改，使它们里面的知识和材料更准确（在有些报刊和小的会议上，也曾有同志从这方面给北大的文学史提了一些意见），对于作家和作品的评价也更恰当，即使在探讨我国文学发展的规律方面还有一些问题不能解决，这些著作也可以成为好的或较好的文学史，成为能够满足今天的读者的迫切需要的文学史。我们热忱地盼望和预祝这些文学史的修改工作的成功！

1959 年 7 月 23 日写出，

1960 年 2 月 20 日略加修改

　　附记：北京大学中文系文学专门化 1955 级集体编著的《中国文学史》修订本，已于 1959 年 9 月出版。我在这篇发言中所提出的问题，在修订本中很多都已得到了比原来恰当的处理或解决。这是我应该在这里加以说明的。

1960 年 4 月 12 日

正确对待遗产,创造
新时代的文学[*]

　　怎样对待文学遗产,这是同我们的文学发展和思想教育有关的问题。怎样对待文学遗产,这是马克思列宁主义在理论上已经解决但在实际工作中仍然容易发生偏向的问题。

　　新中国成立以来,我们在接受文学遗产方面进行了大量的工作。我们是努力以马克思列宁主义的理论,努力以毛泽东同志关于文化遗产的学说为我们的工作的指针的,因而我们取得了显著的成绩。我们整理了许多我国的古典文学作品。这些作品从它们产生以后,从来没有像这十年来一样为如此广大的人民所阅读、欣赏和重视。我们翻译了许多外国的古典文学作品。在翻译的计划性和译文的质量上,都比解放以前有了很大的进步。对于中国和外国的文学遗产的研究,十年来也发生了根本的变化。努力用马克思列宁主义的观点来研究文学的人越来越多了,而且涌现出来了一批马克思主义的新生力量。在这一方面也明显地表现了马克思列宁主义的胜利,党的领导的胜利。这是我们的工作的主要方面。看不到这个主要方面是错误的。

---

　　* 这是作者 1960 年 8 月 2 日在中国作家协会第三次理事会扩大会议上的发言。

　　但是，成绩是主要的并不等于工作中就没有问题了，就没有错误的倾向了。我们曾经和文学研究工作中的资产阶级方向进行了多次的斗争，对于对待文学遗产的简单粗暴态度也曾作过一些批评。十年来我们在工作中远不是风平浪静的。现在看来，尽管我们都知道对待文学遗产的正确态度应该是批判地继承，但为什么要批判地继承，怎样才是批判地继承，在不少人中间还是没有彻底解决问题的。

　　在全国文学艺术工作者第三次代表大会上，陆定一同志代表党中央和国务院所作的祝词和周扬同志的题为《我国社会主义文学艺术的道路》的报告，肯定了我们的文学艺术工作在党和毛泽东同志规定的文艺路线的指导之下所获得的巨大成就，总结了我们在实践中的丰富的经验，进一步阐明了社会主义文学艺术的道路，并且提出了我们今后的工作任务。对我们的今后的整个文学艺术事业，它们具有重大的指导意义。对于我国和外国的文学艺术遗产的政策，陆定一同志把它概括为"批判地继承和吸收，取其精华，去其糟粕，推陈出新"。周扬同志在他的报告中说，如何对待文学艺术遗产，也是一个我们同修正主义者和资产阶级文人发生了尖锐分歧的问题。他说："对于遗产是采取马克思主义的批判态度，从全面的历史的观点来加以估价呢，还是片面地一概肯定或者一概否定呢？是取其精华，去其糟粕呢？还是取其糟粕，去其精华呢？是推陈出新呢，还是抱残守缺呢？这就是主要的争论之点。"陆定一同志和周扬同志的概括，明确地说明了我们同修正主义者和资产阶级文人的分歧，同时也说明了马克思列宁主义的对待文学遗产的正确态度。我完全同意他们的意见。我在这个发言里只是想说明我为什么同意这样的意见，只是想说明一点我个人的理解。

　　马克思列宁主义者认为文学是一种社会意识形态，是一种有它自己的特点的上层建筑。这是我们对于文学的最根本的看法。上层建筑是为一定的经济基础所规定的，它不仅消极地反映基础，总的说来，它还要积极地为基础服务。文学当然也是这样。任何社会的文学，它的统治部分总是表现了当时的统治思想，为当时的社会制度服务的。在阶级社会里产生的文学总是有它的阶级性，总是自觉地或不自觉地成为一种阶级斗争的武器。因此，我们对于过去的文学必须首先看到它总是一定的时代和一定的阶级的产物，总是反映了它所属的时代和阶级的世界观，总是有它的局限性。忘记了这一点就是忘记了马克思列宁主义对于文学的根本观点。

过去的文学既然是过去的社会的上层建筑，为什么它又不随着过去的社会的经济基础的消灭而消灭，许多资本主义社会、封建社会、甚至奴隶社会流传下来的作品不但没有被我们抛弃，而且还被我们称为遗产呢？称为遗产，就包含着有一定的价值的意思，就包含着有一种继承的关系的意思。

对于上层建筑我们并不是简单地看待的。我们并不认为，既然上层建筑是一定的经济基础之上的上层建筑，它就必然是和基础完全适应的，而且必然是全部地和很快地随着基础的消灭而消灭的。因为用这样的看法来解释过去的文学现象要遇到困难。过去的各个时代的文学都不是内部没有差异的简单的统一体。过去的各个时代都有人民的口头文学。这种口头文学虽然也或多或少地受到了当时统治阶级的思想的影响，但总的说来，它是反映了人民的思想感情的，它是高响着叛逆的声音的。这种文学算不算当时的上层建筑呢？不但过去的各个时代都有人民的口头文学，就是过去的各个时代的出身于剥削阶级的作家的文学，情况也很不一样。绝大部分的确是明显地为了巩固当时的基础而写作的。但另外有一部分却内容比较复杂。它里面表现出的世界观虽然没有超出当时的统治阶级的思想体系，但却对当时的社会作了许多暴露和批判，甚至部分地反映了当时的人民的观点。这样的文学对于当时的社会的基础是又巩固又不巩固的。它有巩固的一面，也有破坏的一面。这种文学又算不算当时的上层建筑呢？总起来说，过去的文学并不都是和当时的基础完全适应的。还有一个困难之处，就是过去的有价值的文学，杰出的文学，事实上并没有随着基础的消灭而消灭。由于对上层建筑的理解不明确，在文艺理论方面曾经引起过一些争论。因为文学并不都是随着基础的消灭而消灭，有的人甚至认为文学只是社会意识形态，并不是上层建筑。这当然是很错误的。有的人认为文学里面有上层建筑性的东西，那就是文学里面表现的大部分思想；也有非上层建筑性的东西，那就是文学名著中包含的客观真理和美学价值。这也是很错误的。我们怎么能够把文学里面的大部分思想和它包含的某些客观真理加以割裂，怎么能把文学的思想内容和美学价值加以割裂，并且把它们划分为两种范畴的事物呢？有的人认为过去的进步文学并不是当时的上层建筑，而是未来的上层建筑的萌芽。这种意见可以解释部分的文学现象。在两种社会形态交替的期间，的确有些革命的文学是为了形成新的经济基础而产生的，它们可以说是下一个社会的上层建筑的萌芽。但是，这并不能解释另外许多文学现象。屈原、李白、杜甫和白居易的有社会意义的诗歌，关汉卿的《窦娥冤》和王实甫的《西厢记》，以及《水浒》、《西游记》、《儒林外史》和《红楼梦》，这些作品无论如何总是进步的文学吧，但它们到底是哪个社会的上层建筑呢？难道它们不是我国封建社会的上层建筑，反而是未来的社会的上层建筑的萌芽，即半封建半殖民地社会的上层建筑或者今天的社会主义社会的上层建筑的萌芽吗？按照这种解释，过去的文学只剩下反动的部分是当时的上层建筑了。这显然是不妥当的。此外，还有人用文学有它的特点、有它的继承性来解释它为什么不随着基础的消灭而消灭。这种解释是比较合理的。但既然有这样的上层建筑存在，我们对于上层建筑的看法就应该作更符合实际的考虑了。

毛泽东同志告诉我们："事物的矛盾法则，即对立统一的法则，是唯物辩证法的最根本的法则。""没有事物是不包含矛盾的，没有矛盾就没有世界。"正是由于坚持这个唯物辩证法的最根本的法则，毛泽东同志认为，虽然社会主义社会的矛盾和过去社会的矛盾有根本不同的性质和情况，但社会主义社会仍然有矛盾，而且基本的矛盾仍然是生产关系和生产力之间的矛盾，上层建筑和经济基础之间的矛盾。他认为，在社会主义社会里，生产关系和生产力、上层建筑和经济基础的关系，是又相适应又相矛盾的。毛泽东同志对于马克思列宁主义的创造性的发展，可以启发我们去解决过去那些关于文学这一上层建筑的争论。在过去的不同形态的社会里，生产关系和生产力的关系最初是比较适应的，后来就矛盾越来越大了。这种矛盾是社会革命的根源。这样的道理是我们所熟知的。但在过去的不同形态的社会里，上层建筑和经济基础的复杂关系我们却是从毛泽东同志的著作中才得到了明确的理解。既然矛盾是普遍存在的，在一个社会的基础和上层建筑之间存在着矛盾，在一个社会的全部上层建筑的内部和在每一种上层建筑的内部也存在着矛盾，就当然是这样了。既然在社会主义社会里，上层建筑和基础的关系尚且是又相适应又相矛盾的，在过去的社会里，两者的关系就更应当是这样了。我们用这种看法来观察文学这一上层建筑，许多问题就迎刃而解。过去的文学，不但整个说来和当时的基础有相适应的部分，也有相矛盾的部分，就是在一个作家的创作里面，甚至在一部作品里面，也都可能存在这种情况。在过去的某种形态的社会还处于上升的时期，和它的基础相适应的文学一般是进步的。比如资本主义社会初期的反封建反宗教的文学就是这样。在过去的某种形态的社会开始走下坡路以后，和它的基础相矛盾的文学一般是进步的。比如奴隶社会、封建社会和资本主义社会的批判和暴露的文学就是这样。因此，对整个过去的文学，对某一个时期的文学，以至对许多文学史上有地位的具体的作家和作品，我们都必须采取分析态度，不可全部否定，也不可全部肯定。

新的经济基础必然产生新的文学，但过去的文学并不是全部随着旧的基础的消灭而消灭。其实不仅文学是这样，哲学和某些社会科学也是这样。马克思说："随着经济基础的变更，全部庞大的上层建筑也就会或快或慢地发生变革。"或快或慢地发生变革，这是无疑的。但这种变革不一定都采取消灭的形式。和基础更接近一些的上层建筑，如政治、法律等，是随基础的消灭而消灭的。至于有些"更高地飘浮于空中"的意识形态，如文学、哲学等，情况却不同一些。它们里面的某些部分也随着基础的消灭而消灭；但那些有价值的部分，杰出的部分，却不是消灭，而是作为人类文化的遗产被保存下来，被下一个社会的同类的意识形态所批判地吸收，创造出新的意识形态来。文学、哲学和某些社会科学都是这样。比起一般学术遗产来，文学遗产更容易为广大的读者所利用和享受。这又是和文学的特点有关的。

文学以语言文字构成形象来反映社会生活，它能够使读者得到一种类似亲身经历的感觉。人们通过文学的形象认识生活，比通过逻辑的抽象的思维更具体，更生动，更有兴趣。马克思说19世纪英国现实主义小说家们"关于世界的动人的绘画似的描写所揭示的政治和社会的真实比所有的职业政治家、政论家和道德家合在一起所揭示的还要多"。恩格斯对巴尔扎克的《人间喜剧》的称赞和这也非常相似，他说它"给予了我们一部法国'社会'的最令人惊异的现实主义的历史"，而且认为他从这部文学的"历史"所学到的东西比从当时所有的专门历史学家、经济学家和统计学家合在一起所学到的还要多。这正是讲的文学的这种帮助人认识社会生活的作用。克鲁普斯卡娅在《列宁与高尔基》一文中说，列宁也正是把俄国文学看成是认识生活的工具。这种帮助人认识生活的作用还不只是使人得到一些生活的知识，而且包括使人认识到一些生活的真理。有些杰出的文学，在生动地描写了社会生活的同时，还写出了人们在自然斗争和阶级斗争中的经验、智慧和在这些斗争中形成的优良的品质，或者表现了人们在现实生活中还不能实现但在未来却可以达到的合理的愿望和大胆的幻想。这样的思想内容可以丰富和提高读者的精神生活，可以帮助或者推动人们去改造世界。车尔尼雪夫斯基的《怎么办》曾经对列宁和季米特洛夫都发生过很大的影响，这是大家都知道的事情。列宁在1912年还建议过《真理报》时常提到、引用、阐发谢德林和其他"旧时的"民粹民主派的作品。他说，这可以从另一方面，用另一种口吻来阐明工人民主派的许多当前的问题。车尔尼雪夫斯基和谢德林都是俄国的革命民主主义的作家。他们的世界观是和工人阶级的世界观有根本的差异的。他们的作品当然也要受到他们的世界观的限制和影响。但是，这并不等于他们的作品的思想内容就没有某些对我们有益的东西。对于一个作家的整个世界观和他的作品中的某些具体思想内容，我们既应该看到它们的联系，也应该看到它们的区别。列宁对《真理报》的建议是很有启发意义的。他首先告诉我们，运用文学遗产也应该有鲜明的革命目的。这正是我们现在说的"古为今用"。其次，从另一个方面，用另一种口吻来阐明当前的问题，这和列宁在1922年写的《论战斗唯物主义的意义》中主张用18世纪末叶的战斗的无神论著作来辅助马克思主义的教育破除宗教迷信，精神是一致的。这就是说，在广大群众中间进行宣传教育，需要采取多种多样的方法，包括利用文学遗产和其他文化遗产的方法。帮助人认识生活的作用并不是文学所独具的。某些社会科学的著作也同样有这种作用。不过由于文学的特点，由于它能够使读者得到一种类似亲身经历的感觉，它的这种作用发挥得比较广泛，比一般的社会科学著作更容易阅读，而且它还同时有一种美感教育作用。杰出的作家们在以形象来反映社会生活的时候，由于他们对生活的深刻的了解，由于他们的刻苦的熟练的劳动，由于他们在前人累积的技巧的基础之上的提高和创造，他们的手仿佛凭着魔力一样制作出来了许多语言文字的艺术珍品。这种对于自然界和社会生活的美的集中的表现，这种高度的思想性和艺术性的统一，这种优美的内容和形式的统一，就产生了文学艺术所特有的美感教育作用。这种美感教育作用不但和广大人民的文化生活有关，而且对于文学的发展具有重要的意义。就作家和作家的后备队伍来说，这种过去的文学和今天的文学的美感教育作用是提高他们的文学修养的必要条件。虽然过去的文学并不是创作之源，而不过是流，但继不继承它们，借不借鉴它们，却是大有区别的。毛泽东同志讲过："这里有文野之分，粗细之分，高低之分，快慢之分。"每一个有大成就的文学时代，每一个有大成就的文学家，都是广泛地继承了以前的优秀的文学传统，而又在这种的基础之上有自己的独特的创造。就一般读者来说，这种过去的文学和今天的文学的美感教育作用是提高他们的文学欣赏力的必要条件。一般读者的文学欣赏力的提高，不仅有利于他们个人的文化生活的享受，而且还可以反过来促进一个时代的文学的发展和繁荣。过去的文学并不全部随着基础的消灭而消灭，那些有价值的部分，杰出的部分，被作为人类文化的遗产保存下来，而且比一般学术遗产更容易为广大的读者所利用和享受，除了庞大的上层建筑本来情况就有所不同而外，同文学的特点以及和它的特点相联系的这些作用也是分不开的。

我们应该适当承认过去的文学的帮助人认识生活的作用。但是，我们又必须看到，它的这种作用是很有局限性的。并不是过去的一切文学都有这种作用，而仅仅是其中的一部分。过去的文学中还有大量的歪曲现实的作品，宣扬反动思想和消极思想的作品。就是那些有价值的部分，杰出的部分，也有它们的局限性和两面性。过去的作家绝大多数都出身于剥削阶级，他们所熟悉的是他们那个阶级的生活，他们观察事物又很难超出他们那个阶级的思想体系，这就必然影响到他们所反映的生活和他们对于生活的判断是视野狭窄的，总是有错误的。过去的社会里，最普遍存在的事实是劳动人民的被剥削压迫和他们的反抗；然而过去的文学里，描写这种事实的作品并不多。有些作品描写到了，观点也不一定正确。列宁分析托尔斯泰的作品反映了俄国农民在资产阶级革命到来时的思想和情绪，然而托尔斯泰的作品里的"俄国生活的无比的图画"仍然更多是描绘了贵族阶级的生活和人物。他对于他所描绘的生活和人物的判断更常常表现了托尔斯泰主义的错误观点。用谢德林的作品来阐明工人民主派的问题，以及车尔尼雪夫斯基的《怎么办》对于列宁和季米特洛夫的影响，都不过是在某些点上。列宁常常是利用谢德林的作品中的形象来抨击沙皇俄国的统治，来抨击资产阶级自由主义者。列宁说他开始接受《怎么办》的影响是在接触马克思、恩格斯和普列哈诺夫的著作之前。季米特洛夫说他开始接受《怎么办》的影响也是在少年时代和青年时代。虽然这种影响到后来对他们仍然是有益的，但从他们也正好说明，单凭革命民主主义的作家的作品是培养不出工人阶级的革命家来的。而且，在19世纪的欧洲文学中，像车尔尼雪夫斯基和谢德林这种富于革命性的作家是很少的。不但还有大量的反动的和平庸的资产阶级作家，就是许多被高尔基称为资产阶级的浪子的批判现实主义者，虽然他们的作品对资本主义社会的暴露是有进步意义的，但同时也宣扬了资产阶级的思想。他们常常是从资产阶级的民主主义、人道主义和个人主义出发来批判资本主义社会的。正如高尔基所说，他们的作品"蜜糖和毒药是紧紧混合在一起的"，"过去并不曾而且现在也不能培养社会主义的个性"。我们现在正在加倍努力地建设社会主义社会，向着共产主义的伟大目标迈进。如陆定一同志在祝词中所指示的，"我国文学艺术工作的首要任务，就是用文艺的武器，极大地提高全国人民社会主义和共产主义的思想觉悟，提高全国人民共产主义的道德品质"。当然，这是对我们今天的文学艺术提出来的，无产阶级的文学艺术产生以前的文学艺术不可能担负这样的任务；我们也不应当责备它们不能担负这样的任务。但是，我们应该看到，在这样的新时代和新要求的面前，过去的有进步意义的文学不能不为之黯然失色了，而且不少思想内容不能不成为消极的有毒害性的东西了。它们的消极的一面，它们里面的资产阶级的思想，我们就必须用马克思主义的观点来进行彻底的批判，以便消除这些思想内容在广大群众中的影响。陆定一同志在对我们的文学艺术工作提出了上述的光荣任务以后，紧接着又说："为了达到这个目的，就必须同资产阶级思想进行长期的坚持不懈的斗争。"批判和消除资产阶级文学、特别是18、19世纪欧洲资产阶级文学的消极思想和消极影响，正是这种斗争的一个方面。周扬同志在报告中对于18、19世纪欧洲资产阶级文学艺术的两面性的分析，是符合实际的。就是像车尔尼雪夫斯基和谢德林这种富于革命性的作家，虽然他们的作品仍然是苏联人民和世界人民的宝贵的遗产，他们的作品的某些思想内容至今仍有教育意义（比如谢德林的寓言《理想主义者的鲫鱼》，那个描写高谈"不相信斗争和吵嘴是使地上一切生物准能得到发展的正常办法"、"相信不流血就能得到繁荣"、鼓吹"鱼类应当彼此相亲相爱"而最后终于为梭鱼所吞食的鲫鱼的故事，就至今仍是对于现代修正主义者的尖锐讽刺），但总的说来，它们的社会意义无论如何已经缩小，不可能同样发生过去那样大的作用。和过去的文学的思想内容比较起来，它的美感教育作用或许稳定性更大一些。但它在这一方面也有局限性。美的观念同样受到时代和阶级的制约，同样处于变化之中。不过这种变化一般比较缓慢，我们至今仍不能不借助于过去的文学作品来提高我们的文学修养和文学欣赏力。但我们又绝不可受到它们的美的观念的束缚。如果我们在美学上墨守成规，缺少创造和革新的勇气，那就会阻碍我们的文学的发展。

　　由于上述种种原因，我们对于过去一切有价值的文学遗产并不是抛弃而是继承；这种继承并不是无批判地兼收并蓄，而是批判地吸收；而且这种批判地吸收并不是仅仅为了保存过去的传统中的优点，更重要的还是为了今天的艺术上的创造和革新，虽然这种创造和革新又必须是在过去的优良的传统的基础之上，不是割断历史，不是毫无凭借，不是像没落的资产阶级的文学艺术流派那样完全摈弃古典遗产的荒诞的标新立异。这就是我们对待文学遗产的基本态度。

　　有些人常常提到列宁关于文化遗产的学说，但却作了片面的理解和叙述。他们只是复述或者强调列宁认为必须继承文化遗产的一个方面，却忽视了或者抹杀了列宁同时指出这种继承必须经过批判和改造的另一个方面。有些走得更远的人竟至完全模糊了时代和阶级的界限，以为过去的进步文学在今天仍然只是发生积极的作用，以为文学的传统同文学的创造和革新之间毫无矛盾。列宁关于文化遗产的学说当然不仅解决了苏联十月革命以后的一时一地的问题，它是马克思主义的普遍真理，它至今仍然是我们建设社会主义文化的指导。但列宁在当时有关的著作中比较强调继承，而且反对的锋芒是针对着否定遗产的倾向，却是和当时的具体情况有关的。苏联十月革命以后，以波格丹诺夫为首的"无产阶级文化派"企图脱离苏联的党和政府的领导，抛开两千多年来人类已有的文化成果，按照他的错误的理论和方法去杜撰出他们心目中的"无产阶级文化"。波格丹诺夫认为文学艺术是"组织"人类的经验和生活的手段，过去的文学艺术是"组织"过去的阶级的经验和生活的，除了某些古典作家的技巧还可以学习而外，对于无产阶级没有什么用处。这个集团还有人公开否认无产阶级作家的创作和过去的文学有继承的联系，断言苏联的读者不需要读托尔斯泰和其他古典作家的作品，并且主张工人作家只要创作就成了，不必学习。如俄共中央在《关于无产阶级文化协会》中所说，"他们在'无产阶级文化'的幌子下给予了工人们以资产阶级的哲学观点（马赫主义）。而在艺术方面他们则给工人培养了一种荒唐的、不正常的趣味（未来主义）"。未来派也是否定遗产的。他们远在十月革命以前就宣言要"从现代生活的汽船上"抛弃普希金、托尔斯泰和其他古典作家。这时他们也提出要"把那些旧的艺术形式撕毁、粉碎、从地面上消灭干净"。这种简单否定遗产的倾向不仅存在于这些集团里面，对当时的青年群众也是颇有影响的。有些回忆列宁访问莫斯科高等工艺美术学校的文章告诉我们，列宁曾和这个学校的一些学生发生了争辩。不少学生都热烈地赞成未来派，把俄国古典文学看作"旧制度的遗产"而一概加以否定。列宁对他们说，要知道和尊重俄国革命文化的优秀代表。正是针对这些情况，列宁才多次地反复地强调必须继承文化遗产的。他在《青年团的任务》中说：

　　　应当明确地认识到，只有确切地了解人类全部发展过程
　　所创造的文化，只有对这种文化加以改造，才能建立无产阶

级的文化，没有这样的认识，我们就不能完成这项任务。无产阶级文化并不是从天上掉下来的，也不是那些自命为无产阶级文化专家的人杜撰出来的。这完全是胡说。无产阶级文化应当是人类在资本主义社会、地主社会和官僚社会压迫下创造出来的全部知识发展的必然结果。

我们可以看出，列宁的反对的锋芒是针对着无产阶级文化派这样一类人的，然而他在这里也就讲了对过去的文化必须"加以改造"。在《关于无产阶级文化的决议的草稿》中他更明确地提出来了这种改造的依据。他说：

> 不是臆造新的无产阶级文化，而是根据马克思主义世界观和无产阶级在其专政时代的生活与斗争条件的观点，去发扬现有文化的优秀典范，传统和成果。

在同一天起草的正式的"决议草案"中，列宁写了意思相同的一段话。他说，马克思主义"吸收和改造了两千多年来人类思想和文化发展中一切有价值的东西"；"只有在这个基础上，按照这个方向，在无产阶级专政（这是无产阶级反对一切剥削的最后一次斗争）的实际经验的鼓舞下继续进行工作，才能认为是发展真正无产阶级的文化"。列宁就是这样主张继承文化遗产的工作必须为无产阶级专政服务亦即是为无产阶级的阶级斗争服务的。大家都知道，列宁把每一种民族文化都区别为两种文化，区别为民主主义和社会主义的文化同资产阶级的文化（许多民族还有地主和神甫的文化），这正是根据马克思主义世界观来观察文化的结果。这正是对文化进行了阶级分析，也正是一种批判的态度。列宁关于赫尔岑和托尔斯泰的论文所作的经典性的分析，一方面充分地肯定了他们的贡献，另一方面又彻底地批判了他们的弱点和错误，特别反对颂扬他们的弱点或把他们的消极的思想当作积极的东西，更是用批判的态度对待古典作家的典范。旧的艺术传统对于新的艺术的束缚，列宁也是讲到过的。卢那察尔斯基在回忆列宁的文章中说，有一次他向列宁谈起保存旧的艺术传统的必要：

> 弗拉基米尔·伊里奇注意地谛听着，后来回答我说，要我坚持这样的路线，不过别忘记支持那些在革命影响下产生的新东西。即使这些新的一开始还很软弱，因为在这里是不能采用同一的美学见解的，否则旧的、更加成熟的艺术会妨碍新的艺术的发展，而那旧的更成熟的艺术本身纵使会有所改变，可是倘使新生的现象在竞争上对它的压力愈小，那它就会变得愈慢。

谈论列宁关于文化遗产的学说的人很少引用这段话。列宁的这段话是富有革命的精神和深刻的见解的。我们不是为继承遗产而继承遗产，我们是为了发展社会主义新文化。为了保存遗产而忘记了支持新的艺术，那就是忘记了我们的目的，那就会变成守旧派。不能用旧的美学见解，用旧的更成熟的艺术为标准来要求新的艺术，否则就会妨碍它的发展，这不仅因为对于新生的事物不应该苛求，而且因为新的艺术有旧的美学见解所不能认识的新的美。应该是我们的美学见解随着艺术的发展而发展，不应该要求新的艺术来适合旧标准和旧眼光。最后，列宁在这段话中又提出了旧的艺术必须改变和改造的思想，而且认为必须发展新的艺术和它竞争，给它以强大的压力，才能促进它的改变和改造。这是对于事物的辩证法的深刻的了解。我们对于列宁的有关文化遗产的学说只是作了很少一点叙述。但从这样的叙述也可以清楚地看出，对于文学遗产不采取批判的态度，不进行阶级分析，不根据阶级斗争的需要、不根据社会主义建设和共产主义教育的需要来加以吸收和改造，只是片面地强调继承，强调过去进步文学对于今天的积极作用，甚至认为旧的传统和新的创造之间毫无矛盾，那是完全违背列宁关于文化遗产的学说的。

　　如列宁所说，凡是人类社会所创造的一切，马克思都用批判的态度加以审查，任何一点也没有忽略过去。马克思的学说的产生正是过去的哲学、政治经济学和社会主义的最伟大的代表的学说的继承和发展。在批判地继承遗产、加以改造并作出了极大的创造这一方面，马克思本人正是我们的最好的模范。恩格斯在给康拉德·斯密特的一封信中，说明每一时代的哲学都有前人遗留的某种特定的精神材料作为它的前提，它的出发点，并且用这来解释为什么经济落后的国家有时在哲学上仍能居于领导地位。这也是指出了继承遗产的重要性。马克思和恩格斯对于过去的杰出的文学作品都是称赞和爱好的。恩格斯对于歌德的两面性，正如列宁对于托尔斯泰的两面性一样，还作过非常富有批判性的分析。所以，必须继承遗产，必须批判地继承遗产，这样的思想是马克思主义的创始人就有的。但在无产阶级革命胜利以后，在建设社会主义文化已经提到议事日程上的时候，这种新文化如何产生，它和过去的文化的关系是怎样的，对这样一些问题作了透彻的回答，并且把它作为一种无产阶级的坚定的阶级政策规定下来，却是列宁的巨大的贡献。有了列宁的关于文化遗产的学说，从"左"的方面来否定遗产的理论就很难成立了。但是，从右的方面来片面地理解和歪曲列宁的这种学说的倾向和从"左"的方面来简单粗暴地否定遗产的倾向都还是会出现的，而且是会反复地出现的。

　　我国人民民主革命胜利以后，和苏联十月革命后的情况有些不同。当时并不存在着那样普遍那样严重的否定遗产的倾向。当然，也曾出现过某些征兆。比如，1950年曾经出现过一部《中国人民文学史》，它对我国历史上的许多杰出的作家加以排斥，贬之为"正统文学"，说这种文学不过是"人民文学的旁支"，不过是"人民文学的支流发展到最后的没有灵魂的骸骨"。又比如，

1951 年曾经出现过一篇文章，题目为《〈格林姆童话集〉是有毒素的》，它认为格林姆的童话根本不应该出版，"因为那些故事里面充满了有害于我们的下一代的毒素"；"而它之所以在 19 世纪和 20 世纪为西欧各国所欢迎的缘故"，"正是那些毒素为反动的统治阶级所爱好"。但这种对于我国和外国的某些文学遗产不是采取马克思主义的分析的态度、而是简单地加以一概否定的著作和文章很快就受到了批评。后来在《红楼梦研究》批判和胡适批判中，我们又反对了把《红楼梦》的消极因素看作它的主要内容、从而对它加以贬抑的观点，反对了胡适认为我国过去的文学不如人的谬论。在胡风批判中，我们也反对了他对民族遗产的虚无主义态度。一切有价值的文化遗产必须继承这一思想我们一直是坚持的。这是因为我们不但接受了苏联十月革命后的经验，接受了列宁的关于文化遗产的学说，而且因为在这个问题上，我们的党和毛泽东同志早就在理论上和政策上作了完整而明确的规定。远在 1938 年，毛泽东同志在《中国共产党在民族战争中的地位》中就这样说：

> 学习我们的历史遗产，用马克思主义的方法给以批判的总结，是我们学习的另一任务。我们这个民族有数千年的历史，有它的特点，有它的许多珍贵品。对于这些，我们还是小学生。今天的中国是历史的中国的一个发展；我们是马克思主义的历史主义者，我们不应当割断历史。从孔夫子到孙中山，我们应当给以总结，承继这一份珍贵的遗产。这对于指导当前的伟大的运动，是有重要的帮助的。

在这下面毛泽东同志就提出了"马克思主义必须和我国的具体特点相结合并通过一定的民族形式才能实现"这一著名的理论。这里所说的"重要的帮助"应当就是对于马克思主义在中国具体化的帮助。文学上的民族形式问题的探讨也是从毛泽东同志这一次的指示以后开始的。民族的文学遗产的继承，对于新文学的民族化和群众化显然也是必不可少的条件。1940 年，毛泽东同志在《新民主主义论》中更提出来了关于对待中外文化遗产的完整的理论和政策。他肯定我们应该大量吸收外国的进步文化，包括外国的古代文化，作为我们的文化食粮的原料。他称赞我国在长期的封建社会中创造了灿烂的古代文化，指出我国的新文化是从古代的旧文化而来，并且说清理我国古代文化的发展过程，剔除其封建性的糟粕，吸收其民主性的精华，是发展民族新文化和提高民族自信心的条件。1942 年，毛泽东同志《在延安文艺座谈会上的讲话》中又一次肯定了继承和借鉴一切优秀的文学艺术遗产的必要。概括起来说，和列宁一样，毛泽东同志也是再三告诉我们，一切有价值的文化遗产必须继承，这是发展新文化所需要的。他特别指出了自己民族的遗产更有一种重要的作用，可以帮助我们的理论和文化具有民族的特点。开国以来，我们正是根据这样的理解工作的。所以我国的古典文学受到了空前未有的重视，并且大量地进行了整理和研究的工作；外国的古典文学的翻译和研究也有了显著的发展和进步。这些工作都是必须继续进行的。用马克思列宁主义的观点来整理、研究我国的文学遗产和研究外国的文学遗产都还不过是开始。世界各国的文学名著也还有许多没有翻译过来。我们的作家和研究工作者都必须扩大眼界，必须广泛地阅读各种各样的作品。这些都是不应该有争论的。

　　但是，和列宁一样，毛泽东同志也是在谈到继承遗产的时候，就总是同时指出必须采取批判的态度。这正是表现了马克思主义的革命精神和科学精神。毛泽东同志说：“形式主义地吸收外国的东西，在中国过去是吃过大亏的。”由于中国具有这种痛切的历史经验，毛泽东同志对于采取批判态度的重要性和必要性，曾经多次强调地讲过。在《新民主主义论》中，他在讲到应该吸收外国的进步文化的时候说：

> 但是一切外国的东西，如同我们对于食物一样，必须经
> 过自己的口腔咀嚼和胃肠运动，送进唾液胃液肠液，把它分
> 解为精华和糟粕两部分，然后排泄其糟粕，吸收其精华，才
> 能对我们的身体有益，决不能生吞活剥地毫无批判地吸收。

人每天要吃三顿饭，每顿饭都由人的生理机构进行了这样的批判
地吸收的工作。毛泽东同志用这个比喻来生动地说明了对待外国
文化必须采取批判的态度的真理。对于本国的文化遗产也是只能
批判地吸收的。他也是强调要区别为精华和糟粕，反对无批判地
兼收并蓄，反对颂古非今，反对赞扬任何封建毒素，反对引导人
民群众和青年学生向后看而不是向前看。在《论联合政府》中，
他再一次概括地说明了这样的政策，对于外国文化，排外主义的
方针是错误的，盲目搬用的方针也是错误的；对于中国古代文
化，同样，既不是一概排斥，也不是一概搬用。他提出了一个批
判地吸收的标准：根据中国人民的实际需要。在《反对党八股》
中，他批评五四运动时期的许多领导人物"对于现状、对于历
史、对于外国的事物，没有历史唯物主义的批判精神，所谓坏就
是绝对的坏，一切皆坏；所谓好就是绝对的好，一切皆好"。他
说这种方法是资产阶级的方法，即形式主义的方法。《在延安文
艺座谈会上的讲话》中，他又说"继承和借鉴决不能变成替代自
己的创造"，"文学艺术中对于古人和外国的毫无批判的硬搬和模
仿，乃是最没有出息的最害人的文学教条主义和艺术教条主义"。
这都是和列宁认为继承文化遗产必须经过批判和改造的精神完全
一致，而且讲得更为强调，更为充分的。这是因为中国的革命运
动和革命的文艺运动中都曾经出现过硬搬和模仿的错误倾向的缘
故。当然，对于文学遗产，并不是说要把古人的作品通通加以删
改，这才叫做改造。用马克思主义的观点对古人的作品加以整

理、研究和批判，吸取其精华，剔除其糟粕，使它们有利于我们的文学的创造和革新，有利于我们的社会主义建设和共产主义教育，从整个文化运动看来，这也就是一种改造。

必须批判地继承遗产，在理论上我们也是知道的。然而在实际工作中的缺点和偏向却正表现在这个问题上。十年以来，简单粗暴地对待遗产的偏向和对遗产不加批判或批判不够的偏向都是不止一次地出现过的。对于遗产的简单粗暴的偏向我们在前面作了一点很简略的叙述。不加批判或者批判不够的偏向却表现了另外一种片面性：对于过去的作品，只讲它们的成就和人民性，不讲它们的限制和阶级性，或者夸大它们的积极的一面，缩小它们的消极的一面，或者甚至把消极的东西也说成是积极的东西。突出的例子我们很容易回忆起来。在关于李煜词的讨论中，有些人把他描写帝王生活和亡国之恨的作品也硬说成有爱国主义和人民性。在《琵琶记》的讨论中，有些人把这样一个主要的故事是宣扬封建道德的作品也硬说成有强烈的反封建的意义，甚至于把封建道德也硬说成是人民的道德。而且令人奇怪的，在这后一次讨论中，为《琵琶记》的封建说教多方辩解的人竟至成为压倒优势的多数派。关于外国文学的研究文章我读得很少，但也不是没有明显的例子。比如，关于狄更斯的作品中的那种小市民的感伤和温情主义，就有文章肯定为主要是对于资产阶级的自私自利的反抗，是人民性的表现。又比如，契诃夫明明是一个在世界观上有很大的弱点的作家，甚至他自己也意识到他的弱点并且表现过不满，他说"我们缺乏一点'什么'"，而这"什么"据他说就是一个全身心奔赴的"固定方向"；然而有些文章却把他描写为整个沙皇俄国的统治的反对者，不讲他的世界观的弱点，或者完全把他的弱点归罪于时代。还有些作者在分析中国和外国的古典作品的时候，虽然讲到它们的消极因素，却并不进一步指出这些消极因素对于今天的广大读者的危害性，或者只把责任归于读者，而不重视从事文学研究文学批评的人负有清除消极影响和辅助进行共产主义教育的任务。这也是一种批判不够的倾向。由于这种偏向的存在，我们现在来重又提出对待文学遗产，特别是对待18、19世纪欧洲资产阶级的文学，必须采取批判的态度，必须用马克思列宁主义的观点来对它们进行正确的评价，还它们一个本来的面目，并且清除它们的消极因素在广大读者中的影响，就十分必要了。这是以列宁和毛泽东的关于文化遗产的学说为依据的，而且是从当前的实际需要出发的。这种实际需要还不应该理解为仅仅是针对文学研究工作中的不加批判或批判不够的偏向，而且必须看到，这是我们的思想工作的一个不可缺少的部分。为了提高全国人民的共产主义的思想觉悟和道德品质，为了进行思想领域里的兴无灭资的斗争，我们就必须对中外文学遗产、特别是欧洲资产阶级文学遗产采取批判态度，就必须清除它们的消极影响，就必须反对对文学遗产的不加批判或批判不够的倾向。因此，怎样对待文学遗产，不仅是一个和文学发展有关的问题，而且是一个和全国人民思想教育有关的问题。在这个问题上抱有抵触情绪的人说：你们强调批判，这也批判，那也批判，还有什么可继承的呢？这种看法是把批判和继承错误地对立起来了。马克思主义的批判精神首先就是具体分析的精神，就是要区别精华和糟粕。有了分析和批判，然后才有继承和吸收其精华的可能。因此，批判正是为了继承，而继承又必须经过批判。

早在马克思和恩格斯的时代，就有这样的情况了："阅读最新哲学、政治和诗歌的最出色著作的几乎完全是工人"，"资产者是现存社会制度以及与之相联系的各种偏见的奴隶；他胆怯地避开和尽力地否认真正标志着进步的一切东西；无产者则眼光锐利地注视着这一切，愉快地和有成效地研究它们"。恩格斯曾不止一次指出过当时的英国的这种事实。他说，阅读拜伦和雪莱的作品的几乎全是下层等级；卢梭和伏尔泰等人的著作也流行在工人中间。现代的资产阶级更加彻底地抛弃了资本主义上升时代的和代表资本主义社会的文学的最高成就的作家，而提倡颓废主义、形式主义和各种腐败堕落的文学。这是一种情况。但在资产阶级知识分子中间又有这样一些人，他们盲目崇拜中国的和外国的古典文学，特别是 19 世纪欧洲资产阶级的文学，并用这来贬低社会主义的新文学。修正主义者也有这样两种情况。有的修正主义者就是连现实主义都不要了，醉心于提倡现代主义和帝国主义的文化。但有的却又是提倡对于欧洲 19 世纪的批判现实主义文学的盲目崇拜，主张社会主义文学走批判现实主义的老路，宣扬批判现实主义文学中的资产阶级人道主义，并且把批判现实主义文学说成是不可企及的典范，用这来贬低社会主义文学的成就。因此，在对待文学遗产方面，到底是批判地继承还是无批判地兼收并蓄，到底是取其精华、去其糟粕还是取其糟粕、去其精华，到底是为了艺术上的创造和革新还是为了走老路，到底是引导人向前看还是引导人向后看，这是我们必须明确地解决的问题。在这个问题上还抱有怀疑的人说：我们不应该盲目崇拜文学遗产，但马克思说过希腊的艺术和史诗在某些方面还是一种标准和不可企及的典范，又应该怎样解释呢？马克思讲的是"在某些方面"。而且他是解释了希腊的艺术和史诗的这种魅力的秘密所在的。他说，它们产生于人类社会的童年，产生于希腊那种未发展的社会条件；那种童年和社会条件永远不可复返，因此那些反映了人类社会的美好而正常的童年的作品就对我们显示着不朽的魅力。和这种情况相类似，各个时代的社会都有它的特点，反映了各个时代的社会生活的杰出的文学艺术，因此都有它们的独具的特色。在这样的意义上说，它们都是不可能重复出现的。然而归根结底，文学艺术的发展还是以经济的发展为基础。总的说来，人类的社会是越发展越进步的，人类的文化和文学艺术也是越发展越进步的。不过这种发展和进步不是直线式的上升，而是波浪式的前进罢了。我们的社会主义文学，是最新、最革命、最富有生命力的文学。从它的根本性质来说，它是过去一切时代的文学都无法比拟的。从它的前途和远景来说，它将要把过去一切时代的文学的最高成就都抛到后面去，正如到了共产主义社会，人们会觉得阶级社会不过是人类的史前时期一样。

如周扬同志在报告中所概括的，"在为工农兵服务、为社会主义事业服务的方向下实行百花齐放、百家争鸣和推陈出新，这就是我国社会主义文学艺术发展的道路"。十多年来，我们是沿着党和毛泽东同志所规定的这样的道路前进的，所以我们取得了不断的胜利，取得了鼓舞人心的巨大的成绩。经过这次的会议后，对于我们已经走了过来的道路和即将努力奔赴的前途，我们都认识得更清楚了。我们更加坚决，更加勇气百倍。正确对待文学遗产，为创造新时代的文学提供有利的条件，这样的问题也就可能得到更好的解决了。我们的许多作家都从我国的古典文学和民间文学吸取了营养，也从外国的进步文学得到了益处。从作家对待文学遗产来说，这种情况也是主要的，而且是应该继续肯定的。但如果对待文学遗产的批判精神不足，也就会束缚我们的作家的创造和革新的勇气，而且甚至会对他们的作品中的思想和艺术带来一些不好的影响；如果走向另一个片面，不重视对于文学遗产的继承、借鉴、学习，这就又会妨碍我们的成长和提高。这两种情况都是可能存在的，都是对我们的文学的发展不利的。我们应当从各个方面来为我们的文学的发展准备条件，使我们的文学事业和我们国家的其他事业一样，总是从胜利走向胜利，从已经取得的胜利走向更为伟大的胜利！

托尔斯泰的作品仍然活着[*]

  五十年前，列夫·尼古拉耶维奇·托尔斯泰离开了这个世界；但作为一个伟大的天才的艺术家，他给我们留下的大量的宝贵的文学作品却仍然活着，而且将是不朽的。

  在我们中国，托尔斯泰是广大人民最喜爱的外国古典作家之一。他的三部杰作，《战争与和平》、《安娜·卡列尼娜》和《复活》，在我国的读者中广泛流传，同时成为我国的作家学习艺术技巧的典范。

  说到《战争与和平》，在托尔斯泰的作品里面，我是特别有一种亲切的感情的。这不仅仅因为它是托尔斯泰的较早的作品，对于许多生活和人物的描绘有一种健康而愉快的色彩，不像他后来的有些作品，不免流露出悲观的气息，而且是因为关于它我有一段不妨略为提及的回忆。还是作大学生的时候，我就从爱尔麦·茅德和他的夫人的英译本浏览过这部名著。然而由于我当时的艺术思想和艺术鉴赏力的限制，我是还不能认识它的巨大的价值的。我真正认识了它，为它的艺术魅力所迷醉，是在抗日战争的初期。那时我和几个爱好文学的青年人，跟着中国共产党领导的人民的军队，那时叫作八路军，从山西西北部进军到敌后，一直深入到河北中部的平原游击区。我们一到达就遇到了日本法西斯军队的进攻。我们的军队就在这个平原地区和敌人进行游击战。经过了二十多天的不断的夜行军，不断地和敌人战斗，打圈子，我们才打破了敌人的这次进攻，争取到了一个短时期的休息。就是在这次休息中，就是在这个平原地区的一个村子里，我们在借住的人家里发现了一部《战争与和平》的最早的中译本。这是一部并没有译完而且译得并不好的本子。然而我和几个爱好文学的青年都被它吸引住了。在这战争的间隙里，托尔斯泰所描写的那些很有性格的人物，那些关于他们的场面以及其他许多明晰如画的动人的生活场面，给予了我们那样大的艺术的愉快，好像我们是第一次读托尔斯泰的作品，第一次发现人类的文学遗产的宝库里有这样一个伟大的作家一样。

我还清楚地记得《战争与和平》是多么富有吸引力地一下子就把我引入了书中的世界，那个像生活本身一样复杂而又形象非常明晰的世界。我还清楚地记得那些关于纳塔莎和索妮亚的描写，那些关于老包尔康斯基公爵和他的女儿玛丽的描写，当时是给了我多么深的印象。好像他们从此就进入了我的生活经历里面，成为了我曾经亲眼看见过的人，而且是认识以后接近以后就再也不能忘记的人。是的，纳塔莎和索妮亚，或许是比小说中的两个男主人公，彼尔和安德列，写得更为成功的。纳塔莎，那个早熟的大胆的感情强烈的少女，那个为月夜辉煌所激动以至幻想她可以一下子从窗子里飞出去的少女，那个虽然生长在贵族家庭里面却那样醉心于表现了浓厚的俄罗斯民族精神的民间歌舞的少女，那个虽然放任感情的冲动、容易犯错误和迷失却又像小孩子一样使人最后还是会饶恕她的胡闹的少女，是一种可爱的女孩子的典型。索妮亚是又一种可爱的女孩子的典型。她那样温柔地、永不改变地爱着。她那样习惯于自我牺牲，然而要她牺牲她惟一所有的爱情她仍然是非常痛苦的，然而她最后还是连这点仅有的东西都被拿走了。纳塔莎说她是一朵不结果的花。并不是如纳塔莎所想的，是因为"她身上缺少一点什么"；也不是如尼古拉·罗斯托夫所想的，是因为她"缺乏精神的天赋"而玛丽公爵小姐却富有这种"他自己没有因而极端重视"的东西；说到最后，只是因为她是一个没有财产的少女罢了。尼古拉·罗斯托夫曾对索妮亚说："您是一个天使：我配不上您……"的确，他是配不上索妮亚的那样深沉的爱的。在纳塔莎对玛丽说索妮亚是一朵不结果的花的时候，她还说："有时我为她难过，有时我以为她不会像你或我那样感觉到这一点。"后半句她说错了。她大概是不大了解索妮亚的痛苦之深的。如果这是表现了作者对于索妮亚的看法，那就是托尔斯泰错了。人们对于纳塔莎和索妮亚这样两种不同的女孩子的看法，到底哪一种更可爱一些，更令人同情一些，可能是会发生争论的，而且人们知道她们都是过去的贵族家庭中的女孩子，她们的性格的特点也浸透了她们的阶级的色彩。然而人们却不能不承认世界上的确存在着这样两种不同类型的少女，而且不能不承认托尔斯泰把这两个典型人物都塑造得很好。

老包尔康斯基公爵也是一个写得性格很突出的人物。他穿着古老的旧式的衣服。他认为只有蠢人和游手好闲的人才生病。他把他自己和他女儿玛丽的生活都安排得没有一点空闲。他的生活的规律性达到这样的高度，这样的严格，他的就餐、散步和工作的时间就和钟表一样准确。他亲自教他女儿代数和几何，一直教到二十岁。他认为这可以把所有的糊涂思想赶出她的头脑。对这个严厉的苛刻的父亲，玛丽是这样畏惧，总是每天早晨在规定请安的时刻到来的时候就战战兢兢画十字，祷告这种照例的会见可以顺利地度过；而且由于这种畏惧，她总是不能很好地理解她父亲关于数学课的讲解，因而总是引起一场这个老头儿大发脾气的风波。他对当时沙皇俄国的现状怀抱着许多不满，特别是对军事方面的措施。他是一个以苏沃洛夫这样一些俄罗斯的杰出人物为骄傲的爱国主义者。这个怪僻的老人还有一个特点，他的观察力十分锐敏，他能够很快地就看清楚一个初次和他接触的人。他对他的没有头脑的儿媳，安德列的妻子丽莎，他对前来童山向他女儿求婚的一个美貌的无赖，伐西里·库拉金公爵的儿子阿纳托尔，都是和他们交谈了一会儿就看穿了他们是什么样的人。在这个人物的性格里面或许并不能说包含有特别重要的思想意义，然而我们却不能不惊讶这个人物是写得多么有特色，多么活灵活现，就像我们真是曾经听见过他愤怒时候不断地哼鼻子的声音和用脚跟踏着地走的声音一样。玛丽公爵小姐其实是一个比较平常的女孩子。托尔斯泰通过尼古拉·罗斯托夫的想法，认为她富有什么"精神的天赋"，不过是因为她那样虔诚地迷信宗教，不过是因为作者想借这个人物来宣传他的宗教思想，宣传真正的基督教的信奉者是多么善良和顺从而已。这个人物在后面的小说的发展中是并没有什么特别动人的描写的。然而当她在最初几卷出现的时候，老包尔康斯基公爵差不多天天都在精神上折磨她，她却从来没有过怀疑和非难她的父亲的念头，而且诚心诚意地认为他"非常仁慈"，"同他在一起，我非常满足，也非常幸福"，特别是阿纳托尔到她家里来求婚的时候，她的嫂子和法国女伴再三为她打扮，但愈打扮愈显出了这个不漂亮的近视的女孩子的难看，而且在她精神上已经准备接受这个求婚者，已经在梦想着结婚的幸福和孩子的时候，却突然在花房里碰到了这个美貌的男子在搂抱着她的法国女伴……我们不能不为这些描写的艺术力量所征服，不能不深深同情这个连她的父亲也认为她"难看而且拙笨"的平常的女孩子了。

　　当时我读的那个《战争与和平》的最早的中译本不过全书的三分之一左右。从这并不完全的部分也可以看到这个作品展开了非常广阔的社会生活，描绘了众多的性格鲜明的人物。我在这里说到的几个人物和一些场面，不过是从我的记忆里举出一点例子来说明这部巨著当时给我的印象是多么深而已。彼尔的父亲临死的时候一些亲属争夺遗产的描写，卑鄙的惟利是图的伐西里·库拉金公爵，他的容貌美丽然而灵魂丑恶、愚蠢、堕落的女儿爱伦，善于钻营的向上爬的包力斯，像这样一些场面和人物，都是给人以不可磨灭的印象的。后来我读了全译本，整个作品当然更给人以一种宏伟的画卷的感觉，而且使人感到一种贯穿全书的爱国主义的思想，一种热爱人民的思想。这部作品虽然着力刻画的人物是贵族的子女，但它同时也写出了决定历史的命运的并非杰出的个人而是千千万万的人民的意志。它把1812年俄国的卫国战争描写成为人民的战争，把打败拿破仑的功绩归于人民。如同托尔斯泰自己说过的，《战争与和平》这部小说，"如果不用虚伪的谦逊口气来说，这像《伊利亚特》"。而且这是经过了欧洲的散文的叙事诗的长期发展之后、规模更为巨大、描绘也更为精细的《伊利亚特》。当然，也应该说明，我说我对《战争与和平》抱有偏爱，更准确一点说，我是对《战争与和平》的前半部抱有偏爱。这不仅仅因为我在游击战争的环境中对它读得入迷的那一次本来是一个没有译完的本子，而且是因为我后来读全译本的时候，我觉得这个巨著的后半部是比较枯燥的章节多于生动的章节的，总的说来是不如前半部吸引人的。这大概是因为后半部的不少内容托尔斯泰都缺少亲身的生活体验的基础的缘故。虽然关于《战争与和平》作者自己说过这样的话，"在我的小说里，凡是有历史人物说话或行动的地方，我不是虚构，而是利用材料，这些材料在我写作期间积成了整整一个书库"，但再丰富的书面材料毕竟是不能代替作者自己的生活经验的。无论怎样伟大怎样有天才的作家也改变不了这样一个简单的创作规律。

托尔斯泰的另一部杰作，《安娜·卡列尼娜》，我记得也是在抗日战争期间读的。不过那已不是在敌后的游击环境，而是在延安了。延安，当时的中国革命的心脏，当时的中国人民的革命圣地，当时我们的党中央和毛泽东同志所在的红色的首都，我们曾经在那里生活过、工作过和学习过的人是对它有着多么深厚的感情，多么丰富的动人的记忆啊！那是需要用一部长篇小说才能描写得出来的。我们在那里学习马克思列宁主义，学习中国革命的历史。我们在那里学习参加劳动，学习用自己的手来生产粮食和棉纱，学习和劳动人民生活在一起，改造自己的思想感情。我们在那里做着各种各样的革命工作，包括文学艺术工作。那正是抗日战争处于艰苦的阶段而且国民党反动派加紧封锁陕甘宁边区的时候。那正是在国际范围内德、日、意法西斯蒂也还在到处横行，气焰很高的时候。我们住在半山腰用镢头挖出的土窑洞里。我们吃着用很大的锅煮出的小米饭，就着用盛过煤油的洋铁桶挑上山来的完全说不上是美味的小白菜叶子汤。必须穿两年的常常是旧敝得太快的棉制服不但是我们的抵御寒冷的冬服，而且也是我们的雨衣。延河是我们的天然的浴池和游泳池，这当然并不是一年四季都能用的。我们晚上只能有很少一点大麻子油点灯，所以我们和农民们一样早睡。不曾有着这种经历的人可以想像得出我们当时的艰苦的物质生活，然而我却敢说他恐怕很难想到我们当时的生活是过得多么愉快，很难想到当时延安的人们所共有的多么旺盛的革命精神，多么坚定的革命意志。这一段经历生动地证明了这样一个极可宝贵的真理：在真正的革命者的面前，物质生活的艰苦，国际国内的革命形势的困难，以及其他一切看起来好像对他们不利的事物，都是十分渺小的存在，都是一点也不能影响他们的信心和斗志的。就是在这种情况下，我们这些文学艺术的学徒不但在学习着革命的理论，学习着做革命工作，同时也在学习着文学艺术。《安娜·卡列尼娜》就是以它的艺术技巧的卓越而成为当时我们中间的最流行的读物之一。我在前面说过，对《战争与和平》我是抱有偏爱的。《安娜·卡列尼娜》不是我偏爱的作品，不是我感情上怎样接近的作品，然而我仍然不能不和当时延安许多爱好文学的青年人一样，赞叹它在艺术上的卓越和完整，因而认为它是一部可以从之学习许多艺术技巧的典范之作。是的，在生活描绘的精细上，在各个部分的艺术性的平衡上，在整个结构的谨严和完美上，我想可以说它是有胜过《战争与和平》之处的。

　　当然，那时我们这样一些爱好文学艺术的青年人喜欢读《安娜·卡列尼娜》，并非仅仅是由于它的艺术技巧。对文学艺术的欣赏毕竟还是不能离开它们的思想内容的。在思想内容上，这部小说有不少和我们格格不相人的地方。托尔斯泰通过书中的一些描写表现出来了他和那个吸过农民出身的乳母的乳汁长大的列文一样，他对农民抱着尊敬和近乎血统一般的感情，而且他认为资本家的剥削和地主的剥削都是不义的，但同时也表现出来了他的阶级调和的思想，改良主义的思想。全书结束于列文从怀疑宗教转而肯定宗教，也是这部大作品的大瑕疵。还有，就我个人的感觉来说，尽管书中多次写到安娜很迷人，很有魅力，而且她在精神上的确也高出于她周围的那些上层社会的男人和女人之上，然而我总觉得这个人物还不是描写得怎样吸引人的。读者可以感到，她也是一个感情强烈的女子。或许我们甚至不妨这样设想，这就是一个嫁错了人的纳塔莎。然而在这个安娜身上究竟缺少纳塔莎的那种单纯和另外一些可爱的地方。而且纳塔莎是不可能和安娜的丈夫卡列宁那样一个非常自私、非常虚伪、非常讨厌的官僚机器和平共处八年之久然后才有爱情的觉醒，然后才反抗的。比较起来，吉提是一个更单纯更善良的女子。或许我们也不妨设想，她就是一个得到了爱情的果实的索妮亚。然而在这个吉提身上我们可以明显地看出作者所提倡的一种贤妻良母思想，在她和列文结婚以后就更加显得不过是一个平常的女子，并不像从永不改变的不幸的爱情中闪耀出她的可贵的品质的索妮亚那样动人了。真正的大作家在不同的作品中塑造出的人物是不会重复的，也不应该重复。我并不是责备托尔斯泰没有把安娜和吉提写得同纳塔莎和索妮亚更相近似。我只是说《安娜·卡列尼娜》里面的两个女主人公似乎并不如《战争与和平》中的那两个少女吸引人，这可能也是我在感情上和这部杰作不大接近的原因之一而已。《安娜·卡列尼娜》虽然有不少和我们格格不相入的地方，但就它的思想内容的主要部分说来，就全书的感人之处说来，它仍然是杰出的。以安娜为中心而展开的故事含有深刻的民主主义的思想。"我是活人"，"我要爱情，我要生活"，安娜从她内心深处发出了这样的呼喊。这难道不是一个旧社会的妇女的并不过分的值得同情的要求吗？然而当时俄国的上层社会里，却只能容许"普通的，庸俗的，社交场里的风流事"，不能容许安娜的认真的恋爱。安娜的悲剧的必然性就在于她要冲破这个由卡列宁和整个上层社会构成的虚伪和可耻的罗网然而她却终于冲破不了。安娜的悲剧的必然性还在于除了卡列宁和整个上层社会都敌视她惩罚她而外，她牺牲了名誉和孩子去爱的渥伦斯奇也不过是一个虚有其表却没有高尚的灵魂的人，不过是一个甚至他自己也曾经意识到过的"极愚蠢、极自满、极健康、极清洁"的人。他在安娜身上要找寻的"与其说是爱情，还不如说是满足他的虚荣心"，因此在他得到了安娜以后，并不要太久就开始冷淡了，不情投意合了，以至互相从心里生长了一种敌对的恶意了，时常发生口角了，所以最后安娜认识到即使卡列宁同意和她离婚，她成为渥伦斯奇的合法的妻子，他们之间也不可能有什么幸福而只有不幸了。这样安娜的终于自杀就写得十分近情近理，而且这个悲剧的意义就更深广了。像安娜这样一个旧俄罗斯的上层社会的叛逆的女性，在她的生活的天地里是找不到出路的，爱情也并不是出路。还有，无论是以安娜为中心而展开的故事，还是以列文为中心而展开的故事，还是通过更次要的辅助的线索而展开的故事，合起来构成了对于当时的俄罗斯的社会生活的异常广泛的反映，也就是"当一切都翻了一个身，一切都刚刚开始安排"这样一个时代的社会生活的多方面的反映，而且其中鲜明的基本的色彩是对于当时的地主资产阶级社会的腐败、虚伪和其他种种丑恶的暴露。这对正在从事于推翻一个旧世界和建立一个新世界的革命事业的读者们说来，自然是能够引起同情和共鸣的。

我们取得了抗日战争的胜利，又取得了解放战争的胜利。由于在解放战争期间，我曾经有过一段在老解放区做土地改革工作和其他农村工作的生活经验，全国解放以后我想学习写长篇小说。为了这个目的我重读一些中国和外国的长篇小说名著。这一次又读了托尔斯泰的三部杰作。对于《复活》的思想的尖锐性我是在这一次重读中才深切地感到的。《复活》在中国早就有了全译本。我第一次读它记得也是在作大学生的时候。然而由于我当时的思想水平的限制，我是还不能真正认识它的思想内容的杰出的。因此这一次重读才有些震惊于它提出的问题是那样尖锐，而且在对有些事物的看法上达到了和马克思主义者相近似的结论。这部小说一开始就表现出了强烈的批判性：无辜的被损害的人成为被审问的囚犯，有罪的人却坐在可以决定囚犯的命运的陪审员的席位上。而且我们再读下去就更清楚了：真正犯罪的真正应该受审判的并不仅仅是聂赫留朵夫一人，而是整个上流社会，整个剥削阶级。所以，托尔斯泰虽然至死都拒绝接受马克思主义，他也不能不从残酷的事实得出了这样的结论：法律是维持阶级利益的工具；在地主资产阶级社会里，正义、法律、宗教、上帝等等一切都不过是掩盖剥削阶级的贪欲和残忍的空话。他其至于通过聂赫留朵夫这个人物，对当时的沙皇统治之下的俄国作出了这样激烈的谴责："对了，目前在俄国，适合正直的人的惟一的地方就是监狱。"他把他的希望寄托在下层人民身上。聂赫留朵夫在三等客车的大车厢里和劳动人民坐在一起的时候，他想："这儿才是真正的上流社会。"对于土地问题，《复活》里面也是提得十分尖锐的。也是通过聂赫留朵夫，作者指出了农民的赤贫的原因是由于地主从他们手里夺去了土地，是由于地主把他们的劳动果实掠夺去了，拿去卖成钱来买各种各样的奢侈品。他认为"这局面真可怕，万万不可以再继续下去"了。托尔斯泰这样坚决地否定了地主阶级对于土地的占有和对于农民的剥削，这是因为他的整个世界观已经发生了变化，他已经抛弃了地主贵族的传统的观点，在对这个问题的看法上就比在《安娜·卡列尼娜》中明确得多，也彻底得多了。当然，我们在《复活》里面，不但看到了作者对维护地主资产阶级的社会制度的国家机关和上层建筑如法庭、监狱、警察、官办教会等等进行了极其尖锐的揭露，不但看到了作者对解决土地问题的坚决的态度，同时也还看到了作者的思想的消极方面。他也在这里面宣扬超阶级的人类爱，宣扬所谓道德上的自我完善，而且特别突出的是作者最后提出解决问题的答案竟是基督教的教义。全书的最后一章就是大讲特讲《圣经》中的《马太福音》，提倡"永远饶恕一切人"，提倡"在这半边脸挨打的时候，应该送上那半边脸去"，提倡"爱仇敌，帮助仇敌，为仇敌效劳"等等。对这部作品提出的一些十分尖锐十分重大的问题，这是一个多么荒谬的答案啊！这正如列宁所说的，"一方面，是最清醒的现实主义，撕下了一切假面具；另一方面，鼓吹世界上最讨厌的东西之一，即宗教，力求让有道德信念的僧侣代替有官职的僧侣，这就是说，培养一种最精巧因而是特别恶劣的僧侣主义"。

这一次重读了托尔斯泰的这些长篇小说，我更明确地认识了托尔斯泰在小说艺术上的巨大的成就。正如《红楼梦》是我国古典小说艺术的最高峰一样，托尔斯泰的几部著名的长篇小说是欧洲古典小说艺术的最高峰。托尔斯泰在长篇小说的创作上花费了巨大的劳动。他高度发挥了长篇小说这种样式的性质和功能，使它能够充分表现广阔复杂的社会生活。他善于多方面地描绘人物的性格，特别是善于描写人物的心理活动。他深入到人物的内心，真实地描写出他们的思想活动和情绪的变化。在创作每一部长篇小说时，他都能够根据内容的需要，找到相应的完美的艺术形式。他具有惊人的组织能力。不管人物怎样众多，线索怎样纷繁，他总是安排得很好，而且总是写得情节和人物能够给人留下深刻的印象以后，才移笔去写另一个线索，因而从不显得杂乱。场景的变换和交替虽然那样多，他却剪裁衔接得那样自然，恰到好处。他的小说的结构庞大复杂，然而却是一个有机的整体。他所采用的表现手法是多种多样的，有不少新的创造。他在艺术上的探索非常严肃认真，每部作品都经过反复的修改。从留下的大量异文中，可以看到他一生辛勤的劳动。这或许是我的一种偏爱，我认为在许多古典小说的大师里面，曹雪芹和托尔斯泰的长篇小说的写法是最适宜于表现复杂而深厚的社会生活和思想内容的写法。然而他们的长篇小说的写法又是最不容易的，最需要工力的。没有非常丰富非常熟悉的生活经验，没有十分过人的艺术才能，我们又是很难采取和掌握他们那种结构庞大复杂而又描写细致生动的写法的。

《战争与和平》是欧洲古典小说艺术的最高的发展；然而这并不是说我们今天写长篇小说就只能采取这样的写法。线索比较单纯、人物比较少因而篇幅也可以比较短小一些的长篇小说的写法也仍然有它的便利之处。就是《复活》，它的主线就只有一个，人物也并不太多，但它展开的生活的画面仍然是相当广阔的。有一篇回忆托尔斯泰的文章告诉我们，在《战争与和平》的读者当中，有的只读"战争"，有的只读"和平"。这就是说，有的读者更喜欢他描写战争生活的部分，有的读者更喜欢他描写家庭生活的部分。我也觉得还是后一部分写得更生动、更细致、更有吸引力一些。这恐怕不仅仅是因为战争生活本来比较难于描写，而且是因为作者究竟对他所描写的那些贵族家庭的生活更为熟悉的缘故。我们可以设想，如果作者不用那样多的篇幅去正面地描写那些历史事件和那些历史人物，而仅仅把那当作小说的背景，这部作品的巨大的规模和宏伟的景象自然会有所削弱，而且它的思想内容也难免会有所缩小，但也可能有一个好处，它的读者会少碰到一些比较沉闷的章节。一个作家所写的东西不可能都是他亲自经历过的。对历史事件和历史人物更无法亲身体验。然而想像和虚构终究必须有一定的近似的生活经验为基础。缺乏这样的基础或者这样的基础很不足，仅仅凭书面材料，仅仅凭传闻，我们就总会写得比较枯燥。这是我们今天写规模较大的小说仍然可能遇到的矛盾和困难。这要求我们权衡利弊，善于抉择。还有，和许多成就较小的作家不同，在情节发展的过程中，无论是因为它的复杂而难于描写的大事件大场面，还是因为它的平常而难于描写的日常生活，只要是需要写到的托尔斯泰都总是正面去写它，从不回避或者跳过。小说是应该连续性很强的，不能在故事进行的中间省略太多，跳动太快。人们常常把屠格涅夫描写罗亭的雄辩并不正面描写而只是从侧面烘托作为优良的艺术技巧来称赞，其实是并不一定恰当的。过多地采用侧面的写法，碰到难写的地方就以偷巧的办法来处理，这正是笔力较弱的表现。曹雪芹和托尔斯泰都并不是这样。像《战争与和平》里的一些大的社交晚会的场面，检阅军队的场面，战争的场面，《安娜·卡列尼娜》里的跳舞会和赛马的场面，《复活》里的法庭审问的场面，都是正面地细致地去描写的。如果说赛马的场面是不好写的，那么渥伦斯奇在赛马之前到马厩去看他的马这样的细节又有另一种难写之处。这似乎没有什么可写的。在别的小说家的手里完全是可能被略去或者几句话就交代过去的。然而托尔斯泰却几乎写了整整一节。他以雕刻似的笔触描写了那匹马。他逼真地写出了它的神经质和不安静。这不但埋伏下他在即将到来的赛马中会出什么事，而且马的兴奋传染了他，调马师要他保持镇静，这就还写出了他本来就有心事和烦恼了。列文和吉提结婚以后，吉提的亲属和女朋友都到他们住的乡下来过夏，她的女朋友瓦伦加和列文的哥哥塞尔盖采蘑菇去了，她和她母亲和她姐姐在露台上闲谈，这样的场面也似乎没有什么可写的，而且也的确没有发生什么比较重要的事情。然而托尔斯泰也是几乎写了整整一节。他写得使人感到了那种亲属们在一起闲谈的亲切的气氛。她们闲谈的话题又多半和书中将要发生的事情或者曾经发生的事情有关，这样就显得很自然而且并不是空洞无内容了。长篇小说需要有波澜，有戏剧性的情节，然而它又不可能总是一个高潮接着另一个高潮。把平淡的日常生活写得有内容，有兴味，成为情节发展过程中的必要的环节，并不回避或者轻易放过这种难写之处，这也是托尔斯泰的长篇小说的一个特色。当然，托尔斯泰的长篇小说中关于平淡的日常生活的描写也有一些我们今天读来并不感到兴趣而显得沉闷的地方。在这类地方我们又觉得似乎不必要都正面地展开地去描写。

高尔基曾经说过："托尔斯泰的文艺创作的基本主题是这样一个问题：如何在混乱的俄罗斯生活中替这个良善的俄罗斯贵族聂赫留朵夫找一个合适的地位？换句话说，托尔斯泰伯爵要在生活中替托尔斯泰伯爵找个地位，因为聂赫留朵夫、列文、伊尔杰尼耶夫、奥列宁——所有这些人物都是作者自己的肖像，所有这些人物都是他精神发展上的几个阶段。"是的，托尔斯泰的不少重要作品的主人公都不同程度地表现了他的精神面貌。他早期的有名的作品《一个地主的早晨》、《琉森》和晚期的《复活》的主人公都叫聂赫留朵夫公爵，这些人物当然并不仅仅是姓名上相同。《战争与和平》里的彼尔和《安娜·卡列尼娜》里的列文的性格很近似，而且不但彼尔和列文，就是和彼尔的性格不同的安德列据说也分有托尔斯泰的某一方面的气质。在他不曾写完的剧本《光在黑暗里头发亮》的主人公尼古拉身上，更是明显地写出了他晚年的思想和苦恼。过去的许多作家都是这样的：常常在他的作品的主人公身上寄寓了他的思想，他的某些精神上的经历，或者表现了他在人生的道路上的追寻。然而过去的伟大的作家又绝不仅仅是描写个人的经历，个人的苦恼；他也绝不是仅仅为个人寻找道路，他总是同时在关心着思索着他的国家和人民的命运。"路漫漫其修远兮，吾将上下而求索"，这是屈原的诗句。鲁迅把它题在他的小说集的前面。他们所求索的都并不仅仅是个人的道路。托尔斯泰也是这样的。还是他二十九岁左右的时候，他曾经在一封信中说："要正直地生活，就必须挣扎、迷乱、追求、犯错误、开始、放弃、又开始、又放弃，还要永远地斗争和忍受牺牲。而安静——这是精神上的卑鄙。"这可以看作是他的长途求索的宣言。伟大的作家和思想家也并不是天生的先知先觉，他们总是从他们周围的生活开始他们考察、思索和提出他们的疑问；

然而他们的视野并不限于他们个人的生活，他们的思想活动也不会总是停滞在种种已成的偏见里面。托尔斯泰是从贵族地主阶级出身的作家，在最初他当然是不可能一下子就否定他那个阶级，而且在作品中还有美化他那个阶级的人物和生活的倾向。但就在他还没有抛弃他那个阶级的传统观点之前，从他某些早期的作品也可以看出他是同情人民的，他是对人民有一定的了解的。正是这种对人民的同情、对人民的了解的发展再发展，才最后引起了他的整个世界观的变化，引起了他对于他所从出身的阶级的背叛。很早的作品《一个地主的早晨》不但描绘了农民的贫困的生活，而且特别深刻之处还在于它真实地写出了农民对于地主的怀疑和敌意。后来在《战争与和平》中写到玛丽公爵小姐离开童山以前要农民们给她准备车辆和马匹的时候，在《安娜·卡列尼娜》中写到列文和农民们商量他的农业改革计划的时候，在《复活》中写到聂赫留朵夫向农民们提出他的把土地交给他们耕种的办法的时候，托尔斯泰都重又写出了这种深刻的阶级对立和农民的阶级本能。也是较早的作品的《波里库希卡》动人地强烈地描写了一个农民的悲惨的故事，屠格涅夫曾说过他读它的时候一阵寒冷浸入了他的背脊，并因之连称作者为"巨匠，巨匠"。《战争与和平》表现了人民决定历史的命运的思想。在写完《战争与和平》以后不久，托尔斯泰在他的1870年的札记本中曾又一次明白地记录了他的这样的思想：他从阅读历史著作当中得到了一个结论，创造俄罗斯的历史的并不是政府而是人民。至于他后期的作品，像《文明的果实》、《复活》、《光在黑暗里头发亮》等，其中的人民的观点就表现得更为尖锐更为充分了。在他的晚年，虽然他是主张不以暴力抵抗恶的，因此他对1905年的俄国革命抱有反对的一面，但他在书信中却又对它表示了同情，说"如果有人不满意正在发生的事情，那正像一个人不满意秋天和冬天，而不去想一想它们使我们一天比一天更接近了的春天"，他相信这次革命"将给人类带来比法兰西大革命更重大也更有效的结果"。作为一个艺术家，他也曾说过："我们大家全是向人民学习的——罗蒙诺索夫、杰尔查文、卡拉姆辛、普希金、果戈理，甚至关于契诃夫也可以这样说，还有我自己也是如此。"正是由于这种和人民的联系，正是由于愈来愈多地接受了人民的观点，托尔斯泰才可能对地主资产阶级社会的各种制度作出了那样广泛那样无情的批判，才可能达到也是高尔基曾经说过的"六十年来，他发出揭露一切的严厉而正直的呼声；他告诉我们的俄罗斯生活几乎不下于全部俄国文学"。如果他的作品的基本主题仅仅是托尔斯泰伯爵要在生活中替托尔斯泰伯爵找一个合适的地位，那是不可能成为一个伟大的作家的。

　　和过去的不少伟大的作家一样，托尔斯泰并不曾为他自己，也不曾为他的国家和人民找到真正的道路。他的结局是悲剧性的。他抛弃了他那个阶级的各种偏见，然而他却打不破一个最大的偏见：对于新兴的无产阶级学说的拒绝接受。1897 年他在《艺术论》里否认俄国的资本主义发展的不可避免，并因此诋毁当时广泛流传的马克思主义理论为缺乏根据的理论。1898 年，他在日记上又写了这样的话："马克思主义者（而且还不只是他们中间的某些人，而是整个的唯物主义学派）所犯的错误，就在于他们没有看到推动人类生活的是意识的成长，是宗教运动——一种愈来愈明确、普遍，而且能满足一切问题的对生活的理解——而不是某些经济上的原因。"他的伟大的探索所达到的却是渺小的结论。他认为理性和科学并不能找到关于生命的意义是什么的答案，却转而肯定只有不合乎理性和科学的信仰才能给人解答这个问题。他并没有找到真理，并没有找到什么新的道路，他所肯定和宣扬的也不过是一个谬误而且陈旧的偏见：宗教。虽然他批判了官办教会及其欺骗作用，他所精心制造出来的企图恢复基督教的本来教义的宗教也仍然是麻醉人的鸦片烟，而且可能是毒害更大的鸦片烟。他在《艺术论》里也是一方面发表了许多可宝贵的反映人民的观点的意见，指出艺术的活动要耗费成千上万的人民的劳动，批评当时的资产阶级的艺术脱离人民，"已经变成一个荡妇"，认为好的艺术应该能够为人民所理解，而且从当时的资产阶级的艺术的内容贫乏说到了剥削阶级的富人们的感情要比劳动人民的感情贫乏得多，没有价值得多：另一方面却又把人民的感情和宗教混淆起来，等同起来，大讲特讲宗教和宗教意识的重要性，说人类的进步的指南常是宗教，说每个时代评价艺术所表达的感情的好坏常常就是根据那个时代的宗教意识，并且提出"现代的宗教意识"就是基督教所说的全人类的团结和友爱。在阶级还存在的社会里，在阶级斗争很尖锐的时代，提倡这种超阶级的人类爱，提倡什么要"联合所有的人，没有一个例外"，提倡什么"人与人之间的兄弟般的情谊"，从而达到主张"不以暴力抵抗恶"，否定革命的暴力的必要性，这不是等于要把人民的手脚捆绑起来，而且企图从他们的内心扑灭反抗的火种，用驯服的奴隶的麻木来偷换掉他们的斗争的意志吗？关于托尔斯泰的作品、观点、学说和学派中的矛盾，列宁已经作了十分精辟的经典性的分析。他指出了这种矛盾正是俄国千百万农民在俄国资产阶级革命前夕的思想和情绪的反映，正是宗法制农民的自发的反抗和他们的弱点的反映。列宁对托尔斯泰的创作的意义和价值作了全面的评价，对这个伟大作家的世界观的矛盾和两面性作了精确的分析，同时有力地揭露了和驳斥了当时沙皇俄国的官方报刊和资产阶级自由主义者对于托尔斯泰的虚伪的称赞，对于托尔斯泰的思想的消极方面的利用。经过了他的分析和评价，就是像托尔斯泰的思想和创作这种很复杂的现象，对于我们也不是难于剖析、难于理出头绪和难于作出总的估计的事物了。

自然，这并不是说对于托尔斯泰的种种错误的评价和歪曲就不可能出现了。事实上资产阶级反动文人和修正主义者仍然企图在虚伪的赞扬中来贬低托尔斯泰，来达到他们的可鄙的政治目的。他们或者把托尔斯泰的消极方面加以理想化，鼓吹所谓托尔斯泰主义；或者把托尔斯泰的思想说成是完全反动的，把他的世界观和创作方法完全割裂开来，对立起来，这样来宣传创作和思想无关的谬论。根据列宁关于托尔斯泰思想和创作中存在着矛盾的分析，我们认为，托尔斯泰运用了现实主义的创作方法，描绘出了俄国社会生活的广阔的图景，提出了那么多的重大问题，这正是由于他的思想中的进步因素在起作用。他的思想中的消极落后的一面，同样也表现在他的作品中，成为或大或小的瑕疵，而且常常是损害了他的严格的现实主义的。对于宗教的醉心和宣扬就在他的许多作品中发出了很不和谐的乖错的音调。《琉森》本来是一篇强有力地揭露资本主义社会的作品，但最后却结束于歌颂神的"慈悲和智慧是广大无边的"，歌颂神的"法则"和在这种法则之下的"无限的和谐"。《战争与和平》里面，不但作者用肯定的笔调来描写的玛丽公爵小姐是一个虔诚的基督教徒，彼尔也是在寻求着宗教而且最后成为一个据他说是企图根据基督教的爱和互助的精神来进行改革的秘密团体的主要创始人之一。普拉东·卡拉塔耶夫更是托尔斯泰根据他的宗教思想虚构出来的人物。这个一切听上帝的安排因而奴隶般地服从命运的人物的形象是并不真实的，使人厌恶的，然而作者却把他写成给予了彼尔以很大的精神上的影响。《安娜·卡列尼娜》不但最后肯定了宗教，而且在安娜产后病得很厉害的时候，作者也借卡列宁这个人物来极力宣传基督教的爱和饶恕敌人的教义，把他写得有一种什么安娜和渥伦斯奇都望尘莫及的崇高的感情，这也是不真实的，不符合这三个人物的本来的性格的。虽然这一段宗教的宣传并不很长，后来还是转到安娜和卡列宁的矛盾重又开始，这无论如何是一个突出的缺点。被托尔斯泰认为是"现代的宗教意识"的核心的所谓人类爱，在他的作品里面也常常表现成为一种破坏现实主义的因素。彼尔被俘虏以后，被带到以残忍著名的法国将军达武的面前，这完全是可能被处死刑的。然而他却得救了。不是别的原因，仅仅是由于达武和他互相看了几秒钟，这一看就"抛开了战争和法律的状况，在两人中间建立了人类的关系"，他们同时"明白了他们两个都是人类的子孙，他们俩是兄弟"了。谁会相信这一类的描写呢？在《主人和雇工》里面，托尔斯泰描写了一个贪婪的剥削成性的商人，描写了这个商人和他的赶车的雇工在大风雪的晚上的几次的迷途，这都是写得逼真的；然而最后写到赶车的雇工快要冻僵的时候，这个残忍的商人却忽然成为另外一种人，他用自己的身体和皮衣来偎暖他那个快要冻死的雇工，结果雇工被救活了，而他自己却冻死了，而且死的时候他感到了一种从来不曾有过的精神上的快乐。这样的结局不显然是一种荒诞的臆造吗？托尔斯泰的禁欲主义思想突出地表现在他的《克莱采奏鸣曲》里面。这个作品又是否定妇女解放的进步思想的。这种对于妇女解放的否定在《战争与和平》的最后部分也破坏了纳塔莎的可爱的形象。在她和彼尔结婚并且生了孩子以后，她完全成了一个平庸的家庭妇女，和她本来的性格判若两人。这还仅仅是就托尔斯泰的几个作品举例来说。我们还没有提到他的那些专门为了宣传他的托尔斯泰主义而写的宗教色彩十分浓厚的故事。但仅仅是这样几个例子，不就清楚地说明了托尔斯泰的思想的消极的一面已经给他的艺术带来了许多损害吗？

　　我们无产阶级的革命作家是十分重视世界观对于创作的指导作用的。我们力求世界观和创作方法的统一。我们不仅是和人民有联系，而且我们本来就是人民中间的一个部分，而且应该置身于其中的先进的行列，和群众一起生活，一起参加各种各样的斗争。我们的国家和人民的前进的道路是很明确的。我们的工作的方向也已经无须我们自己去探索。这是我们比旧时代的作家幸福的地方。然而，这并不是说在我们的事业中就是一帆风顺的，在我们的一生中就无须乎奋斗、追求、刻苦地学习、劳动，就不可能受挫折、犯错误、碰到种种困难。时代不同了，条件也不同了，但这一点还是相同的：要攀登得越高就得付出越大越多越艰苦的努力。马克思列宁主义的学习对我们是特别重要的。用革命的科学的理论把我们的头脑武装起来，我们才能够透彻地认识复杂的多变化的现实生活，才能坚强地抵抗各种非无产阶级思想的侵蚀。就是从托尔斯泰这样一个过去时代的作家的经历，就是从他的成功和失败，贡献和弱点，我们也是应该得出这样的结论的。

当然，我们从托尔斯泰还应该得出一些艺术方面的结论。托尔斯泰也并非一开始创作就成为伟大的作家的。他也有他的成长的过程，而且并不是没有曲折的过程。虽然他发表了他的最早的一些作品《幼年》、《少年》、《袭击》、《伐木》等，就引起了当时的人们的注意和称赞，接着发表的《塞伐斯托波尔故事》给他带来了更大的声誉，虽然从这些作品中我们也可以看到他的小说的艺术上的某些优点和特点，看到他的才华的多方面的表现，然而总的说来，这些作品仍然并不是什么惊人之作。而且在这以后，虽然他写出了一些艺术上更成熟、才华更为显露的作品，但在这过程中也曾有过一些并不成功的努力。比如《阿尔伯特》、《青年》和《家庭幸福》都可以说是这样的作品。毕竟是要写出了《战争与和平》，人家才能够对他发出这样的欢呼："这是莎士比亚！这是莎士比亚！"他在艺术上的巨大的发展和创造不但由于他的天才，也不但由于他的刻苦的过人的劳动，而且也仍然有他的凭借。俄国现实主义的文学从普希金以来，一直关心着俄国人民的命运，关心着各种重大的社会问题，和俄国人民的解放运动紧紧相连。它反映了人民的愿望和要求。在社会斗争中，它总是站在广大人民的一边，成为揭露沙皇专制制度的有力工具。在这些作品里，祖国和人民的命运、尖锐的社会矛盾等问题都得到了反映。不仅在思想内容上，而且就是在艺术形式上，托尔斯泰也是有所继承的。他说《战争与和平》"这不是小说，更不是叙事诗，也更不是编年史"。"但是，"他又说，"俄国文学史从普希金时代以来，不仅提供了许多这种背离欧洲形式的例子，而且没有一个相反例子。俄国现代文学，从果戈理的《死魂灵》到陀思妥耶夫斯基的《死屋手记》，没有一本稍微出色的艺术的散文作品是能够完全装入小说、叙事诗和故事的形式里的。"所以对于小说的传统形式，他是既有所背离（就欧洲一般的小说来说），同时也是有所继承（就俄国优秀的小说来说）的。不过他不停止于只是继承，而且还作了很大的发展而已。从整个欧洲文学说来，现实主义和积极浪漫主义的传统是长久而又丰富的。对这个巨大的文学遗产托尔斯泰也有他的选择、爱好和学习。1952 年，我第一次在莫斯科参观托尔斯泰博物馆，就见到过一个很令人感到兴趣的陈列品。那是由托尔斯泰的女儿玛丽亚所草拟、并且经过了托尔斯泰亲自校正的对他发生过很大的影响的作品表。在那个作品表上，注明对他发生过"很大的影响"的不但有普希金的《叶甫盖尼·奥涅金》、果戈理的《死魂灵》、莱蒙托夫的《当代英雄》中的《塔曼》、屠格涅夫的《猎人笔记》和格里戈罗维奇的《苦命人安东》等俄国作品，而且在荷马的《伊利亚特》和《奥德赛》、卢梭的《忏悔录》、《爱弥尔》和《新哀绿绮思》、斯忒恩的《感伤的旅行》，歌德的《赫尔曼和陀罗特亚》、席勒的《强盗》、雨果的《巴黎圣母院》和狄更斯的《大卫·科波菲尔》等欧洲其他国家的作品的后面，都分别注明了有的对他发生过"很大的影响"，有的对他发生过"巨大的影响"。托尔斯泰正是很好地继承了本国文学的优良传统，广泛地吸取了欧洲从古代到近代的杰出的文学的营养，而且在这样的基础上作很大的创造性的发展，然后才取得了他在艺术上的伟大成就的。

也是列宁曾经说过的：托尔斯泰去世了，革命前的俄国也成了过去；但是在他的遗产里，却有着没有成为过去而是属于未来的东西。只要我们根据列宁的总的分析和评价，把托尔斯泰的许多作品的积极方面和消极方面具体地分辨清楚，采取恰当的看法和态度来对待它们，那么不但那些积极的东西至今仍然是我们的宝贵的财产，就是那些消极的东西也未始不可以从反面的意义上来作为我们批判和借鉴的材料。

1960 年 11 月初稿，1963 年 2 月 19 日修改

《不怕鬼的故事》序

世界上并没有鬼。相信有鬼是一种落后的思想，一种迷信，一种怯懦的表现。这已经成为今天的人们的常识了。

但在从前，人们并不是这样看的。许多人相信有鬼，而且怕鬼。这是无足奇怪的。人对于自然现象和社会现象还不能科学地去理解的时候，他不可能不有各种各样的迷信。何况那时的反动统治阶级还要利用鬼神来愚弄人民，吓唬人民，巩固他们的统治呢。

今天看来，值得我们惊异的倒不在于当时有鬼论者之多，而在于当有鬼论者占优势的时候，还是有主张无鬼论的少数派。《论语》中记载的孔子，对于鬼神就有所怀疑，有所保留。荀子在《解蔽篇》中曾经嘲笑一个"愚而善畏"、相信有鬼怪的人。汉朝的桓谭和王充，晋朝的阮瞻和阮修，南北朝的范缜，都抱有唯物主义的见解。他们或者认为人的形体灭亡精神就随之灭亡，或者明白地主张无鬼论。无鬼论和无神论的思想在我国历史上是像火种一样不曾断绝的。这是我们民族的智慧的不灭的光辉！对古代的不为鬼神的迷信所束缚的人，我们不能不佩服他们思想上的勇敢，见解上的卓越。

我国过去的笔记小说的作者，很多都是喜欢谈鬼的。这自然常常是表现了这些作者还未能超脱出关于鬼的迷信。但是他们之中也有这样一些人：他们虽然认为有鬼，却对这种大家以为可怕的鬼表示不敬，认为没有什么可怕，并且描写了一些敢于骂鬼、驱鬼、打鬼、捉鬼的人物。这类故事是很有意义的。它们机智地反映了我国古代人民的大无畏精神。这就是我们编选的这种"不怕鬼的故事"。

我们编这个小册子，目的不在于借这些不怕鬼的故事来说明我国古代的唯物主义的思想。我们主要是想把这些故事当作寓言、当作讽喻性的故事来介绍给读者们。如果心存怯懦，思想不解放，那么人们对于并不存在的鬼神也会害怕。如果觉悟提高，迷信破除，思想解放，那么不但鬼神不可怕，而且帝国主义，反动派，修正主义，一切实际存在的天灾人祸，对于马克思列宁主义者来说，都是不可怕的，都是可以战胜的，都是可以克服的。

我们开始编这个小册子，是在《人民日报》发表了《毛泽东同志论帝国主义和一切反动派都是纸老虎》之后。毛泽东同志说："一切反动派都是纸老虎。看起来，反动派的样子是可怕的，但是实际上并没有什么了不起的力量。从长远的观点看问题，真正强大的力量不是属于反动派，而是属于人民。"① 这还是1946年他在延安接见美国记者安娜·路易斯·斯特朗时说的话。在这以后，我们打败了美帝国主义支持的蒋介石，建立了中华人民共和国。在抗美援朝战争中，我们又和朝鲜人民一起打败了美帝国主义的侵略军。许多事实证明了毛泽东同志的论断。然而，怎样认识革命力量和反动力量的问题，在中国，在世界范围内，都还是一个大问题，还是有许多人没有得到解决。他们还有迷信。他们

---

① 《毛泽东选集》第4卷，人民出版社1960年版，第1193页。

还没有解放思想，或者还没有完全解放思想。他们不知道帝国主义和一切反动派在某些时候还显得"强大"和"有力量"，在历史上说只是暂时的现象，只是临时起作用的因素；它们的反人民的性质，它们的已经腐烂和没有前途，却是事物的本质，却是经常起作用的因素。同反动力量相反，革命力量在某些时候还显得不够强大，只是暂时的现象，只是临时起作用的因素；它的进步的性质，它的获得人民的拥护和必然会胜利，却是事物的本质，却是经常起作用的因素。因此，我们完全有理由藐视帝国主义和一切反动派，完全有把握、有信心战胜它们。同纸老虎一样，传说中的鬼的样子也是可怕的，但许多不怕鬼的故事却写出了它实际上并没有什么可怕。这些故事都是这样描写的：人只要不怕鬼，敢于藐视它，敢于打击它，鬼就怕人了。不要怕鬼，这不但可以作我们在战略上藐视帝国主义和一切反动派的比喻，而且还可以扩大这个比喻的内容：对于一切看起来似乎可怕但实际上并没有什么可怕的事物，如果我们不能破除迷信，解放思想，对它们抱有畏惧和顾虑，都可以叫作是"怕鬼"，都是同怕鬼一样可笑的事情。

世界上并没有过去的故事里所说的那种鬼，但是世界上又确实存在着许多类似鬼的东西。大而至于国际帝国主义及其在各国的走狗，现代修正主义，严重的天灾，一部分没有改造好的地主阶级分子资产阶级分子篡夺某些基层组织的领导权，实行复辟，小而至于一般工作中的困难、挫折等等，都可以说是类似鬼的东西。帝国主义、反动派、修正主义等等，它们同鬼有不同之点：它们是实际存在的，而鬼是并不实际存在的。但是，它们同传说中的鬼又有共同之点：就是它们总要为祟，总要捣乱，总要引起麻烦；就是它们或者穷凶极恶，面目狰狞，或者形容妖冶，狐媚惑人；就是它们都会迷、会遮、会吓，其变化多端和诡异的程度，可以使过去的故事里的鬼相形见绌；而最重要的，就是它们同传说中的鬼一样，看起来似乎可怕，实际上并没有什么可怕。有些人对它们发生畏惧之心，也同怕鬼一样，都是由于思想落后，由于没有解放思想，破除迷信，由于主观认识不符合客观实际而来的怯懦。彻底扫除这种落后的"怕鬼"思想，对于每个革命者来说，是严重的斗争任务。还有一种"半人半鬼"的人，他们不是被改造为完全的人，就会走到成为完全的"鬼"。当着他们还是"半人半鬼"的时候，他们的反动的一面也是会同其他"鬼类"一样总要为祟，总要捣乱。读一读过去的不怕鬼的故事，大家来提倡不怕鬼的精神，是大有好处的。

彻底的辩证唯物主义者，真正的无产阶级的革命者，当然比过去故事里的那些不怕鬼的人更加高明。他们清楚地知道，不管国际国内反动势力表面上多么强大，终究挡不住具有雷霆万钧之势的历史车轮。历史和现实生活的规律总是正战胜邪，真战胜伪，善战胜恶，美战胜丑，新生的革命力量战胜腐朽的反动力量，被剥削被压迫的人民战胜剥削者压迫者，先进战胜保守。所以，在彻底的辩证唯物主义者、真正的无产阶级的革命者看来，世界上什么都不可怕。帝国主义，反动派，修正主义，被打倒的阶级实行复辟或企图复辟，特大的天灾，以及一般工作和斗争中的困难、挫折等等，一切都不可怕。在全体上，在战略上，对这一切完全可以而且必须加以藐视。对于敌人、对于阻碍我们前进的事物不敢藐视，被帝国主义和反动派吓破了胆，或者在困难和挫折面前低头屈膝，那就是20世纪里的怕鬼的人。

我们选的这些故事，很多都是正面描写人的勇敢，不怕鬼怪。选自《夷坚志》的《漳州一士人》，里面的那个人物就什么怪异都不怕。他讲得很好："天下无可畏之事，人自怯耳。"选自《阅微草堂笔记》的《鬼避姜三莽》，里面的那个人物听人讲到一个捉鬼的故事，就天天晚上潜行在坟墓间，像猎人等待狐狸和兔子一样，准备捉鬼；然而却一直没有碰到鬼。这个故事的作者的评论也不错。他说："三莽确信鬼可缚，意中已视鬼蔑如矣，其气焰足以慑鬼，故鬼反避之也。"选自《子不语》的《陈鹏年吹气退缢鬼》，这个故事写得有些阴森。它描写缢鬼"耸立张口吹陈，冷风一阵，如冰。毛发噤龅，灯荧荧青色将灭"。但接着的一段叙述却有意思。陈鹏年这时想："鬼尚有气，我独无气乎？"于是他鼓气吹鬼，鬼最后被吹得如轻烟散尽。选自《金壶七墨》的《陈在衡》，里面的一个鬼作了这样的诚实的自白："鬼实畏人。"这很像是这些故事的总结。我们对于国际国内一切反动势力，对于天灾人祸，对于一切表面上可怕但实际并没有什么可怕的事物，不是都应该有这样的气概吗？难道它们有气，我们反而没有气吗？难道按照实际情况，不是它们怕我们，反而应该是我们怕它们吗？难道我们越怕"鬼"，"鬼"就越喜爱我们，发出慈悲心，不害我们，而我们的事业就会忽视变得顺利起来，一切光昌流丽，春暖花开了吗？

有些故事同样是表现不怕的精神，却写得很有风趣。出自南北朝的《幽明录》的《阮德如》就是一例。阮德如在厕所见到了一个鬼，他心安气定地笑着对它说："人言鬼可憎，果然！"鬼就羞惭而退了。这个故事写得简短有味。也是选自《阅微草堂笔记》的《曹竹虚言》，里面那个不怕鬼的人看见鬼披发吐舌，变作吊死鬼的样子来吓他。他笑着说："犹是发，但稍乱；犹是舌，但稍长：亦何足畏！"鬼又把它的头取下来放在桌子上。他仍然笑着说："有首尚不足畏，况无首耶！"于是鬼就技穷了。从《聊斋志异》的《青凤》中节录的《耿去病》，里面描写的对付鬼的办法更妙：

　　　生乃自往，读于楼下。夜方凭几，一鬼披发入，面黑如

漆，张目视生。生笑，染指砚墨自涂，灼灼然相与对视。鬼
惭而去。

国际国内的反动势力是比鬼还不知道羞耻的。然而我们有时候也
必须学耿去病的办法，即以其人之道还治其人之身。并不是为了
引起它们的惭愧，而是这可以使它们无可如何，知难而退。

　　毛泽东同志在第三次国内革命战争时期提出的"一切反动派
都是纸老虎"的论断，在精神上武装了全国人民，加强了全国人
民的胜利信心，在人民解放战争中起了极其伟大的作用。在今后
反对帝国主义和争取世界和平的斗争中，在最后战胜国内反动阶
级残余力量、争取建成社会主义伟大国家的伟大斗争中，毛泽东
同志的在战略上藐视敌人的思想继续鼓舞着我们，使我们同样会
取得伟大的胜利。毛泽东同志的这个在战略上藐视敌人的思想，
总是同在战术上重视敌人的思想一起提出来的。远在1936年写
的《中国革命战争的战略问题》中，他就说过："我们的战略是
'以一当十'，我们的战术是'以十当一'，这是我们制胜敌人的
根本法则之一。"① 在1948年写的《关于目前党的政策中的几个
重要问题》中，他更为详尽地指出：我们在全体上，在战略上，
应当轻视敌人，反对对敌人的力量估计过高；但在每一个局部
上，在每一个具体斗争问题上，却又决不可轻视敌人，相反，应
当重视敌人。他说："如果我们在全体上过高估计敌人力量，因
而不敢推翻他们，不敢胜利，我们就要犯右倾机会主义错误。如
果我们在每一个局部上，在每一个具体问题上，不采取谨慎态
度，不讲究斗争艺术，不集中全力作战，不注意争取一切应当争
取的同盟者（中农，独立工商业者，中产阶级，学生、教员、教
授和一般知识分子，一般公务人员，自由职业者和开明绅士），

---

① 《毛泽东选集》第1卷，人民出版社1951年版，第225页。

我们就要犯'左'倾机会主义错误。"①毛泽东同志的这个思想是在中国长期的革命斗争中经过反复考验的经验的总结。他把异常复杂的革命的战略和战术问题用这样简明的语句表达出来，作为我们在革命斗争中的一条根本指导原则，这是马克思列宁主义的高度的理论的概括。

为什么我们对于敌人既要在战略上藐视又要在战术上重视呢？毛泽东同志在1958年12月中共中央政治局武昌会议上给我们作了透彻的说明。他指出这是因为世界上一切事物无不是对立的统一，无不具有两重性。帝国主义和一切反动派也有两重性，它们是真老虎又是纸老虎。从本质上看，从长期上看，它们是纸老虎，因此我们应当在战略上藐视它们。从它们吃了成百万成千万的人而且今后还会吃人上看，它们又是真老虎，因此我们又应当在策略上在战术上重视它们②。这就说明了我们的革命理论的辩证法，我们的战略、策略和战术的辩证法，正是客观事物的辩证法的正确反映。正因为我们的理论，我们的战略、策略和战术，正确地反映了客观事物的规律，然后我们才能够战无不胜。同对待敌人一样，我们对待工作中的困难和挫折也必须既在战略上藐视，又在战术上重视。一切革命工作中的困难和挫折，都不过是暂时的现象，都不过是前进道路上的阻碍和曲折，都是可以克服、可以扭转的，事物总是在一定的条件之下通过斗争同它的对方交换位置，向着它的对方的地位转化的，在进行着翻天覆地的革命事业的人们的面前，革命工作中的困难和挫折都是十分渺小的存在。从这点上说，我们完全应当藐视它们。然而我们又必须正视它们，认真地研究它们，从其中取得必要的经验教训，并

① 《毛泽东选集》第4卷，人民出版社1960年版，第1267—1268页。
② 同上书，第1190页题解。

且寻找出克服和扭转的有效办法，坚决贯彻执行，然后才能战胜它们，顺利前进。从这点上说，我们又应当重视它们。

我们这里选的不怕鬼的故事，都是着重描写人的勇敢，描写他们对于鬼怪无所畏惧，而且敢于打击它们，因之或许更多地表现了战略上藐视的精神。但其中有些故事也是可以用来说明战略上藐视和战术上重视的密切结合的必要的。这个小册子的第一篇，出自《列异传》的《宋定伯捉鬼》，写得很有兴味，也很有意义。你看这个年少时就敢于捉鬼的人，他不但胆大，而且是心细的。他不但夜行遇鬼，毫不畏惧，精神上完全处于主动的地位，而且善于根据具体情况采取适当的办法，使他遇到的鬼从头到尾都在他的掌握之中。最初，鬼问他是谁，他就麻痹它，说"我亦鬼"。鬼建议两人轮流背着走。鬼发现他太重，疑惑他不是鬼。他又一次地麻痹它说："我新鬼，故身重耳。"他们过河，鬼涉水无声，他却有声。鬼又怀疑了，问他"何以作声？"他第三次麻痹它："新死不习渡水故耳。勿怪吾也。"他不但一直使鬼为假象所迷惑，而且还从它的口中探听出来了制服鬼的办法。他说他是新鬼，不知道鬼畏忌什么。鬼告诉他："唯不喜人唾。"后来鬼变成了羊，他就用唾沫唾它，使它不能再变化逃走。这个鬼就是这样终于为他所捕获了。这个故事不正是表现了这个捉鬼的人不但在整个精神上藐视鬼，而且在具体对待它的时候又很谨慎，很有智谋吗？

从《聊斋志异》选出的《妖术》，也有同样的内容。这个故事里的于公，不相信街上的算卦人说他三天就要死的预言，没有受到讹诈。但他回去以后，并不是毫无警惕的。到了第三天，他静坐在屋子里看究竟有什么事情发生。白天过去了，到了晚上，他便关门点灯，带剑坐着等待动静。那个会妖术的算卦人果然派一个荷戈的"小人"来杀害他，他用剑砍断了它的腰，原来是一个纸人。接着又一个狰狞如鬼的怪物来了，他用剑砍断了它，原来是一个土偶。后来又来了一个高与檐齐的巨鬼，它一推窗子，墙壁都震动得要倒塌的样子。于公怕房塌被压，就开门出去和它搏斗。因为他会武术，这个巨鬼终于被他打败了，原来是一个木偶。如果这个于公不是既对妖术和鬼怪无所畏惧，同时又充分加以警惕，而且有武器和武术的准备，他不是就会被那个算卦人派来的鬼怪所杀害吗？他又怎样还能揭穿那个算卦人的妖术，并且最后给以应得的惩罚呢？

这个小册子里含有这样的内容的故事还有，不过不如这两篇情节较为复杂曲折，我们就不一一举出了。这些故事都说明了这样的道理：总的说来，鬼并没有什么可怕，人是完全能够打败它、制服它的。但对于每一个具体的鬼，对于每一个同鬼相周旋的具体的场合，人又必须采取谨慎态度，必须有智谋，然后才能最后取得胜利。这个道理是含有深刻的意义的。虽说世界上并没有鬼，我们古代的传说和迷信既然把鬼描写成为一种能够害人的东西，这些故事的作者就会根据人在实际生活中的经验，根据人同有害的事物作斗争的经验，这样去虚构他们的故事，并从而表现出这样的道理。当然，如果没有毛泽东同志的高度的理论上的概括，如果没有他的思想的指引，我们读这些故事是不容易看出这样的意义和教训的。

早在 41 年以前，当中国还是魔鬼当道，魑魅横行的时候，毛泽东同志所主办的《湘江评论》创刊号就向中国人民发出号召："什么不要怕？天不要怕，鬼不要怕，死人不要怕，官僚不要怕，军阀不要怕，资本家不要怕。"这是何等振奋人心的大无畏精神！一切马克思主义者，一切以改造世界为己任的革命人民，都应该具有这种崇高的风格和革命的气魄，彻底破除迷信，解放思想，做一个天不怕地不怕的硬汉，做一个既有冲天干劲又有科学分析精神的智勇双全的人！

　　这本书从 1959 年春季全世界帝国主义、各国反动派，修正主义组织反华大合唱的时候，就由中国科学院文学研究所着手编辑，到这年夏季即已基本上编成。那时正是国内修正主义起来响应国际修正主义、向着党的领导举行猖狂进攻的时候，我们决定将本书初稿加以精选充实，并决定由我写一篇序。世界上妖魔鬼怪还多得很，要消灭它们还需要一定时间；国内的困难也还很大，中国型的魔鬼残余还在作怪，社会主义伟大建设的道路上还有许多障碍需要克服，本书出世就显得很有必要。当着党的八届九中全会于 1961 年 1 月作出了拥护莫斯科会议声明的决议和对国内政治、经济、思想各方面制定了今后政策，目前条件下的革命斗争的战略战术又已经为更多的人所了解的时候，我们出这本《不怕鬼的故事》，可能不会那么惊世骇俗了。

1961 年 1 月 23 日

毛泽东文艺思想是中国革命文艺运动的指南*

一

毛泽东同志的文艺思想是中国革命文艺运动的指南。

在《整顿党的作风》里面，毛泽东同志说："真正的理论在世界上只有一种，就是从客观实际抽出来又在客观实际中得到了证明的理论，没有任何别的东西可以称得起我们所讲的理论。"实践，只有实践，是检验一切理论的标准，是一切思想、学说和主张的试金石。这是一个很厉害的试金石，一切赝品都通不过它的考验。有一些"理论"，它们在纸面上是能够自圆其说的，甚至还是说得头头是道的，然而却一点也经不住事实的反驳。很多资产阶级的"理论"就是这样。还有一种"理论"，它们不但言之成理，而且还以马克思主义经典著作中的某些话语为根据，然而也经不住革命实践的检验。教条主义的"理论"就是这样。实践的烈火是那样无情，只有真理才不畏惧它的火焰。然而马克思

* 本文是作者为越南《文学研究》庆祝中国共产党成立四十周年中国文学特刊而作。

主义的大师们却又能提出那样科学的理论，它们为后来的无数的事实所证明，它们经过反复的实践的考验而越是发出光辉，好像人类的历史就是遵循着它们所指出的方向和道路前进。马克思主义的大师们的理论的科学性和预见性是惊人的，然而又并不是神秘的。这是由于他们的理论是从客观实际抽出来，由于他们对客观实际作了详尽的调查研究，找到了社会发展的规律，找到了革命运动发展的规律的缘故。并不是历史成了音乐家指挥之下的乐队，完全听命于人的意志，而是因为他们的理论符合客观实际，就能够广泛地把人民群众动员起来，按照社会发展的规律创造历史，按照革命运动发展的规律促进革命，并从而把理想变成现实。如恩格斯所曾说过的，人们的努力互相冲突，历史的必然性总是为偶然性所补充而且在偶然性的形式之下显现出来。历史发展的过程是异常曲折复杂、变化多端的，任何人也无法预先知道它的全部情况和具体细节。马克思主义者所能作的不过是发现未来的发展和变化的规律，指出方向和道路。正因为这样，毛泽东同志在《实践论》里面又说："然而一般地说来，不论在变革自然或变革社会的实践中，人们原定的思想、理论、计划、方案，毫无改变地实现出来的事，是很少的。"马克思主义者并不怕在实践中出现新的情况新的问题，因为他们可以根据这些新的情况新的问题来丰富和发展他们的理论，修改他们的主张、计划和方案。只要发现了未来的发展和变化的规律，指出了方向和道路，理论就已经起了它的指南作用。

　　毛泽东同志的文艺思想就是从客观实际抽出来又在客观实际中得到了证明的理论，就是指导了中国的革命文艺运动又在中国的整个革命运动和革命文艺运动的发展中本身得到了丰富和发展的理论。

　　如大家所知道的，集中地代表了毛泽东同志的文艺思想的著作是《在延安文艺座谈会上的讲话》。在这篇《讲话》的"结论"部分，他首先告诉我们，讨论问题应当从实际出发，不应当从定义出发。他说："我们是马克思主义者，马克思主义叫我们看问题不要从抽象的定义出发，而要从客观存在的事实出发，从分析这些事实中找出方针、政策、办法来。"他说，我们讨论文艺工作，也应当这样做，而不应当按照教科书、按照文学艺术的定义来规定文艺运动的方针，来评判当时所发生的各种见解和争论。他特别讲了这样一个方法问题，是因为在延安文艺座谈会上，有的文艺工作者的发言的确是从一般的文艺理论知识出发来讨论问题的。而毛泽东同志的这篇讲话却是从实际出发，从分析客观存在的事实出发来规定文艺运动的方针、政策、办法并评判当时所发生的各种见解和争论的一个最好的范例。

就像为了使我们更具体地懂得这个方法似的，毛泽东同志在讲了讨论问题应当从实际出发、不应当从定义出发以后，接着就用一段文字来详尽地说明了应当作为考虑当时的文艺问题的基础的各种事实。几乎可以说那就是和当时的文艺问题有关的全盘事实。毛泽东同志对那些事实作了全面的考虑。对当时延安文艺界的争论他还亲自作过调查研究。他找过文艺界的许多人谈过话。因而他这篇讲话那样彻底地解决了中国革命文艺运动中的长远的方向问题，那样针锋相对地驳斥了当时的所谓"暴露黑暗"的谬论，同时也适当地批评了其他一些文艺工作者的脱离群众的倾向。他在讲了文艺批评问题以后，当作错误意见的例子举出来——加以痛驳的，都是当时那些"暴露黑暗"论者的口头的和形之笔墨的谬论。

客观存在的事实是那样复杂，和当时的文艺问题密切联系的事实是那样多方面，又怎样才能经过分析，综合起来，找出问题的核心和关键，加以解决呢？这是需要马克思主义的雄厚的理论力量的。毛泽东同志彻底地解决了中国革命文艺运动中的一系列的根本问题，正是由于他在这个领域里也卓越地运用了马克思列宁主义的原理，运用了马克思列宁主义的立场，观点和方法。他当然也考虑到了马克思列宁主义对于文艺问题的已有的结论，在这方面他也有所继承，然而他的眼光却不限于已成的马克思列宁主义的文艺理论，他的方法也不是从这些已成的理论出发，而是从实际出发，从客观存在的事实出发，运用整个马克思列宁主义的原理，运用整个马克思列宁主义的立场、观点和方法来观察、分析和解决文艺的问题。正因为这样，他就解决了中国革命文艺运动中长期未能解决的问题，并从而创造性地发展了马克思列宁主义的文艺理论。

毛泽东文艺思想就是从客观实际抽出来又在客观实际中得到了证明的理论，就是马克思列宁主义的普遍真理和中国革命文艺运动的具体实践的最好的结合，就是马克思、恩格斯和列宁的文艺理论的继续和发展。

二

马克思和恩格斯建立的辩证唯物主义和历史唯物主义的学说确定了文学艺术的性质及其作用。文学艺术是和社会的经济基础相适应的社会意识形态之一；和其他上层建筑一样，它们随着经济基础的变更而发生变化，同时又对经济基础起着反作用，并且在整个上层建筑之间互相发生影响。马克思和恩格斯正是从革命的观点重视文学艺术的社会作用的。恩格斯认为过去的杰出的作家都有倾向性。他要求当时有社会主义倾向的小说能够粉碎资产阶级的乐观主义，引起读者对于现存秩序的永久性的怀疑。他要求它们表现工人阶级对于压迫他们的环境的革命的反抗，表现他们想恢复自己的人的地位的紧张的企图，不要把当时的工人阶级描写为消极的群众。对于拉萨尔的历史剧《弗朗茨·封·西金根》，马克思和恩格斯都批评他不应该把全部兴趣放在那些贵族人物身上，而没有更多地描写当时的农民和城市平民分子。这都说明他们主张文学作品要表现人民群众在历史上的作用。在马克思和恩格斯的时代，还没有也不可能兴起一个强大的无产阶级的革命文艺运动。然而他们是很关怀社会主义的文学的萌芽和成长的。海涅还不是一个无产阶级的作家，但因为他倾向社会主义，写了宣传社会主义的诗，恩格斯曾在《共产主义在德国的迅速发展》一文中用很高兴的口吻说，"德国当代最杰出的诗人海涅也参加了我们的队伍"，并且称赞海涅的《西里西亚织工之歌》是他所知道的最有力的诗作之一。梅林在《马克思传》中告诉我们，海涅的《西里西亚织工之歌》、《德国———一个冬天的童话》和一些讽刺德国君主的不朽的诗篇的产生，曾得力于马克思的帮助。对于一位参加了共产主义者联盟的诗人盖欧尔格·维尔特，恩格斯给了他以很高的热情的评价，说他是"第一个也是最重要的一个德国无产阶级诗人"，在某些方面"超过了海涅（因为他更健康，更真诚），而在德国语言上仅次于歌德"。

　　所有这些都说明马克思和恩格斯很重视文学艺术这种上层建筑所能发挥的作用，力求它们能够更自觉地为无产阶级的革命事业服务。他们都很爱好和熟悉文学艺术。他们十分了解文学艺术的特点和规律。因而他们力求文学艺术为无产阶级的革命事业服务，又总是严格地按照文学艺术的特点和规律提出他们的要求的。恩格斯在一些有关文学的书信和文章里，反复地使用了真实或真实性这个概念。他对于这个古已有之的关于文学艺术的要求的肯定，就是因为它比较符合文学艺术的特点。文学艺术不是以抽象的说理的逻辑形式，而是以具体的描写社会生活和自然界的艺术形象的形式来反映现实，因此对于它们的要求就主要不是推理和判断的正确，而是它们的艺术形象的真实。在创作过程中，文学家艺术家不但对他们所要描写的生活要有充分的想像和描绘，而且还必须对它有明确的认识和看法，这样就总是同时进行着逻辑思维的活动，也就同时有一个概念、推理和判断的正确问题。然而文艺作品对于生活的说明和判断也不是以逻辑形式而是以形象的描绘来表现的，对于它们的全部要求仍然不应该仅仅是正确。真实性和现实主义并不是一个概念。但恩格斯是把现实主义这个古已有之的文学艺术的方法作为真实地反映现实的创作方法来肯定的。他对于现实主义有两个很重要的思想。一个就是他所说的"现实主义是除了细节的真实之外，还要真实地再现典型环境中的典型性格"。他显然是就文学艺术中的某些以创造人物形象为主要任务的样式来说的；然而这句话所包括的典型化的意思却适用于一切文学艺术。文学艺术有典型性正是它们优越于一般生活的地方，正是它们比一般生活更有普遍性和教育意义的地方。还有一个思想就是他所说的"我所指的现实主义，甚至不管作者的观点怎样，也会显露出来的"。文学家艺术家采取什么样的创作方法，直接决定于他们的文艺思想。他们的文艺思想是他们的整个世界观的一个组成部分，因此他们的文艺思想必然要受到他们的其他思想的制约或影响。这也就是说，文学家艺术家的观点不可能不对他们的创作方法发生作用。但人们的文艺思想也可能和他们的其他思想有差异或矛盾，而且现实主义既然成为一种创作方法，人们采取并忠实于这种创作方法，它也就不能不有一定的能动作用。因此，文艺作品虽然总是浸透了它们的作者的思想感情的产物，在现实主义的文学家艺术家的手里却又常常并不仅仅是他们的阶级偏见和政治思想的表现，而会反映出一定的社会生活的客观真实。恩格斯的这个关于现实主义的说明，这个接着以巴尔扎克作为例子的有名的说明，正是表现了他深知文学艺术的特点和规律。

文学艺术可以而且应该对无产阶级的革命事业发生重大的作用，然而又必须采取符合它们的特点和规律的创作方法，真实地反映现实，以至创造出典型人物，才能很有效地发挥它们的作用。因此，恩格斯在指出过去的杰出的作家都有倾向性之后，接着又说："但是我认为倾向应当是不要特别地说出，而要让它自己从场面和情节中流露出来，同时作家不必把他所描写的社会冲突的将来历史上的解决硬塞给读者。"对拉萨尔的《弗朗茨·封·西金根》，马克思和恩格斯除了不约而同地批评它没有表现出这个历史事件的真正悲剧的因素而外，还同时都不满意它没有做到莎士比亚化。他们所说的莎士比亚化，既指作品的情节和所表现的生活必须丰富生动，又指作品的思想必须通过对于生活的客观描绘表现出来。所以他们都把席勒主义作为莎士比亚化的对立物。其实席勒的那些杰出的戏剧还是艺术性很高的，并不同于一般所说的公式化概念化的作品。然而马克思和恩格斯都不赞成他那种把个人作为时代精神号筒的表现方法，这说明他们对于艺术的要求是很严格的。恩格斯提出"德国戏剧的巨大的思想深度和意识到的历史内容，同莎士比亚式的情节的生动性和丰富性"的"完美的融合"，也就是要求文学艺术的思想性和艺术性的高度统一，也就是为了文学艺术能够更有效地发挥它们的作用。马克思和恩格斯对于文学艺术的特点和规律的了解实在达到了细微之处。马克思曾说："密尔顿非创造《失乐园》不可，就像蚕非生产丝不可。"恩格斯曾批评拉普顿的诗歌想像不够大胆，他的错误在于把智力的产物当作了诗。这说明他们是多么深知文学艺术的生产过程中的创作冲动的必要，多么深知各种不同的文学艺术的特点！

列宁在《党的组织和党的文学》中提出的党的文学的原则，是马克思主义文艺理论的一个重大的发展。这是列宁的关于党的学说在文学领域的运用和贯彻。党既然是工人阶级的先进的、有组织的部队，是工人阶级的最高组织形式，党就必须对工人阶级的文学事业进行领导和监督，工人阶级的文学事业就必须成为党所领导的整个革命事业的一个组成部分，成为整个革命机器的"齿轮和螺丝钉"，党的文学家就必须参加党的组织，遵守党的纪律。不难理解，这将大大提高文学为无产阶级的革命事业服务的自觉性，大大加强文学的战斗作用。而且这种真正自由的和无产阶级公开联系着的文学必然本身也将成为一种新的文学，必然同那种伪装自由的事实上和资产阶级联系着的"为饱食终日的贵妇人服务"、"为百无聊赖和胖得发愁的'几万上等人'服务"的文学根本不同，而将成为"为千千万万劳动人民"服务的文学，成为用无产阶级的革命思想和斗争经验来教育劳动人民的文学。在马克思和恩格斯的时代，"小说主要的是供给资产阶级圈子的读者"，因而他们没有提出文学应当为千千万万劳动人民服务的要求，列宁活动的时代是无产阶级革命已经成为直接实践问题的时代，《党的组织和党的文学》写于1905年全俄政治罢工之后，这时革命高涨，越来越多的群众走向革命化，因而他在这时提出了文学为广大劳动人民服务的思想。十月革命以后，在和蔡特金的谈话中，他对这个思想作了更详尽的说明：

艺术是属于人民的。它必须深深扎根在广大劳动群众的深厚处。它必须为这些群众所了解和爱好。它必须联合这些群众的感情、思想和意志，并提高他们。它必须在群众中间唤起艺术家，并使他们得到发展。难道当工农大众还缺少黑面包的时候，我们应当把精制的甜饼干送给少数人吗？不消说，我不仅是在词的直接意义上，而且也是在比喻上了解这点的，因为我们应该经常看到工人和农民。

可以一点也不夸大地说，列宁的这个思想开辟了文学艺术的一个新的时代。

同马克思和恩格斯一样，列宁也是深知文学艺术的特点和规律的。在提出党的文学的原则的同时，他就讲了"无可争论，文学事业最不能作机械的平均、划一、少数服从多数"；他就讲了"无可争论，在这个事业中，绝对必须保证有个人的创造性和个人爱好的广阔天地，有思想和幻想、形式和内容的广阔天地"；他就讲了"无产阶级党的事业的文学部分不能和无产阶级党的事业的其他部分刻板地等同起来"。正是由于深知文学艺术的特点和规律，他才讲得这样明确，这样强调。列宁对于美的重视，也是很值得注意的。若尔朵夫斯基的一篇回忆录告诉我们，列宁曾说："应该把美作为根据，把美作为构成社会主义社会中的艺术的标准。"蔡特金的《回忆列宁》中也有这样的叙述。列宁曾对她说："美的东西是必须保存的。要拿它作为范例，从它出发，即使它是'旧的'也好。为什么只是因为它'旧'，我们就要撇开真正美的东西，抛弃它，不把它当作进一步发展的出发点呢？"他是针对当时美术方面的表现派、未来派、立体派以及其他形式主义的流派说的。他反对那些以"新"相标榜的美术家，就是因为他们破坏了美。他们的作品不但不能给人以艺术的愉快，而且使人无法了解。真正的新的艺术应当是继承了过去的真正的美而又有所发展，而且应当为群众所了解和爱好。文学艺术作品当然首先要有好的思想内容，但这些思想内容又必须表现得美，或者更准确地说，整个作品又必须能够构成一种文学艺术的美，能够构成一种文学艺术的魅力，否则好的思想内容也无法发生广泛而又深刻的影响，或者甚至难于被接受。列宁对于托尔斯泰的评论，正如恩格斯对于巴尔扎克、歌德和易卜生的评论一样，也是表现了他深知文学艺术的特点和规律，表现了他根据马克思主义的原理来分析曲折复杂的事物达到了惊人的精确程度。

马克思主义的威力就在这里，正因为它能够发现客观事物的规律，按照这些规律提出创造性的理论，并以之指导实践，它就不但能够说明世界，而且能够改造世界。马克思主义的文艺理论也是这样。

中国共产党是在马克思列宁主义的影响之下建立、并且一开始就是以它作为行动的指南的党。然而如毛泽东同志在《〈共产党人〉发刊词》中所总结的，在马克思列宁主义的普遍真理和中国革命的具体实践的结合上，党在几个历史时期的情况是并不一样的，是从幼年时期的不善于结合走向后来的日益结合。在文艺运动方面，根据对于马克思列宁主义理论和中国革命实践的统一的了解来规定一整套明确而完整的党的文艺路线文艺政策，较之整个革命运动的路线政策，为时更后一些。

在第一次国内革命战争之前，党的有些活动家和领导人曾对文学问题发表过意见。他们要求文学为当时的民族独立和民主革命运动服务，描写社会实际生活，描写大多数民众的生活，主张革命的文学，并且提出要作革命的文学家必须先作革命家，要写出革命的文学必须先投身于革命的实际活动。这些都是很正确的。中国的无产阶级文学的口号的提出和无产阶级文学的运动的兴起，是在第一次国内革命战争时期和第二次国内革命战争的初期。这样的口号是一些革命的作家提出来的。这是无产阶级及其学说在整个中国革命运动中的作用和影响的日益强大的反映。不管这些作家当时在理论上是怎样不成熟，他们首先揭起了无产阶级文学的旗帜，并且宣传了一些马克思主义关于文学艺术的根本观点，他们仍然是先驱者。他们说明文学是随着经济基础的变更而必然发生变革的上层建筑之一，说明在阶级社会里文学总是一定的阶级的工具和武器，说明无产阶级文学的兴起是中国社会发展的必然的结果，并且提出参加无产阶级运动的作家必须"获得"无产阶级的思想意识，无产阶级的世界观，这些都是很正确的。他们的缺点是只强调了文学的上层建筑的共性这一方面，却不了解或不重视文学的特点，文学的特殊规律。当时有作家提出不应忽略"文艺的本质"，意思就是指文艺的特点；一位无产阶级文学的提倡者却回答说："文艺本来是宣传阶级意识的武器，所谓的本质仅限于文字本身，除此以外，更没有什么形而上学的本质。"在这些最早的无产阶级文学的提倡者之中，郭沫若在1926年还曾提出，"这种文艺在形式上是写实主义的，在内容上是社会主义的"，"我们要求的文学是表同情于无产阶级的社会主义的写实主义的文学"。虽然现实主义并不仅仅是一个形式问题，在这里误用了"在形式上"这样一个说法，虽然"表同情于无产阶级"也还说得不确切，他实际上是接触到了无产阶级文学的创作方法问题的。而且值得注意的是这种提法很接近后来苏联在1934年确定的社会主义现实主义的口号。然而这个问题似乎当时也并没有引起重视。这些最早的无产阶级文学的提倡者的又一个缺点是他们虽然提出了"获得"无产阶级的思想意识的重要性，却把这种从一个阶级到一个阶级的思想变化看得太容易。他们认为非无产阶级出身的作家，只要他接受了无产阶级的思想，马上就可以写出无产阶级文学的作品。和这相联系的，是他们有一种"化大众"的思想，就是首先不是强调向劳动人民学习，从学习中改造自己的思想感情，而是强调要教育劳动人民。此外，他们还在文艺界的统一战线问题上有错误。他们有一种"打倒一切"的"左"的倾向，就是说除了他们这一群无产阶级文学的提倡者而外，他们对于别的作家常常简单地否定，甚至对鲁迅也是这样。鲁迅在当时过多地看到了这些中国文艺界的早期的马克思主义者的弱点，对他们提倡无产阶级文学的意义估计不足，他在最初并没有参加这个运动。然而他并不反对这个运动，而且他对于文学的作用和特点的了解在当时就是正确的、全面的。1928年他在《文艺与革命》中说："一说'技巧'，革命的文学家是又要讨厌的。但我以为一切文艺固是宣传，而一切宣传却并非全是文艺，这正如一切花都有色（我将白也算作色），而凡颜色未必都是花一样。革命之所以于口号，标语，布告，电报，教科书……之外，要用文艺者，就因为它是文艺。"

在党的领导之下，对鲁迅的错误估计和否定态度很快就得到了纠正。1930年中国左翼作家联盟成立后，鲁迅、茅盾和其他一些有名的革命作家都是这个联盟的成员和领导人。瞿秋白同志在1933年写的名文《〈鲁迅杂感选集〉序言》，对鲁迅作了正确的评价和肯定。在左翼作家联盟的活动中，由于受到当时党内的教条主义者的"左"倾路线的影响，文艺界的统一战线问题是并没有彻底解决的。然而左翼作家联盟的成立和活动，无论如何还是把当时信仰或倾向马克思主义的作家们团结了起来，并从而对国民党反动派进行了英勇的斗争，对中国革命作出了不可磨灭的贡献。毛泽东同志在《新民主主义论》中曾对这个时期的革命文化运动作了充分的肯定和估计。他说："这时有两种反革命的'围剿'：军事'围剿'和文化'围剿'。也有两种革命深入：农村革命深入和文化革命深入。"他又说："而作为这两种'围剿'之共同结果的东西，则是全国人民的觉悟。"左翼作家联盟正是在反国民党反动派的文化"围剿"和深入文化革命上都是一个强有力的方面军，取得了显著的战绩，并且锻炼出来了一批革命的文艺干部。比起提倡无产阶级文学的初期来，这个时期的创作和理论的水平都提高了，对于文学的作用和特点的了解也比较全面了。这是因为更多地学习了和介绍了马克思列宁主义的文艺理论的缘故。但在创作方法的问题上，左翼作家联盟前一时期曾经受过苏联拉普派的辩证唯物主义的创作方法的错误提法的影响；后来苏联提出了社会主义现实主义的创作方法，才接受了这一新的口号。辩证唯物主义的创作方法的错误就在于这个提法完全忽视了文学艺术的特点和特殊规律。社会主义现实主义的创作方法的口号注意了文学艺术的特点和特殊规律，并且和过去的现实主义划分了界限，这是对于恩格斯的现实主义的理论的一个发展。这个口号在左翼作家联盟时期和以后一个相当长的时期，都是起了良好的作用的。它团结了中国的革命的文学家艺术家，鼓舞他们以他们的创作来为解放斗争和争取社会主义实现的斗争服务。左翼作家联盟成立前后，革命的文学界就提出了文学的大众化问题。列宁在《党的组织和党的文学》中讲文学要为千千万万劳动人民服务的话，还有我们在上面引用过的列宁和蔡特金的那一段谈话，都是当时常被引用的，也正是当时提出大众化问题的依据；然而到底大众化的内容和关键是什么，从当时不止一次的讨论看来，是并不明确的。不少作者都把大众化理解为主要是写出大众容易接受的作品，并把它们普及到大众中去。因此，讨论常常集中在用什么样的语言文字和体裁来写作品大众才容易接受的问题上。提倡无产阶级文学的初期把"获得"无产阶级的思想意识看得太容易的想法，这时仍然存在。当时是左翼作家联盟的领导人之一的周扬同志，后来在《马克思主义与文艺》的《序言》中对这时的情况作过很好的叙述。他说，"革命文学的许多作者都是'被从实际工作排出'的青年，在他们身上，对于实际的疲惫情绪和革命的狂热幻想结合在一起，他们没有放弃斗争，却离开了群众斗争的漩涡的中心，而在文学事业上找着了他们的斗争的门路。他们各方面都表现出小资产阶级的思想感情，但却错误地把这些思想感情认做了无产阶级的思想感情。因此文艺工作者的思想意识的改造就没有提到日程上，这就形成了革命文艺运动的最大的最根本的弱点。"由于分不清革命的小资产阶级的思想感情和无产阶级的思想感情的区别，以为已经"获得"了无产阶级的思想感情，大众化问题的关键就好像不在于作者的思想感情，不在于作品的内容，而在于作品的语言文字和体裁了。和这相联系的，不是首先强调作家向大众学习、而是强调要去教育大众也就是"化大众"的思想，这时也仍然存在。认为大众化就是教导大众，教导他们去履行未来社会的主人的使命，或者认为大众化的任务之一就是去和大众自己的封建的、资产阶级的、小资产阶级的意识斗争，去和大众的无知斗争，这样一些说法都曾出现过。左翼作家联盟时期不止一次地提出和讨论文学的大众化的问题，而又终于没有得到解决，这固然有它的客观原因，那时国民党反动派残酷地压迫革命的文学家艺术家，不让他们有到工农群众中去的自由；但从这些理论上的不明确或不正确，仍然可以看出主观方面的弱点，主观方面的原因。

正如整个中国革命运动的路线和政策一样，中国革命文艺运动的明确而完整的路线和政策的规定也是由毛泽东同志来完成的。第一次国内革命战争和第二次国内革命战争时期，毛泽东同志的全部活动为剧烈的政治斗争和军事斗争所占据，为考虑并规定整个新民主主义革命的路线和政策这一更巨大更重要的任务所占据，他不可能来着手解决中国革命文艺运动的问题。抗日战争进入了相持阶段，延安和其他抗日根据地的文艺工作者提出来了一些必须解决的根本问题，这些问题正是中国革命文艺运动中长期存在的问题的集中表现。他系统地彻底地解决了这些问题，自然也就给中国革命文艺运动规定了正确的路线和政策。

三

我们在前面说过，《在延安文艺座谈会上的讲话》的"结论"部分，有一段文字详尽地说明了应当作为考虑当时的文艺问题的基础的各种事实。这段文字是这样的：

> 现在的事实是什么呢？事实就是：中国的已经进行了五年的抗日战争；全世界的反法西斯战争；中国大地主大资产阶级在抗日战争中的动摇和对于人民的高压政策；"五四"以来的革命文艺运动——这个运动在二十三年中对于革命的伟大贡献以及它的许多缺点；八路军新四军的抗日民主根据地，在这些根据地里大批文艺工作者和八路军新四军以及工人农民的结合；根据地的文艺工作者和国民党统治区的文艺工作者的环境和任务的区别；目前在延安和各抗日根据地的文艺工作中已经发生的争论问题。——这些就是实际存在的不可否认的事实，我们就要在这些事实的基础上考虑我们的问题。

这些事实也可以说就是延安文艺座谈会的召开和毛泽东同志在这个座谈会上的讲话的历史背景。这里首先讲了当时的国际和国内的形势。问题很明显，革命的文艺工作迫切地需要为这样的形势之下的革命事业服务，需要服务得更好。然而当时的文艺工作却和整个革命工作不协调或者很不协调。在文艺工作者中间，一般地存在着某种程度地脱离群众的倾向，其中最坏的一部分人甚至提倡和实行所谓"暴露黑暗"，也就是攻击无产阶级，攻击劳动人民，实际上已经是为敌人服务了。王实味的《野百合花》等反党反人民的杂文，当时在延安《解放日报》的文艺副刊上发表以后，受到国民党反动派的热烈欢迎，他们的特务机关把这些杂文翻印为反共的小册子，在国民党统治区大量散发。一切事物和问题的发生都有它们的历史根源。革命的文艺工作方面的问题是和五四以来的革命文艺运动的缺点分不开的，也可以说就是这个运动中长期未能解决的问题在新的条件之下的集中的暴露。除了有的人本来就是暗藏的反革命分子、并不是什么文学家艺术家而外，就一般文艺工作者来说，都是由于他们到了延安或其他抗日根据地，同这种新社会的群众的和实际斗争的需要发生了程度不同的矛盾。新社会，人民群众，无产阶级，共产党，本来是非常光明的，革命的文学家艺术家应该歌颂光明，而当时有相当一部分人却偏要提倡和实行"暴露黑暗"，或者主张"写光明和黑暗并重，一半对一半"。这样就发生了歌颂光明和"暴露黑暗"的争论。人民群众和实际斗争迫切需要重视文艺的普及工作，迫切需要提高的文艺来指导普及的文艺，而又有相当一部分人却偏要轻视和忽视普及，轻视和忽视对于普及的指导，不适当地太强调了提高。这样就又发生了努力于提高还是努力于普及的争论。你反对他们"暴露黑暗"，他们就说你有宗派主义，而这些反对者却又想不通为什么反对他们"暴露黑暗"就是宗派主义，不认识自己的工作中也有某种程度的脱离群众的倾向。这样就又发生了这些文艺工作者有没有宗派主义的争论。所有上述的问题和争论都说明当时延安和其他抗日根据地的文艺界需要进行切实的严肃的整风。在全体党员和非党革命干部中进行的伟大的整风运动，当时在延安已经展开了。延安文艺座谈会也就是延安文艺界的一个整风的会议。而文艺界整风的目的，从文艺工作本身来说，也就是使它们更好地为整个革命事业服务。

毛泽东同志在他的《在延安文艺座谈会上的讲话》的"引言"的开始，正是这样讲了开会的目的。他说："今天邀集大家来开座谈会，目的是要和大家交换意见，研究文艺工作和一般革命工作的关系，求得革命文艺的正确发展，求得革命文艺对其他革命工作的更好的协助，借以打倒我们民族的敌人，完成民族解放的任务。"这说明他要解决的也正是马克思、恩格斯和列宁所要解决的问题，怎样使文学艺术能够更自觉地为无产阶级的革命事业服务，怎样使它们能够更好地发挥作用。为了解决这个问题，马克思、恩格斯和列宁已经提出了他们的正确的主张；然而中国革命文艺运动中的这个问题却又有它的新的历史背景，新的问题，新的症结，新的特点，并不是仅仅重复马克思列宁主义的已有的结论就能够彻底解决的。毛泽东同志在作了详细的调查研究以后，在分析了种种有关的客观存在的事实以后，他指出文艺为什么人的问题还没有得到明确的解决。和无产阶级公开联系着的文学应该为千千万万劳动人民服务，这是列宁已经讲过的，而且是为中国的革命文艺工作者所接受了的，为什么说为什么人的问题还没有明确解决呢？马克思主义者观察问题不应该只看人们的口头的宣言，更重要的是看他们的实际的行动；不应该只看人们的主观愿望，更重要的是看他们的行为的客观效果。毛泽东同志是因为看到了当时的许多文艺工作者，"在他们的情绪中，在他们的作品中，在他们对于文艺方针问题的意见中"，都"或多或少地发生和群众的需要不相符合，和实际斗争的需要不相符合的情形"，看到了多方面的大量的事实，才作出他的判断的。他进一步分析了人民大众包括些什么人，分析了当时的许多文艺工作者的行动、作品和感情，用无可辩驳的事实说明了问题的关键在于许多文艺工作者还是站在小资产阶级的立场上，他们实际上把小资产阶级知识分子看得比工农兵群众重要。在这里他写了一段异常精辟的文章。他说："有许多同志，因为他们自己是从小资产阶级出身，自己是知识分子，于是就只在知识分子的队伍中找朋友，把自己的注意力放在研究和描写知识分子上面。"他指出"他们是把自己的作品当作小资产阶级的自我表现来创作的"。他指出他们偏爱小资产阶级知识分子，"连他们的缺点也给以同情甚至鼓吹"；对于工农兵和工农兵出身的干部，却"有些时候不爱，有些地方不爱"；他们有时也爱工农兵的东西，但"那是为着猎奇，为着装饰自己的作品，甚至是为着追求其中落后的东西"，"有时就公开地鄙弃它们"……经过了这样细致这样深人的分析以后，毛泽东同志才作了他的结论：

> 这些同志的立足点还是在小资产阶级知识分子方面，或者换句文雅的话说，他们的灵魂深处还是一个小资产阶级知识分子的王国。

"他们是把自己的作品当作小资产阶级的自我表现来创作的"，这是一个很重要的概括。这种小资产阶级的自我表现，在旧社会里可以是逃避现实的作品，也可以是反抗和斗争的作品。两者当然有落后和进步的差别，但都是小资产阶级的思想情绪的不同的表现。这种小资产阶级的自我表现，在新社会里可以是"暴露黑暗"，也可以是歌颂光明。两者当然有反动和革命的差别，但都是小资产阶级的政治上的不同的表现。小资产阶级在旧社会里的反抗和斗争，在一定的条件之下可以转化为妥协和投降；小资产阶级在新社会里的歌颂光明，常常是比较空洞的，比较肤浅的，而且在一定的条件之下也未尝不可以转化为有所不满。毛泽东同志对当时的文艺情况文艺作品的分析是马克思主义的阶级分析方法的光辉的运用。只有依靠阶级分析方法，我们才能从曲折复杂的社会现象中找出线索，看清真相。认真地正确地运用阶级分析方法，就必须细致深入，而不可简单化和庸俗化。

看出了文艺为什么人的问题还没有得到明确的解决，而没有明确的解决的关键又在于许多文艺工作者的灵魂深处还是一个小资产阶级知识分子的王国，又怎样解决呢？从马克思文艺理论的已有的结论里面也是找不到现成的答案的。在解决问题上我们更可以看出，毛泽东同志是多么善于根据马克思列宁主义的普遍真理来解决中国革命实践的具体问题，而且是多么善于按照文学艺术的特点和规律来解决文艺运动的问题。在讲到文学艺术的源泉的时候，他说："作为观念形态的文艺作品，都是一定的社会生活在人类头脑中的反映的产物。"这个根据马克思列宁主义的反映论得出的结论并不仅仅是回答了文艺的源泉从何而来的问题，而且可以看作是他解决整个文艺问题的依据。既然文学艺术作品是"社会生活"在人类头脑中的反映的产物，那么首先就有一个文艺工作者的生活问题，也就是客观存在的社会生活怎样才能成为文学艺术的原料的问题。文学艺术要更自觉地更好地为无产阶级的革命事业服务，为工农兵服务，就不能不描写革命斗争，描写工农兵。要描写革命斗争，描写工农兵，而且要描写得好，就不能不先熟悉革命斗争和工农兵。既然文学艺术是社会生活"在人类头脑中的反映"的产物，接着就又有一个文艺工作者的头脑问题，也就是他们的思想感情问题。小资产阶级出身的文艺工作者描写革命斗争，描写工农兵，要站在无产阶级的立场上，而且要描写得感动人，就不能不先要求他们的思想感情来一个变化，来一番改造。因此，毛泽东同志把问题归结到文艺工作者必须改造思想，必须建立无产阶级的世界观和人生观。他提出了解决问题的途径，从深入工农兵群众深入实际斗争和学习马克思列宁主义来改造思想感情，而且同时也就积累了丰富的生动的文学艺术的原料。他还指出了思想改造的长期性。他说："要彻底地解决这个问题，非有十年八年的长时间不可。但时间无论怎样长，我们却必须解决它，必须明确地彻底地解决它。"他又说："只有这样，我们才能有真正为工农兵的文艺，真正无产阶级的文艺。"

简略地说来，我们平常所说的文艺的工农兵方向的内容就是这样。工农兵方向并不仅仅是一个写工农兵的问题，而是整个改造文学艺术、改造文学艺术的队伍的问题，也就是文学艺术的群众化和文学艺术工作者的无产阶级化问题。对于文艺工作者来说，首先是他们必须和新的群众的时代相结合的问题，必须彻底解决个人和群众的关系的问题。毛泽东同志为我们写出了这样的名言："只有代表群众才能教育群众，只有做群众的学生才能做群众的先生。"他把当时延安文艺界有没有宗派主义的问题也提高到这样的原则上来：只有彻底地解决为群众的问题，才能去掉宗派主义。这就使比较有觉悟的文艺工作者们的头脑从一些次要的甚至是无原则的问题中解脱出来，这就提高了他们的思想，扩大了他们的眼界。按照毛泽东同志所指出的途径去解决文艺工作者和工农兵群众结合的问题，改造思想感情的问题，也就同时解决了他们的文艺工作的最基本的问题，他们就有可能真实地描写工农兵，也有可能站在无产阶级立场描写其他阶级的人物了。和无产阶级公开联系着的文学应为千千万万劳动人民服务，这是列宁已经讲过的。列宁在《党的组织和党的文学》中还说过："我们有结实的胃，我们是坚如铁石的马克思主义者。我们将消化这些不彻底的人。"这是指党能够改造或者最后不能改造就清洗那些被吸收入党的不完全彻底的、不完全是纯粹马克思主义的、不完全正确的人。列宁在给高尔基的信中还曾劝他"到下面去观察"，"到农村或外地的工厂（或前线），去观察人们怎样以新的方式建设生活"。然而把文学艺术为劳动人民服务的方向作了系统的详尽的说明，并且指出了切实可行的途径；把党内改造非无产阶级思想的经验推广到整个革命文艺界，从而促进了广大的文艺工作者的无产阶级化；把文学家艺术家观察群众生活的工作扩大成为普遍的经常的深入工农兵群众深入实际斗争的运动，既解决了创作的原料问题，又解决了文艺工作者和工农兵结合的问题——这仍然是毛泽东同志对于马克思列宁主义文艺理论的一个最重要的创造性的发展。这是他根据中国小资产阶级知识分子大量参加无产阶级领导的革命运动并且不少人得到了改造的经验，根据中国革命文艺的群众化和革命文艺工作者的无产阶级化的问题长期得不到解决、而这时又必须解决并且可能解决的事实，在马克思列宁主义的原理的指导之下作出来的理论和实际结合的辉煌的范例。

《在延安文艺座谈会上的讲话》已经提出了"我们的批评，也应该容许各种各色艺术品的自由竞争"这样的思想。这同列宁指出的在党的文学事业上必须保证多样化和个人创造性是完全一致的。为什么列宁说"无可争论，文学事业最不能作机械的平均、划一、少数服从多数。无可争论，在这个事业中，绝对必须保证有个人创造性和个人爱好的广阔天地，有思想和幻想、形式和内容的广阔天地"呢？为什么这是无可争论的呢？世界上的一切事物都是矛盾的统一，多样的一致，不独文学艺术是这样。然而文学艺术又尤其应该是这样。文学艺术作品"都是一定的社会生活在人类头脑中的反映的产物"，而且是一种特殊形式的反映的产物。毛泽东同志讲这句话的时候没有提到特殊形式这样的意思，因为他是在说明文艺的源泉的问题，并不是在论列文学艺术的全部的性质，并不是在给文学艺术下定义。关于另外一些有关的问题，他都是根据文学艺术是一种特殊形式的反映这样一个特点来讲的。他讲到了文艺应当根据实际生活创造出各种各样的人物。因为许多文艺的样式都要求创造人物，就是那些不以创造人物形象为主要任务的文学艺术样式也要描写人的生活，描写人的思想感情，所以他说，了解人熟悉人是文艺工作者的第一位工作。他讲到了文艺作品中反映出来的生活可以而且应该比普通的实际生活更高，更强烈，更有集中性，更典型，更理想。他讲到了文艺批评有两个标准，我们的文艺批评应该是政治标准第一，艺术标准第二，而我们的文艺作品却又应该是革命的政治内容和尽可能完美的艺术形式的统一。文艺批评的标准的明确提出，也是毛泽东同志对马克思主义文艺理论的一个发展。虽然马克思、恩格斯和列宁在评论作家作品的时候事实上都是这样作的，但用理论的文字把它明确地概括出来，规定下来，却始于毛泽东同志。这种概括和规定对于文艺批评工作有重要的指导意义。有了这种经典性的概括和规定，我们就清楚地知道，凡是只要艺术标准而不要政治标准，或者只要政治标准而不要艺术标准，或者两者都要而第一第二的位置摆得不对，都是不正确的。所有这些都说明他很重视文学艺术的特点。文学艺术是社会生活的一种特殊形式的反映，它们的描写对象是异常丰富的，无穷无尽的。它们的描写方法也是多种多样的，发展变化的。再加上它们的生产一般都是采取一种最精细的个体劳动的方式，文学家艺术家的生活、个性、才能、艺术修养、艺术爱好、艺术经验又各不相同。所有这些合起来，文学艺术的内容和形式，文学艺术的题材，创作方法，体裁、风格等等都必然是而且应该是多样化的。不承认这样的特点和规律，不按照这样的特点和规律来对待文艺工作，就必然会妨碍文学家艺术家的积极性和创造性。从社会对于文学艺术的要求来说，人们的需要和爱好也是多种多样的，而且总是喜爱有新鲜性和独创性的作品而厌弃千篇一律和陈陈相因的作品的。因此，文学艺术里面最不容许单调和平庸。妨碍文学家艺术家的积极性和创造性，违反群众对于文学艺术的要求，都是十分不利于它们的发展和繁荣的。

由于当时的目的是要解决革命文艺的方向问题，《在延安文艺座谈会上的讲话》虽然提出了容许各种各色艺术品自由竞争的思想，却没有作更多的叙述。解放以后，毛泽东同志对戏曲改革工作提出了这样的口号：百花齐放，推陈出新。这个口号对我国异常丰富多彩的戏曲遗产的发掘，整理和革新起了巨大的指导作用，使几百种过去不被重视的地方戏真是像花一样在春天盛开。1956年，毛泽东同志更把百花齐放和百家争鸣一起提出，作为发展整个文学艺术和发展科学的方针，作为促进社会主义文化繁荣的方针。这样，文学艺术的多样化问题，文学家艺术家的个性和独创性的发挥问题，就得到了党和国家的政策上的保证。百花齐放、百家争鸣在这个时候的提出，是有它的具体的历史条件的。毛泽东同志在《关于正确处理人民内部矛盾的问题》中说："它是根据中国的具体情况提出来的，是在承认社会主义社会仍然存在着各种矛盾的基础上提出来的，是在国家需要迅速发展经济和文化的迫切要求上提出来的。"这时中国的社会主义改造在所有制方面说来已经基本完成，革命时期的大规模的急风暴雨式的群众阶级斗争已经基本结束，但阶级斗争还没有结束。这时正确处理人民内部矛盾的问题较之过去显得更重要。而对待人民内部的思想问题，精神世界的问题，又不能用简单的方法处理。像对于人民内部的文学艺术作品的好或者坏、美或者丑的问题，就不能用行政力量去强制推行某些作品，禁止另一些作品，只能让它们从互相比较互相竞赛中，从人们的选择和批评中去发展好的美的，淘汰坏的丑的。像对于人民内部的科学研究上的正确或者错误的问题，也不能用行政力量去强制推行某些意见，禁止另一些意见，只能让它们从互相辩论互相批评中，从科学的实践中去发展正确的，克服错误的。毛泽东同志说："对待人民内部的思想问题，对待精神世界的问题，用简单的方法去处理，不但不会收效，而且非常有害。"所以，百花齐放、百家争鸣也是作为一种正确处理人民内部矛盾的政策提出来的。这是一个无产阶级的积极的政策。因为它首先是一个鼓励和保护艺术上科学上的新生事物的政策。毛泽东同志说："为了判断正确的东西和错误的东西，常常需要有考验的时间。历史上新的正确的东西，在开始的时候常常得不到多数人的承认，只能在斗争中曲折地发展。正确的东西，好的东西，人们一开始常常不承认它们是香花，反而把它们看作毒草。"他又说："同旧社会比较起来，在社会主义社会中，新生事物的成长条件，和过去根本不同了，好得多了。但是压抑新生力量，压抑合理的意见，仍然是常有的事。"这是可以理解的。既然是艺术上科学上的新的事物，有独创性的事物，它们就常常可能是多数人还不习惯还不认识的事物。它们自然常常可能遭受到多数人的反对。不容许用行政力量来禁止，也不容许轻率地作结论，而给它们以齐放和争鸣的机会，让它去和旧的事物错误的事物竞赛和斗争，这显然是十分有利于新的正确的事物的。百花齐放、百家争鸣是作为一种正确处理人民内部矛盾的政策提出来的，但如果敌对的东西也来趁机进攻，毒草也冒充香花而出现，那"坏事也可以转变成为好事"。敌对的东西暴露了它的本来的面目，毒草从地下长出来，这首先就可以起一种"反面教员"的作用，可以锻炼我们的辨别能力，和它们进行坚决的斗争，又可以提高我们的马克思主义的战斗能力，扩大马克思主义的阵地，以至发展马克思主义。1957 年中国的反右派斗争就证明了百花齐放、百家争鸣的政策是不怕敌对分子的利用的。百花齐放、百家争鸣既可以鼓励和保护艺术上科学上的新生事物，促使人民内部美的东西、正确的东西和人民内部丑的东西、错误的东西竞赛争论以便于最后战胜它们，促使人民内部美的东西、正确的东西互相竞赛讨论以便于互相提高，又可以暴露和粉碎政治上的敌对思想，让人民外部反党反社会主义的毒草长出地面，然后把它锄掉并把它变为肥料，自然也就是一个有效地促进社会主义文化的发展和繁荣、有助于更迅速地改变中国的"一穷二白"的面貌的政策。

　　简略地说来，百花齐放、百家争鸣的内容和意义就是这样。一切口号的实际内容都是比它们的简短的文字的直接含义远为丰富的。毛泽东同志说，"百花齐放、百家争鸣这两个口号，就字面看，是没有阶级性的，无产阶级可以利用它们，资产阶级也可以利用它们，其他的人们也可以利用它们。"为了帮助人们分辨香花和毒草，他规定了六条政治标准。虽然就字面看，这个口号是没有阶级性的，但丑的事物最后总是敌不过美的事物，错误的事物最后总是敌不过正确的事物，腐朽的事物最后总是敌不过新生的事物，反动的事物最后总是敌不过革命的事物，而且在社会主义社会里，既有党的领导，又有广大人民的觉悟，再加上有明确的政治标准，它就仍然是有利于无产阶级而不利于资产阶级和一切反党反社会主义的社会力量了。文学艺术必须保证多样化和个人创造性，这也是列宁已经讲过的。然而把百花齐放和百家争鸣一起提出来，作为无产阶级的坚定的阶级政策，根据新的历史条件赋予以丰富的内容，却仍然是毛泽东同志对于马克思列宁主义的文化学说和文化政策的一个重要的创造性的发展。就文学艺术方面来说，它可以防止人们把工农兵方向理解得狭隘化，只提倡某种内容和形式而排斥其他的内容和形式，只提倡某种题材、创作方法、体裁和风格而排斥其他的题材、创作方法，体裁和风格。在文学艺术和科学研究上贯彻百花齐放、百家争鸣的政策，都必须严格地划清敌我矛盾和人民内部矛盾的界限，严格地划清政治问题和文艺问题学术问题的界限。如果把人民内部矛盾当作敌我矛盾来处理，把文艺问题学术问题当作政治问题来处理，其结果就是实际上取消了百花齐放、百家争鸣的政策。因此，如毛泽东同志所说的，"我们必须谨慎地辨别什么是真的毒草，什么是真的香花"。既不可把貌似花的毒草误认为香花，又不可把在颜色和气味上有缺点的花误认为毒草。有些时候界限似乎不容易划分，但其实都是能够划分的。关键就在我们要严格地以毛泽东同志提出的六条政治标准为根据。凡是并不违反那六条标准的，都是花而不是毒草，都是文艺问题学术问题而不是政治问题。所以六条政治标准不但是鉴别敌对的东西的武器，同时还是保护人民内部的文学艺术和科学研究的纲领。

《在延安文艺座谈会上的讲话》不止一次地讲到了文学艺术的创作方法。在谈文艺界的统一战线的时候，毛泽东同志说，"我们是主张社会主义的现实主义的"。他对当时革命文艺工作者们所采取的创作方法作了肯定。在驳斥认为"提倡学习马克思主义就是重复辩证唯物论的创作方法的错误"的谬论的时候，他又说："马克思主义只能包括而不能代替文艺创作中的现实主义，正如它只能包括而不能代替物理科学中的原子论、电子论一样。"这对于解决文艺理论上长期有争论的世界观和创作方法的关系问题，具有重要的指导意义。他明确地指出了两者是全体和部分的关系。全体和部分是有差异的，因而在全体内部的这一部分和那一部分之间，这几部分和那几部分之间，都可能出现矛盾的现象。但部分又是隶属于全体的，全体对于部分，这一部分对于那一部分，又都必然有所制约或影响。全体和部分既不能互相等同，也不能互相代替。过去有些文学家艺术家的文艺思想、创作方法和他们的哲学思想、政治思想、宗教思想或其他思想有差异有矛盾，而且他们采取的现实主义或积极浪漫主义的创作方法有一定的能动作用，这是事实。我们并不否认这种事实，然而我们却必须反对和驳斥修正主义者对于这种事实的歪曲。在这个问题上，我们和修正主义者之间有一系列的明显的分歧。第一，我们是全面地看到了文学家艺术家的世界观和创作方法之间的复杂关系，它们是统一的又是有差异的，因此我们承认文学家艺术家的文艺思想、创作方法在一定条件之下可以和他们的某些别的思想发生矛盾，承认创作方法的一定的能动作用，同时又重视世界观对于创作方法的制约作用。修正主义却只是笼统地强调世界观和创作方法之间的矛盾，夸大创作方法的能动作用，从而否认世界观和创作方法之间的统一的关系，否认世界观对于创作方法的制约作用。其次，我们认为过去许多现实主义和积极浪漫主义的文学家艺术家的世界观的内部常常是不统一的，即使他们的哲学思想、政治思想、宗教思想是落后的或者甚至反动的，他们仍然可能有比较进步的文艺思想、某些人生思想或其他思想；而且更精确一些说，就是在他们的落后的或者甚至反动的哲学思想、政治思想、宗教思想的内部，也未尝不可能还有某些比较好的成分，和它们的主导部分相矛盾的成分。正是这些比较进步的思想和比较好的思想成分决定了他们采取并且坚持正确的创作方法。因此，创作方法也并不是完全独立地在发生它的能动作用的。从另一方面来说，他们的落后的或者甚至反动的思想也并不是对他们的创作方法完全不起作用的，它们也总还是要对他们的艺术带来缺陷和损害，有时甚至是破坏。修正主义者却无视和抹杀这些错综复杂的情况，只是夸大正确的创作方法的积极作用，好像它是一种可以离开文学家艺术家的头脑而独立存在的事物，它的被采用和坚持既不决定于比较进步的思想和比较好的思想成分，又完全不会受到落后的和反动的思想的损害或破坏。最后，我们认为过去许多文学家艺术家的世界观的复杂矛盾的情况，是过去的历史条件下的产物；至于我们今天的文学家艺术家却是世界观越统一越好，世界观和创作方法越统一越好，因为都是统一于进步，统一于革命，统一于马克思主义。这种统一完全有利于他们参加生活、认识生活和表现生活，完全有利于他们采取的正确的创作方法更充分地发挥作用。修正主义者却无视和抹杀今天的文学家艺术家和过去的文学家艺术家的区别，从而制造出今天的文学家艺术家也完全可以走过去的文学家艺术家的老路、完全可以不要改造思想的谬论。因此，强调创作方法的重要性和能动作用，就否认世界观的重要性和制约作用，以为有了正确的创作方法就不必再有正确的世界观，或者自然而然地就会有正确的世界观，用不着深入工农兵群众，用不着学习马克思列宁主义，用不着改造思想，这当然是错误的。这就是修正主义的观点。反过来，强调世界观的重要性和制约作用，就否认创作方法的重要性和能动作用，以为有了正确的世界观就不必再有正确的创作方法，或者自然而然地就会有正确的创作方法，用不着从前人的遗产学习，用不着从自己的艺术实践探索，用不着长期的艰苦的努力，这也是错误的。这就是教条主义的观点。正确的观点应该是"马克思主义只能包括而不能代替文艺创作中的现实主义"，应该是把包括创作方法在内的作家的世界观看成是一种错综复杂的对立的统一。

　　毛泽东同志对于世界观和创作方法的关系的简明的概括含有丰富的内容。但他在文学艺术方法上还有一个更重要的思想，就是他在中国人民开始大跃进的时候提出来的革命现实主义和革命浪漫主义的结合。

　　现实主义和浪漫主义作为创作方法来说，是有明显的差异的。一个是按照生活实际存在的样子来反映现实；一个却是更多地根据人的愿望和理想来反映现实，不但可以描写实际存在和可能存在的事物，而且还可以描写根本不可能存在的事物。随着这种不同就带来了题材、手法、色彩、风格等许多方面的差异。然而浪漫主义又显然有两种，就是积极的革命的浪漫主义和消极的反动的浪漫主义。从文学艺术和现实的关系这一根本之点来说，又只有消极的反动的浪漫主义才是和现实主义真正相对立的，积极的革命的浪漫主义却和现实主义一样能够真实地反映现实。而且文学艺术的历史上存在着这样的事实，在不少的伟大的文学家艺术家的身上，现实主义和积极浪漫主义常常是不同程度地结合在一起的。这是因为积极的革命的浪漫主义，既然它同样能够真实地反映现实，就不但要求细节的真实（对于根本不可能存在的事物的描写也必须入情入理，有很强的真实感），而且也要求典型人物的真实（不是以创造人物形象为任务的作品也必须有典型性，它们所描写的生活或表现的思想感情有典型性），这也就是说，它不可能不同时具有某些现实主义的基本因素。因此，虽然也有比较偏于浪漫主义这一方面的情况，但积极的革命的浪漫主义作品没有不是某种程度地和现实主义相结合的。现实主义的作家和作品却情况不同一些。现实主义的文学家艺术家，有时为了更强烈地表现他们的愿望和理想，也可能在他们的部分作品中，或者在他们的某些作品的局部，采用了浪漫主义的方法，带有浪漫主义的色彩。但更多的情况是他们并不是这样。这是因为现实主义，它不但能够真实地反映现实，而且也可以表现作者的愿望和理想。虽然如此，文学艺术的历史又告诉我们，那些现实主义和浪漫主义相结合的作品常常能够更强烈更充分地表现作者的理想，更丰富更生动地反映现实，因而也就常常更吸引人。所以文学艺术的巨匠们就常常并不把他们的创造活动局限在现实主义的范围以内。文学艺术历史上的这种情况，高尔基曾经明白地指出过。高尔基以前的作家也有看出这种事实，并且预言未来的文学将倾向于现实主义和浪漫主义的结合的。马克思和恩格斯评论过一些浪漫主义的作家。无论是对于消极的反动的浪漫主义的作家，还是对于积极的革命的浪漫主义的作家，他们都主要是评论这些作家的政治活动、政治倾向或者思想倾向，他们是反对前一种浪漫主义的作家而肯定后一种浪漫主义的作家的。有时他们也论到这些作家的作品的表现形式和风格，他们是讨厌前一种浪漫主义的作家的雕琢夸张过甚的虚伪的文体的。然而他们并没有把浪漫主义作为一种统一的创作方法来论列过。他们所称赞的巴尔扎克其实是一个带有浪漫主义色彩的现实主义作家；至于他们视为典范的莎士比亚，在我们今天看来，更是一个现实主义和浪漫主义相结合的作家。现实主义和浪漫主义是两种不同的创作方法，然而有些时候又是结合在一起的，这是文学艺术历史上的事实。这个事实已经有前人指出过。而且苏联提出社会主义现实主义的创作方法的时候，也曾明白地规定，革命的浪漫主义应当作为它的一个组成部分。然而毛泽东同志对中国的文学艺术界提出我们的创作方法应该是革命现实主义和革命浪漫主义的结合，仍然在理论上和实际上都有重大的意义。毛泽东同志最善于运用唯物主义的辩证法，最善于运用唯物主义的辩证法的对立统一的法则来观察、分析和解决中国革命实践中的问题。他所提倡的统一战线上的又联合又斗争，对于敌人和困难既要在战略上藐视又要在战术上重视，在革命工作中既应当有不断革命论的思想又应当有革命阶段论的思想，既应该有革命的冲天干劲又应当有科学的分析精神等等，都是把看起来相反而实际上互相联系的两个方面统一起来，这样就更完全地反映了客观事物的规律，也就更有效地指导革命工作取得胜利。革命现实主义和革命浪漫主义的结合就是这种思想在文学艺术方法问题上的具体运用。他是根据马克思主义的根本原理和文学艺术历史的客观事实来提出这两种方法的结合的必要的，因而就在理论上彻底地解决了这个问题。中国的文艺工作者虽然早就知道并且接受了革命浪漫主义应当作为社会主义现实主义的一个组成部分这样的说法，然而对革命浪漫主义的重要性和两种方法结合的必要性，却在长时期内都是认识不足的，不大明确的。因而在理论上很少阐发，在创作实践上更常被忽视。有一个时候，不少文艺工作者认为似乎现实主义是更根本的方法，革命浪漫主义是派生的方法，甚至可以包括在现实主义之内。毛泽东同志在中国人民大跃进开始的时候把两者作为同等重要的方法提出来，并且强调它们的结合，这就澄清了和纠正了在这个问题上的模糊和偏颇。在这以后，大家认识到，这样的创作方法才能更好地表现我们的伟大的社会主义革命和社会主义建设的时代，表现广大人民群众的冲天干劲，表现共产主义的风格。因此也可以说，这是一个可以更真实地更充分地反映现实的方法。大家从毛泽东同志自己的诗词和大跃进中产生的民歌都具体地感到这种创作方法的优越性。

当然，革命现实主义和革命浪漫主义的结合，这是对中国整个的文学艺术提出的，并不是要求每一个文学家艺术家都结合得同样好，尤其不是要求每一个作品都必须这样。就是同样努力用革命现实主义和革命浪漫主义相结合的创作方法的文学家艺术家，这种结合表现在他们的作品上也必然是有差异的，各有特色的，就是说也仍然是百花齐放的。而且不但过去，就是现在，在现实主义和浪漫主义上都是有比较偏于一个方面的文学家艺术家的。比较偏于一个方面，过去也曾产生了许多成功的作品，而且其中还有一些伟大的和杰出的作品。在今天，虽然我们的文学家艺术家们会更自觉地努力采取革命现实主义和革命浪漫主义相结合的方法，以便于更强烈更充分地表现我们这个时代的理想，更丰富更生动地反映我们这个时代的现实，并从而使自己的作品具有更大的艺术吸引力，但我们仍然不应该排斥和否定他们也可以采取比较偏于一个方面的创作方法。文学家艺术家的生活、个性、才能、艺术修养、艺术爱好、艺术经验各不相同，不可能也不应该强求一致。至于具体作品，甚至就是同一个文学家或艺术家的作品，它们的题材、主题和与之相适应的表现方法又各不相同，更不可能也更不应该强求一致。按照毛泽东同志讲过的文艺界的统一战线首先应该在政治上团结起来，而不应该在艺术方法艺术作风上要求一致的精神，按照百花齐放、百家争鸣的方针，都应该说，我们认为革命现实主义和革命浪漫主义的结合是最好的创作方法，然而并不是惟一的创作方法。

毛泽东同志提出的这种创作方法，还是一个中国文艺界需要继续讨论和研究的课题。我的简略的说明不过是我个人的理解。但从这样的说明也可看出，这是毛泽东同志在无产阶级文学艺术的方法问题上对于马克思列宁主义文艺理论的一个重要的创造性的发展。

毛泽东同志的文艺思想的重要内容和他对于马克思列宁主义文艺理论的发展并不止于此。《在延安文艺座谈会上的讲话》把它和工农兵方向一起提出的普及和提高的问题，那也是一个中国革命文艺运动中长期不明确的问题。毛泽东同志对两者的关系和普及工作的重要性作了精辟的细致的分析，从而这个问题也得到了彻底的解决。对于人民群众的文化水平还不高的中国的革命文化工作和革命文艺工作，这是有迫切的指导意义的。同文学艺术的群众化和普及有密切关系的还有一个民族形式问题。毛泽东同志在《中国共产党在民族战争中的地位》和《新民主主义论》中提出了马克思主义和中国的新文化都必须具有民族形式，这个思想对中国的革命的文学艺术发生了很大的影响。五四以来，中国的文学艺术受到了外来的影响，这一方面引起了它们的革新，另一方面又使它们有些脱离民族传统，因而也就有些脱离群众。这个问题迫切需要解决。因此，形式的民族化也就必然会成为文学艺术的一个努力的目标。要解决民族形式问题，就必须继承和学习民族的文学艺术遗产。关于怎样对待文化遗产和文学艺术遗产，毛泽东同志在《新民主主义论》、《在延安文艺座谈会上的讲话》和《论联合政府》中作了完整的论述。和列宁一样，他既反对一概排斥，又反对盲目搬用，而主张批判地吸收。他不但把批判地吸收民族文化遗产作为发展民族新文化的必要条件，而且指出这可以提高民族自信心。这是根据东方各国长期受到帝国主义的侵略和压迫这一情况而提出来的一个重要的思想。最后，毛泽东同志关于文艺界的统一战线的理论也是重要的和富有创造性的。他曾把统一战线、武装斗争、党的建设并列为中国共产党在新民主主义革命时期的三个基本问题，三个战胜敌人的法宝。在这三个问题上，他都有巨大的创造性的贡献。关于文艺界的统一战线的政策是他的整个统一战线的理论的具体运用。我们可以看出，其中有两个基本的思想。一个是广泛的统一战线的思想。《在延安文艺座谈会上的讲话》和《文化工作中的统一战线》都讲到了应该团结一切可以团结的人，应该团结一切在政治上和我们有基本的共同点的人。还有一个是又团结又斗争的思想。有各种不同的团结，也就有各种不同的斗争。就是在产生团结的问题上也同时有斗争。这样两个思想结合在一起，既反对了"左"倾的宗派主义，又反对了右倾的投降主义，就彻底地解决了中国左翼文艺运动以来长期不能很好解决的文艺界的统一战线问题。所有这些文艺思想都贯穿着一个力求文学艺术更自觉地更好地为无产阶级的革命事业服务的思想。为群众服务实质上也就是为无产阶级的革命事业服务。总起来说，毛泽东同志对于马克思列宁主义的文艺理论的继承和发展正是在这里：他也是力求文学艺术更自觉地更好地为无产阶级的革命事业服务，而且也是按照文学艺术的特点和规律来提出他的主张和理论；由于在新民主主义革命的历史阶段，中国的革命文艺运动的特别发展和特别深入，在第二次国内革命战争时期左翼的文学艺术已经成为当时全国的文学艺术的主流，在抗日战争时期延安和各根据地的文艺工作又有进一步的发展和深入，因而中国的革命文艺运动就提出了一些过去无产阶级领导的文学艺术工作中还不曾提出过的这样深入的问题，这样迫切需要彻底解决而又具备了解决条件的问题；毛泽东同志运用马克思列宁主义的整个原理，整个立场、观点和方法来系统地研究了和解决了这些问题，他的主张和理论就必然富有中国的特点，富有鲜明的创造性，就必然会多方面地发展了马克思列宁主义的文艺理论，而且必然会反过来对于中国的革命文艺运动发生巨大的指南作用。

四

在毛泽东同志的文艺思想的指导之下，中国的革命文学艺术发生了巨大的变化，从根本上改变了面貌。首先是抗日战争后期解放区的文艺工作取得的成就反过来证明了新方向的正确。延安当时的新秧歌运动和新歌剧《白毛女》的演出，就是文学艺术和工农兵群众结合的一个很好的开端，一个轰动一时的开端。接着他的文艺思想的影响就扩大到当时的国民党统治区。全国解放以后，他的文艺思想更成为中国各民族的文学艺术工作的指针。新中国的文学艺术实现了列宁的那些期望。

在延安文艺座谈会召开以前，许多革命的文艺工作者也曾下过乡，下过厂，到过敌后抗日根据地的部队里面。然而一般都没有作到深入生活，作到和工农兵群众打成一片，因而多多少少都还有一些作客人的味道。延安文艺座谈会以后，毛泽东同志的"中国的革命的文学家艺术家，有出息的文学家艺术家，必须到群众中去，必须长期地无条件地全心全意地到工农兵群众中去，到火热的斗争中去，到惟一的最广大最丰富的源泉中去"的响亮号召鼓舞了他们，成为他们的行动的指南。在这以后，各个历史时期的重要的革命斗争都有文艺工作者投身在里面。无论是抗日战争、解放战争还是抗美援朝战争的前线，无论是土地改革、合作化运动还是人民公社化运动的农村，无论是恢复时期还是大跃进时期的工厂，都有文艺工作者在那里深入生活，参加工作。他们从参加火热斗争、从学习马克思列宁主义改造自己的思想感情，建立工人阶级的世界观和人生观；同时也熟悉了工农兵和工农兵出身的干部，学习了工农兵的语言，积累了创作的原料。因而十多年来，从这些深入工农兵群众深入实际斗争的已成名的作家，也从一些原来是各种革命工作岗位上的干部、解放后才发表作品的新作家，产生了许多中国的文学艺术历史上从来不曾有过的具有新的性质新的特点的作品。这些作品描写了工农兵和工农兵出身的干部，描写了他们中间的先进人物英雄人物，描写了他们的生活和斗争。这些描写再不是"衣服是劳动人民，面孔却是小资产阶级知识分子"。劳动人民已经成为文学艺术中的主要的人物。这在整个文学艺术的历史上都是一个巨大的变化。这些作品都有鲜明的革命思想革命观点。无论是描写工农兵和工农兵出身的干部，还是描写其他阶级的人物，都是站在无产阶级的立场上，而不再是站在小资产阶级的立场上。这些作品的表现形式也作到了不同程度的民族化和群众化。它们从中国的民间文学作品和古典文学作品，特别是从劳动人民的生动活泼的语言吸取了营养，因而它们的形式不再是欧化的或者知识分子气很重的，而是人民群众所喜闻乐见的。这样，这些作品为群众所接受和爱好的程度，这些作品所发生的影响和作用，也就达到了五四新文学运动以来所不曾有过的广泛和深入。仅就文学方面来说，描写农村生活、农村工作、农村的土地改革或者农村的合作化运动的作品，长篇小说如欧阳山的《高乾大》，周立波的《暴风骤雨》和《山乡巨变》，赵树理的《三里湾》，柳青的《创业史》，短篇小说如马烽、李准、王汶石等人的一些为大家所重视的作品；描写解放后的工业建设的作品，如艾芜的《百炼成钢》、草明的《乘风破浪》等作品；描写各个历史时期的人民群众、人民军队和革命家的革命斗争的作品，长篇小说如梁斌的《红旗谱》，吴强的《红日》，杨沫的《青春之歌》，曲波的《林海雪原》，罗广斌、杨益言的《红岩》，短篇小说和通讯报告如刘白羽、魏巍、孙峻青等人的一些有名的作品；诗歌如李季的《王贵与李香香》，阮章竞的《圈套》；描写少数民族生活的作品，长篇小说如乌兰巴干的《草原烽火》，诗歌如田间的《马头琴歌集》，闻捷的《天山牧歌》和《动荡的年代》……都基本上是这样的作品。老一辈的作家在解放以后的创作活动，像老舍写出了《龙须沟》和其他剧本，巴金到抗美援朝前线并写出了一些短篇小说和通讯报告，也都是在毛泽东同志的文艺思想的鼓舞之下重又活跃起来的。

　　由于普及工作受到了重视，不但许多文学家艺术家都创作了普及的作品，而且更重要的是工农兵群众自己的文艺活动得到了很大的开展，产生了不可胜数的诗歌、小说、戏剧和其他形式的作品。大跃进民歌是其中最可宝贵的收获。在革命干部和工农兵群众所写的革命回忆录、公社史、工厂史中，也出现了一些优秀的有影响的作品。百花齐放、百家争鸣的方针提出以后，文学艺术更迅速地走向繁荣。革命现实主义和革命浪漫主义相结合的创作方法将促使文学艺术产生许多更富有时代精神、更富有理想色彩、同时也更富有艺术魅力的作品。所有上述情况都说明新中国的文学艺术的面貌已经发生了巨大的变化。它们已经成为深深扎根在广大劳动群众深处的人民的文学艺术。它们因为代表了群众，所以能够教育群众。而且从劳动人民中间，从各个民族中间，都涌现出来了一批新的文学家艺术家。新中国的文学艺术已经出现了它们的第一个繁荣的时期，已经出现了它们的春天。

毛泽东同志关于文学艺术遗产的批判吸收的思想，推陈出新的思想，也在中国的文艺运动中收到了很大的成效。不但表现在戏剧方面，而且表现在文学艺术的各个方面。在悠久的历史中累积起来的丰富的中国文学艺术遗产，不但对文艺创作发生了良好的作用，而且其中的那些杰出的和优秀的作品已经真正成为人民群众的财产，受到他们的喜爱和赞赏，并且加强了他们的民族自豪感。这种对文学艺术遗产的普遍重视，推动了关于它们的研究工作。用马克思列宁主义观点来研究它们的人逐渐多起来了。这有助于人民群众更正确地了解它们的思想性和艺术性，同时也扩大了马克思列宁主义在学术工作方面的阵地。

但是我们又必须看到，毛泽东同志的文艺思想的贯彻是经过了多次的思想斗争的。《在延安文艺座谈会上的讲话》本身就是一个在思想斗争中产生的战斗性很强的著作。它批判了各种各样的资产阶级和小资产阶级的文艺思想，从理论上粉碎了当时的一些反党分子对党和劳动人民的进攻。这个讲话在抗日战争后期到达了国民党统治区，首先就有胡风集团起而反对，这个斗争一直进行到解放后。在这以后，文艺界发生的对于党和社会主义的进攻也总是首先集中在对于毛泽东文艺思想的攻击上。除了这种直接保卫毛泽东文艺思想的斗争而外，解放以后中国文艺界在党的领导之下还进行了反对文学艺术领域和学术领域的资产阶级改良主义和资产阶级唯心主义的思想斗争，那就是对《武训传》的批判，对胡适的学术思想和在他的学术思想影响之下的《红楼梦研究》的批判。这些斗争虽然从政治上说是有区别的，但从思想上说都是属于两条道路性质的斗争。这是因为全国解放以后，特别是进行社会主义革命的时候，无产阶级思想和资产阶级思想的矛盾必然会很尖锐化的缘故。当然，这并不是说中国文艺界就没有进行过反对从"左"的方面来的歪曲毛泽东文艺思想和危害党的文学艺术事业的斗争。毛泽东同志在他的《在延安文艺座谈会上的讲话》中就曾经说过："我们应该进行文艺问题上的两条战线斗争。"虽然这个讲话的斗争的锋芒主要是针对着资产阶级的文艺思想，针对着小资产阶级的右的倾向，他在有些问题上也仍然是贯穿着这样的精神的。他说："我们不赞成把文艺的重要性过分强调到错误的程度，但也不赞成把文艺的重要性估计不足。"他又说："缺乏艺术性的艺术品，无论政治上怎样进步，也是没有力量的。因此，我们既反对政治观点错误的艺术品，也反对只有正确的政治观点而没有艺术力量的所谓'标语口号式'的倾向。"解放以后，党在文艺工作方面提出过反对行政命令方式的领导，反对简单粗暴的批评。百花齐放、百家争鸣方针提出来以后，党又曾批评过文艺界少数有教条主义思想的党员干部对这个方针的怀疑。这都是一些反对"左"倾的思想斗争。陆定一同志在《百花齐放，百家争鸣》里面说："以为文艺和科学同政治无关，可以'为艺术而艺术'，'为科学而科学'，这是一种右的片面性的看法，是错误的。反之，把文艺和科学同政治完全等同起来，就会发生另一种片面性的看法，就会犯'左'的简单化的错误。"他说，党对于文学艺术工作只有一个要求，就是为工农兵服务。至于创作方法，虽然我们认为有最好的一种，但任何作家仍然可以用任何他们认为最好的创作方法来创作，互相竞赛。对于文艺的题材，他指出"党从未加以限制"，"应该非常宽广"。他说："因此，关于题材问题的清规戒律，只会把文艺工作窒息，使公式主义和低级趣味发展起来，是有害无益的。"周扬同志在《文艺战线上的一场大辩论》里面，也指出修正主义者的公式是"艺术即政治"，"这是使政治服从艺术，实际就是使革命的政治服从于掩盖在艺术外衣之下的反革命的政治"，教条主义者的公式是"政治即艺术"，"认为只要有政治，就有艺术"，"实际就是取消艺术"，两者都是错误的。他还指出他们看问题的方法都是形而上学的，片面的，因而不是把政治和艺术看成简单的对立，就是看成简单的等同。这也都是贯穿着两条战线斗争的精神的。的确，文学艺术上右倾的错误和"左"倾的错误都常常集中表现在政治和艺术的问题上：前者常常是只强调文学艺术的特点和特殊规律，而否认文学艺术必须为无产阶级的革命事业服务；后者常常是只强调文学艺术必须为无产阶级的革命事业服务，而否认文学艺术的特点和特殊规律。

当然，在其他一切具体问题上也都可以发生右的或者"左"的错误倾向。比如，提倡百花齐放、百家争鸣就以为可以不要工农兵方向，不要马克思列宁主义的指导，不要共同的政治标准；强调题材应该非常宽广就以为一切题材都没有区别，不必努力去从深入工农兵深入实际斗争取得重要的题材；承认任何创作方法都不是惟一的方法就以为没有最好的方法；轻视和忽视普及而不适当地太强调提高；在文艺批评上只要艺术标准而不要政治标准，或者把艺术标准放在政治标准之上；对于文学艺术遗产只是继承而不批判，不知道继承必须经过批判；否认民族形式的重要性，否认五四以来的新文学在民族化和群众化方面的弱点；在文艺统一战线上只团结不斗争……这都是右倾的观点。反过来，把工农兵方向、马克思列宁主义的指导和百花齐放、百家争鸣对立起来，以为要前者就不能要后者；强调题材有重要与否之分，强调表现工农兵，就否认题材应该非常宽广，就反对写次要的题材；认为革命现实主义和革命浪漫主义相结合既然是最好的创作方法，也就应当是惟一的创作方法；强调普及就轻视提高，以为普及就是一切；在文艺批评上只要政治标准而不要艺术标准，或者以为艺术标准第二就不重要；对于文学艺术遗产只是批判而不继承，不知批判正是为了继承；看到民族形式的重要性就企图选择一种固有的形式或者规定一种形式来统一文学艺术的形式，看到"五四"以来的新文学在民族化和群众化方面的弱点就对它整个否定或者过分地否定；在文艺统一战线上不要广泛地团结，或者只斗争不团结……这都是"左"倾的观点。在不同的时期，主要的危险有所不同，因而我们反对的锋芒也应该有所不同。而且正如毛泽东同志所说，"修正主义，或者右倾机会主义，是一种资产阶级思潮，它比教条主义有更大的危险性"。但总的说来，右倾和"左"倾都是错误的，文艺问题上的右倾和"左"倾都是违反毛泽东同志的文艺思想的，都是危害党的文学艺术事业的。整整四卷《毛泽东选集》都说明了这样一个真理：右倾机会主义和"左"倾机会主义都可以给中国革命带来巨大的危害，而毛泽东同志的思想就是从反右和反"左"的斗争中发展、成熟，并从而引导中国人民战胜了国内和国外的敌人，取得了伟大的胜利。

中国文艺界执行了党和毛泽东同志的广泛的统一战线政策，又团结又斗争的政策。在进行了多次的政治斗争和思想斗争之后，文艺界出现了空前团结的局面。文艺界的队伍也大为扩大了。当然，思想斗争在今后还是会长期存在的，反右和反"左"的斗争都是会长期存在的，不过斗争的形式有时激烈一些，有时缓和一些而已。毛泽东同志还教导我们要和全世界一切进步的、革命的文学家艺术家紧密地团结起来，结成广泛的反对帝国主义及其在各国的走狗的文艺统一战线。中国文艺界把这当作是自己的一个崇高的任务。

毛泽东文艺思想就是从客观实际抽出来又在客观实际中得到了证明的理论，就是马克思、恩格斯和列宁的文艺理论的继续和发展，就是中国广大的文学艺术界的团结的旗帜和进行各种思想斗争的锐利的武器。

1961 年 5 月 27 日写毕，6 月 1 日修改，

1963 年 11 月 3 日又略加修改

　　附记：在这里发表的稿子在某些问题上比越南《文学研究》上发表的稿子讲得稍微详细一些，这是因为我修改时又作了一些补充的缘故。

1961 年 6 月 1 日

少数民族文学史编写中的问题[*]

一

我们的讨论会从 3 月 26 日开到 4 月 17 日，历时二十三天。我们的会议是开得好的，是很有内容很有收获的。

我们讨论了编写少数民族文学史工作中的一些原则性的问题。我们对《蒙古族文学简史》、《白族文学史》和《苗族文学史》提了许多修改意见。我们还在会议中交流了工作经验，并且制定了今后的工作计划的草案。可以说我们相当圆满地完成了这次会议给我们提出的任务。只是会议的时间比原来的计划延长了许多天而已。

我们的会议是努力贯彻党的百花齐放、百家争鸣的政策的。对编写工作中的某些原则性的问题，对三部文学史中的某些作品的评价，会上都发表了不同的意见，而且有时争论得很热烈。经过了这样的争论，就是对这些问题这些作品的各个侧面作了调查

---

　　* 本文为作者 1961 年 4 月 17 日在中国科学院文学研究所召开的少数民族文学史讨论会上的发言。

研究，它们的面貌就比较清楚了，就有可能得出比较全面比较符合实际的看法了。抱有不同意见的人能够畅所欲言，而且有些同志对自己头一天的意见再加思考以后，或者多看了一些材料以后，第二天在会上就声明看法有改变，我觉得这都是一些很好的风气。这说明我们是认真地而又虚心地探讨真理，既不害怕争论，也不是为争论而争论。

经过这样的讨论，并且在会议期间得到一些领导同志的关怀和指示，我们对编写少数民族文学史或文学概况的意义和重要性认识得更清楚了，我们对这项工作的方向、方法和一些原则性的问题了解得更明确了。我们相信，在这次会后，编写少数民族文学史或文学概况的工作，搜集、整理、翻译、编选和研究少数民族文学作品的工作，都将有更大的开展，工作的质量也将进一步地提高。有些同志说得好："这是一次促进会。"

编写少数民族文学史或文学概况的任务，是在1958年7月17日中共中央宣传部召开的一个座谈会上确定的。在这以后，在各有关省区的党委的领导和支持下，编写少数民族文学史或文学概况的工作，以及围绕这项工作进行的各少数民族文学的调查研究工作，编选作品和资料的工作，都有很大的开展。两年多来已经编出了文学史十种，文学概况十四种，有关资料一百多种以上。时间很短，成绩却很大。

我们应当充分肯定我们进行的工作的重要意义和已经取得的成绩。有计划地在全国搜集少数民族的文学作品，加以整理，译为汉文，并且编写少数民族文学史或文学概况，这是我国过去从来不曾进行过的工作。这些工作的直接意义首先是丰富了我们祖国的文学宝库，很有利于我国社会主义文学的发展。对创作来说，可以继承、学习、借鉴的本国文学遗产大为增加了，而且许多少数民族的民间故事还可以作为再创作的题材。对文学研究工作来说，只有进行了这些工作以后，我们才有可能编出一部真正的中国文学史来。直到现在为止，所有的中国文学史都实际不过是中国汉语文学史，不过是汉族文学再加上一部分少数民族作家用汉语写出的文学的历史。这就是说，都是名实不完全相符的，都是不能比较完全地反映我国多民族的文学成就和文学发展的情况的。发掘和研究各少数民族的文学作品，编写出各少数民族的文学史或文学概况，在这样的基础上再来编写中国文学史，中国文学史的面貌将为之一变。

我们进行的工作不但对文学和学术大有贡献，而且还有重要的政治意义。过去买办资产阶级文人如胡适之流，曾断言中国"百事不如人"，"文学不如人"。解放以后，对我国的汉语文学作了一些初步的整理、介绍和研究，我们就感到我国的文学遗产异常丰富，异常卓越。今后更进一步，把汉语文学的整理、介绍和研究的工作做得更多更好，并且把各少数民族的杰出的和优秀的作品都搜集整理出来，加以正确的评价，这必然将更大地加强我们的民族自豪感。从国内各民族之间的关系来说，这同时又可以有力地增进相互的了解、尊重和团结。文学艺术是最能够增进不同国家、不同民族和不同地区的人民之间的了解和友谊的。

我国少数民族聚居的地区我还没有去过，然而由于读了一些解放后出版的少数民族的文学作品，我好像已经和这些地区的人民接触过，多少理解一些他们的生活、风习和特点，而且好像能够感受到他们过去的悲苦和今天的欢乐。这正如还有不少汉族聚居的省份我也还没有去过，然而由于听过这些地区的民歌，读过这些地区的民间文学作品，我好像也能够感觉到这些地区的人民各有特点，而又都引起了我的热爱一样。这次读了会上讨论的三部文学史，它们给了我很多新的知识，而且其中关于一些杰出的和优秀的作品的介绍使我渴望早日能够读到它们的汉译的全文。

这也是文学史所能发生的一种良好的作用。

我认为这次讨论的三部文学史都有这样一些优点：它们都是在占有了丰富的材料的基础上写出来的；它们都是努力用马克思列宁主义的观点、毛泽东思想的观点来观察和说明文学现象的；它们都是注意到有利于各民族之间的团结和友谊的；而且它们都写得流畅易读。我相信这是我们两年多来写出的许多少数民族文学史或文学概况的共同的优点。这就是说，我们的工作的基础是好的，方向是正确的。这也就是说，我们已经取得了很大的成绩。

二

那么我们今后编写少数民族文学史或文学概况的工作的中心问题是什么呢？我认为今后工作中的中心问题是进一步提高我们的著作的科学性。我们在会上讨论的很多问题都可以用这来贯穿起来。从少数民族文学作品的搜集、整理和翻译，编写文学史或文学概况的基本要求，文学史的分期断代，一直到对作家和作品的评价，都可以用这个问题来贯穿，来概括。只有在编写工作中怎样贯彻党和国家的民族政策这个问题不能包括在科学性的以内，因为这首先是一个政治性的问题。但在学术著作中贯彻政策也有科学不科学之分。

我们的著作既然是在占有了丰富的材料的基础上写出来的，既然是努力用马克思列宁主义的观点、毛泽东思想的观点来观察和说明文学现象的，这就保证了它们是有科学性的。这是基本的方面，主要的方面。但也要承认，我们的著作还有不够科学之处。在开会以前，作为这次讨论会的准备，许多地区已经召集座谈会来对这三部文学史提过意见。在这次会上，大家又提了不少修改意见。当然，不可能每一条意见都是很恰当的，还需要编写的同志们去判断，选择，吸收。但无论如何，其中有很多意见都是好的，都是找到了这些著作中的不够科学之处，因而很有助于今后的修改的。

编写文学史是一件很复杂的工作。编写少数民族文学史或文学概况更是一个新开创的因而困难更多的工作。要这个工作一下子都做得尽美尽善，没有不够科学之处，那反而是不能想像的。因此，我们对这个新的工作不应该要求过高，不应该要求第一批少数民族文学史或文学概况就有很高的科学性。编写一个国家或一个民族的文学史的基本任务是系统地客观地叙述这个国家或民族的文学的发展过程，对发展过程中有历史地位的作家，作品和其他文学现象作出正确的说明或论断，并从而阐明这个国家或民族的文学的发展规律。要探索清楚一个国家或一个民族的文学的发展规律是很不容易的，有长期积累的汉族文学史的研究工作也至今还没有解决这个问题。因此，我们这次拟订编写少数民族文学史或文学概况的计划的草案，只提出要求材料比较丰富，叙述力求客观、准确，对各种文学现象的说明和论断力求符合马克思主义等等，并没有把阐明各民族的文学的发展规律写在里面。但是，不应该要求过高，并不等于我们就不需要努力提高。我们还是必须鼓足干劲，力争上游，根据现在可能掌握的材料和可能组织起来的人力，发挥个人的和集体的智慧，把我们的著作编写得更好一些，科学性更高一些。这是我们能够做到的。过高的要求和力争上游的区别在哪里呢？前者是指那种我们在目前和最近还不可能做到的要求；后者是指按照现有的客观条件、尽我们最大的主观努力就可能达到的上游。成绩很大，又还需要继续努力。不应该要求过高，又必须力争上游，必须进一步提高科学性。这就是我们的工作所处的情况。

　　为了进一步提高我们的著作的科学性，我们首先要加强我们工作中的科学态度、科学方法。马克思主义者有一个根本的观点：客观事物是能够认识的，这有别于不可知论；然而客观事物又是曲折复杂的，认识它们又是并不容易的，这有别于主观片面和简单化。这是我们做实际工作和做研究工作都必须时常想到的一个根本观点。马克思在《资本论》法文译本序文中说："在科学上面是没有平安的大路可走的，只有那在崎岖小路的攀登上不畏劳苦的人，才有希望达到光辉的顶点。"原因就在科学研究的对象并不容易认识清楚。我们时常想到这样一个辩证唯物主义的观点，就会在工作中努力采取科学的态度、科学的方法了，就会努力避免主观臆测和轻率下结论了，就会不畏惧辛苦的长期的钻研以至某些时候的探索的失败了。

　　文学研究所的年轻同志们常常问我做研究工作的方法。我总是要他们从毛泽东同志的《改造我们的学习》中的一段话来学习掌握科学的方法：

　　　　我们要从国内外、省内外、县内外、区内外的实际情况出发，从其中引出其固有的而不是臆造的规律性，即找出周围事变的内部联系，作为我们行动的向导。而这样做，就须不凭主观想像，不凭一时的热情，不凭死的书本，而凭客观存在的事实，详细地占有材料，在马克思列宁主义一般原理的指导下，从这些材料中引出正确的结论。

　　这段话是用来解释马克思列宁主义的态度，解释实事求是的态度的；但同时也就告诉了我们马克思列宁主义的方法。这里讲的是实际工作，但这段话的根本精神根本方法也完全适用于研究工作。只是研究工作的对象也可以是古代的或外国的事物，和这种研究工作有关的情况在范围上不同于做实际工作，而书本也就常常成为这种研究工作的材料的重要组成部分而已。

马克思主义者研究问题不应当从原则出发，而应当从实际出发。因此我们的研究工作总是从详细占有材料开始。我虽然研究工作做得很少，也有这样的体会：材料占有得越充分，问题的面貌也就越清楚。而且我们做研究工作，不应当只是重复前人的结论，总要努力去发现新的问题，解决新的问题。问题的发现和解决的线索也总是存在于材料之中。我们占有了相当数量的材料，然后才可能知道在我们的研究题目的范围内有哪些问题前人还没有解决，才可能发现甚至前人不曾提出过的问题。我们又围绕这些问题占有了更大数量的材料，然后才可能看清楚问题的关键在哪里，才可能找到问题的正确的答案。

详细地占有材料，这是研究工作的起点；但这还不是马克思主义的方法和非马克思主义的方法的决定性的区别所在。马克思主义产生以前的学者，还没有接受马克思主义的学者，只要他们对待工作是认真的，辛勤的，也总是要详细地占有材料的。我们的研究方法的优越性在于有马克思列宁主义的指导。马克思列宁主义是人类的智慧的最高的结晶，是我们做一切工作的最可靠的指南。在马克思主义产生以前，由于许多学者的艰苦地探索真理，由于他们的详细占有材料，也由于他们的朴素的唯物主义的思想或者辩证法的思想，在自然科学方面曾有过许多重大的发现，在社会科学方面也曾部分地达到或者接近正确的认识。然而系统的科学的世界观的形成，社会科学的真正成为科学，而且同时也就建立了严整的科学方法，却始于马克思主义。因此，详细地占有材料还只是提供了发现问题和解决问题的可能；要把这种可能变成现实，还必须有马克思列宁主义一般原理的指导。

详细地占有了材料，又有马克思列宁主义一般原理的指导，从材料中引出正确的结论似乎没有什么困难了。但实际上还是有得不到正确的结论的可能。既然我们要解决的是新的问题，它们的答案不可能明白地写在前人的著作里面。运用马克思列宁主义的原理，运用马克思列宁主义的立场、观点和方法来解决新的问题，还有待于我们的谨慎的而又富有创造精神的努力。从材料中引出的结论，只有是事物所固有的而不是臆造的规律性的反映，这才是正确的结论。这是并不容易的。在这里，对于马克思列宁主义一般原理的教条主义的生硬搬用，简单化，庸俗化，都完全无济于事，而且首先就违反了马克思列宁主义。

"详细地占有材料，在马克思列宁主义一般原理的指导下，从这些材料中引出正确的结论"，这就是我们的根本方法。也可以说，这就是马克思列宁主义的方法的几个基本环节，也就是加强我们工作中的科学方法的着手处。

在会议上有同志提到了闻一多先生研究我国古代神话的方法。我觉得他在这方面的学术工作正好是一个很有说服性的例子，说明一个学者的指导理论不对头，研究方法不对头，尽管他很努力，尽管他详细地占有了材料，他仍然不能从材料中得出正确的结论。闻一多先生是一个有成就的诗人；后来又是一个辛勤的学者，据说在西南联合大学教书的时候，总是整天做研究工作，除上课而外，几乎楼梯都不下，人家送他一个别号，叫做"何妨一下楼主人"；最后他更是一个民主运动中的英勇坚决、视死如归的战士，把他的生命献给了祖国和人民。他的学术著作当然也有他的优点，有不少可供我们参考的地方。但我在研究《诗经》的时候，读他在这方面的著作，就感到他对有些诗义和文字的解释过于穿凿离奇。比如他把《诗经》中的"食"字解释为性的行为，"饥"字解释为性欲未满足时的生理状态，把《国风》中的"鱼"字都解释为两性间互称其对方的隐语，把《国风》中的妇女作的诗歌里面的"日""月"二字都解释为是比喻她们的丈夫，等等。这次又读了他研究我国古代神话的论著，更加强了我的这种印象。我们可以举他的全集的第一篇《伏羲考》来作例子。他这篇文章从古代关于伏羲，女娲有人首龙身或人首蛇身的传说出发，因为《山海经》中所说的一种名叫延维的神也是人首蛇身，《庄子》中所说的一种名叫委蛇的鬼又和延维的形状相似，就断定延维和委蛇即是伏羲、女娲。又因为《淮南子》、《山海经》等书说共工是人面蛇身，雷神是龙身人头，他就断定共工即是雷神。最后，使人更惊讶的是他因为少数民族的洪水故事中有兄妹入葫芦避水的情节，伏羲古代又写作包戏，和匏瓠声音相近，女娲的娲字本读瓜音，就更进而断定伏羲，女娲是葫芦的化身，是一对葫芦精。这样的论证方法显然是很牵强附会的。从闻一多先生的学术论著可以看出，他占有了大量的材料，但同时又可以看出，他的学术工作的指导思想和研究方法是不科学的，因而他的许多新奇的意见都并不是正确的结论。

在占有材料上，在运用马克思列宁主义的原理上，我们这次讨论的三部文学史都基本上是好的，因而它们都是有科学性的。是否占有的材料还不够充分，是否还有哪些材料不很可靠，我没有研究过这三个民族的文学史，无法在这些方面提意见。我只是感到在处理材料上，有些地方还可以讨论。比如某些作品的断代就是一个问题。会上有些同志已经提过这方面的意见。我读《白族文学史》的时候，觉得它的材料是丰富的，对于很多材料的处理也是妥当的，但对某些作品的断代却有一些疑问。梁山伯祝英台的故事在白族人民中也很流传，并且产生了以这个故事为题材的长诗。《白族文学史》把这些作品划入南诏及大理国时代，理由是估计在南诏时代梁祝故事已经或者开始传入白族。这种估计是怎样来的呢？书上讲了三个根据：

（一）这时南诏和唐朝在各方面有交往，许多汉人来到南诏，而且南诏的统治者曾多次俘虏汉人为奴隶。这些奴隶中一定有不少人是熟悉和热爱汉族人民的口头文学的。他们在晚上休息的时候，还不唱汉族的民歌，不讲汉族的民间故事么？

（二）考之文献记载，梁祝故事产生于晋穆帝时，离南诏时代已数百年。它这时完全可能已在民间流传，并且为南诏的汉族奴隶所熟悉和讲述。

（三）洱源曾流行一个白族调，其中说到梁山伯死后，祝英台写了一篇祭文，开头第一句说："时维大周定王三十三年春三月。"这也说明了梁祝故事的发展至迟也在晋隋之间。它以后随着汉人而传入白族地区，是可能的。

梁山伯祝英台的故事在汉族中的确是很早就流传的。徐树丕《识小录》卷三说，南北朝的梁元帝萧绎所著的《金楼子》中就载有这个故事。但查现在还存在的从《永乐大典》辑录出来的《金楼子》残本，不见有这样的记载，徐树丕的话就无法证实。徐树丕是明末清初的人，他当时是见到《金楼子》是全书还是根据别的书的转引，甚至他的话是否可靠，我们都无法断定。我们如果谨慎一些，是不能根据他这句话来推断梁祝故事的流行的朝代的。现存的较早而又可靠的根据是南宋张津等人撰的《乾道四明图经》卷二和元代袁桷等人所撰的《四明志》卷七都提到的唐代《十道四蕃志》中关于梁祝故事的记载。根据这个记载，断定梁祝故事在唐初已经在汉族某些地区流行，是无可怀疑的。也有记载说梁山伯生于晋穆帝时（见蒋瑞藻编《小说枝谈》所录《餐樱庑漫笔》中所引的宋人作的梁山伯庙记），但这当是传说，不一定可靠。而且传说里面说什么人物是什么时候的人，和这个传说产生在什么时候，也是两回事情。至于那个白族调中的祝英台的祭文所说的朝代和年月，更是虚构之虚构，怎么能够根据它来推断这个故事的发生和发展的时间呢？那个祭文中所说的"大周定王"远在春秋时代，和传说的梁山伯祝英台是东晋时人又大相矛盾。这种时代和年月显然是荒唐无稽之谈，是完全不能用来作为考定梁祝故事的发生和发展的问题的材料的。梁祝故事在汉族中广泛流行以后，自然有传入白族地区的可能。但故事传入以后，要在白族中广泛流行，以至产生以它为题材的长篇民间诗歌，恐怕又还需要一些时间。要断定白族文学中的梁祝故事诗产生的时间，不能单从这个故事什么时候传入白族着眼，更重要的是必须考察这些作品本身，从它们的内容、语言、形式、风格等等看它们到底像是什么时代的产物。我没有读到这些作品的全文，很难在这方面发表意见。但从《白族文学史》中所引的一些片段看来，并不像是很古的作品。所以把白族文学中的梁祝故事诗划在南诏及大理国时代，似乎是根据不足的。

还可举一个例子来说明处理材料上的问题。《白族文学史》在《南诏及大理国时代的白族文学发展概况》一节中说："在目前搜集到的材料中，南诏时代的白族民歌尚未发现，但可以肯定，这时期白族民歌一定是很丰富的。"这种估计的根据是唐代樊绰的《蛮书》和《新唐书·南蛮传》中的三条材料。但这些材料也并不是都能作这样的解释的。比如材料之一是《蛮书》记载了当时洱海附近地区的商人的一首歌谣。怎样能从这样的材料就得出当时白族民歌很丰富的结论呢？这就不能不把论断建筑在一些推测之词上了：那个商人"很可能就是在那里经商的白族人"，因此这首歌谣"亦可能是白族歌谣"，而且"估计这首歌谣原来可能是用白族话唱的，《蛮书》所记可能是翻译出来的"等等。以这些"可能"为基础，书上就作出了这样的论断："由此可见，南诏时代的白族民歌是发达的。"但这些"可能"究竟不过是可能。即使这些"可能"都估计对了，也不过证明当时白族有民歌，怎么能根据一首民歌就判断当时民歌很丰富呢？

有些编辑刊物的同志说，现在很多读者都不喜欢读考据性质的文章，因此他们在刊物上发表这种文章有顾虑。我想，如果只是爱好文学、只是对文学抱欣赏态度的人，不喜欢读考据文章，这是很可以理解的。但如果是要研究文学、要研究文学史的人，就不但应该留意有价值的考据文章，而且还需要自己掌握科学的考据方法。考据自然不过是研究工作的一个部分，不过是属于辨别材料和弄清楚史实的部分。我们今天研究文学和文学史，不能和过去的有些学者一样，以考据来代替全部或者大部分研究工作。而且我们也应当反对那种繁琐的没有意义的考据，反对那种引导人脱离现实的为考据而考据的风气。但我们不能因此就完全否定这种工作的必要性，完全否定这种文章。我们反对的是在资产阶级唯心主义指导之下的考据，而不是在马克思主义指导之下的考据。像上面举的两个例子，白族文学中的梁祝故事诗产生在什么时候，南诏时代的白族民歌是否很丰富，就是属于考据范围的问题。我们今天有些研究文学和文学史的年轻同志，似乎已经不大知道怎样做考据工作了。因此，我们的学术刊物还是需要适当地发表一些好的考据文章。这既可以把许多考据的结果提供学术工作者参考，又可以使从事或者打算从事研究工作的年轻同志知道一些考据的方法。

编写文学史是特别需要占有大量的材料的。编写少数民族文学史，由于现成的书面材料比较少，还需要广泛地搜集材料，并且对口头的材料加以忠实可靠的记录和整理。作为科学研究的基础的材料是不应该任意删改任意增减的。应该把学术性的资料和一般读物加以区别。应该把整理和改编和再创作这三者加以区别。三部文学史的有些地方，把民间文学作品中思想内容有矛盾、宣扬封建思想意识、表现因果报应或者有其他消极思想的部分，断定为是经过了过去的统治阶级的篡改。有些同志在会上的发言也有这样的看法，认为民间文学作品中的思想内容不能代表人民的部分就是经过了篡改。我觉得判断作品的什么部分经过了篡改，这是应该十分慎重的。这种判断必须有可靠的根据。比如文字记载的根据，口头相传的根据，或者原先的作品还存在，可以和后来改坏了的作品对照，等等。不能仅仅因为作品中有消极的思想内容，不能代表人民，就断定是经过了过去的统治阶级的篡改。因为这些消极的思想内容也可能是受到了过去的统治阶级思想的影响，或者是反映了过去的人民的落后思想。如果轻易断定为经过了篡改，甚至按照我们的想法把这些部分加以删改增减，结果就反而把可靠的材料变为不可靠了，我们根据这些不可靠的材料写出的文学史也就并非信史了。有了充分而且可靠的材料，我们在处理、解释和运用材料的时候还要有严格的科学精神，不可牵强附会，不可断章取义，不可随意引申，不可只选取对自己的主观想法有利的部分而抹杀不利的部分，不可使我们的解释和判断经不起别人查对原来的材料，不可把结论建立在仅仅是可能的基础之上。

许多口头文学作品的断代是一个困难的问题。如会上有些同志所说的，应该从多方面去考察。如果实在无法断定，我想可以附在大致相近的时期的后面去讲。如果一个民族的绝大部分作品都无法断代，我想恐怕就很难写文学史，也可以考虑先写成文学概况。至于某个时期的某种文学的情况如何，应该根据材料所能提供出的事实去叙述，材料不足也可以暂阙，不必因为求全而写上许多推测之词。

材料是基础，观点是统帅。要从材料中引出正确的结论，就必须有正确的观点，正确的指导思想。我们这次讨论的三部文学史都是在马克思列宁主义的原理的指导之下编写出来的著作。可以看出，它们的编者都是努力采取历史唯物主义的观点的，都是努力运用阶级分析的方法的，都是努力用分析和批判的态度来对待遗产的。因此，大量的结论都是正确的。我只是感到在运用马克思列宁主义原理的时候，有些地方也还可以讨论。比如怎样用阶级观点来解释描写爱情的作品就是一个问题。《白族文学史》对于有名的《望夫云》的传说是这样说明它的思想意义的：先说它有两个主题，一个是歌颂爱情的主题，一个是反映阶级斗争的主题，两个主题又是有机地联系着；后来又说，"如果说《望夫云》中的爱情事件是现象，则阶级斗争主题是它的本质"。对于古代苗族情歌《苗族文学史》说，它们"也是苗族人民进行阶级斗争的有力武器"。阶级社会的文学都有阶级性，阶级社会的民间文学很多都反映了或者接触到阶级矛盾，阶级压迫，这是没有问题的。阶级社会的爱情也有阶级性，阶级社会的描写爱情的作品也总是表现了不同阶级的生活、思想、感情、恋爱观等等，而且有些作品更通过爱情的题材直接反映了阶级矛盾，阶级压迫，这也是没有问题的。然而我们并不能因此就把一切作品，一切描写爱情的作品，都看作是以反映阶级斗争为主题。《望夫云》的传说是多种多样的，这些传说的思想意义和阶级性的表现也是比较曲折复杂的，恐怕不宜于把它们的主题都归结为反映阶级斗争。整个说来，阶级社会的文学当然是阶级斗争的武器，这也是没有问题的。然而我们也不能因此就把全部苗族的古代情歌都说成是苗族人民进行阶级斗争的有力武器。这恐怕是不符合实际的。我们需要把阶级性和阶级斗争这两个概念加以适当的区别。

　　在文学史中怎样具体地运用批判地继承遗产的原则，也是一个可以讨论的问题。古代的作品用我们今天的思想来考察，就是那些杰出的作品也总是有局限性和消极的因素的。对那些一般古代作品所共有的局限性，是在叙述每一部作品的时候都一一加以批判，还是在适当的地方作一些总的说明呢？而且到底应该怎样看待那些局限性和消极的因素，怎样在批判和说明的时候掌握分寸呢？采取逐一批判的办法，许多话就难免重复，一般化，而且显得好像是用我们今天的标准来要求古人。对那些局限性和消极的因素缺乏恰当的看法，批判的尺度就容易过苛或过宽。《蒙古族文学简史》对《江格尔传》、《红色勇士谷诺干》等作品，批评它们没有摆脱"英雄造时势"的唯心主义观点，把主人公写成了个人英雄，对人民群众是历史的创造者表现不足。但古代的神话传说，英雄史诗，以至像《三国志演义》、《水浒传》、《西游记》等著名小说，差不多都是这样写的，是不是都应该加以这样的批判呢？古代的作者不可能有我们今天的历史唯物主义观点。他们在作品中把个别人物写得很突出，一般人民群众写得很少或者甚至没有写，自然是和他们的思想有关的。但这里面是不是也还有一个文学特点的问题呢？这种作品总要创造英雄人物，这些英雄人物形式上是个人，实际上却是通过他们集中地表现了人民群众的力量、智慧和愿望。这正是文学艺术的一种比较曲折地反映现实的形式。

《蒙古族文学简史》对《孤儿舌战钦达嘎斯琴》、《额尔戈乐岱》这样一些斗争性强的作品，批评也是过苛的。根据《蒙古族文学简史》的介绍，《孤儿舌战钦达嘎斯琴》这篇叙事诗的内容是通过争论酒的利弊来表现出一个奴隶即孤儿的智慧和勇敢。《蒙古族文学简史》肯定了这样的内容，这是很正确的，但却又批评孤儿的形象存在着某种缺陷，因为他敢于和大臣钦达嘎斯琴争论，在很大程度上是由于受到成吉思汗的允诺和支持，否则他不会锋芒毕露，而且他的斗争目的也是非常有限，不过是为了得到成吉思汗的宠爱。其实成吉思汗的允诺和支持不过是故事发展的一个条件。世界上任何事情的发生和发展都是有一定的条件的。怎么能够要求文学作品写出无条件的反抗呢？至于追究孤儿的斗争目的，这就更超出了作品的基本思想的范围。这篇叙事诗并不是要描写什么重大的斗争和斗争目的，仅仅是要通过这个宫廷中的日常事件来表现出劳动人民的精神上的优越。《额尔戈乐岱》这篇叙事诗的内容是写一个从普通牧民出身的英雄人物反抗清朝的统治，反抗清朝的统治集团对蒙古人民的压迫和剥削，终于取得胜利。《蒙古族文学简史》肯定了额尔戈乐岱是当时人民的要求和愿望的体现者，这也是很正确的，但却又批评他的斗争性不够彻底，因为他只是向清朝的皇帝提出这样一些条件：蒙古地区不受清朝统治阶级的管制，取消一切苛捐杂税，从国库中拨出款项来修理在战争中遭受损失的民房，等等。另外，还批评它把清朝的皇帝描写得过分懦弱无能，战败后完全答应额尔戈乐岱所提的条件，更是美化了当时的统治阶级，麻醉了人民的斗争意志。其实这篇叙事诗不但描写了人民对清朝的统治集团的反抗，而且敢于根据幻想描写反抗者胜利，皇帝战败，提出那样一些条件，迫使皇帝最后屈服，这在过去的作品中已经是够大胆，够富有革命性了。还要提出怎样的条件才算彻底呢？既要写人民胜利，皇帝失败和屈服，它就不能不虚构出那样的结局，又怎么能说这就是美化当时的统治阶级，麻醉人民呢？如果是批评它把胜利的结局写得不够曲折复杂，那也是用后来的现实主义的小说的写法来要求民间叙事诗，忽视了这种单纯和夸张正是它们的特色。

《苗族文学史》有一章讲述关于张秀密的叙事诗。总的说来，这一章是写得很好的，把作品中的许多动人之处都介绍出来了。张秀密是清朝咸丰、同治年间贵州东南部农民起义的领袖。关于他的叙事诗写出了当时的官逼民反；写出了这次起义的群众性，"有的涉水翻坡来，有的踏烂刺蓬来，人群遮黑了岭，头巾盖住了天"；写出了张秀密的英勇善战，并且能够提出"不要杀汉人"、"只杀官家老爷们"这样一些正确的政策……最后，写张秀密被俘，被清军囚在木笼里押送到湖南去，沿途人民哭声震野，向他呼喊："是你不是，秀密哥？"他回答：

> 是我呀，哥哥！
>
> 是我呀，弟弟！
>
> 这世我去了，
>
> 二世再转来，
>
> 转来杀官家
>
> 收回山坡栽树子，
>
> 夺回田地种庄稼……

这写得多么坚决，多么感动人！中国历史上的可歌可泣的农民起义农民战争很多，然而歌颂它们的叙事诗却太少了。像关于张秀密的诗歌，有这样丰富的内容，而又这样强烈地表现出来了革命的气概，斗争的气氛，是十分值得我们重视的。《苗族文学史》以一章的篇幅来介绍，当然也是估计到了它的重要性。但在讲到它的缺点和局限性的时候，有些意见也是过于求全责备的。比如批评它很少反映这次起义中汉族、侗族人民和苗族人民一起并肩作战，批评它没有写到传说中所说的张秀密和石达开曾有联系，批评它惊心动魄的战争场面写得太少。对于文学作品，不能要求它写得像历史著作那样科学和完全。对于口头流传的文学作品，尤其是长篇的民间叙事诗，不能要求它写得像杰出的作家的创作那样细致和完整。何况张秀密和石达开有联系也不过是一种传说，不一定就是历史事实，又怎么能够要求它一定要提到呢？《苗族文学史》讲述近代传说故事的时候，对鬼的故事有一段批判的话：

> 这些故事都描绘出一个和人的世界差不多的鬼的世界，夸张地把那些鬼说得是多么的有感情。这些，很容易搅乱人的理智，使人们在困难或痛苦的时候，产生人不如鬼、生不

如死的想法。

这也是不大恰当的。相信有鬼，传说有鬼，当然都是一种迷信。从破除迷信的角度来说，鬼的故事是不适宜于在科学知识还不足的群众中广为传播的。但把它们当作文学作品来研究，来评价，那就却要加以分析，不可笼统否定，不可根据这样一些理由就把它们全部抹杀。按照这些理由，蒲松龄的《聊斋志异》里面的很多作品都无足取，而我们文学研究所也就根本不应该编《不怕鬼的故事》了。

关于在文学史中怎样具体地运用批判地继承遗产的原则这个问题，我在这里举出来讨论的都是一些要求过苛的例子。相反的情况也是有的。在讨论当中已有同志提出过，三部文学史对有些作品批判不够。我读这些文学史的时候，也感到有些作品似乎评价过高，因为从书上引的作品或作品的片段看来，好像和那些大加赞扬的评语并不相称。

对文学遗产的批判地继承，应该不只是在思想上，同时也是在艺术上。三部文学史都是注意到艺术性这个方面的，这也是它们的一个优点，只是似乎还不够一些。艺术分析的比较薄弱，不深刻，这是我们今天的一般文学批评和汉语文学史著作都存在的缺点。对少数民族文学史，不应该在这方面苛求。不过我们总还是需要多作一些努力，力求在这方面的评价也比较恰当，具体地指出作品的艺术上的优点和特色在哪里，缺点又在哪里。在艺术方面，也应注意不要以我们今天的标准来要求古人。

对于材料的处理，对于马克思列宁主义原理的运用，我们的著作还有一些缺点，这就说明它们还有不够科学之处。要进一步提高科学性，也就需要从这些方面着手。

还有一个和科学性有关的问题，就是编书要讲求体例。我国古代的一些著名学者从事著作的时候，是重视体例的谨严的。这是因为体例是一个和内容的科学性、形式的科学性都有关系的问题。我们在会议过程中拟订的今后工作计划草案在这方面已作了一些规定。我只想就入史范围和叙述方法这两个问题来讲一点意见。第一，既然我们编写的是文学史，内容范围就应该以文学史需要讲述到的为限。文学史需要讲述到的是文学发展的过程和规律，在发展过程中发生过作用和影响的有历史地位的作家、作品和其他文学现象，以及为了说明这些过程、规律、作家、作品和其他文学现象而必须涉及的社会经济基础和其他上层建筑的状况。这就是说，并不是一切作家、一切作品，一切文学现象都可以入史，必须有所选择，有所舍弃。这就是说，社会经济基础和其他上层建筑的状况的叙述必须和文学发展的情况密切结合起来，而且不可喧宾夺主。格言、谚语、谜语、儿歌等在写民间文学概论的时候是应该讲到的，但在文学史里面就似乎不必论列，因为它们并不能影响到文学历史的发展。为了说明某些民间戏剧作品和民歌，戏剧、音乐、舞蹈等方面的情况的介绍有时可能是必要的，但应该尽可能讲得简单扼要。这次讨论的有些文学史把格言、谚语、谜语、儿歌等列入专章专节，或者大讲剧种、唱腔、乐谱、舞蹈，或者论列到许多没有文学价值的诗文，这都是值得考虑的。对当代的作家、作品，我们又怎样能够预先知道他们或它们有没有历史地位，确定去取呢？这的确需要有眼光，有判断能力。但这些作家、作品是不是已经发生了较大的影响，是不是有较高的文学价值和成就，仍然是可以知道的，仍然是有客观的标准的。有些同志主张文学史里面讲述当代的作家、作品要慎重一些，我赞成这样的意见。有的同志表示怀疑："如果只写成就较高的作家、作品，又怎样能看出我们的文学的蓬勃发展，怎样能看出文学的全貌呢？"文学的蓬勃发展可以表现在概括性的叙述中，可以表现在对代表性的作家和作品的介绍中。并不必要把很多成就不高的作家、作品都一一列举。只是追求数量，不管质量，倒是并不能表现出我们的文学的繁荣的。文学史所要反映的文学的全貌究竟还是它的发展和成就的全貌，并不是什么文学现象都要写进去，这正像画一个人的全貌，并不是要把他身上的一切都画上去一样。第二，既然我们编写的不但是文学史，而且是各少数民族的文学史，正式叙述的作家、作品和其他文学现象就应该以本民族的为限。判断作品所属民族一般只能以作者的民族成分为根据。作者无法考察的民间作品，可以在本民族中流传并有民族特色为根据。有些同志认为有作者可以考察的作品也不能只从作者的民族成分来判断，其他民族的作者写本民族生活的作品，只要写得好，并且在本民族中有影响，也可作为本民族的作品写入文学史中。我觉得这是不适当的。不以作者的民族成分为标准，再另外订立一些标准，恐怕都是不科学的，其结果是许多民族的文学史对于作家和作品的讲述都会发生混乱和重复。

为了便利于写出文学发展的过程，文学史的正常叙述方法应该是按照时间先后，依次讲到历代的重要作家、重要作品和其他重要文学现象（文学上的重要变化和发展，文学思潮和文学运动，文学理论批评，等等）。过去有些文学史把文学的历史分为几个大段落，然后按照文学种类分别叙述，那恐怕不是很好的写法。当然，如果不是写文学史而是写文学概况，很多作家、作品都无法断代，这种写法也是可以采取的。无论是文学史还是文学概况，无论采取哪种叙述方法，全书应力求统一。我们讨论的几部文学史中，就有上半部和下半部的叙述方法很不一样的，修改时最好加以改进。此外，文学史和文学概况都应该采取以客观地叙述事实为主的写法，我们的观点和倾向性也就在这种客观叙述之中表现出来。当然，文学史和文学概况对作家、作品和其他文学现象还必须有评价，有论断，不能全部限于客观地叙述事实。

但这种著作到底和理论批评的论著不同，不宜议论过多，也不宜没有作比较充分的客观叙述就下判断。我们的评价和论断应该是客观叙述的必然的逻辑的结果，应该是水到渠成似的自然和画龙点睛似的精当。

三

讨论编写少数民族文学史或文学概况的基本要求和指导原则的时候，我们曾在以下三个问题上发生了争论：

（一）在编写工作中提不提厚今薄古的口号？

（二）民间文学里有没有两种文化的斗争？

（三）应该强调各民族文学的共同性还是强调各民族文学的特点？

争论得最热烈的是第一个问题。有些同志认为在编写少数民族文学史或文学概况的工作中不必提厚今薄古的口号，因为少数民族的文学遗产还发掘得不够，而且工作中并没有发生厚古薄今的偏向。有些同志认为厚今薄古既然是学术工作的方针，就应该在我们的编写工作中也适用，就不能打折扣，应该百分之百地贯彻。怎样贯彻也有不同的意见。有的同志主张在篇幅上古的少一些，今的多一些。有的同志说不一定表现在篇幅上，主要还是观点问题，看对待古代的作品和今天的作品的态度怎样，是不是看到两者本质上的不同，是不是有一代总比一代强的思想。有的同志认为既要从篇幅上来表现，也要从对作品的评价上来表现。

要正确地回答这个问题，我们需要作两方面的考察。一方面是我们对厚今薄古这个口号的了解怎样，是否恰当，完全。一方面是我们的编写工作的情况怎样，在对待古和今的问题上有无缺点，有什么缺点。一切口号、方针或政策要在具体工作中贯彻都是需要作这两方面的调查和考虑的。如果我们对于这些口号、方针或政策本身的了解就不恰当，完全，或者虽然在这方面没有问题，却对自己工作中的情况了解得很差，特别是不清楚和这些口号、方针或政策有关的情况，那是绝不可能贯彻得好的。所以，以为对厚今薄古的口号和在我们的编写工作中是否必须提这个口号不必作什么研究讨论，只是盲目地贯彻就行了，这是不正确的。你以为是百分之百地贯彻了正确的口号，安知道实际上不过是百分之百地贯彻了你的错误的理解和错误的做法呢？何况厚今薄古虽然是一个带方针性的口号，但究竟还是一个针对学术界的一定时候的偏向提出的口号，和学术工作的根本方针、根本政策还不同。

　　由于学术界的确存在过厚古薄今的不正常的风气，这个口号在全国发生了很大的影响。但随着也产生了一些错误的理解。有些人以为提倡厚今薄古就可以对文化遗产采取粗暴的态度，就不必再进行整理和研究文化遗产的工作，在学校里也不必给学生以必要的历史知识，不必读古典作品，等等。厚今薄古的口号应该包括这样一些基本内容：我们的学术应该以研究现实生活中的新问题为主，应该为今天服务；我们对待遗产应该采取批判的态度，不受老传统的束缚；这样我们的学术活动才有创造性，才能大大提高我们的学术水平。但是，一定的口号和公式都有一定的局限性，像这样一些基本内容就不是厚今薄古这个简单的口号所能完全表达出来。因此，人们就容易只在厚今薄古这四个字的字面上着眼，就容易产生一些简单化和庸俗化的理解。

　　我们编写少数民族文学史或文学概况，当然也是要为今天服务的，当然也是要对待文学遗产采取批判地继承的态度的，而且我们也要力求我们的著作有创造性，有较高的学术水平。但这个具体的工作规定我们的任务是研究各少数民族的整个的文学，研究各少数民族的从古代到现代的文学，因此针对整个学术工作提出的以研究现实生活中的新问题为主，或者说，主要的研究力量应该用于研究当代的现实，在我们的工作中就并不适用了。而且有些同志说得对，我们的工作中并不存在厚古薄今的偏向。相反地，从三部文学史中，从这次争论中，倒可以看出，某些流行的对于这个口号的简单化和庸俗化的了解已经对我们发生了一定的影响。有的文学史把解放前七八百年的文学编为上册，解放后十年来的文学编为下册。有些同志在争论中也似乎表现出对厚今薄古的了解有些限制在字面上。由于这样一些情况，也由于厚今薄古这个口号容易引起而且事实上已经引起一些误解，我也觉得在我们的编写工作中是不必提这个口号的。这个口号究竟是针对一定时候的学术界的偏向提出来的，并不一定在任何时候在任何具体研究工作中都必须把它重又提出来，加以强调。

当然，不提这个口号，我们的编写工作中也仍然存在着怎样对待古和今的问题。具体地说，就是古今比重，对古和今的态度，以及古为今用等问题。对这些问题仍然应该有明确的看法。古今比重，详细一点说，就是古代、近代和现代的文学在篇幅上应占的比例。这种比例应该根据各民族文学的实际情况去适当确定，不应该也不可能强求一律。我国很多民族的古代文学的历史比近代和现代合起来还要长，而且甚至长得多，而且古代的文学成就也很高，在这种情况下就完全应该给古代的文学以更多的篇幅，或者甚至以几倍的篇幅。也可能有这样的民族，近代和现代的文学合起来比古代丰富，成就高，在这种情况下也可以给古代的文学篇幅较少一些。但把解放前几百年的文学编为上册，解放后十年来的文学编为下册，无论如何是不适当的。我国五四以来的现代文学，特别是开国以来的社会主义文学，当然是十分重要的，而且一般历史的写法都是比较详于近代和现代而略于古代。

但文学史要求写出文学发展的全貌，并且要求对任何时代的杰出的作家、作品都给予以重要的地位，因此古代、近代和现代的文学在篇幅上所占的比例仍应比较平衡，比较适当，不宜详略过甚。至于对待古代、近代和现代的文学的态度，当然我们首先必须看到，总的说来，人类的文学艺术是随着社会的发展而越来越进步的，而我们今天的社会主义文学更在性质上、思想上和群众化上已经超出了过去一切时代的文学。但是，文学艺术的发展和其他许多事物一样，并不是直线地上升，而是曲折地前进。有些时代，文学艺术的发展和社会物质生产的发展是并不平衡的。我们今天的文学在性质上、思想上和群众化上已经超过了过去一切时代的文学，也并不等于在一切方面都已经超过，更不等于今天的一切作品都已经超过了过去的那些伟大的和杰出的作品。因此，我们对古代、近代和现代的作品的评价，仍应实事求是，力求恰当，不能对离我们越近的作品就越加以不合实际的抬高，对离我们越远的作品就越加以苛求和贬低。最后，对于古为今用，我们也应该了解得广泛一些。我们把各民族的文学历史或文学概况加以科学地叙述，对过去的有历史地位的作家、作品和其他文学现象作出正确的说明和论断，并从而有助于我国社会主义文学的发展，有助于增进各民族之间的了解和团结，有助于加强全国人民的民族自信心，这就是作到了古为今用。并不是要在叙述过去的文学历史的时候勉强和现在的事情联系起来，也不一定要特别突出和我们的时代有关的作品，才算古为今用。

关于第二个问题，民间文学里面有没有两种文化的斗争，争论是这样的：有些同志说有，有些同志说不能这样提。前一种意见认为事实上民间文学里面两种文化的斗争很明显，很尖锐，反动思想、剥削阶级思想在民间文学里面有不少的表现。后一种意见认为民间文学是劳动人民的创作，里面虽然也有精华和糟粕之分，那是人民内部的进步和落后问题，和反映阶级斗争、敌我矛盾的两种文化的斗争本质上不同；因此，不能说民间文学里面有两种文化的斗争，只能说两种文化的斗争在民间文学里面也有反映。我觉得这两种意见完全可以统一起来。对这个问题我们可以这样回答：民间文学里面有两种文化的斗争；但民间文学的糟粕的确很多都是剥削阶级的思想在其中的反映；因此，民间文学里面的两种文化的斗争的形式还是表现得曲折一些，和整个社会上的两种对立阶级的文化的斗争还是有所不同。这正如无产阶级内部的思想斗争也常常是社会上的阶级斗争的反映，但在形式上又和社会上的阶级斗争不同一样。

有的同志主张我们的文学史应该从古至今都贯穿着两种文化的斗争，要在每个历史阶段都能够看得出，但在实行中又感到困难，感到过去的统治阶级的文学并不能全都划到反面阵营里去。这个问题也可以附带在这里讨论一下。会上已有同志说，不要勉强去写这种斗争。我觉得这样的意见是对的。各个民族里面，自从有阶级划分以来，都是存在着两种文化的。但两种文化的斗争并不一定任何时候都是表现得同样尖锐，也不一定任何时候都很明显地表现在文学史上。而且并不是任何时候的这种斗争都有文献记载保存下来。还是按照历史事实和现有材料，能写多少就写多少，不必为了强调贯穿而勉强去写。我们说过，列宁说每个民族文化里面都有两种文化，那只是一个根本的划分，大的划分。编写文学史，对各个时期的文学应该分析得更细致一些，并不是把所有的作家和作品划分为这样两类就算完成了任务。民间文学虽然是过去的以劳动人民为主体的人民的文学，其中也仍然有精华和糟粕之分，这是大家都承认的。按照马克思主义的观点，过去的统治阶级的上升和没落的时期的文学也大有区别。它们的上升时期常常出现许多进步的作品，杰出的作品；它们的没落时期，一般地说，文学是衰颓的，只有从少数具有叛逆性的作家手中才能产生一些有价值的作品。这也仍然是一些原则的划分，概括的划分。文学史上的种种作家和作品的具体情况还有它们的复杂性，还需要我们作更具体的分析和评价。

关于第三个问题，编写少数民族文学史或文学概况应该强调各民族文学的共同点还是应该强调特点，也有两种不同的意见：一种意见认为写文学史或文学概况要有助于我国各民族的走向自然融合，因此应该强调各民族文学的共同性，不应该强调各民族文学的特点；一种意见认为两者并不矛盾，重视并发展各民族文学的特点并不妨碍我国各民族走向自然融合。我赞成后一种意见。我国各民族走向自然融合，这是一个长期的过程，一个远景；不能因此就人为地否定各民族的特点；重视并发展各民族文学的特点并不妨碍这样的趋势和前途，反而可以丰富今天和将来的我国各民族的文学的共性。我们的文学史或文学概况既要重视我国各民族的文学的互相影响和共同之处，也要重视它们在内容、形式、风格、技巧等方面的不同的特点。我们这次讨论的三部文学史是注意到这两个方面的。但恐怕还不能说已经表现得很充分，特别是在民族特点方面。因此，强调一下既要写出各民族文学的共同性，又要写出特点，就仍有必要。

四

我们的会议还就一些在评价上有不同意见的作品进行了讨论。争论较多的作品是蒙古族的《成吉思汗的两匹骏马》、白族的《牟伽陀开辟鹤庆》和《杜文秀起义的故事》。对它们都有基本肯定和基本上否定这样两种相反的意见。

关于《成吉思汗的两匹骏马》的争论主要包含着这样的问

题：对古代表现反抗不够彻底的作品应当怎样评价，对古代不是以人为主人公的作品应当怎样进行阶级分析。这个作品有两种版本。一种版本写成吉思汗有两匹骏马，几次立功都没有得到众人的称赞，反而受到冷酷无情的待遇，小骏马就逃跑了；大骏马本来是反对逃跑的，但因小骏马是它的兄弟，也就跟着跑掉；后来大骏马想念成吉思汗和它的母亲，好友，瘦得皮包了骨，小骏马就同意和它一起回家；回来以后，成吉思汗让小骏马过了八年自由的生活，并且两匹骏马在打猎中都受到了众人的赞扬；最后，小骏马还被封为神马。另一种版本的主要差异在于逃跑的原因只是对受虐待不满，没有提到不被称赞。此外，把小骏马的反抗性写得更强一些，因此最后被成吉思汗封为神马的是大骏马而不是小骏马。偏于肯定这个作品的同志认为两匹骏马是最下层人民的形象，故事说明要自由就得像小骏马一样起来斗争。偏于否定这个作品的同志主要有两种说法：一种说法也认为两匹骏马代表劳动人民，但这个故事是提倡妥协，宣扬阶级调和，歌颂成吉思汗；另一种说法认为两匹骏马代表成吉思汗的近臣，这个作品反映的是统治阶级内部的矛盾，小骏马也并不是彻底反抗当时的统治阶级，不过是想要得到重视。因此，又发生了两匹骏马到底代表什么阶级的人物的争论。

　　古代的作品的思想内容常常是比较复杂的。《成吉思汗的两匹骏马》就是这样的作品。由于版本不同，复杂性就更增加了。但不管怎样，它的基本思想还是明确的：它赞扬的是小骏马的反抗和向往自由生活，而不是大骏马的驯服和软弱。它所描写的小骏马的反抗是不彻底的。但过去的现实生活中本来存在着许多反抗不彻底的事例，我们并不能说以这种事例为作品的题材就是提倡妥协，宣扬阶级调和，关键还要看作者的同情和倾向是在哪一方面。这个作品既然是明确地赞扬了小骏马，它的思想倾向也就很清楚了。小骏马终于回家，并非由于他的屈服，而是由于他对大骏马的手足之情；而且回家以后，它也并没有怎样俯首帖耳，特别在后一种版本里它仍然保持着桀骜不驯的气概；这样就无损于作者把它作为一个有反抗性的正面形象来肯定和歌颂了。这个作品把成吉思汗写得比较好，可能是出于蒙古族对他的一种传统的看法，也不能成为否定这个作品的理由。

　　两匹骏马到底代表什么阶级的人物呢？古代的有些寓言性质的作品，其中的动物或其他非人的角色本来就是当作社会上的某一类人的代表来写的，这样它们身上表现出的人的阶级性或许比较明显。但也有这样的作品，其中的动物、鬼神或妖怪之类本来就并不是当作社会上的某一类人的代表来写的，它们身上不但表现了动物、鬼神或妖怪之类的特点，而且有时还可能错综复杂地表现了一些不同阶级的人物的性格、思想和习惯，这样我们今天看来，就不大容易确定它们到底代表哪一个阶级了。《成吉思汗的两匹骏马》好像就是后一种作品。马是被人骑的，从这点说有些像代表被压迫被剥削的人民。然而马又是和主人很亲近的，为主人所喜爱的，从这点说又有些像过去的统治阶级内部的分子。对这样的作品进行阶级分析，我想恐怕不一定要勉强给其中的动物划阶级，而是具体分析它通过这些动物所表现的思想感情带有什么阶级的色彩，并从而判断它的总的倾向的阶级性。而且还应该考虑到，它里面表现的具体的思想感情也不一定都能够确定其阶级性；因此只要大致分清楚就可以了，也不宜于勉强地生硬地去给这些具体的思想感情一一划阶级。按照第一种版本，小骏马逃跑的一个很重要的原因是由于它有能力有功劳而得不到应有的赏识和称赞；最后回到成吉思汗那里，得到了众人的赞扬，它就和大骏马一起，"开始心神安定，过起了幸福的生活"；这样的确很有些像过去的统治阶级内部的某些知识分子的思想感情。但按照第二种版本，逃跑的原因只是由于被虐待，并没有这些描写，就又似乎有些像被压迫被剥削的人民的思想感情了。大骏马的驯服，软弱，反对逃跑，并且对小骏马说，"潜逃者必遭众人缉拿，叛逆者必遭全民攻打"，这种思想是过去的统治阶级内部的忠实分子和人民里面的落后分子都可以有的。至于怀念家乡、母亲和好友，就更难于断定这到底是过去的统治阶级内部的分子还是人民的思想感情了。这说明有些思想感情如果孤立起来看，是很不容易判断它们的阶级性的。这个作品写的到底是两匹马，而不是阶级地位很分明的人，通过马表现的某些思想感情无法和其他情况联系起来确定它们的阶级性，自然就不像通过人表现的思想感情那样好辨别了。但是，尽管有这些复杂的情况，这个作品的总的倾向还是可以确定的。它所歌颂的反抗的性格和对于自由生活的向往，它所具有的人民口头文学的优点和特点，仍然说明它是一篇有一定的人民性的作品。因此，虽然它所描写的反抗是不彻底的，仍然可以对它适当地肯定。

关于《牟伽陀开辟鹤庆》的争论主要是对古代带有宗教色彩的作品应当怎样评价的问题。这是一个流传在云南鹤庆地区的白族和其他民族中间的传说。它叙述生在西藏、从小就精通佛教经典的牟伽陀来到大理国，经过十年苦修苦炼，用他的牟尼珠打出了一百零八个落水洞，锁住了盘踞在水里的蝌蚪龙，终于把原来是一片汪洋的大海子的鹤庆地区开辟成为可以种稻子的坝子。偏于肯定这个传说的同志认为它反映出当时人民要征服大自然的愿望。偏于否定这个传说的同志认为它宣传佛教徒的苦心修道，法力无边，只有虔信宗教的人才能办得成事。这个传说的确是宗教色彩比较浓厚的。但透过宗教色彩，仍然可以看出它是那种民间常有的用幻想的故事来解释自然现象的传说。它用一些大大小小的虚构的故事来解释了鹤庆地区的许多地理状况。而整个传说的思想内容的核心仍然是人能够征服自然。

关于《杜文秀起义的故事》的争论主要涉及对过去的人民起义的看法。杜文秀是清朝咸丰、同治年间云南西部的一次回民起义的领袖。在白族和其他民族中间都流传着关于他的一些故事。这些故事叙述清朝的统治者不好好处理回族和汉族之间的纠纷，不问青红皂白，乱杀回族和汉族人民，这样就激起了回民起义，杜文秀被推为领袖；回民起义军占领了大理，杜文秀很注意回族和汉族的团结；杜文秀统治了大理十八年，清军攻破大理，他服孔雀胆自杀。偏于肯定这些故事的同志认为它们揭露了清朝的统治阶级，反映了人民和他们之间的矛盾、斗争。偏于否定这些故事的同志认为它们把回民起义的原因描写为始于民族纠纷，没有阶级观点；而且把杜文秀参加起义的动机描写为给他村子里的人报仇，没有更高的理想；还有，他没有像洪秀全那样提出明确的土地政策，也没有像义和团那样提出反帝的口号。这些故事关于起义的原因和动机的叙述是否符合历史的真实，要研究过这个历史事件的人才能准确地回答。关于杜文秀起义的故事又有许多个，它们的思想内容不一样，文学价值也不一样，对于它们的评价恐怕应有所区别。但对于过去的人民起义，不能要求原因和动机都很理想，也不能要求纲领都很正确，这却是可以断定的。我国历史上的各族人民的起义，很多都没有提出明确的土地政策，鸦片战争以后的人民起义也并没有都提出反对外国的侵略或者反帝的口号，然而我们仍然必须肯定这些起义，必须肯定同情和歌颂这些起义的作品。

这些争论涉及的具体问题并不相同，但也可看出其中有一些共同之处。从这些共同之处我们可以提出以下几个意见供评价作品时作参考。第一，评价过去的作品必须有历史主义的观点。这虽然是一个我们早已熟知的道理，但有时我们仍然会在某些具体问题上缺少这种观点。反抗不彻底，作者没有明确的或严格的阶级观点，在宗教曾经流行的时代、地区和人民中产生的作品难免带有宗教色彩，历史上的人民起义的原因、动机和纲领不一定都很理想很正确，这些都是过去的时代常有的现象，我们不能用今天的标准来要求。其次，过去的作品常常是思想内容比较复杂的，常常是积极的因素和消极的因素夹杂在一起的，我们必须辨别它的总的倾向是什么，感染人之处是什么。判断一个作品的价值，判断它基本是好还是坏，应该根据这种主导的而且在实际上更起作用的东西，而不应该根据个别的细节，个别的优点或缺点。斯大林在给费里克斯·康的信和给别塞勉斯基的信中都讲过这个道理。而且他在前一封信里还有这样的意见：不要把文学作品当作科学著作来要求。这些意见对我们评价古代和现代的作品都是很有益的。再次，我们评价过去的作品，还可以一些有类似之处的作品和关于它们的评论来作为参考。《水浒传》、《西游记》和《红楼梦》都公认为是伟大的作品，然而它们的某些部分也有缺点，也有消极的因素。《红楼梦》有所谓"色空"思想。《西游记》所写的孙猴子的反抗也是不彻底的，而且整个作品也带有宗教色彩。《水浒传》所写的一些农民领袖的起义的原因和动机也并不都很理想，而且他们也并没有提出明确的土地政策。然而所有这些都无损于它们的伟大。我们讨论的是一些短小的作品，而且并不是这些少数民族中最杰出的作品，从思想内容的广阔和深厚说，从艺术成就的卓越说，它们是不能和这些伟大的作品相提并论的。然而以这种中国的或外国的有定评的名著来作参考，也可以帮助我们看清一些问题。

我们讨论的作品中也有消极的内容成为主导的方面、因而的确应该基本上否定的例子。但对这种作品大家的看法比较一致，没有什么争论。这说明我们是能够辨别这样的作品的。

　　从二十多天的讨论会，我学习了很多东西。为了参加同志们的争鸣，我虽然对少数民族文学毫无研究，也把这些不成熟的想法讲出来，供大家参考，批评。我国古语说："智者千虑，必有一失；愚者千虑，必有一得。"我希望能够贡献出一点可供参考的意见，原因就在于我迫切地期待着我国各少数民族的文学史或文学概况的编写工作完成得更早一些，而且完成得更好一些。

1961 年 9 月 11 日至 10 月 1 日

曹雪芹的贡献

一

　　曹雪芹的一生的巨大的贡献在于写出了《红楼梦》。曹雪芹很早就坠入了穷困的境地，生前默默无闻，而且只活了四十几岁，然而他的一生却不是虚度的，他给我们留下了《红楼梦》这样一部奇迹似的作品，应该说这是一个两百多年前的中国封建社会里的文学家对祖国和人民所能作出的最大的贡献了。

　　《红楼梦》是大家都熟知的。我们究竟怎样来说明它的价值和意义呢？

　　《红楼梦》所写的虽然主要是家庭的生活，而且不少篇幅用在描写爱情上，但它的价值和意义却是巨大的，远不止于只是写出了一个爱情悲剧，或者只是提出了家庭的问题。《红楼梦》第四回写贾雨村到应天府去做官的时候，一个门子告诉他，凡做地方官的都必须有一张"护官符"，那就是一个写着"本省最有权有势极富极贵大乡绅的名姓"的单子，"倘若不知，一时触犯了这样的人家，不但官爵，只怕连性命还保不成"。在贾雨村做官的省里的"护官符"上，首先写着贾、史、王、薛四大家族。

《红楼梦》所描写的就是这四大家族中的贾家的两个家庭，继承了开国功臣宁国公和荣国公的官职的宁荣二府，而着重描写的又是荣国府。另一大家族薛家的一房，它和贾家有亲戚关系并且寄居在荣国府里面，《红楼梦》也对它作了一些描写。史、王两个家族《红楼梦》并没有怎样正面描绘，但荣国府的贾母、王夫人、王熙凤这些当权的人物和常到荣国府作客人的史湘云却都是出于史、王两个家族。《红楼梦》展开了贾家的两个封建官僚地主家庭的画卷，描绘了它们的逐渐衰败的过程和在这个过程中它的形形色色的成员的活动，就广泛地暴露了封建统治阶级的罪恶、腐朽和许多封建制度的不合理，使人感到了封建社会的没落和崩溃的必然性。家庭、家族并不等于阶级，一个家庭一个家族的衰败并不等于一个阶级一个社会的没落和崩溃；但《红楼梦》所描写的封建大家庭是很典型的，集中地表现了封建社会的众多矛盾的，而且它们和社会有多方面的联系，因此，不管曹雪芹的主观认识还有多少限制，真实地深刻地描绘了它们的各种各样的生活和人物，就必然会揭露出封建统治阶级的本质，封建社会的种种事物的不合理，而且必然会反映出一些封建主义的对立物——被剥削被压迫的人民的观点和情绪。

　　通过对宁荣二府和其他有关社会生活的描写，《红楼梦》揭露了封建统治阶级的穷奢极侈，腐化荒淫，贪污受贿，压迫人，使人倾家荡产，一直到害死人打死人不偿命。由于曹雪芹的生活经历和思想认识的限制，也由于他描写的那种官僚地主家庭是居住在大都市里面，他很少写到封建社会主要的被剥削被压迫的阶级，农民；然而那种家庭的穷奢极侈、腐化荒淫的生活到底建筑在什么基础上，我们却还是可以从小说中看到。今天研究《红楼梦》的人都注意到乌庄头交纳租子那一段，它的确客观上有一种画龙点睛的作用。贾珍对乌庄头说："不和你们要，找谁去！"向庄头要，也就是向农民要。虽然那一段文字是为了写宁荣二府入不敷出而写到的，却接触到了地主阶级剥削农民的根本事实。《红楼梦》还写到了封建社会里的高利贷剥削，写到了王熙凤放债和薛家开当铺。史湘云、林黛玉不认得当票，薛姨妈对她们作了说明。她们当着薛姨妈的面就说："人也太会想钱了。姨妈家的当铺也有这个不成？"众人笑道："'天下老鸹一般黑'，岂有两样的。"曹雪芹就是这样明显地表示了他的批判态度。

通过对宁荣二府和其他有关社会生活的描写，特别是对贾宝玉、林黛玉的爱情悲剧和从上层到下层的众多妇女的命运的描写，《红楼梦》揭露了一系列的封建制度和封建道德的不合理，几乎可以说它批判了封建社会的全部上层建筑。虽然对封建社会的最高统治者，对封建主义的最高典范，对皇帝、孔子、四书这样一些"神圣"的事物，曹雪芹的大胆的笔还是不敢放肆不敬的。而且在《红楼梦》第一回里再三声明这部小说"毫不干涉时世"，然而从这种声明正可以看出他是有所顾忌。实际上他不但写到了以皇帝为首脑的封建官僚机构的腐败，而且整个否定了封建的"仕途经济"的学问和道路。在描写贾元春入宫的不幸的时候，他并不粉饰或避忌。封建圣贤和封建经典所巩固所提倡的东西，却刚好是《红楼梦》所要动摇和破坏的。《红楼梦》以它的全部艺术力量，对封建社会的官僚制度、科举制度、婚姻制度、家庭制度、奴婢制度和封建道德伦理观念的不合理，虚伪，残酷，作了无可辩驳的伟大的否定。

《红楼梦》是一部惊心动魄的书。尽管它描写的范围限于两个大家庭和某些与它有联系的社会生活，它却在我们面前展开了错综复杂的斗争，激烈的斗争。在它所描写的两个大家庭里，有各种各样的主子，各种各样的奴仆。在主子当中，有诚恳地信奉封建主义并力图巩固它的统治的封建正统派，有从荒淫、贪婪等方面赤裸裸地表现他们那个阶级的腐化堕落并以他们自己的行动来败坏封建统治的人，也有心怀不满的叛逆者。在奴仆当中，有反抗的奴隶，有驯服的奴才，也有虽然并未进行反抗却同情被压迫者和叛逆者的人。就是在种种人物之间展开了错综复杂的斗争，激烈的斗争，其中主要是封建主义的维护者和封建主义的叛逆者的斗争。在宁荣二府的主子和奴仆之外，《红楼梦》还描写了尤二姐、尤三姐这种社会地位不高的妇女的悲惨的命运。奴隶、叛逆者和尤二姐、尤三姐这些人遭受到的不但有精神的摧残，而且有肉体的杀害。宁荣二府这两个大家庭表面上是堂皇的，实际上却充满了罪恶和污秽，而在这个罪恶和污秽的环境里却又存在着反抗，存在着在那样的历史条件下所能有的理想的事物。《红楼梦》就是描绘了这样一幅像生活本身一样丰富和深刻的封建大家庭的图画。在某种意义上说，它好像是当时的封建社会的缩影。虽然封建社会的重大的矛盾和斗争不可能都表现在家庭生活里面，但发展到了它的末期的封建社会的腐朽、动荡不安和必然崩溃的前途，不是同样可以在这幅图画里看到吗？封建社会的必然走向灭亡，这是历史所规定的。封建统治阶级的各种各样的人物，无论是像贾政那样庸碌无能的人，无论是像贾探春、薛宝钗那样有才干的人，也无论是像贾宝玉那样痛心地感到了他那个阶级的腐朽而又并不愿意看到它的衰败的人，都是无法改变封建社会的没落和崩溃的命运的。他们都只能和它一起走向灭亡。"才自精明志自高，生于末世运偏消"，曹雪芹在贾宝玉梦中见到的《金陵十二钗正册》上为探春写了这样的诗句。这不但是探春一人的命运，而且是当时的封建统治阶级的许多女子的命运，曹雪芹是并不愿意看到他那个阶级的没落的，然而他并没有掩饰它的罪恶、腐朽，相反地他作了广泛而又深刻的揭露，而且他的更大的同情是给予了贾宝玉、林黛玉这样的叛逆者，给予了尤二姐、尤三姐这样的被侮辱和被损害的妇女，给予了晴雯、鸳鸯这样的有反抗性的奴隶，而且他从焦大、刘姥姥这样一些人的眼光来谴责了宁荣二府的淫乱和奢侈的生活，这更显然是表现了下层人民的某些观点和情绪。

曹雪芹不但反对了封建社会的种种不合理的事物，而且他是提出了正面的要求的。从《红楼梦》所否定和肯定的两个方面看来，曹雪芹追求的主要是这样一些东西：个性自由，男女平等，婚姻自主，比较合理的家庭关系和人与人之间的关系。虽然他提出的这些要求都是受到了时代的限制的，带有中国近代的历史开始以前的色彩的，这种个性自由和男女平等还不可能是一种经济上、政治上和法律上的要求，这种婚姻自主还不是一夫一妻制，这种比较合理的家庭关系和人与人之间的关系也还很朦胧，然而我们仍然应该说，它们都属于民主主义的思想的性质。

《红楼梦》的伟大就在这里：通过对两个封建官僚地主家庭和其他有关社会生活的描写，它揭露了封建统治阶级的本质，反映了封建社会的灭亡的必然性，几乎可以说对不久即将走向崩溃和瓦解的封建社会作了一次总的批判，同时它又提出了一些在当时是很难能可贵的正面的理想和追求，因而我们认为它具有民主主义的思想内容，标志着我国古代的现实主义的惊人的发展和成熟，在我国和世界的文学史上它都居于最高成就之列。

二

《红楼梦》为什么产生在中国 18 世纪中叶，为什么它的思想内容那样丰富深刻、艺术技巧那样成熟，为什么在它出现以后相当长的一个时期许多长篇小说都好像难以为继，要精确地回答这些问题，还有待于我们的文学史家的深入研究。我们称它为一部奇迹似的作品,不过是说它异峰突起罢了,并不是说它的出现是不可解释的。

很粗浅地说来,曹雪芹能够写出这样一部巨著,是同他的时代、他的阶级、他的生活经历分不开的,是同在他以前的长期存在的民主主义的思想传统、现实主义和积极浪漫主义的文学传统也分不开的。在这些条件之外,我们当然还要看到他的艺术天才和辛勤劳动。

18世纪中叶是中国最后一个封建王朝的所谓"盛世"。这个时期的清朝经过了一百多年的统治和镇压,也就是所谓"文治"和"武功",表面上看起来它是强大的,稳固的。然而封建社会所固有的种种矛盾却像地火一样在发展,在尖锐化。它同《红楼梦》所描写的宁荣二府有些相似,"外面的架子虽未甚倒,内囊却也尽上来了"。《红楼梦》里写到了从皇帝到官僚的生活的奢侈腐化。书中的一个人物说皇帝"南巡",官僚接驾一次,就"把银子都花的淌海水似的"。《红楼梦》里还写到了由于"水旱不收"而各地爆发的农民反抗。这种农民反抗在封建社会里是不曾断绝过的。清朝自然也是这样。这个时候土地的兼并很剧烈,地主对农民的剥削很惨重,农民的反抗自然就"蜂起"了。再过几十年,大规模的农民起义更不断地发生,不断地摇撼着这个王朝的统治基础。又过几十年,鸦片战争就爆发了,中国的封建社会从此就走向土崩瓦解。这个封建社会的最后王朝同《红楼梦》所描写的那个封建大家族的"末世"有些相似,难道仅仅是一种偶合吗?当然,在曹雪芹的头脑里,既没有封建社会这个概念,更不可能预先知道它的不久即将走向崩溃。然而在他那个时代,封建社会已经濒临它的走向崩溃的前夕,它不可能不散发出腐烂的气息,不可能不表现出衰败的征兆。曹雪芹生长在封建统治阶级的内部,而且是它的上层的内部,又经历了他的家庭由盛而衰的大变化,这就更有利于他看清楚他那个阶级、他那个社会的种种矛盾,种种罪恶、腐朽和不合理,因而也就可能会感到他那个阶级那个社会没有前途。伟大的作家正是这样的：不管是自觉还是不自觉，他总会在他的作品里反映出他那个时代的某些本质的方面。还有，在曹雪芹的一生中，特别是在他坠入了穷困的境地以后，他会接触到一些下层人民，受到他们的某些观点和情绪的影响。我们要了解曹雪芹的思想倾向的形成，首先应该在这些方面寻找原因。但我国封建社会里长期存在的民主主义的思想传统的影响，现实主义和积极浪漫主义的文学传统的影响，对他的思想倾向的形成也是一个很重要的因素。我们不能否认，这些传统同他的思想倾向有一种渊源的关系。而且正是由于曹雪芹生在封建社会的末期，生在我国封建社会的最后一个经济和文化都比较繁荣的时期，他所凭借的前人的思想和艺术的积累都十分丰富，他的天才才可能得到高度的成长和发挥，他的作品里面的民主主义的思想才可能那样多方面，他的作品的现实主义的艺术才可能那样成熟和杰出，成为我国封建社会的文学的最后一个高峰。我国封建社会的存在特别长久，曾有过几次的经济和文化都比较繁荣的时期，在这些时期文学上都曾出现过高峰。这最后一个经济和文化都比较繁荣的时期出现了《红楼梦》，它几乎可以说对封建社会作了一次总的批判，就是并不难于理解的事情了。鸦片战争以后，我国进入了旧民主主义革命的历史时期，在这个阶段也产生了一些比较杰出的作品。然而由于中国社会发展的特点，如毛泽东同志在《新民主主义论》里面所分析过的那种特点，这个历史阶段不曾出现可以同曹雪芹相比并的作家，也是并不难于理解的。我国的历史进入了新民主主义革命的阶段，文学的新的高峰就出现了。伟大的文学家、思想家和革命家的鲁迅，他不但在他的作品里面批判了整个中国的旧社会旧时代，而且在他从革命民主主义的战士发展成为马克思主义者以后，他也就成为无产阶级文学的丰功伟绩的第一个创造者了。

在封建社会还没有解体的时候，在资本主义经济因素还没有大发展的时候，在资产阶级还没有形成为一个阶级的时候，是不是可以产生民主主义的思想呢？这是可以产生的。这是一种客观存在的历史事实，而且我们可以从马克思主义的经典作家的论述里找到理论上的说明。列宁在《关于民族问题的批评意见》中说："每个民族的文化里面都有一些哪怕是不发达的民主主义和社会主义的文化成分，因为每个民族里面都有劳动群众和被剥削群众，他们的生活必然会产生民主主义和社会主义的思想体系。"当然，列宁在这篇文章的后面又说，"每一个现代民族中都有两个民族。每一个民族文化中都有两种民族文化"，他说的"每个民族"也应当是指现代民族。但我们从列宁这段话却可以得到启发，我认为这段话最重要的地方，在于他指出了民主主义思想和社会主义思想的社会根源：它们必然会从人民群众的生活中产生。因此，即使不是现代民族，从人民群众的生活中也会产生民主主义的思想的。如果说社会主义思想的较为普遍的出现是资本主义发达的结果，正是由于资本主义社会制度的确立，人们才清楚地看到了它的罪恶，才更向往财产公有制的理想，那么作为封建主义的对立物的民主主义思想，它从封建社会内部产生和发展，难道不是很自然的事情吗？

在我国封建社会的漫长的历史时期中，占统治地位的封建主义的意识形态固然得到了高度的发展，很系统化和很成熟，作为它的对立物的民主主义思想也在不断地成长和丰富，形成了它自己的传统，这完全是符合客观事物的辩证法的。这种传统不仅表现在一些思想家的著作中，从许多现实主义和积极浪漫主义的文学作品我们也可以看到对封建社会的现实的暴露和批判，看到一些合理的正面的要求。当然，这种传统还不可能像近代欧洲资本主义上升时期的启蒙主义思想那样形成为一个严整的体系，特别是在政治上还不可能提出一套代替封建制度的主张。不过我们不能因此就否认它的存在。中国封建社会内部的商品经济的发展孕育着资本主义的萌芽，而且在封建社会的末期资本主义的萌芽会有所发展，这是无可怀疑的；但中国封建社会的民主主义思想的发生和发展的根源并不仅仅是资本主义的萌芽。只要有封建剥削封建压迫和被剥削被压迫者的不满、反抗，我想就必然会有民主主义思想的发生和发展。封建社会的广大的人民群众都是受剥削受压迫的，劳动人民是其中的最大多数，并且最富有反抗性。此外，从封建统治阶级的内部也必然会出现一些心怀不满的叛逆者。他们常常通过不同的途径受到人民群众的影响，常常自觉地或不自觉地从人民群众的思想得到精神上的支持。因此，从他们当中也可以产生某些民主主义的思想。资本主义萌芽的发展，市民阶级的壮大，当然是会促进封建社会的民主主义思想的发展并赋予以新的色彩新的特点的；但到底什么样的思想才算具有这种新的色彩新的特点，也还需要具体的研究和分析。

《红楼梦》第二回，冷子兴谈到贾宝玉的时候，贾雨村认为他属于"正邪两赋而来"之人。贾雨村还举出一批古人①，作为

---

① 这些古人是许由、陶潜、阮籍、嵇康、刘伶、王谢二族、顾恺之、陈叔宝、李隆基、赵佶、刘希夷、温庭筠、米芾、石延年、柳永、秦观、倪瓒、唐寅、祝允明、李龟年、黄幡绰、敬新磨、卓文君、红拂、薛涛、崔莺莺、朝云。其中绝大多数都是实有的人，只有许由是古代传说中的人物，红拂和崔莺莺是古代文学作品中的人物。王谢二族讲的是晋朝的两个家族，但曹雪芹欣赏的可能仍是这两个家族中的一些向来被赞赏的人物，如谢安、谢道韫、王羲之、王徽之、王献之等。贾雨村把这些人分为"情痴情种"、"逸人高人"和"奇优名倡"。但从他们的思想和行为看来，实际更复杂，不止三类。贾雨村说这些人是禀赋碰在一起，互相搏击的正气邪气而生，不敢竟认为他们就代表正气，另外却把尧、舜、禹、汤、文、武、周、召、孔、孟、董、韩、周、程、张、朱这些向来被封建正统派尊为"道统"的人物说成是禀赋天地之正气的"大仁"，这可能是这样写更符合贾雨村这个人物的思想情况，也可能是曹雪芹有所顾忌，不敢太违背封建社会里的某些传统看法。

他的同类。这些人物的情况是很有差异的，曹雪芹对他们的欣赏也可能各有不同，但他借贾雨村的口把这些人和贾宝玉、林黛玉等相提并论，总说明他认为他们有某种共同之处。这些人很多都是封建统治阶级的浪子，封建社会里的不走正路的人。其中不少人可能曹雪芹是欣赏他们的放荡不羁，有文学艺术的才华，欣赏他们不热心功名富贵，不合时宜，或者是所谓"情痴情种"①。也

---

① 比如刘希夷、温庭筠、柳永、秦观、石延年、唐寅等就是放荡不羁并有文学艺术的才华的人物。《唐诗纪事》说刘希夷一名庭芝，"少有文华"，"不为时人所重"，并"善弹琵琶"。《唐才子传》说他的诗"体势与时不合，遂不为所重"，又说他"美姿容，好谈笑，善弹琵琶，饮酒至数斗不醉、落魄，不拘检"。温庭筠，现在的中国文学史多引《唐书》说他"能逐弦吹之音，为侧艳之词"，说他与公卿家无赖子弟一起赌博饮酒，所以考不取进士等。其实从另外一些记载看来，温庭筠不一定就仅仅是这样一个人物。比如《唐诗纪事》卷五十四就说温庭筠是说话触犯了唐宣宗李忱才被"贬为方城尉"，"竟流落而死"的，他的终身困顿并非仅仅是由于他行为放荡。《唐诗纪事》又说他对当时的丞相令狐绹多次不敬，并有所讥讽，令狐绹很不高兴，向皇帝说他"有才无行"，因此才"卒不登第"。从这些记载就可以看出温庭筠对封建统治阶级当权派有不驯服的一面，和《唐书》中所贬抑的温庭筠不完全相同。温庭筠的诗在唐代诗歌中虽然格调不高，不如李贺、李商隐等人的作品，在艺术上他还是有他的特色，恐怕也不能用"齐梁余风"一语来完全否定。他的诗的内容虽然比较贫乏，也有少数篇章和古代许多心怀不满的诗人的作品一样，表现出有一种牢骚不平之意。如《醉歌》、《寓怀》、《蔡中郎坟》等诗就有这样的内容。这和《唐诗纪事》的记载所勾画出来的温庭筠的面貌是符合的。石延年，《宋史》说他"为人跌宕"，"累举进士不中"，"善剧饮"。欧阳修《石曼卿墓表》说他"读书不治章句"，"视世俗屑屑，无足动其意者，自顾不合于时，乃一混以酒"。柳永、秦观、唐寅的为人和作品大家都比较熟悉。唐寅的画比他的诗更有名，他的诗是写得过于率易浅露的。他也不喜欢科举。《明史》说他"不事诸生业，祝允明规之，乃闭户"。祝允明《唐子畏墓志并铭》记此事更详，说唐寅"一意望古豪杰，殊不屑事场屋"，祝允明劝他，他才答应以一年时间来准备考试，后来才考中解元。他的《桃花墓歌》说："但愿老死花酒间，不愿鞠躬车马前。"有人说他有一次和一些朋友喝酒，钱喝完了，他把朋友们的衣服脱下来当钱，再买酒喝，然后乘醉画几幅山水画，第二天早晨把画卖了，才把朋友们的衣服赎了回来（见《六如居士全集》外集卷一《遗事》）。这件轶事同曹雪芹和他的朋友敦诚"佩刀质酒"事很相似。唐寅还有一首诗说："不炼金丹不坐禅，不为商贾不耕田；闲来就写青山卖，不使人间造业钱。"这和《儒林外史》的作者吴敬梓赞赏卖画、卖艺、卖文为生，鄙视那种靠出卖灵魂

有少数人在我们看来，似乎没有什么可取之处①。但其中的确也有一些人是有叛逆性的，而且是有进步思想的。比如阮籍就是一个藐视封建礼法、因而"礼法之士疾之若仇"的人物②。嵇康更连汤武、周孔、六经都敢于公开菲薄，认为"性有所不堪，真不可强"，主张"循性而动，各附所安"③，用我们今天的话说，就是强调尊重个性，要求个性自由。祝允明也是"恶礼法士"，菲薄科举，认为"学坏于宋"，鄙视当时那些"诡谈性理、妄标道学"的人。他甚至说：安得嬴政再生来把许多书烧掉！他认为当时许多书籍、诗文都可付之一炬④。这些人的确和贾宝玉一样，

———————

来取得地位、权力和财富的人的思想也很相近。传说中的唐寅还有爱情故事，从这一方面又可以把他列入书中所说的"情痴情种"之内。以上这些人中，有些人不但放荡不羁，有文学艺术的才华，而且同时也就是不热心功名富贵，不合时宜的。另外，贾雨村首先说到的许由、陶潜，一个是古代传说中连帝王也不愿意做的隐士，一个是著名的隐逸诗人，还有刘伶也是个愤世嫉俗的酒徒、隐士，倪瓒是个画家、诗人，也不愿做官。曹雪芹自己喜欢喝酒，所以好像也欣赏好喝酒的古人。喝酒过多，在我们今天是一种不好的行为，但在古代的文学家艺术家中，这却常常是一种发泄他们对当时的社会的不满的表现。

①　李龟年是唐朝有名的歌唱家，黄幡绰和敬新磨是唐朝和五代时的演员，曹雪芹欣赏这些人是因为他们是"奇优"。崔莺莺有爱情故事；朝云是苏轼的侍妾，苏轼被贬到惠州时，她曾随他到这远远的南方，并死在那里。贾雨村是同一些"奇优名倡"一起提到的，但实际上或许应算作"情痴情种"。薛涛就好像不怎样可取了。她虽是唐朝的一个有名的女诗人，而且是一个不幸沦落为"倡"的女子，诗却写得并不好，很多都是应酬之作。当然，曹雪芹把封建社会里地位很低下的"优倡"中的一些人物和"逸士高人"、"生于富贵公侯之家"的"情痴情种"相提并论，这也表现了他对封建等级观念的背叛。还有，李隆基有爱情故事，并且爱好文学艺术；赵佶也是一个爱好文学艺术的皇帝，他的书、画和《燕山亭》词都有名。至于被人称作"全无心肝"的亡国之君陈叔宝，按贾雨村的分类，应列入"情痴情种"之内，但他诗既写得不高明，实际上又不能算作什么"情痴情种"，在我们今天看来，就更不足取了。

②　见《晋书》本传和嵇康《与山巨源绝交书》。

③　见嵇康《与山巨源绝交书》和《难自然好学论》。

④　见《明史》本传《祝氏集略》卷十一《贡举私议》、卷十二《答张天赋秀才书》，卷十四《学坏于宋论》、卷十《烧书论》等文。《烧书论》中他认为可烧的书，其

是封建社会的有进步思想的叛逆者。又比如卓文君和红拂,也是两个叛逆的女性,顾恺之被传说为"痴",米芾被认为"颠",倪瓒自称为"迂"①,这些人的性格上的怪僻也可能和曹雪芹塑造贾宝玉这样一个人物的形象是有关系的。贾宝玉不是"有时似傻如狂",被人认为"成天家疯疯癫癫的"吗?祝允明的烧书的议论也容易使我们想起贾宝玉的烧书的行为②。这些相似之处如果不是出于偶合,就很可能曹雪芹塑造贾宝玉这个人物的时候,是想到过这些古人并采用了

中包括某些专讲迷信的书籍,为应酬而作的文字和"妄肆编刻"的"滥恶诗文","识见卑下僻谬、党同自是"的文学批评,"识狠目暗、略无权度"的选本,"谈经订史"的浅薄烦琐的考证,等等。至于"科第之录,场屋之业",他更认为本来就不是书,不是文章,值不得一烧。这些都是很有见地的。但他还主张烧"浙东戏文,乱道不堪污视者",这一点却不高明。

① 顾恺之,《晋书》本传说:"故俗传恺之有三绝:才绝、画绝、痴绝。"传中记载了一些关于他的"痴"的故事。米芾,《宋史》本传说他"为文奇绝,不蹈袭前人轨辙",又说他"好洁成癖",并记载了他拜石和呼石为兄的故事。他的怪僻和被认为"颠"的故事,有些笔记里记载得更多。倪瓒,《清闷阁全集》陈继儒序中说,"云林倪先生尝自称倪迂"。《清闷阁全集》卷三《题自画二首》小引:"东海有病夫,自云缪且迂。"《全集》附《云林遗事》记载了一些他的怪僻的故事。其中除讲他好洁成癖,这大概也是他的"迂"的一种表现之外,还记载了一些他对有钱有势的人很高傲的故事。如说"张士诚弟士信闻元镇善画,使人持绢缣,俏以币,求其笔;元镇怒曰:'予生不能为王门画师!'即裂其绢而却其币"(倪瓒字元镇);又如说他不愿为富人画扇子,并且说:"吾画不可以货取也!"等等。这些都可能是曹雪芹所赞赏的。《全集》钱溥序说他"性甚狷介,好洁,绝类海岳翁"。海岳翁指米芾。米芾也是好洁成癖,到了怪僻的程度。另外,米芾好石、拜石,曹雪芹也爱画石,《红楼梦》假托为石头所记载的故事,在这点上也说明他们的爱好有相近之处。喜欢石头和喜欢画石头,这是他们的孤傲的性格的一种表现。

② 脂砚斋评本《红楼梦》第三十六回说贾宝玉讨厌宝钗辈的规劝,"因此祸延古人,除四书外,竟将别的书烧了"。以前研究《红楼梦》的人就曾说过唐寅有葬花的故事(见《六如居士全集》外集一卷《遗事》),和黛玉葬花事很相似。又,《遗事》中还说当时一个"缙绅先生"误读唐寅的图章的文字"维庚寅我以降"为"维唐寅我以降",这和《红楼梦》第二十六回薛蟠误读"唐寅"为"庚黄"也很相似。这说明曹雪芹虚构他小说中的情节和细节,很可能利用了一些过去的故事。

他们的某些性格和思想的成分来突出贾宝玉的怪僻的。

曹雪芹有广博而又高深的文学艺术修养。他会做诗，会绘画，他在《红楼梦》里面写了《红楼梦十二支曲》，其中有几支是写得出色的。他通过书中不同的人物谈到对于小说、对于诗、对于戏曲、对于绘画的见解，甚至对于园林建筑也发表过意见。他的许多意见都是很精到的。从《红楼梦》本身也可以明显地看出，它继承了我国现实主义和积极浪漫主义的文学传统，特别是宋元以来最初从市民社会生长而以后又在文人作家手中得到了发展的白话小说和带有不少白话成分的戏曲的传统。它吸收了这些传统里面的思想和艺术的养料，而又作了创造性的发展。

我国古代以爱情为题材的小说和戏剧很不少，它们当中的杰出的作品也总是从这一方面表现出反封建的意义。在《红楼梦》里面提到过的比它早出现四百多年的《西厢记》和早出现一百多年的《牡丹亭》，就是这样。它们都反对封建礼教，提出了婚姻自主的要求。贾宝玉，林黛玉的爱情悲剧是《红楼梦》里面许多情节中的一个中心情节，许多线索中的一个主要线索，它显然是继承了包括《西厢记》和《牡丹亭》在内的通过爱情故事来反对封建礼教的传统的。但《红楼梦》却有很大的发展。《红楼梦》对封建社会的批判广阔得多，它的全部思想内容远不止于只是从贾宝玉、林黛玉的爱情悲剧来反对封建主义。就是在恋爱和婚姻的问题上，它也提出了更高的理想：它们应该建立在互相了解和思想一致的基础上。《西厢记》、《牡丹亭》的男女主人公只是在恋爱婚姻问题上是叛逆者，所以张珙和柳梦梅考中了状元，他们就可以得到大团圆的结局；贾宝玉、林黛玉却在一些更重大的问题上也是叛逆者，所以他们的故事就必然是一个更为激动人心也更具有深厚的思想意义的悲剧。①

　　《红楼梦》在以家庭为题材、细腻地描写日常生活、生动地运用口语等方面，显然受到了比它早出现一百多年的《金瓶梅》的影响。但它的成就却远远地超过了《金瓶梅》。《金瓶梅》也描写了一个家庭的兴衰的历史，暴露了封建统治阶级的罪恶和腐烂，它所反映的生活也是比较广阔的，但它却不像《红楼梦》对封建社会批判得那样多方面，那样深刻。读了《金瓶梅》的人会感到：这是一些多么丑恶的人物，多么肮脏的生活啊！它是能够引起厌恶的效果的。然而《金瓶梅》却对那些丑恶的人物和肮脏的生活没有愤慨，有时甚至是欣赏的态度；《红楼梦》却是非和爱憎都很分明。还有，《红楼梦》里面有理想，有追求；《金瓶梅》却没有提出任何正面的东西。

　　反映的生活很广阔、是非和爱憎也很分明，而且描写了许多正面的人物和事件的还有比《红楼梦》早出现 300 年的另一个伟大作品《水浒传》。它描写了封建社会的政治黑暗政治压迫，"官逼民反"，许多阶层的人物都参加了农民起义。它歌颂了如火如荼的农民战争，并且带着很大的同情真实地动人地描绘了农民起义的悲剧的结局。它是我国古代仅有的一部站在拥护农民革命的立场上来描写封建社会里的主要的阶级斗争的长篇小说。在这点上，它是我国古代别的作品不曾逾越过的。但《红楼梦》从封建统治阶级内部来广泛而又深刻地揭露了它的罪恶和腐朽，几乎批

---

　　① 《牡丹亭》的"惊梦"一折，虽然描写女子的伤春很有抒情的味道，词句也很优美，至今仍在舞台上演唱，但像杜丽娘这样一个待字闺中的少女，在梦中第一次见到一个陌生男子柳梦梅，写她发生了爱悦之情就很够了，作者却写他们一下子就发生了性的关系，这个情节是虚构得不大高明的，表现了作者的庸俗的一面。《红楼梦》中虽然也有一些写得猥亵的地方，但在贾宝玉和林黛玉、晴雯的关系的描写上，它却第一次把真挚的爱情和简单的性的关系加以区别，这在描写爱情的作品中也是一个新的发展。

判了封建社会的全部上层建筑，从而反映了封建社会的灭亡的必然性，这就在反封建的文学里面开拓了一个新的世界。虽然它们各有各的限制，它们都是伟大的作品。它们从不同的角度批判了封建社会。

《红楼梦》不但在思想内容上继承了过去具有反封建意义的小说戏剧的传统，并作了很大的发展，在艺术上也是这样的。《红楼梦》基本上是一部现实主义的作品，同时也带有一些浪漫主义的色彩。它继承了宋元以来的小说和戏剧的反映社会生活的广阔、典型人物塑造的成功，细节描写的生动、运用和提炼口语为文学语言的贡献等方面的传统，并且有它自己的创造和发展。曹雪芹对封建社会的事物有一系列的不满，他的作品就不能只是写一个比较单纯的故事和很少几个人物。《红楼梦》反映的生活是那样多方面，那样错综复杂，却又巧妙地以两个封建大家庭的逐渐衰败和在这样的环境中的一对儿女的爱情悲剧作为基本情节把它的全部内容贯穿起来，成为一个天然浑成的有机体。它的结构是很完整的。通过塑造正面和反面的人物来表现作者追求什么，反对什么，这本来是文学艺术中的一种传统的有力的手段；十分难能可贵的是《红楼梦》里面塑造的人物是那样众多，却没有一个是漫画化的。对书中的人物曹雪芹是有爱憎有褒贬的，但却又写得很真实，却又是从客观的描绘中去把他的爱憎和褒贬表现出来。许多重要的人物都是既写出了他们的性格的复杂性，又突出了他们的性格的主要特点。因此，我们读了《红楼梦》以后就再也不能忘记他们，而且其中有不少人物成为流行在生活中的典型人物。也是难能可贵，也是表现出曹雪芹的艺术天才和辛勤劳动的，整个小说对生活都描写得那样生动，那样有兴味，从头到尾在艺术上很匀称。

《红楼梦》的伟大当然首先在于它的思想内容。但丰富深刻的思想内容和特别杰出的艺术成就的统一，也正是伟大作品的一个标志。

　　当然，我们说《红楼梦》几乎可以说对封建社会作了一次总的批判，说它具有民主主义的思想内容，这都是就它的主要方面说的。要全面地评价它，还必须补充说，它里面也存在着不少封建思想和其他消极思想①。我们说曹雪芹是封建社会统治阶级的叛逆者，对他的叛逆的程度也需要有适当的估计。《红楼梦》批判了封建社会的许多具体的制度，但却没有否定而且在当时也不可能否定它的根本的制度——构成它的基础的土地制度和它的政治上的君主制度。《红楼梦》描写了两个封建大家庭的衰败的无可挽救，从而在客观上反映出封建统治阶级和封建社会的走向灭亡的必然性，但同时也表现出来了曹雪芹对于这种封建大家庭的留恋，从而也可以说就是对于他那个阶级他那个社会的留恋。由于这种深刻的矛盾，《红楼梦》里面就十分自然地流露出一些消极悲观的思想，一种惋惜和感伤的情绪。正是这种从头到尾都笼罩着的无可奈何的气氛使我们觉得《红楼梦》更像一首悲悼旧社会的灭亡的挽歌，而不是一个暗示新社会的诞生的预言。

　　过去的统治阶级内部的叛逆者是有不同的叛逆程度的。有的可以从一个阶级转变到另一个阶级；有的虽然在思想里反映了一些人民的观点和情绪，整个说来却并没有发生这种阶级变化。我国封建社会的统治阶级的叛逆者很多都是属于后一种。曹雪芹也是这样的。按照他的具体的生活条件，他不但还不可能和人民结合，就是和人民的接触也不会是很多的。这样他自然就还不能认

----

　　① 我在《论〈红楼梦〉》第十节中举过一些具体例子来说明书中表现出的曹雪芹的封建思想。这种例子是还可以找出一些的。比如关于赵姨娘、贾环和探春对赵姨娘和亲舅父的态度的描写，就表现出曹雪芹没有打破封建的嫡庶观念。

识人民的力量。曹雪芹的叛逆性还有这样的限制，为什么能够写出一部几乎可以说是对封建社会作了一次总的批判的伟大作品呢？这是因为曹雪芹虽然对他那个注定要灭亡的阶级还有所留恋，还没有和人民结合，他却看出了他那个阶级的许多人物的腐败而描写了他们不配有更好的命运，看出了正直、健康和更值得同情的是人民——尽管仅仅是他从他生活研究的范围里所能接触到的人民，而且是他从他们身上也并没有看到希望和未来的人民。

三

《红楼梦》流传以后，受到了读者的热烈的欢迎和爱好。顽固的封建主义者们的诋毁、禁止和烧毁都不能阻止它流传到广大的读者群众中去。对文学作品的欣赏固然总是以一定的理解为基础，但欣赏并不等于真正的理解，并不等于正确的和全面的理解。读者是可以从不同的角度、有时甚至可以是从相反的角度去欣赏一部作品的。和世界上不少伟大的作品一样，《红楼梦》一方面广泛地流传，赢得了众多的读者的热爱，一方面又遭到种种离奇荒诞的误解和曲解。首先是所谓索隐派的猜测。这些人根本不理解文学作品是社会生活的反映，它们的意义就表现在它们的艺术形象之中，而且小说一般都是经过了概括和集中，却以为《红楼梦》不过影射某些个别的人和个别的事件，从而作出各种牵强附会的"索隐"①。资产阶级唯心主义的学者王国维在他的《红楼梦评论》中表示不赞成这种"索隐"，认为考证曹雪芹和他

---

① 索隐派中有人说《红楼梦》暗中有"反满"的意思，此说虽是从政治上着眼，那种牵强附会的论证方法仍然是很荒唐的。

作书的时间比追究贾宝玉写的是谁更重要。他更企图从《红楼梦》的思想意义来肯定它。然而由于他自己抱有很深的悲观主义的思想，他完全看不见《红楼梦》的主要的方面，完全抹杀了它的积极的进步的内容，认为它的价值在于具有"厌世解脱之精神"，在于它指出了"解脱之道存于出世"。其实《红楼梦》对封建社会的许多事物的批判，这是抱有资产阶级民主主义思想的人就应该有所察觉，也容易有所察觉的。和王国维发表《红楼梦评论》的时间很接近，1904 到 1905 年，《新小说》杂志发表了一个署名侠人的人所写的一部分《小说丛话》，他就很明确地指出和肯定了《红楼梦》对封建家庭制度、封建婚姻制度和封建道德伦理观念以至对"君主专制之威"的批判①。虽然他对《红楼梦》的思想意义还是认识不足和估计不足，而且他的议论也似乎没有发生较大的影响，他的见解却是比索隐派和王国维都进步的。过了十几年，另一个资产阶级唯心主义的学者胡适，他做了一些王国维希望有人做的考证工作，找到了一部分有关曹雪芹的家世和个人的材料，并且批评了索隐派的穿凿附会，然而他根据那些并不充分的材料，却在他的《红楼梦考证》中得出了另一种错误的结论：他认为《红楼梦》不过是曹雪芹的"自叙传"，不过是一部描写他的家庭的"坐吃山空"、"树倒猢狲散"的自然趋势的"平淡无奇的自然主义"的杰作。他的眼光和思想是那样短浅，只能看到书中所描写的一些生活现象，却一点也不能透过这些现象看出《红楼梦》的思想意义的巨大和深刻。比起侠人的见

---

① 见《新小说》第一年第十二号和第二年第一号。侠人还说，"吾国之小说，莫奇于《红楼梦》，可谓之政治小说，可谓之伦理小说，可谓之社会小说，可谓之哲学小说、道德小说"。他感到了《红楼梦》的内容的丰富和意义的重大，只是他对这些论点的具体说明并不充实，而且有些说明并不妥当。但他从元春回家省亲一段看出言外有暴露"君主专制之威"的意思，却是有眼光的。

解来，这显然是一种倒退了①。然而胡适的如此肤浅如此错误的看法却流行一时，代替了索隐派，在资产阶级学术界的《红楼梦》研究中取得了统治的地位。

1954年，新中国的文艺界对《红楼梦》研究中的错误倾向、对胡适在《红楼梦》研究中的影响作了广泛的批判，反对了脱离时代、脱离社会、脱离阶级来研究文学的资产阶级唯心主义的立场、观点和方法，反对了贬低《红楼梦》的巨大价值的"自传"说和"色空"说，同时也批评了《红楼梦》研究中的烦琐考证的倾向和"不可知论"。经过这次批判，许多文学研究工作者初步建立了用马克思列宁主义的立场、观点和方法来研究文学遗产的必要性的认识，对《红楼梦》的广泛而又深刻的反封建的意义得到了比较一致的看法。这次批判是在《红楼梦》研究和整个文学遗产研究中的一个革命。它给古典文学研究工作指出了新的方向。在这以后，用新的立场、观点和方法来研究《红楼梦》和其他文学遗产虽然还只能算是一个开始，而且对有一些重要的问题还存在着分歧的看法，我们的方向却是正确的。

"自传"说为什么是错误的呢？首先是因为它不符合事实。文学里面本来是有自传体的小说这样一种体裁的，自传体的小说中也可以有杰出的作品。但胡适和受他影响的人说《红楼梦》是曹雪芹的自传却并没有足够的根据，不过因为曹雪芹在小说中运用了他的许多生活经验。写小说，特别是写规模巨大并在其中寄寓了作者的理想和追求的小说，作者常常是要运用自己的大量的生活经验，并且把自己的某些思想感情赋予其中的正面人物的。

---

① 胡适虽然在《文学进化观念与戏剧改良》中也曾轻描淡写地说过一句《红楼梦》描写的贾宝玉、林黛玉爱情悲剧"使人觉悟家庭专制的罪恶，使人对于人生问题和家族社会问题发生一种反省"，但他对《红楼梦》的反封建的意义是还不如俟人觉察得多，并且感到它的意义的重大的。他对《红楼梦》的评价也不如俟人那样高。

小说中的其他人物也常常会以作者熟悉的人为模特儿。如果这样的小说就是作者的自传，那么《战争与和平》、《安娜·卡列尼娜》和《复活》都成了托尔斯泰的自传了。这在今天略有创作知识的人就知道是不能这样说的。塑造贾宝玉这个人物的时候，曹雪芹是运用了他的许多生活经验，寄寓了他的许多思想感情的，但曹雪芹和贾宝玉的关系也至多不过类似托尔斯泰和他小说中的人物彼尔、列文或者聂赫留朵夫的关系罢了。究竟不能把小说中的人物和作者完全等同起来，也不能把小说中的人物的遭遇全部看成就是作者的经历。贾宝玉这个人物，显然是经过了很大的夸张和集中的。和世界上其他著名的典型人物一样，在现实生活中曾经有过许多和他相似的人物，然而却不可能找到一个和书中描写的完全相同的贾宝玉，正如在现实生活中找不到典型性那样集中的堂·吉诃德和阿 Q 一样。描写《红楼梦》里面的宁荣二府的时候，曹雪芹是大量地运用了他自己的封建大家庭的生活经验的，但无疑地也有许多虚构。他这个家族的发迹的祖先并没有两个开国功臣，自然就并没有两个国公府。曹家也不可能有三里半那样大的大观园①。《红楼梦》开宗明义第一回，就说作者自云，"将

①　正因为官僚地主家庭不可能在首都有三里半那样大的园子，曹雪芹才在《红楼梦》中写它是因为贾元春回家省亲特别修建的。曹雪芹有姑姑嫁给某王子作福晋，但他家却没有一个嫁给皇帝作妃子的人。如果说曹雪芹在小说中是把福晋夸大为皇妃，那么这也就是虚构了。福晋回家省亲是不会特别为之修建一个园子的。皇妃回家省亲其实也未必就一定要特别修建一个园子，不过从编故事说来，这比较近情理而已。《红楼梦》第二十三回脂批说"大观园原系十二钗栖止之所，然工程浩大，故借元春之名而起，再用元春之命以安诸艳，不见一丝扭捏"，就是说曹雪芹虚构得合情合理，就是认为元春省亲、修建大观园以及十二钗住在大观园里等情节一概都是虚构。曾经有人要考证大观园在哪里，也就是不知道它实际上是曹雪芹概括地集中了一些我国古代的园林建筑的样式、特点，加以夸张和虚构而描写出来的。因此虽然现实生活中许多过去遗留下来的园子都和大观园有某些相似之处，却在北京和南京都无法找到一个真正的大观园。

真事隐去"，"用假语村言敷演出一段故事来"。这是明明白白地告诉读者这部小说虽然以作者的生活经验为基础，却是经过虚构而成。第四十二回，按照贾母的意思，惜春准备画一幅大观园图。宝钗对她说："这园子却是像画儿一般，山石树木，楼阁房屋，远近疏密，也不多，也不少，恰恰的是这样。你就样儿往纸上一画，是必不能讨好的。这要看纸的地步远近，该多该少，分主分宾，该添的要添，该减的要减，该藏的要藏，该露的要露。这一起了稿子，再端详斟酌，方成一幅图样。"这是曹雪芹通过宝钗的口说明艺术不能像照相一样反映生活，必须有艺术家的匠心和创造。连画一幅大观园还必有添有减，有藏有露，何况是写《红楼梦》这样一部巨著，哪有不经过虚构之理？"自传"说的错误除了不符合事实之外，更重要的还在于主张这种说法的人用它来贬低和抹杀了《红楼梦》的巨大的社会意义。胡适说，它是曹雪芹的自叙传，所以它不过是一部描写他的家庭的"坐吃山空"、"树倒猢狲散"的自然趋势的"平淡无奇的自然主义"的杰作。受胡适的影响的人说，它是曹雪芹的自叙传，所以它不过是感叹个人身世之作，所以它除了以宝玉为主体之外的其他一切情节都不过是不太重要的背景，所以它不会对作者自己的事情有什么贬斥和愤怒。这样就达到了《红楼梦》的性质也不过和中国过去的闲书相似、不得入于近代文学之林的结论。

"色空"说为什么是错误的呢？"因空见色，由色生情，传情入色，自色悟空"，"此回中凡用梦用幻等字，是提醒阅者眼目，亦是此书立意本旨"①，我们在《红楼梦》第一回中就可以读到

---

① "此回中凡用梦用幻等字，是提醒阅者眼目，亦是此书立意本旨"，这几句话现在可以见到的最早的脂评本残存十六回本（过去称"甲戌本"）和有正本都没有。有些研究《红楼梦》的同志怀疑这又不是曹雪芹本人写的。但《红楼梦》这个书名也就有"梦幻"这一类的意思。

的这些话难道不是明明说这部小说有"色空"思想吗？而且它的全书不是都笼罩着一层薄雾似的悲观的思想情绪吗？不能说"色空"说完全没有根据。它的错误在于把《红楼梦》的消极悲观这一方面强调得过分了，认为这是它的主要的思想内容。"色空"、"梦幻"这一类观念是从佛教来的，然而曹雪芹并不是一个佛教徒。他以十年的辛苦来写这样一部小说，一直到死还没有写完，对他所写的种种生活和人物怀抱着明确的是非，热烈的爱憎，写得如此激动人心，这就说明他并不是一个虚无主义者。他的悲观的思想情绪是由于在当时的历史条件下他无法找到出路而来的。他感到他那个阶级没有出路，他成为那个阶级的叛逆者也仍然没有出路，而且就是从他所接触到的当时的人民身上他也看不到出路，他怎能不既有所反对有所追求、又有时有一种"色空"和"梦幻"的感觉呢？恩格斯曾经说过，一部资本主义社会里的具有社会主义倾向的小说，如果它能忠实地描写现实的关系，打破对于这些关系的性质的传统的幻想，粉碎资产阶级世界的乐观主义，引起对于现有秩序的永久性的怀疑，即使它的作者没有提供任何明确的解决，甚至没有明显地站在哪一边，这部小说也是完成了它的使命的。那么像《红楼梦》这样一部封建社会里的具有民主主义倾向的小说，它的作者因为从封建统治阶级看不到前途而流露出来的悲观的思想情绪不是正可以发生一种动摇封建秩序的作用吗？当然，从另一方面说，曹雪芹不但从封建统治阶级看不到前途，从人民那里他也看不到希望和未来，因而就认为"色空"，认为客观世界的一切都不过是虚空，都不过是梦幻，这仍然是错误的。巨大复杂的自然界和人类社会并不会因为一个阶级的灭亡而就并不存在，而就停止它们的运动、变化和发展。

经过这次批判，许多文学研究工作者初步认识到研究《红楼梦》和整个文学遗产都必须有马克思列宁主义的立场、观点和方法，都必须用阶级分析的方法。充分地肯定了《红楼梦》的巨大的反封建的意义，并进而探讨《红楼梦》所表现的思想的阶级性质，这都是我们企图运用阶级分析方法的表现。但要用阶级观点和阶级分析方法来研究《红楼梦》，要从更重视政治和思想教育的角度来研究《红楼梦》，不只是它所表现的思想的阶级性质还需要继续探讨，还有一些别的问题也还需要进一步明确。比如，贾宝玉、林黛玉的爱情悲剧在书中的地位和对这种爱情的看法就是一个问题。贾宝玉、林黛玉的爱情悲剧是书中的一个中心情节，一个主要线索；曹雪芹着力地描写了这个悲剧不仅是由于艺术上的需要，用它来把许多生活和人物组织起来，或者是爱情故事容易吸引广大的读者并容易产生一种激起人们的同情的艺术力量，更重要的是由于他对男女之间的爱情具有深刻的感受，具有比过去写爱情的作品更进步的新的看法，迫使他不得不去描写；而且这个爱情故事是同全书的丰富的生活内容和广泛的反封建的思想意义紧密地结合在一起的，就像一个有机体一样——这些都是没有问题的。但如果因此而就过分地突出了贾宝玉、林黛玉的爱情悲剧在书中的地位，以为《红楼梦》的主题就是爱情，就是对于爱情的歌颂，那就不正确了。曹雪芹在他的一生的经历中远不止于对爱情具有深刻的感受，具有他的独特的见解，而且他在《红楼梦》中所企图表现的也远不止于对爱情的感受和见解，因此《红楼梦》所反映的生活就远不止于男女爱情，它的思想意义也远不止于通过爱情的悲剧来反封建。爱情故事不过是这个精心结构而又天然浑成的园林中的一个主要建筑而已。宁国府这个家庭，王熙凤这条线索，刘姥姥进大观园、探春治家和尤二姐、尤三姐的悲惨遭遇这些著名的插曲，以及其他许多生活许多人物，都不是或者都不仅仅是为贾宝玉、林黛玉的爱情悲剧而写的。它们都有它们的独立的意义，不能看作仅仅是爱情悲剧发生的背景。贾宝玉的思想活动的天地也是广阔的，远不止于爱情生活。如果仅仅是歌颂爱情或者仅仅是描写一个爱情悲剧，《红楼梦》是不能成为伟大的作品的。过分地突出了贾宝玉、林黛玉的爱情悲剧在书中的地位，或者对这种爱情作了过多的不适当的肯定，以至无批判地加以歌颂，看不见它的阶级性，它的封建色彩，都是不正确的①。贾宝玉、林黛玉表达爱情的方式同近代和现代的恋爱很有差异，而且贾宝玉见着他喜欢的少女就要表现他的爱情，就是在晴雯死去、宝钗搬出大观园以后，他所想到的还是有两三人同死同归，这也显然是多妻制的合法存在在他恋爱观上的反映。这些都是他们的爱情的封建色彩。就今天某些青年读者来说，贾宝玉、林黛玉的性格和他们之间的爱情，可能正是最容易发生消极的影响的。

贾宝玉在他那个时代他那个阶级是一个很进步的人物，他的思想和行为都是对于封建正统派的叛逆，对于封建社会公认的秩序的破坏，连他喜欢对许多少女滥用感情的特点也带有这种色彩。林黛玉在她那个时代她那个阶级也是一个难能可贵的有反抗性的妇女，她的性格上的悲哀和愁苦的特点是她的环境，她的遭遇、特别是她的没有希望的爱情所造成的。正因为他们是这样的人物，正因为在当时的历史条件下是进步的，而且他们的恋爱悲剧暴露出来了封建社会的深刻裂痕，我们才给予了我们的同情，尽管我们今天并不喜欢他们性格上的某些特点，仍然给予了我们

---

① 我这几句话是把对我自己的批评包括在内的。我在 1956 年写的《论〈红楼梦〉》，虽然并不是完全没有说到贾宝玉、林黛玉的爱情的阶级性和封建色彩，究竟对它肯定太多保留得太少了，赞扬得过多批判得过少了。我们对贾宝玉、林黛玉的爱情不加批判或者批判得不够，都是表明我们至少在这个问题上还不是站在无产阶级的思想的高度，还没有超越过资产阶级民主主义和小资产阶级革命民主主义的思想水平。

的同情。但无论如何他们都是已经过去的人物了，他们的恋爱是属于过去的时代的恋爱了。历史前进得很快。中国的资产阶级民主革命已经在无产阶级领导下彻底完成了。我们已经进入人类历史的新纪元，进入社会主义的时代了。资产阶级民主主义的思想在今天的中国也已经成为落后的思想，成为可以和无产阶级的思想相对立而发生反动的作用的思想了。所以，如果今天还有人要去仿效贾宝玉，仿效林黛玉，用类似他们那样的思想和行为来对待新社会，对待新生活，对待今天的恋爱，那就完全是犯了可笑的时代错误的病症，只能说他们的思想感情已经比历史落后了两百多年！至于对《红楼梦》里所描写的封建主义的坚决的维护者，比如薛宝钗这样的人物，如果今天还有人大为欣赏，看不见她在当时已经是反动的，那就是更加可笑，那就比曹雪芹和贾宝玉都还要落后了！《红楼梦》描写了薛宝钗的某些"优点"，某些似乎"可爱之处"，却又毫不含糊地写出了她的封建正统派的本质，而且写出了她的这些"优点"、这些"可爱之处"正是同她的封建正统派的本质相联系的，或者正是为她的维护封建主义的活动服务的，这是《红楼梦》的一点也不简单化、公式化的现实主义的深刻之处。所以，如何引导读者去全面地了解《红楼梦》的内容，正确地看待贾宝玉、林黛玉的性格和他们之间的爱情，正确地看待薛宝钗这样一些人物，帮助读者采取批判的态度，不至于受到那些落后的不健康的因素的影响，或者甚至欣赏书中本来已经有所否定有所批判的人物，这也是研究《红楼梦》的人所应该考虑的。至于对贾宝玉、林黛玉和他们之间的爱情，如果不但过分地突出，过分地肯定，而且用美的人、美的灵魂或者最纯洁的理想这一类抽象的说法来肯定，以至把《红楼梦》的主题归结为人的美、爱情的美和这种美的被毁灭，那就更为离开阶级观点和阶级分析的方法了。

正如列宁在评价托尔斯泰的时候所说过的话一样，只有依据无产阶级的观点才能正确地评价《红楼梦》，正确地评价一切中国和外国的文学遗产。对《红楼梦》，对一切文学遗产，用封建主义的观点固然不能辨别它们的精华和糟粕，用资产阶级的民主主义观点和小资产阶级的革命民主主义的观点，也是不能正确地评价它们的。只有比它们的作者的思想水平更高，只有站在马克思列宁主义的立场和观点的高处，用批判的态度对待它们，然后才可能全面地透彻地看清楚它们的优点和缺点，看清楚它们的成就和限制，从而给它们以恰当的历史地位和科学的评价。在《红楼梦》的研究中，在整个文学遗产的研究中，一直是存在着不同的观点的斗争的。在今天说来，主要是资产阶级观点和无产阶级观点的斗争。资产阶级的学者脱离时代、脱离社会、脱离阶级去研究文学作品，他们常常是抓住一些现象的、片面的以至琐细的东西，看不见作品的本质，作品的总的倾向，也不认真地去研究作品的思想和艺术。他们不是夸张遗产的消极的方面，对祖国的文学加以贬低，或者转而认为那就是它们的价值所在，就是无批判地对待遗产，对糟粕和精华不加区别。他们不重视重大问题的探讨，理论的概括，反而以为他们是提倡实学，不尚空谈。他们常常醉心于无休止的烦琐的考证和牵强附会的新奇的说法。这样他们就自然不可能对比较复杂的作品和比较复杂的文学史上的问题得出科学的结论。当他们感到他们的限制和困惑的时候，他们又会走向"不可知论"。所以对《红楼梦》就曾有人发出"你越研究便越觉糊涂"的慨叹。马克思列宁主义者和这一切相反，我们对待文学现象也是用辩证唯物主义和历史唯物主义的观点去进行考察。我们对过去的杰出的作品总是要去阐明其中的本质的东西，主要的东西，同时也批判那些消极的部分，引导读者去否定它们，而且就是对其中的主导的积极的部分也是一方面给以充分的历史的估价，另一方面又指出它们的时代和阶级的限制。过去有些伟大的作品，由于它们所反映的生活的丰富和深刻，是要经过多次的认识的，就像我们对待复杂的社会生活本身一样。然而我们总是越研究越清楚，越正确，越全面，而不是越研究越糊涂。对待整个文学遗产，对待具体的作品，由于不同时间的不同情况，我们有时强调它们的这一个侧面，有时强调它们的那一个侧面，那是必要的。然而我们追求的总是真理，总是科学的评价，而不是随心所欲地歪曲客观事物的面貌来符合我们的主观的要求，也不是文学批评就没有客观的标准。至于研究和辨别材料的考证工作，它虽然也是学术上的一种必要工作，我们认为不能用它来代替全部的研究工作，来代替对文学作品的思想、艺术、时代背景和文学史上许多重要问题的研究这样一些主要工作。考证应该有目的，它应该为这些主要工作服务，因此我们反对为考证而考证。还有，我们认为做考证工作也应该有马克思列宁主义的观点的指导，追求牵强附会的新奇的说法正是资产阶级唯心主义的考证的一种必然结果。引导人脱离政治、脱离实际的烦琐考证的学术风气，那更是无论用崇尚实学的借口还是用别的更好听的借口，我们都是不能肯定这种倾向，发展这种倾向的。

对《红楼梦》研究中的错误倾向的批判给我们指出了工作的方向，但在我们的工作中认真贯彻这个方向仍然是一个重大的问题。对《红楼梦》研究中的错误倾向的批判已经过去了九年了，虽然许多古典文学研究工作者都是企图努力运用马克思列宁主义的观点的，但要在工作中贯彻这个方向，我们还要进行长期的工作，艰苦的工作。到底是用资产阶级的观点还是用无产阶级的观点来研究文学，这是一个长期存在的分歧，九年来是反复出现的，今后也仍然会在我们的工作中存在着两条道路的斗争。让我们努力学习马克思列宁主义，学习毛泽东思想，把我们的工作做得更正确、更出色；让我们无论是从事文学研究工作的人还是从事文学创作的人，都用一生的辛勤的劳动来对我们今天的祖国和人民，来对国内的社会主义建设和世界范围内的无产阶级革命，作出每个人所能作的最大的贡献！

1963 年 10 月 27 日晨初稿，
11 月 15 日夜修改

作者主要著作书目

一、论著部分

《关于现实主义》，海燕书店，1950年3月初版；新文艺出版社，1956年重印。

《西苑集》，人民文学出版社，1952年12月。

《关于写诗和读诗》，作家出版社，1956年11月。

《论〈红楼梦〉》，人民文学出版社，1958年9月。

《没有批评就不能前进》，人民文学出版社，1958年9月。

《诗歌欣赏》，人民文学出版社，1962年4月。

《文学艺术的春天》，作家出版社，1964年4月。

《论文与创作补遗》（在《何其芳全集》第七卷首次公开发表），河北人民出版社，2000年5月。

二、创作部分

《画梦录》，文化生活出版社，1936年7月。

《刻意集》，文化生活出版社，1938年10月。

《预言》，文化生活出版社，1945年2月。

《夜影》，诗文学社，1945年5月。

《星火集》，群益出版社，1945年9月初版；新文艺出版社，1955年5月新版。

《还乡杂记》，文化生活出版社，1949年1月。

《星火集续编》，群益出版社，1949年11月初版；新文艺出版社，1955年5月新版。

《何其芳诗稿》（作者夫人牟决鸣整理、编辑），上海文艺出版社，1979年4月。

《何其芳译诗稿》（卞之琳选编），外国文学出版社，1984年12月。

《诗与文补遗》（见《何其芳全集》第六卷），河北人民出版社，2000年5月。

作者年表

1912年2月5日　生于四川省万县。

1930年秋　清华大学外文系学习。

1931年至1935年　北京大学哲学系学习。

1935年秋至1936年夏　天津南开中学任教。

1936年秋至1937年夏　山东莱阳乡村师范学校任教。

1937年秋至冬　四川万县省立师范学校任教。

1938年春至夏　四川成都联合中学任教。

1938年秋至冬　延安鲁迅艺术学院文学系任教员，并加入中国共产党。

1938年冬至1939年夏　在晋西北和冀中120师政治部、宣传部、编委会工作。

1939年7月至1944年春　在延安鲁迅艺术学院文学系任教员、系主任。

1944年夏至1945年1月　由中宣部派至重庆，做文艺界调查工作。

1945年1月至9月　回延安鲁迅艺术学院文学系任教员兼研究室主任。

1945年10月至1947年3月　到重庆西南局任文化委员会委员，并任四川省委候补委员、委员、宣传部副部长、《新华日报》社副社长等职务。

1947年4月至1947年9月　在晋绥中央城工部总结工作。

1947 年 11 月至 1948 年 1 月 在晋察冀中央工委代理朱德同志秘书。

1948 年 1 月至 11 月　在晋察冀平山县参加土改。

1948 年 12 月至 1949 年 3 月 在河北建屏县（后为平山县）马列学院任语文教员。

1949 年 3 月至 1953 年 2 月　在北京马列学院（后为中央高级党校）任语文教员。

1953 年 2 月至 1977 年　调北京大学文学研究所（后归中国科学院哲学社会科学部，现为中国社会科学院文学研究所）任副所长、所长和中国科学院哲学社会科学部委员。

为第三届全国人大代表；第一、二、三届全国政协委员；第一、二、三、四届全国文联委员；中国作家协会书记处书记、理事。